# 投资女王

INVESTMENT QUEEN(S)

李伊 著

北京联合出版公司
Beijing United Publishing Co.,Ltd.

**图书在版编目（CIP）数据**

投资女王 / 李伊著 . -- 北京：北京联合出版公司，
2021.6
ISBN 978-7-5596-4986-7

Ⅰ.①投… Ⅱ.①李… Ⅲ.①长篇小说—中国—当代
Ⅳ.① I247.5

中国版本图书馆 CIP 数据核字 (2021) 第 014044 号

## 投资女王

作 者：李 伊
出 品 人：赵红仕
责任编辑：李艳芬
封面设计：王 鑫

北京联合出版公司出版
（北京市西城区德外大街83号楼9层 100088）
北京新华先锋出版科技有限公司发行
大厂回族自治县德诚印务有限公司印刷 新华书店经销
字数305千字 787毫米×1092毫米 1/16 18印张
2021年6月第1版 2021年6月第1次印刷
ISBN 978-7-5596-4986-7
定价：49.00元

# 第一章

在这座全国 GDP 排名前三的大都市中，三福路口的高层建筑聚集着打理全国 50% 以上财富的金融公司。其中最高的一座大厦，是通达金融集团，从 55 层俯瞰大地的绝佳视角，留给了通达基金固定收益部最年轻的总经理方菲。

这是一个普通人难以接触到的、回报不可思议的、高智商群体才能进入的行业。

身处其中的人享受着光环和利益，也承受着众多非议。

"一促三移"打的针，抽过一管又一管血后，才怀上的两个月的胎儿，正害得方菲在洗手间的隔断里干呕。自打她的前领导冯楚力排众议，助她登上年薪百万的总经理宝座后，她才有了事业上的所谓安全感，才敢起心动念要个孩子。

屡次怀孕失败后，夫妻俩去做了详细检查，竟查出丈夫申渊是弱精症患者。一直反对方菲嫁入申家、说话阴阳怪气的婆婆章雨露听到这一消息，瞬间像泄了气的皮球，更在她决定做试管婴儿后，态度来了个 180 度的大转变：每天好吃好喝地伺候着，不让她干任何家务活；怀孕后，怕她开车出意外动了胎气，让儿子早晚接送；甚至将自己的很大一部分资金交给方菲打理，讨好的意味很明显。

"叮叮——"手机传来清脆的信息来音，一拨开屏幕，赫然出现了一对貌似正在接吻的男女。那女人一头长直黑发，娇小可人，正伸出手臂环抱住一个紧闭双眼的男人。男人嘴边的一颗痣，让方菲的心脏仿佛被针扎过一般刺痛。

申渊！屏幕上的那个男人，竟然是自己的老公申渊！

一阵令人烦恶的感觉席卷了她的胃，酸水裹挟着食物残渣直冲而上。她哇哇大吐起来，直吐得她大汗淋漓、涕泪直下；直吐得她四肢酸软，无力地瘫倒在地。

心是冰凉的，就像冬天在海边的沙滩上，抓一把沙粒在手心，冰冷入骨，一直能钻进心里去。耳边一阵空寂，仿佛自动屏蔽了一切外来的干扰，方菲却奇怪地听见了血液在血管中的流动声。

忽然，一阵匆忙的脚步声打破了空寂，方菲恢复了意识，听到她的秘书李薇薇的声音伴随着急促的敲门声响起："方总，您在里面吗？赶紧出来吧，有大事。"

方菲镇定心神，擦干唇边的污渍，理了理衣服，从隔断里走出来，说："什么事？"

"经侦大队的人到您办公室了！您快点去吧！"李薇薇粉色的小脸涨得通红，语调急促，一向沉稳的她很少这么失态。

"你好好说，到底什么情况？"方菲轻缓地走到洗手池边洗手，整理妆容，脑子快如闪电地将公司最近大大小小的项目过了一遍，心底忽然有一种成熟的蒲公英种子被风撩动着、却又没飞翔起来的毛躁感。

薇薇摇了摇头，说："他们来了五个人，具体情况没说，只说要找你。看他们来势汹汹的样子，恐怕事情不简单。"

方菲点了点头，说："近期基金公司的总经理被经侦大队带去配合调查问题的不少，万一轮到我，你记得锁好保险柜和办公室的门，等我回来。"

她轻轻地涂上一层孕妇专用的大牌唇膏，又补了补妆，脸像是被魔法棒拂过一般立马重新焕发出光彩。虽然已年近三十，又身怀有孕，她的美丽似乎仍和婚前一样，没有一点儿褪色。

深吸了一口气、穿着牛筋底平跟鞋的她姿态优雅地走向办公室。不管手机照片中那个跟自己老公亲昵的女人是谁，也不管经侦大队的人找上门来有什么事，都要镇定自如，不能慌乱，更不能崩溃。

"快看，这就是掌握着我们通达超过百亿基金的固定收益部的女总经理！"

两位新人正在老同事的指引下齐刷刷地看向玻璃门外，难以置信地发出了惊呼："这就是大名鼎鼎的'投资女王'方菲？"

这个短发飒爽的女人，虽然只是化着娇嫩的裸妆，却散发出一种舍我其谁的气势，就像是一朵盛放在格子间中的铿锵玫瑰。

这时，一个穿着黑色职业套装也掩盖不住傲人身材的美女迎着方菲走来，关切地问："方总，我听说经侦大队的人到您的办公室了。究竟出啥事了？"

方菲的心绪才刚刚平复，又被这一双盯着她的媚眼扰乱了。

办公室中心区域那几十个格子间的白领都停下了敲着键盘的手，屏气凝神细听：风头正劲的古副总就像一只伺机而动的雌虎，随时都想瞅准机会爬上山头当大王，为何现在又献起了殷勤？

古丽像在替方菲排忧解难地说："您要是去配合调查了，公司不可以一日无主，如果有什么紧急的事情，您还是趁早交代给我，省得到时候耽误了基金上线的进度……"

方菲的眼神深邃得犹如浩瀚大海，她冷笑着将右手搭上古丽瘦削的肩膀，说："你就这么肯定是公司出事了？万一，他们是来问我关于你的问题呢？"

古丽不易察觉地颤抖了一下，右脸轻微地痉挛。

"别紧张，我就是开个玩笑。"

方菲继续往前走，她深呼吸一口后，推开办公室的门。

一个平头的青年男人迎了上来，用犀利的眼神扫了她一眼，问话却温和有礼："你好，你是方菲？"

方菲走到自己的办公桌后坐下，轻轻掠了掠垂落到左眉角的棕色碎发，这才微笑回答："是我，请问有什么事能帮到您？"

男人客气地依程序出示证件，介绍说："我是深港市公安分局经侦大队队长张宁，根据群众的实名举报，有一桩涉及通达的经济案件，需要作为负责人的你跟我们回去协助调查……"

方菲接过警官工作证细细核对，没有任何可以质疑的地方。她把证件还给张宁，从容地道："张队长，我愿意配合你们的调查。可否请你们等我十五分钟，我出去跟员工安排一下紧急的事情？"

"很抱歉，不可以！"张宁礼貌地拒绝了。虽然对方菲不属于正式逮捕，但由于案情重大，方菲又是关键的调查对象，此时限制她的行动，不让她与更多的人接触，是办案必要的措施之一。

方菲还是第一次遇到这种情况，她飞速转动大脑，思考着可能会发生的各种意外以及解决方案，脸上的肌肉却并未被牵动。

整个办公室安静得能听见呼吸声。

其他经侦大队的队员均看向张宁。尽管一般经济犯罪嫌疑人很少会暴力抗法，也不太可能逃跑，但还是有人下意识地站到了门口。

五秒钟、十秒钟，当张宁快要催促时，方菲突然打开抽屉，将一些私人的女性物品装进包里，又快速点击了电子邮箱的自动回复，这是她早就设定过的，一旦有任何邮件发来，都会被转给秘书李薇薇。

她行云流水的动作，快得让张宁目不暇接，正要说话，却看到她已经提起包主动走到了门口。

张宁皱了皱眉。他们是来请方菲去局里配合调查的，并没有携带搜查令，没有权力检查或者扣押方菲的电脑。

当一行六人走出总经理办公室时，往常像沸腾的水一样翻腾不停的办公大厅里安安静静，几乎每个人的脸上都带着惊愕的表情，看着他们。

李薇薇跟了过来，想说什么，方菲用眼神阻止了她。

十年了。方菲从未想到过有一天自己会在五个警察的"护航"下离开这里，加上孕期急速上升的孕激素，她胸口胀痛得像即将爆炸的气球，在即将迈出大厅的前一刻，就连视线都开始模糊起来。

但她仍然能够看清楚，脸上挂着一丝浅笑的古丽正站在门口。

"方总，你这一去也不知道什么时候回来，有什么要委托我处理的事吗？"

"古总，你就别在这儿火上浇油了！"李薇薇按捺不住，低声呵斥。

方菲握紧了拳头，调整着呼吸，就当所有人都以为她会动怒时，她却淡淡地说："放心，我很快就会回来。再说，就算有什么事你也做不了主，还是等我回来再做定夺吧！"

古丽没想到这女人都快要失去一切了，竟然还这么镇定自若。她尴尬地笑了笑，转身走了。

李薇薇不顾一切地追了出去，对张宁恳求："方总，她怀孕了……请您照顾一下她。"

过了好一会儿，整个办公大厅里的人才回过神来，嗡嗡嗡的议论声响成一片。

"到底是出啥事了？"

"不知道啊！咱们通达也没听说有什么债基违规操作呀！"

"是不是方总私人犯了什么事儿？"

"她一个女人能犯啥事儿？再说这来的听说是经侦警察，又不是刑警。肯定还是跟公事有关。"

"那也不好说。她掌控着那么大一笔基金，谁知道有没有瞒着公司私自做了什么手脚。"

"别瞎说！方总是什么样的人，你不知道吗？"

"那你说会不会是古总在背后……"

"嘘！这话可别乱说！"

"唉，真是意外啊！"

"就是，想不到啊！"

……

李薇薇赶紧转身，声音洪亮地说："安静！安静！大家继续工作！我们方总很快就会回来的！"

毕竟是总经理秘书，大家还是忌惮三分，菜市场似的喧闹声小了很多。

古丽却冷笑着走到办公大厅的中心，不屑地一挥手说："群龙不可无首，方总不在，我这个副总经理有职责代理她的工作。现在，所有的销售经理都到我办公室来汇报工作进展。"

稀稀拉拉地站起来几个人。而大多数销售经理是方菲一手提拔的，大家面面相觑，既对古总在这个时候乘人之危抢班夺权感到不满，又怕方总假如真是"泥菩萨过河"，他们得罪了古丽，以后岂能有好果子吃？

# 第二章

坐在警车里的方菲面如止水，内心却像开了锅似的翻腾不已。

自己当着公司那么多人的面被"请去"经侦局调查，前路未卜，老公申渊又在这节骨眼儿闹起了出轨。还有件要命的事儿，她爸方大业竟然活生生地被人骗走了300万！

"福无双至，祸不单行。"老话是人们千百年来的经验总结，自然是有道理的。

怪他老糊涂了？方大业好歹是她亲爹，而且独自含辛茹苦养大了她，还供她念书。她如今的美貌与才华，能说跟这个爹毫无关系吗？自从她八岁时母亲因癌症去世后，能说会道却没有文凭的方大业，从一个工地搬砖的小工折腾到跑建筑材料的小老板，起早贪黑又当爹又当妈地把她拉扯大，这份恩情兑换成3000万都不过分。

可这个爹又是如此不靠谱！

平常他老跟方菲要钱，要说一般地吃点喝点那也无所谓，可他跟方菲"借"钱美其名曰是去做生意，要一次少则几万，多则十几二十万，却从来没见他还过，更没做成过什么生意。这一次倒好，直接被人骗走了300万。

更要命的是，这300万中的绝大部分原本是婆婆章雨露委托方菲投资债券基金的钱，被她偷偷挪借给了方大业。

方大业又怎么会被骗走这笔巨款呢？这就要从方菲那个她从心里就不想承认的后妈马春花说起了。

马春花今年45岁，是方大业在女儿考上大学后认识的。

那时候方菲18岁，已靠兼职自食其力，这让忙前忙后、为家操碎了心的方大业终于卸下了肩头重担，心情轻松之余，又感觉空荡荡的。

要知道，他娶了方菲的妈后，不过甜蜜了头三年，接下来就是照顾病人。妻子去世后，他的精力全都落在赚钱还债和拉扯女儿上了，生活得苦涩艰难。

现在，他终于可以去跳个舞，搓把麻将，下个馆子，下着下着，就与"老乡见老乡，两眼泪汪汪"的川菜馆女老板马春花擦出了火花。

马春花可是个带有神秘色彩的女人，二十年前还怀有身孕的她来深港打拼，不久后又神奇地开起了一家风味独特的小餐馆，没人见过她丈夫长什么样，更不知道他的死活。平素里，她一人打理着巴掌大的小店铺，哄得络绎不绝的顾客们开开心心，还被一些中老年男人追求，却又不让人占了便宜，生存能力可见一斑。

不过，方大业单薄的家底，让马春花不乐意托付终身，只是若即若离地谈着。可方大业独守空房二十几年，被风情万种的"女朋友"迷得七荤八素，越是被吊着胃口，越想抱得美人归。

方菲毕业后，过五关斩六将，进入通达基金固收部工作，靠着一个自己挖掘到的契机步步高升，工资水涨船高，不仅家用给得多，还贷款买了新房，结束了老方挤在狭窄阴暗空间的苦日子。

方菲嫁人搬走后，这套写着她的名字由她还贷的新房自然而然就成了方大业的。

直到前年，马春花才终于因为区政府拆迁旧城区的规划，决心嫁给方大业。

为什么？

方大业那个馊水沟旁边有碍观瞻的老屋竟然榜上有名，而且每平方米估值6万，折算起来也有400万，而那套房产是纯粹属于方大业的！

马春花虽然小有积蓄，却没买房，开餐馆本小利薄，越来越辛苦，随着店租水涨船高，她终于萌生退意。

这笔闪闪发光的拆迁款，这位言听计从的老方以及他日进斗金的能干女儿，都成了她将下半生托付给方大业的保障。

方菲对这个嗓门大又艳俗的女人虽没什么好感，但感觉老爸这辈子确实不易，对这桩婚事不积极赞成也没反对，只专心经营自己的事业和家庭。

马春花怎能放过她，还没进门就让方大业借女儿的钱承包起了小工程。

可现在的工程，说白了就是在填坑！竞标拼价格，签约后拼垫资，甲方俨然是拖欠款项的大爷，方大业的工人要吃饭，工资除了找女儿发还能找谁呢？

在备孕前夕，接到他的电话前，方菲正应医生的建议在会所做养生按摩。

以前风雨飘摇的婆媳关系好不容易走上了正轨，丈夫申渊也不必夹在当中左右为难，自己事业也达到巅峰，终于可以备孕了。

而"人养人"可谓最高级的养生策略，通过加速血液循环和增加细胞的呼吸与运动，促进新陈代谢。

"姐，你的肩膀好硬啊，平时上班是不是太劳累了。"女按摩师娴熟地捏按着方菲后背的每一寸肌肤，干过农活的她力度不小。

方菲发现女技师虽然在幽黄的灯光下显得外表成熟，实际上应该不超过二十岁，便笑了笑说："是啊，上班族都是这样的。你多大了？"

果然，女孩脆生生的声音响起："我十八。姐是做什么工作的？"

"做金融的。"方菲心里知道这些推销套路，便说，"给我做个薰衣草安睡美体护肤升级套餐吧，我想睡一会儿。"

小妹妹一看瞬间就完成了销售任务，开心地答应着："那您赶紧闭上眼睛休息。"

伴随着植物精油芬芳特殊的香气，方菲迷迷糊糊地进入了梦乡，正享受着腾云驾雾的放松感，突然又被叫醒了："姐，您的手机一直在响，怕是有急事……"

方菲还以为是公司有什么急事，却听见一阵求救声从电话那端飘出："菲菲，再给爸爸十万块吧，下个月收到钱了绝对还你，我加利息！"

"爸，都是一家人还说什么利息！但是我上次才垫给你几十万，这次又要钱，累计都快到百万了。如果市场这么差，您又不是做生意的料，干脆歇业在家享清福吧。"

"那怎么行，我这边收不到甲方的钱，给不了材料款和工人的工资，如果关门了，我上哪儿去还这么多钱啊？"

"得了，又是这一套，这次先转你，别再接新工程了！"

方菲太困乏了，不想再说，迅速转了账。

等到半年后她开始做试管时，又接到了方大业带着哭腔的电话："救救爸爸吧！马上过除夕了，工人和材料商都把我堵在屋里了，我上回的钱垫进去了还不够，再借 300 万，这次，绝对，下个月还！"

"300 万？！这加上之前的一起都快到四百万了！我实在是没钱了。"方菲的左手插着针管，此时她正在打吊针。

"菲菲，你工作这么多年，现在都已经年薪几百万了，婆家又做生意，怎么可能拿不出来？你要是不给，我被工人打断一条腿还怎么过啊！好不容易才娶了春花，也没让她过上好日子。哎哟，救我！"

"哐当"一声响，像是玻璃被砸碎了。

方菲躺在病床上想破口大骂，终归还是心疼父亲，但手机银行里只有 40 万的余额。

300 万，这么多钱上哪儿找？虽然老房子估值在那儿，但也就是纸上富贵的事儿。

她突然灵光一闪，想起听见婆婆章雨露跟闺密霞姨夸耀："最近炒股票的人都亏死了吧？看看我儿媳妇，给我选了个最稳健的王牌产业债券，今年总收益率超过 9 个点！我的 270 万就要变成 300 万了，哈哈哈哈——"

对了！在通达债券 App 里，有代章雨露买的 270 万债券基金，再过两个月就不用交赎回费了……

慢着，假如现在取出来，将要损失一年的赎回费，百分之一算下来就是两万七千，还可能会让好不容易缓和的婆媳关系再次土崩瓦解。

要不要跟丈夫申渊先商量一下？

可是，方大业虽然不是做生意的材料，但是这公司只要不倒闭，钱迟早是要得回来的，跟申渊说又有什么用？他肯定不乐意我挪用婆婆的钱。就算同意了，万一哪天他不小心说漏了嘴，肯定又会招来一场腥风血雨。还是等收回借款后，自己贴点利息了结此事吧。已经被工作和怀孕扰得心神不宁的她，实在不想把宝贵的时间浪费在家长里短上了。

通达的债券基金如日中天，即将发行 200 亿基金的巨额销售，如无意外，这将是她产假前的最后一个项目，是重中之重的大事。

这时，电话里的方大业又开始号叫："闺女，求你了，救我最后这一次吧！我就是打着铺盖睡在甲方的办公室里也要把钱讨回来。哎哟，我刚刚差点被他们打破头！"

这时，另外一个男人的怒吼声传来："再不给钱，就等着给他收尸吧！"

"你别吓唬我，我报警说你恐吓，让你吃不了兜着走，快把手机还给我爸！"方菲一拍医院椅子的扶手，气镇山河地吼了回去，吓得旁边的护士都打了个哆嗦。

电话那边沉默了一小会儿后，又变成了她爸怯怯的声音："菲菲……他们没人性，如果拿不到钱，我怕是活不过今天了……"

"爸，实话说我真的是没钱了，这次也是看在你快死了才问别人借的钱，你必须给我打借条！出借人写章雨露，送到妇幼医院给我。这是最后一次，下个月一旦收到钱，你立马还给我，解散工人，关门！"方菲气得槽牙都要咬碎了，要坚决堵住他再借钱的苗头。

方大业却扭扭捏捏地推辞说："这大过年的你说死多难听啊，再说，亲闺女也要打借条？"

"那我挂电话了！"

一听女儿心如死灰的声音，方大业吓得肝儿颤："打打，我现在就写！我马上去医院找你！"

"钱要明天才能到账，现在来给借条，明天转给你。"

"啊，明天？！"方大业又想挑战她的底线。

"不要拉倒！"

"要要要，明天就明天！你们都听到了，明天我闺女就把钱给我了！明天不给钱我是龟孙子……"

电话那头传来的哀求声让方菲听得脸红。挂掉电话后，她一抬头正好看到病房悬挂的电视中播放着《谈股论金》，英俊潇洒的申渊正跟大眼妩媚的女主持吴静侃侃而谈。

方菲心里涌上一阵酸溜溜的醋意，女人的直觉让她觉得吴静在对她丈夫眉目传情。

申渊那双极美的黑宝石似的眼睛，随着心情的变换流转着光彩。

尽管电视上的他光芒四射，但方菲知道，他从不觉得自己优秀，相反，还因为特殊的成长经历和家庭而特别自卑，虽然他把自己的内心包裹得很严实，但方菲还是知道。

两人谁也没有谈论过这个话题，一来，是都太忙了；二来，方菲觉得彼此需要保留一定的私人空间，就连她也有自己的小秘密。

意外的是，在借款后的第二周，方菲就被告知妊娠阳性，巨大的喜悦一下子冲淡了三百六十五天的疗程痛苦。

这让她延迟了两周才去查回款："爸，你怎么还没把钱还我？"

"闺女，对不起啊，我被骗了！"电话那头的声音像是老树被雷劈了后直冒青烟，沙哑中还带着苦涩的摩擦感。

"什么？你再说一次？"方菲感觉心脏在猛烈地撞击着胸腔，像有一列火车呼啸着迎面而来，眼前模糊成空白的一片。

"我被坑了！甲方是个骗子！"

"什么？"方菲以为自己听错了。

"我去找他们要钱，办公室里居然一个人也没有，全跑了。菲菲，是爸爸对不起你！"方大业在那边捶胸顿足地说。

方菲扶着墙，感到一阵阵心悸，伴随着眩晕的恶心，竟然"哇"的一声吐了出来。

方大业声嘶力竭的喊声宛如从很遥远的云端飘来："下辈子我做牛做马也要报答你啊……"

方菲吐完后清醒了一点，果断地说："我要报警！"

"报警？！"方大业的哭声戛然而止，似带着一丝恐惧。

方菲捕捉到了那一丝细微的变化，诧异地反问："这么大的事，还不报警？"

"算了吧，他们都不是什么好人，可别伤着你！"方大业的声音有点畏缩。

方菲想起了那几次他被追着讨债的事，知道他恐怕有心理阴影了，便说："我知道你怕跟他们打交道。但这300万不靠警方的力量怎么能追回来？"

"报……报……"那边传来了父亲如梦初醒般的声音。

方菲虽然急得像热锅上的蚂蚁，可具体细节他爸比她清楚，赶紧拉着他一起到派出所立了案。

接待他们的王警官一听数额不小，非常认真负责地做了笔录。方菲急得头皮发麻、心跳加速、一阵阵反胃，方大业却像个没有灵魂的木头墩子，问一句答一句。

最后，父女二人在口供上按下了指纹。

临走前，方菲不断地恳求说："请赶紧把坏人拘捕归案，这可是我借的别人的血汗钱啊！"

王警官同情地说："我们一有消息马上通知你们，请注意接听电话。"

"好的！"方菲急得满头大汗，额前的碎发都粘在了脸上。

# 第三章

才过了短短两周，她就因为工作上的事陷入了另一桩案件。

经侦大队的车开进了局里的停车场，路过的警察一个个行色匆匆。方菲不由得触景生情，想起了被骗走的那300万，不知道派出所的王警官追查到哪一步了。

方菲在"前呼后拥"下走进了一间白色的小会议室，坐在了强光直射的位置。

对面的张宁在亮光下，面目一团模糊。

他摊开笔记本说："您现在是孕期，我们会尽量照顾您的身体，请先将手机关闭……"

方菲并没有乖乖照做，而是发了个短信，跟薇薇简单交代了自己的现状，这才将手机转向张宁，当面关了机。

看着由亮转暗的手机屏幕，张宁发现这是个不好对付的硬茬儿。

通达虽然也上市了，但跟国内其他同类老牌企业比，规模是最小的。然而它去年的管理费净利润排名第一，人均薪酬高达 30 万元，比其他同类企业高出一倍多。

方菲正是推动通达基金高速发展的幕后功臣之一。

自从她一手控制费用和成本，一手大刀阔斧地砍掉尸位素餐的闲职官僚后，固收部的一线员工占比升高，管理的中间环节被大幅度削减，既减少了不必要的薪资，又提高了效率。

就像绽放的荷花晶莹剔透，根部却隐藏在淤泥中一样。

通达的金融系统里，也同样有着腐朽的烂账和污秽的罪恶，拔出萝卜带出泥，这也就牵出了这个名声在外的女强人。

她的问题究竟有多少？

通达涉案上亿资金的关键人物到底是谁？

要用什么样的方式才能从她的嘴里撬出真实可靠的信息？

这对张宁来说，是一个不小的考验。可接下来的一幕，让他大吃一惊。

方菲吸了一口气，用手拂开垂落到眼角的发丝，柔和地说："我从基层助理一步步做到总经理，一向都是很爱惜羽毛的，君子不立危墙之下，有什么只管问我。"

张宁见她愿意坦诚相对，便单刀直入地问："你对五年前通达的丙级债贪腐案还有印象吗？"

方菲"哦"了一声，淡定地说："关于丙类户获得利益输送的问题？"

闻言身体前倾的张宁，面目渐渐在方菲的眼里变得清晰起来。

方菲感觉得到了应有的尊重，便直白地讲解起来："丙级债的猫腻有两种，第一种是倒爷型，承销机构在卖债时，先将利率提高，压低债券价格，把债券卖给丙类户后，再转手卖给甲类户或者乙类户。"

张宁受过专业培训，对这些已经了解过。

所谓的丙类户，是指机构投资者委托甲类账户的持有人作为结算代理人，在中央结算公司以委托人的名义开立的一级托管账户。

丙类户不能通过中央债券综合业务系统联网交易，必须通过结算代理人来交易。

但是中央结算公司没有控制结算代理人的责任，于是就让一些非法分子逃过了债券交易系统的监控，构建出了一张暂时逃避法律制裁的金融暗网。

听到此时，张宁谦虚地询问："那除了倒爷型呢？"

双眸精光四射的方菲继续解释道："就像股市中的老鼠仓，当机构想要买债券时，先让他们控制的丙类户持有，再释放给利益输送户，其中的价差便是盈利。"

张宁正在等着她说出更多的内幕时，却看到方菲似乎有些口渴地干咳了两声，这才想起对方是个孕妇，便让女警送上了一杯温水。

方菲接过水后，轻声致谢，浅饮两口，润了润喉咙，接着说道："五年前，我不过是个小主管，还没有操纵丙类户的权力，但我有一个重要的线索，应该能换来人身自由。"

原本感觉她很配合的张宁突觉如芒在背，这一切竟然都是为了脱身而作的铺垫。

他惊讶地挑起了眉毛，压抑着怒气问："你居然还在这里谈条件？"

方菲并不惧怕，玩味地交叉着十指，反问："为什么不？我清清白白地进来配合调查，名誉上已经承担了损失。我可不想像上个月源生基金的负责人一样，失联了大半个月，被媒体写得不堪入目，就算出去了对个人形象也有很大打击。"

张宁被她的话触动了，确实，曾经调查过的嫌疑人哪怕被证明了清白，回归到原来的生活圈子，还是会遭受周围人的冷眼和疏远。而他也认为，调查是为了追查真相，如果自己可以处理得更为人道，对无辜的人也是一种保护。

问题是，眼前这个女人究竟是正还是邪？

方菲靠在椅背上，舒缓着腰部的压力，光洁修长的指尖像弹钢琴似的在白亮的桌面上轻巧地弹动着。

"而且，我敢保证提供的材料一定比匿名举报者的更能戳中要害。等我回去后，还有足够的权力搜集到更多信息来帮你。"她的一双丹凤眼仍然闪动着镇定的光芒。

"我为什么要相信你？"张宁掂量着手中为数不多的几张牌，冷静地盯着她的双眸。

再狡诈的罪犯也不会逃过他像 X 射线一样冷酷的直视，双眼是灵魂的窗户，在长时间的直视下，哪怕一丝一毫的心虚都会浮现出来。

方菲的眼睛同样也直视着他，犹如烈日一样炽热。

她挺直脊背，紧握双拳，掷地有声地说："很简单，因为我要自保！你有没有体会过那种拿生命和尊严去死磕一份工作，用尽全部的时间和精力来获得被社会认同的感觉？对普通人来说，工作也许是生存的工具，可对我来说，工作几乎是我人生的全部！我不允许自己的名声被玷污。"

张宁的内心被震撼了，这还是他第一次听到一个女人如此认真执着地表白自己对事业的热爱。

从未有过任何一个被审讯的人能如此坦荡、发自内心地诉说着自己对工作的感情。

关键是，他懂。

如果不是同样热爱着自己的事业，他怎么可能错过那么多次除夕和春节与家人团聚的机会，常常吃不完一顿完整的饭，随时随地丢下手边的一切，就奔波在追逐真相的路上。

真的热爱自己事业，燃烧的不仅仅是生命，还有灵魂。

很多时候，哪怕是最亲近的家人也都无法理解这种疯狂的执着。

唯独这一刻，张宁觉得她懂。

说完后，方菲的眼里泛起了柔和的光。她将手轻轻地放在腹部，用打动人心的声音说："除此之外，我更不希望影响宝贝的健康发育，我不仅要清清白白地走，我还要保护我的孩子不受伤害。"

张宁终于决定，暂时相信她。他放下笔说："由于涉及的债基金额大和交易数量多，排查需要一定的时间，我要先跟上级汇报，请稍等。"

在他离开后，方菲有些疲惫地闭上了眼，刚刚说了那么多话，又谋划了将来的后路，消耗了太多能量。即便早已精疲力竭、小腹酸痛，她也绝不能退缩。

半小时就像过了半年，她终于看到张宁神情松弛地推门进来。

"现在您可以提供信息了，说完之后，您今晚就可以先回家休息了。应该说配合审讯期间的晚上，您都可以回家休息。这是妊娠期的特殊宽待。至于什么时候能回去工作，就看您的配合度了。回去之后，就是您的自由时间。无论是打电话、发信息还是什么，都随便您。"

张宁当然不会宣布：为了以防任何意外发生，她的手机号码已被实施监控。

方菲淡淡地笑了一下，这待遇已经相当不错了。

"行，我说。"

方菲将自己所知道的五个内部金额最大的丙级债列举出来，足足讲了近两个小时，俨然已经从犯罪嫌疑人转变为举报人。不过口说无凭，在未拿出确凿证据之前，方菲还是得受监禁之苦。警方除了按图索骥去寻找证据核实方菲的话，更希望方菲也能着手搜集证据。张宁所谓的配合度就有这方面的意思。其实不用张宁刻意再强调一遍，方菲是个聪明人，她懂警方想要她做什么。

重新开机后，申渊的短信先进来了："我去公司接你，听薇薇说你被经侦大队带走了？"

看时间是六点，他只给她来过一次电话，不知道是因为听了薇薇的解释，还是"出轨"后的漠不关心。

方菲的目光落在无名指两克拉的钻石戒指上，耳边仿佛响起婚礼时他的承诺："我会一生一世爱你、守护你，永远不会背叛你。"

誓言犹在耳边，她却像被困在触礁后的"泰坦尼克"号中慢慢在冰海里下沉，看着海水涌进船舱，她感到孤独、寂寞和绝望。

自从她怀孕之后，申渊就不在床上跟她亲昵了。以前，他不是这样的。

方菲还记得第一次在海边香格里拉酒店套房，颇有仪式感的申渊把鲜艳的玫瑰花瓣铺满了波斯地毯，抱着她一步步走向圆形的大浴缸。他轻柔地吻着她娇嫩的皮肤，在一次次的磨合与探索中，助她从女孩变成了女人。

那份水乳交融的欢愉，浓烈得就像香醇的美酒。尽管她是第一次，却自信地认为自己有让申渊无法自拔的魅力。最重要的是，她不太在意爱情在生命中的地位，因为，没钱才是最可怕的。

尝了禁果的滋味后，他们非常珍惜每次的火辣缠绵。

申渊总喜欢与她十指紧扣，语带双关地在她耳边撩拨道："真想这样永远跟你在一起。"

然而，自从她怀孕之后，申渊就失去了与她干柴烈火的冲动，经常独自在书房看iPad，有时一待就是一宿。

细心的方菲曾在书房的垃圾桶里，发现过一团团可疑的纸巾遗骸。当时，她感动地以为他这份忍耐是怕伤到胚胎，现在看来，恐怕是因为他有了外心。

莫非，申渊担心直接抛弃她会使自己形象大跌，所以才举报她，先让她被警察带走，这样等她出来后，自然而然就会在舆论的攻击下自动消失。

到底什么时候才能摆脱这些麻烦？方菲苦恼不已。

这样她才有更多的时间和精力去推动固定收益部即将发行的两百亿债券基金上线，才能讨回甚至赚回亏欠婆婆的300万！这一个又一个障碍，如同重重枷锁将她围困。

她深呼吸几下，拨通了丈夫的电话："我刚被经侦大队送回家，你在哪儿？"

"我找不到停车的地方，就一直在你公司附近兜圈子，那我现在回去。"他平稳的呼吸中略微带着一点焦躁。

假如方菲没看过那张艳照，还真以为他是个好老公，现在心境变了，连信任也少了。她在小区的车位旁等着那辆深蓝色的奔驰出现。

申渊看到路边站着的妻子，摇下车窗，惊讶地问："你怎么不在家等我？没事吧？"

方菲的目光投向内座，感觉座椅的间距拉长了，似乎有别人坐过，便说："我想起有个东西掉在你车上了，让我进去找找。"

拉开门坐进去后，她的预感果然没错，坐过的肯定是个长腿妹妹，因为空气中还飘着一丝若有若无的清香。

虽然心里酸痛，她还是若无其事地在抽屉里翻找着，最后从车前柜中抽出了一副Gucci的墨镜，不经意地说："找着了。这车小李坐过吗？"

小李是申渊的男同事，申渊偶尔会捎上他。

"没有啊！"申渊不假思索地回答道。他还以为妻子心理压力大，再加上孕期反应，所以才显得有些憔悴。一秒钟后，他的印堂突然略微发青。这是他一贯的惊恐反应。

方菲感到一阵尖锐的疼痛从太阳穴深处传来，便忍不住伸手去揉。

"赶紧回家吧。我已经让阿姨把饭菜端上桌了。"申渊似乎想掩盖什么。

方菲说："我今天太累了，感觉不太舒服，而且明天早上还要被接去局里审查。"

"究竟怎么了？我看过你们公司的报表，没什么大问题啊？"证券分析师出身的申渊谈论起了通达的财报，这是他的职业习惯。

方菲感觉他目光闪烁，她故作虚弱地说："据说是被人举报了2014年的老案子中牵扯的新问题。你还记得吗？那一年我刚刚当上主管。"

"记得，你的升职速度比坐火箭还快，我那天还邀请你吃饭庆祝了一番。"

# 第四章

从进公司到升职为主管，再到升职为经理，方菲只用了不到两年时间，堪称无背景、无留学经历人员的奇迹。而他们正是在通达集团的群体面试上相识的。

深二代分两种。一种就是做脑力劳动的，从有着深港"黄埔军校"之称的培训班进行金融贸易的培训开始，逐步走到企业管理层，甚至自己创业，开疆拓土。另一种就是她这种建筑工的后代，没有背景，处于社会底层，跟外来移民一起抢夺资源，如果不靠学习和工作改变命运，可能一辈子都是穷二代。

申渊家境富裕，对她也用心。刚进债券部，在林晨手下当小兵的方菲却拒绝了他。她将一穷二白的家底毫不避讳地告诉了他，明确表示只想好好工作，好好赚钱，养活自己，全家不累。

申渊尊重她的意见，退而求其次地做了男闺密。他一边向她请教职场上遇到的各种问题，一边关注她的欢喜和悲伤，一次又一次约她出来品尝美食佳肴。

要想获得男人的心，先要抓住男人的胃。申渊认为把男人改成"方菲"同样适用。谁让她是寒冬腊月躲在被窝里，一听说有新鲜热辣的美食就欣然而至的超级吃货呢？谁让她每次在饭桌上才有时间对他敞开心扉，从事业聊到学业，又从学业聊到家庭呢？

更让申渊喜欢的是，她吃饭的样子特别香，特别可爱！

她吃火锅的时候，喜欢先用漏勺把牛肉丸舀到碗里，再用一根筷子戳进去，像吃棒棒糖一样。她眯缝着眼睛，一脸陶醉地蘸着调味料吃，边吃边用悦耳婉转的声音轻轻地说："嗯，好吃。嗯，真香！嗯，你快点尝尝啊！"

有一次，她吃港式早茶，发现虾饺有点烫，便将其摆在两根筷子之间摊凉，还说这是小蒸笼。好不容易等到虾饺变成正常温度，她便迅速张大嘴巴，"啊呜"一下将硕大的饺子放进了嘴里，腮帮子像吹气球般鼓了起来，像极了《崖上的波妞》里的海神女儿波妞。

申渊好奇地问她道："你在公司食堂里也这么吃吗？被领导看见了会不会影响你的前途啊？"

方菲白了他一眼，斩钉截铁地说："废话！公共场合，当然不会这样！"

申渊委屈地想，这儿不也是公众场合吗？

又一次，两人正在等担担面上桌，方菲突然喜滋滋地对申渊说："我可能快升职了！"

申渊奇怪地问："不会吧？你进公司还没八个月，怎么会这么快？听你说过那个林经理不太厚道呀。"

"你说对了！这还真要感谢这个喜欢让下属背黑锅的甩手掌柜！"

原来，当时的总经理冯楚是个特别追求细节、对报表和报告从内容到呈现都极为严苛的严厉领导。他在八十年代改革初期，便因为自学成绩优秀，被公派出国学习金融知识，又在深港急缺金融人才时作为拓荒者，带动着通达集团一步步拓展金融衍生物，耕耘着固收业务。因为工作认真，而且经常板着个脸，训斥起下属来丝毫不给面子，所以背地里他被职员们称为"冷面杀手"。

林晨知道一旦得罪"杀手"日子就会不好过，于是每次都找下属来替她发报告。

一般人的数据或文件细节当然入不了冯楚的法眼，林晨就将责任归咎到提交文件的人身上。这么一来，林晨身边稍微有点心眼或脾气急躁的人，不是另谋高就，便是被气跑了。

正常打工者都是接到任务就做，只求一份工资一分努力，差不多就行了。可方菲偏不，她从小到大都思路清晰，做事精密细致。

早在大学三年级，她就已经在业余时间自学了 Excel 和数据库，为现在做报表和数据打下了坚实的基础。

不仅如此，她比常人还多了一个心眼：特别喜欢去揣摩领导的意图，尽其所能地把报表和数据做得一目了然。即便做不到最简洁，她也会细心地添加批注帮助领导理解。

为了让报表做出领导期待的效果，她甚至会打破常规。

刚开始，她从林晨那边接手的报表和报告几乎千篇一律，让她发挥创意的情况不多。

后来有一次，林晨皱着眉头告诉方菲，她需要一份公司债券基金销售情况与海外同业债券基金销售情况的对比报告。

因为数据难找，又有大量的文字翻译工作，林晨随便给方菲指了个方向，其实心里早已准备好承受来自冯楚狂风暴雨般的批评了。

可这对方菲来说并不是什么问题。

她本来就经常上海外的网站搜集金融行业的信息，做行业对比的模板手中有上百个，随便找一个高大上的来做基础背景毫不费力，最难的无非是分析。但拿过全校毕业论文和答辩成绩双第一的方菲，早已拥有超乎常人的独立思考能力。

冯楚收到这份报告后，只觉得眼前一亮。他翻看着之前收到的林晨部门提交的几份报告，都中规中矩，挑不出毛病，不过也因为其固定性，没什么亮眼之处。

而这份既有调研内容又极具创造性的报表，美观又直接，制作者像是拥有读心术一般，提供的内容正中他的下怀。应该给予这样的人才更大的鼓励，看这人将来能达到怎样的高度。

冯楚将林晨叫到办公室，当面询问她报表到底是谁做的。

"做得好还是不好？"林晨小心谨慎地问。

冯楚当然知道她的本性，有意板着脸，面色阴沉地说："你觉得呢？"

林晨已经在心里打过预防针，赶紧忙不迭地推卸责任："那是我们部门新来不到一年的大学生小方做的，这没经验的做事就是不靠谱……"

"行，我知道了。"

冯楚的脸上略有惊愕之色，才进入职场不到一年，竟然能打败眼前这个职场老手。

挥手让林晨走开之后，冯楚立马给人事部打了个电话："林晨下属姓方的那位叫什么？"

"回冯总，她叫方菲……"

接电话的是人事部的赵玲，两年工龄，而且是方菲的室友。

听到冷面杀手的声音时，她第一反应便是——难道方菲要"被"离职了？

冯楚竟颇为赞赏地说："你们把她加到后备干部的名单里，固收部有主管空缺的时候，第一个升她。"

方菲也是在赵玲的透露下才知道，原来自己背后的贵人竟是传说中最冷酷无情的冷面杀手。

她大感意外，没想到在通达这个等级森严又多看重背景的地方，还有这么一号不拘一格提拔草根的人物。一时间，她对有着知遇之恩的冯楚油然生起一股敬意。

从此，她对这份工作更加上心，恨不得每天除了吃饭睡觉，都在思考如何将公司的利益做到最大值。同时她也在等待下一个机会，一个可以让自己腾飞的、创造奇迹的机会。


申渊听到这儿，连忙说："如果你升职了马上通知我，我请你吃'心悦'！"

"家喻户晓、一座难求的米其林三星法式西餐厅心悦？"方菲激动地放下筷子，双眼放光。

申渊下定决心，等到那一天，以庆祝为名再次向她表白。因为经过这么长时间的酝酿，从她温柔的眼神中可以看出，至少她不讨厌自己。

此后过了两个多月，方菲正式确认升职，庆祝（告白）日终于到了。申渊带着五年前在摩泽尔买的夏兹宝雷司令（一种精选甜白葡萄酒），提前两小时来到了预定好座位的餐厅。

六点半，还穿着职员黑色西装制服、系着方巾的方菲如约而至，如出水芙蓉。

申渊特别喜欢看她这样的打扮。只是百来块的统一服装，硬是被主人穿出了知性高贵的气质。

在昏暗的烛光下，一顿星级晚餐像隐藏在菜单里的宝藏，在两人食指的指指点点下一一被挖掘出来。

侍者抱歉地对他们说："不好意思，我们这里的焗蜗牛为了保证食材的鲜美，需现场处理，再加上焗烤，大约要花费三十五分钟。"

"没关系，来这儿就是为了吃招牌菜的，多久我都等！"

这时，方菲的手机却扫兴地响了起来。林晨说收到了一个紧急邮件，催促她一个小时内将本季度债券基金的分析报告赶紧做出来。好在今天方菲下班连家都没回，直接来到了西餐厅，她打开随身携带的手提电脑，电脑里储备着各种有用的数据以及常用的报表。

申渊目不转睛地看着她，这个认真的女人浑身上下都散发着诱人的魅力，就像一尊闪闪发光的女神。她那投入与专注的眼神，她那聚精会神托腮思考的模样，无不透出职场女精英的干练。

方菲从容不迫地整理完了数据，做完了分析。

这时，牛油蒜蓉焗蜗牛也被穿着燕尾服的侍者端上了桌。

她双眼放光，急忙把电脑放到一边，脸上浮现出俏皮的微笑。

她一边吹着叉尖上滚烫的蜗牛肉，一边迫不及待地咬了起来，她还侧脸看着螺旋状的白肉说："像不像波板糖？"

申渊看她吃得开心，把自己的一半都挪了过去。

吃饱后，方菲让人收拾干净桌子，边品着白葡萄酒，边打开电脑盖子，重新检查了一遍报告。

前后只用了五十五分钟，她便发出了文件。做完这一切，她欣喜地举起勺子，吃起了肉红色的草莓小布丁。

若不是申渊亲眼所见，很难想象一张精致高冷的面容，竟可以随意切换出都市丽人和馋嘴小吃货两张脸。

"方菲，其实，今天我有话要对你说！"申渊说完后，又倒满了酒。

"怎么了？"方菲饱餐之后心情特别好。微醺的她，放松地微笑着。

千言万语涌上申渊的心头，怎么开口好呢？你做我女朋友？太土了！我喜欢你？上次说过了。怎样才能打动她呢？

申渊想到了好主意，颇有深意地问："能让我请你吃一辈子的饭吗？"

"我经常加班！"方菲认真地注视着他说，眸子亮晶晶的。

"我愿意等你下班！"

经过这么多次饭桌上的相对，她已经不再排斥，也不再担心两人之间贫富悬殊的家境。她跟这个外表养眼、内心温暖、喜欢微笑着陪她吃一辈子饭又何妨？

"如果你不介意我是个工作狂的话，我愿意！"

方菲就算一只脚踏进了爱河，也仍然神志清醒。恋爱，绝不会能影响她的事业。

"当然，我爱你的全部！我就爱看你认真工作的样子！我喜欢你。"申渊痴迷地看着她，感觉心都快融化了。

这时的他们都没有想到，在情感路上最大的阻力竟然来自章雨露。而一向对母亲唯命是从的申渊，竟然不惜做忤逆子，迎娶了才貌双全的方菲。当然，这是后话。

第五章

　　林晨准备生二胎时，方菲成了代理经理。

　　她第一次参与了每两周由冯楚主持的固定收益的部门经理会议。

　　这个会议的目的是各部门汇报工作，简单解释现在和上两周的数据差异，以及距离工作指标的进度，最后散会前五分钟，冯楚会问一下大家还有没有让固收部发展得更好的建议。

　　通常，经理们只是说一些团建或市场推广形式的小点子，笑一笑便散会了。

　　茨威格在《人类群星闪耀时》中曾说："一个平庸之辈能抓住机缘使自己平步青云，这是很难得的。因为伟大的事业降临到渺小的人物身上，仅仅是短暂的瞬间。谁错过了这一瞬间，它绝不会再恩赐第二遍。"

　　平凡人和大人物之间的区别，也在于普通人绝不会将五分钟的闪光时刻当作自己的机会，更不会为之多做一点准备。

　　会议即将结束的最后五分钟，冯楚循例问大家："在散会前，大家还有什么要说的吗？"

　　尽管每次都听到千篇一律的答复，可他还是抱有希望。

　　在座的几个经理，眼袋松弛，为了给"杀手"面子，微笑着随便聊了几句。

　　这时，方菲突然站了起来，用清脆的声音说："我想提一个引进汽车贷证券化的建议。国内的金融政策刚刚放宽了汽车贷证券化的要求，但行业内真正着手去做的机构几乎没有，相反，在国外这种债券形式已经非常普及。我们为何不将汽车贷款打包成债券，将个人汽车贷款、机构汽车贷款、经销商汽车贷款组合资产化呢？"

　　这一瞬间，会场安静极了。

　　茨威格的另一句话恰好诠释了方菲为什么第一次开会便脱颖而出的秘密，

因为"命运总是迎着强而有力的人物和不可一世者走去"。

这么多位职场老手丝毫没有想过,竟然有一天,真的有个人提出了一个他们谁也没有想过,甚至已经超出主动了解范围之外的建设性意见。

有几张脸上甚至浮现出了愠色——这不是捣乱吗?

工作范围之内的事情做完,到时间散会便是。

遇上这种人,以后岂不是都没好日子过了?

方菲勇敢地直视着冯楚。台上一分钟,台下却花费了她不少的精力和时间。这也是一个她已经准备多时的功课,她只为告诉这位伯乐——他绝没有看走眼。

"你接着说。"冯楚一向面无表情的脸竟然温和起来。

让与会者感到羞愧甚至恐惧的一幕出现了。

方菲将投屏线插上自己的笔记本电脑,一瞬间,制作精美的商务幻灯片便被投影在会议室的白墙上。

她这哪是提意见?分明是带着全套方案哪!

某些人已如坐针毡,另外一些则咬牙切齿。

方菲犯了普通人容易犯的职场大忌,势必会成为众矢之的。

往后,这些被她比下去的老人,将会挖空心思盯着她的一举一动,试图从一个意想不到的角度将她打倒在地。

方菲全神贯注地投入在这次"发布会"上,无视所有人的心理活动。因为她认为别人怎么看她,跟公司发展毫无关系。

她有理有据地指着屏幕上的照片解释着:"张氏汽车集团立足于深港和粤岛,是深港最大的汽车公司,并在深港上市。他们的个人汽车贷款金额小而且分散,与居民的消费联系密切,一般是按月兑付,与其他信贷债券相比频率要高。通达可以借助灿烂助贷机构提供的外包服务——如果汽车贷款不超过五年,二手车贷款不超过三年,那么汽车贷款支持债券化。比如,发行规模二十亿元的个人汽车抵押贷款债券,带领投资者去瓜分汽车金融领域的蛋糕。"

如此大的信息量,已将众人的情绪从刚才的嫉恨、不屑变成了惊讶和迷惘。

冯楚虽然对她的表现大为赞许,但担心她只能纸上谈兵,便问:"汽车贷的债券国内尚未有首例,说着容易,具体怎么操作,你知道吗?"

"通达作为助贷机构,需要通过信托计划向借款人发放车贷,再以持有的信托受益权的形式提现。我们可以将受益权作为基础资产参与发行债券。在尽职调查阶段，就要充分调查底层贷款人的情况。第一步，由通达作为发起机构，将资产委托给受托机构，并由后者设计信托计划。第二步，作为管理人，受托机构委托服务机构对资产管理提供服务，并且委托通达开设信托专户，归集属于信托计划的现金流回款。"

方菲气定神闲，恍如傲然伫立在擂台上的武者，继续从容地说："接下来，信托计划作为发行人，向投资者发行债券，并将募集的资金转付给通达，机构再定期归集现金流的回款，兑付给投资者本金和收益。最后通达向银保监会申请业务资格，并与信托公司联合提交该产品的备案材料。完成手续后，向中国人民银行申请债券的注册，有效期内可自主选择发行债券的时机，在按规定披露信息前的五个工作日，将最终的发行说明书、评级报告以及相关的法律文件、债券发行登记表送到中国人民银行备案……"

全场一片寂静。

一个初出茅庐的小女生与年龄形成鲜明对比的缜密心思和老练布局让人心生畏意。

如果不能铲除她，巴结一下也许还能带来好运。

"汽车贷款债券化的评级，你打算怎么做？"

迟建经常出国考察，对风险控制早有耳闻，想考考她是否顾全了这个领域。

方菲对答如流地说："要做到双评级，除了在国内找第三方专业机构之外，还需要找一个专业的国际独立私营评级机构。"

"你要如何控制资金池？"冯楚对自己当初慧眼识珠感到欣悦，眼前的这个女孩虽然资历尚浅，但是有着一代宗师的气派。

他仿佛看到了固收部在她的带领下，发展得如日中天的那种蓬勃之气。

方菲面面俱到地说："建黑池和红池。一个作为参考基础，向监管进行申报；另一个在实际发行产品时，转让给信托计划的信贷资产。"

冯楚决心检验她的实践能力："这件事就交给你去操作了，需要任何支援直接找我。"

台下众人一片哗然。

"没问题！"方菲毫无惧色，甚至是面带欣喜地接受了。她等的就是这一刻。

"现在我就让人事部先给你印一盒债券部经理的名片。你拿着去办事更方便。"

这就被提拔了？来公司才一年零九个月，已经升到经理？刚刚还瞧不起她代理职位的那些老油条瞬间哑口无言。

要知道多少人熬了七八年，熬得前边的萝卜被拔了坑才坐上现在的位置。而她只不过用散会前的五分钟，讲了一个提议，但大家又不得不承认这个全新的项目。

成了，方菲作为通达集团甚至全国汽车贷债券化的先驱，无疑会获得巨大的荣耀。

且不说失败了，仅仅是要走完从无到有的过程，难度系数无异于穿着水晶舞鞋，在陡峭的悬崖上跳舞，一不留神就可能摔个粉身碎骨。

方菲已经清楚每一步该怎么走，又得到了冯楚的授权，但对于此次合作能否成功，心里多少还是有些没底。毕竟张氏汽车集团的董事长张鹤曦可是纵横商场多年的大人物。这时，原本是做证券分析师的申渊，因为在市里一档最受欢迎的股票栏目中出镜了，以精准的推荐率和帅气的外形博得了众多女性观众的眼球。

有上百名四十多岁的女观众连续打电话询问电视台，他何时会出现在下一期节目，电视台干脆聘请申渊做了特邀嘉宾和兼职男主持。

方菲将内心的担忧跟申渊说了，申渊提议道："你为什么不去找总经理帮忙呢？他说了有问题就找他。能调动别人来帮助自己也是一种能力。更何况是那么有背景又在改革浪潮中傲然挺立的冯楚。当年深港、粤岛两地金融合作，他功不可没。要知道，我们证券业的分析师都很尊敬他，即使在粤岛那边，也有很多'大鳄'想跟他交朋友，想通过结交他来拓展在中国内地资本市场的业务。不消他说什么，只要他撑撑场面，剩下的你正常发挥就行了。前期做了那么多功课，肯定没问题的。"

最后，方菲采纳了申渊的建议去找了冯楚。冯楚听了方菲的请求欣然答应。其实把这么重要的项目委托给方菲，他也不放心。他从一开始就有前去助阵的打算，之所以没跟方菲明说，是想测试一下她的胆气，也想借此机会锻炼一下方菲。

有冯楚这尊大佛在身边，面对张氏汽车集团的董事长张鹤曦、首席财务官鹿韵时，方菲也有了底气，从开始的不太适应到渐入佳境，再到声情并茂、胸有成竹，直至说服了两人。演讲完，张鹤曦对方菲赞赏有加。冯楚自然面上有光，内心甚是欣慰。

汽车贷债券化，对已经在粤岛生活多年的张鹤曦来说并不陌生。他甚至曾跟下属提到过国内金融市场这一方面仍是一片空白，很有发展潜力。

方菲的这个提议，有助于盘活张氏汽车集团在国内的汽车贷资产，减轻企业负担，为其锦上添花。这注定是一次曲逢知音的合作。

合作需要经过证监会等各方的严格审核把关，以及企业法务部、风控部分别对法律文件、风险控制的反复审核把关。过程相当漫长不说，还要回复海量的文件询函。跟进项目的好几个工作人员都已经熬不住离职了。方菲也曾被人冷言冷语地嘲笑，但还是挺住了。

前前后后运作了一年半，最后方菲终于将通达张氏汽车贷 15 债券推行上市，为张氏汽车集团的汽车贷融资打开了一扇大门。

张鹤曦对这次合作非常满意，夸她头脑灵活，办事效率高，更放心地将后续的债券基金业务都交给了她的部门。

等林晨哺乳期回来后，曾经死气沉沉的债券部已被方菲带领着走上了一个新台阶。在她为自己跟这个年轻下属是同一级别而感到尴尬的时间里，方菲早已一路从经理晋升到资深经理，又升到总监了。

方菲在这次运作中，发现了人脉和财脉之间不可言说的秘密。企业债可以给很多证券公司承包，为什么优先考虑通达呢？因为交情！有人的地方，就有关系，也就有生意。

冯楚又提醒方菲，可以开个财富俱乐部，吸引同业决策者们每年聚一聚。

形式虽然只是每年就一个主题开个会，邀请市领导来参与活动并发言，但这样做既可以协同创新，维护金融稳定，还能将各方资源都往债券化的路上凝聚起来。

她决定创建一个聚集新贵人脉的财富俱乐部，将人脉和情报变现。

银行、券商、公募、私募、信托等非银机构，在方菲一年一度的联系下参与嘉年华，已经结成联盟，促进承销和分销关系，最终会聚成一个顶级资金配置圈。

自从张氏汽车集团的项目后，方菲就发现光靠自己一个人是无法同时处理好所有问题的，而项目中遇到的各种意外情况，需要各种能人来解决。

她一改过去专心工作、不管他人评说的风格，尽量与人为善，并且重点栽培出类拔萃的新人。她既能拓展新业务，又有管理能力，每年都带领团队超额完成任务，当然得以节节高升。

另一方面，经过长时间的锤炼，原本青涩的申渊也成了本市赫赫有名的"股神"。

荣耀为他们带来了财富，同时也带来了更强的工作压力，使得两人相聚的时光越来越少。

这对神仙眷侣，被经济圈视为一对难得的典范夫妇，每次记者采访完方菲，都会赞叹她前世修来的好福气。背地里，他们却因为过度疲劳，失去了性趣。哪怕裸裎相对，也能坦然地睡到天亮。

方菲在工作上对自己的要求越高，带回家的私人情绪便越多，娇俏可人的一面也就越来越少，接连不断的是肆无忌惮的暴烈发泄。

虽然她一心只扑在事业上，永远只先顾及自己的感受，但不管是优点还是缺点，都被丈夫像海绵吸水似的全部吸纳。她曾经以为自己是最幸运的女人。但现在，艳照让她婚姻中的安全感轰然崩塌……

被最信任、最深爱的男人背叛，就像被一把刀猛地插进心脏。这番疼痛远胜于损失了几百万现金。

## 第六章

一进家门，口干舌燥的方菲端起熬成乳白色的筒子骨萝卜汤，咕嘟咕嘟地喝起来。申渊像往常一样给她夹菜。她一想到丈夫跟别的女人有染就觉得恶心，那双一伸一缩、不断夹菜到她碗里的筷子，差点让她呕吐。

李薇薇的电话恰好响起，头皮发麻的她连忙走到阳台上接听。

"方总，今天您一走，古丽就召集全公司的部门经理开会。她说要把我给调到杭市去。那儿可是分公司啊！万一我走了，您一个人可要注意身体，少加班！我真想帮帮您，但又不知道能做什么。"

听了这话，方菲的眼圈开始发热。她对下属一向鼓励多于责罚，注重培养独立能力。她知道，三年前大学毕业就来做小助理的李薇薇，天资聪明，忠诚度高，早就可以独当一面。薇薇这番掏心掏肺的哭诉，全然是因为舍不得她独自受苦。

"别着急，你能去杭市，真是天助我也！我有一些古丽的资料就存在我们的共用邮箱里。你通过线索去查一查她才进公司没多久就在杭市被提拔的事。我记得那一年通达大力发展丙级债，负责这个项目的人是扶持古丽从管培生扶摇而上的蔡权。如果细细搜证，肯定可以查到一些见不得光的东西，但是一定要快。"

电话另一头的李薇薇，脸色逐渐放晴，挂着泪珠的脸上也慢慢绽放出笑容："太好了！让她在这儿狂，我这就去杭市翻她的老底！"

等方菲回到饭桌时，申渊早已吃完，桌上只剩下剩菜剩饭和她的碗筷。她赶紧忍住恶心，将那层被投喂的食物丢进了垃圾桶。堵在咽喉的闷气这才终于顺了下去。

她心想：隐忍是为了反击！等我从经侦大队出来，一定会把这些账都一笔笔地算清楚。


第二天一早，方菲上了小区门口等待她的车。无须送她的申渊驱车开往电视台。他跟笑脸相迎的女主持人吴静打了招呼后，就坐开拍。

在表述观点时，他的双目炯炯有神，谈吐文雅有理有据，在镜头下，就像是闪闪发光的白马王子。

吴静一脸陶醉地听他讲完后说："刚刚申渊老师跟大家分享了他关于股市未来的预测，现在轮到我们秦力证券的谢猛老师谈谈对大势的分析。"

镜头随后对准了坐在申渊旁边那个矮矮胖胖、戴着黑边眼镜的男嘉宾谢猛。

他笨拙粗短的手指托了托镜框后侃侃而谈，但申渊看好的行业，他偏不看好，申渊看涨的，他偏说会震荡或者要跌。

吴静对此早已见怪不怪。正好一个看多、一个看空，电视台谁也没得罪。

节目结束后，谢猛走出电视台大门，看到一群美女粉丝围在申渊的身边索取签名。

"帅哥！股神，来帮我签个名嘛！"

"好的。"申渊露出一个阳光笑容，飞快地接过本子，应对方的需求写了名字。

谢猛眼巴巴地站在旁边，美女们连余光都没往他的方向扫一下。

突然，有一位美女朝他跑过来，问："你是那个什么猛来着？随便了，你有没有带笔？"

"有！"谢猛受宠若惊，还以为终于有人找自己要签名，赶紧掏出一支进口的派克金笔。

对方一把抢走后，跑到申渊的面前说："帅哥，麻烦在我的衣服上签个字！"

更多的女粉丝扑了上来，竟然把申渊签完字后递给对方的金笔给撞掉了。

"可恶！那可是我最贵的一支钢笔！"谢猛气得面部扭曲。

"对不起，还你。"那女人捡起笔尖已被撞坏的笔，塞进他手里，转身就走。

谢猛干净的手掌被墨水留下了难以拭去的印记，一气之下将笔丢进了垃圾桶。

"我不要了！"

刚一回头，他就看到了一张脸俯视着他，是个身穿深褐色皮衣的高个子男人。

"跟我合作吧，我们是站在同一条战线的人。"那人的声音浑厚有力，带着不容置疑的威严。

谢猛本不想理他，但又担心对方是个大户股民，万一被自己气跑了，岂不是断了财路，只得按捺住性子问："你什么意思？"

"我也看那家伙不顺眼，我想帮你。"那人指了指正在埋首签字的申渊，说。

"帮我！你能怎么帮？"

谢猛了解，有些大投资公司在拉升的最后时刻，需要找散户接盘，便会找一些股评家有偿地公开发表意见，忽悠老百姓用真金白银来"抬轿子"。

万一将来他害得那些股民损失惨重，岂不是成刽子手了吗？

虽然他不是善茬儿，但还是有底线的，于是便严词拒绝："如果是制造舆论散货就别找我。"

那人摇了摇头，说："我只要一样东西，绝对不会影响你的职业操守，还能帮你打得他无法翻身……"

谢猛听着建议，瞳孔逐渐放大，仇恨的表情渐渐暖化成一片笑容。

申渊签完字后，好不容易摆脱了一大拨粉丝，驱车驶入了一家商场的地下车库。

已经赶到杭市报到的薇薇正在不动声色地通过公司的公共盘，搜寻着古丽违规操作的证据。薇薇因为人美嘴甜，又经常陪方菲到杭市出差，大家都对她照顾有加。平时方菲为人大方，人缘很好，虽然大家明面上怕得罪古丽，但私底下能提供给薇薇的方便都已悄悄给予了。

但资料庞杂，要找到敏感的证据并不容易，毕竟公司内万一真的有违规操作，也不可能存在于数据库里。薇薇为了方菲，几乎不眠不休地连夜搜寻着蛛丝马迹，也花时间、精力拜访了一些熟知当时情况的老同事。

但目前古丽势力大，耳目众多，考虑到不能打草惊蛇，她只是每天晚上将查到的结果发送到和方菲共用的邮箱中去。


早上被经侦大队的车接走，晚上再被送回家。这样的情况已经持续一周了。自从薇薇被调到杭市后，方菲会及时把从薇薇那里获得的线索和资料汇报给张宁。

张宁会不定时见方菲一面获取最新情报。今天他来的时候已经是下午四点了。两人谈了半个小时左右。

张宁合上笔记本说："虽然还没有得到关键的证据，但这段时间辛苦你了，请你照这样继续挖掘下去，今天你也累了，就先随车回去休息吧。"

方菲在车上仔细翻看了手机上的未读消息。未收到任何新的艳照，不知道神秘人是黔驴技穷，还是在酝酿着新的轰炸。

王警官那边也没有打来任何有关追讨欠款的电话，她也没心力再去询问方大业是否有新的进展。

今天是暂时平静的一天，虽然波澜暗涌。

已经五点，申渊还没到家。方菲知道，做完节目是三点半，路上车程半小时，又不需要兜路去接她，现在应该早就到家了，空出来的这段时间，他又去哪儿了？

正想着，门突然被钥匙打开了，头发湿到发根、脸色红润、胸口都被汗液沁湿的申渊惊讶地看着她。

"你今天怎么这么早？"

"是你为什么这么晚吧。"

方菲感觉内心一阵抽痛，他究竟去做了什么？

"我去健身房做了一下运动。"

申渊像没听出她的话中话,将公文包放在沙发上,进卧室拿了睡衣,就直冲进浴室。

为什么自己天天接受审查、备受煎熬的时候,他竟然还有心情出去做运动?

看着他迈着修长的腿离开,方菲心中充满了疑惑。他到底是从哪儿回来的?他什么时候开始喜欢上做运动了?

她的目光落在了他的包上。从来都不屑去翻查秘密的她,竟然第一次有了一种要破案的冲动。听着哗哗的水声,她的思想进行着激烈的斗争。

看,还是不看?

看的话,自己岂不是沦为那种为了男人失去自我的女人了吗?堂堂一个总经理,至于要这样翻查老公的秘密吗?

浴室的水声突然停止了,方菲感觉自己的理智也下线了。

伴随着水声再一次响起,她知道距离丈夫出来只剩下三分钟了。一个声音突然跳出来,大声地催促她:查就查,赶紧看看有没有可疑的东西!谁让他先不仁的,休怪我不义。

她迅速拉开了皮包的拉链,一张健身会所的卡片掉了出来。

方菲连忙拍照,然后又不动声色地将卡片放了回去。

这一瞬间,她突然觉得自己很可悲。

这段婚姻走到这种间谍战的局面,真的很可悲。

她突然发现自己跟任何一个陷入婚姻危机的女人毫无区别,第一次恋爱,第一次结婚,第一次遭到背叛,她只能沿袭那些肥皂剧里看到的招数和套路。

而每天准时响起的汇报调查进度的电话,成了她重获自由的最大底气。

薇薇说:"方姐,昨天我从一个已经离职的老员工那里得到了一个绝密的信息!在 2014 年 9 月,蔡权当分公司总经理的时候,以帮助购买信托产品为名,从源兴公司处取得 5000 万。实际上公司当年的账目只增加了 2000 万,其中有3000 万便是通过这位离职员工汇入了蔡权家人的名下。"

方菲来了精神,连忙问道:"如果这位老员工所说属实,可以拿出证明这件事的资料吗?而且,他能答应出来做证吗?"

薇薇的声音带着一丝沉重:"我从资金部拿到了 2014 年和 2015 年的入账水

单，而这个离职的员工也愿意为这件汇款的事做证。当时他原本不肯接受汇款，但蔡权以不操作就扣除他年终奖金为由威胁了他，他孩子治病急需用钱，不得已便答应了。可是后来，他孩子手术失败，他一直认为是自己做了亏心事才导致了这样的结果，所以愿意为我们站出来做证。古丽作为蔡权的助理，与之关系暧昧，警方完全可以传唤古丽出来接受调查。"

丙级债的油水丰厚，为之落马的高管不计其数。真是柳暗花明，方菲感觉复出有望。

"今天辛苦吗？"穿好睡袍的申渊捧着手提电脑靠坐在沙发上，像是想陪她。

方菲心中一动，拿起一本书假装看着，实际上在偷瞄着申渊的电脑屏幕，却只看到股票图形、国际金融英文报道。

"老婆，坐下来吧，休息休息。"他突然起身，拉着她的手把她带到了身边。

靠近了，方菲嗅到了那阵混合着男人特有体味的沐浴露香气，不禁有些心荡神驰。假如，没有看到那张照片该有多好。

方菲也心情复杂地坐下。刷了刷朋友圈，她突然发现大学室友——跟她的下属梁启尚结婚的童无忌，在晒日本旅游的照片。

染着一头金色短发、左耳打了七个耳钉的她，跟摆了一床的各种名牌包，还有崭新的限量版卡通手办合影，笑得比向日葵还灿烂。

方菲在下方留言评论："你可别把你老公给造穷了。"

她心里"咯噔"一下，想起了被拐跑的 300 万，赶紧躲进厕所给方大业打电话。

"爸，案子有进展了吗？钱追回没有？"

"还……还没有。"方大业吞吞吐吐的，恐怕是内疚。

"我现在有些麻烦，只要拿到钱了，不管多少，马上还我。"方菲本想说出被调查一事，又怕他胆小担心。

方大业却转移话题说："菲菲，先别提这个了，我有个好消息要告诉你！"

方菲没好气地刺了他一句："钱又没要回来，还有啥好消息？"

"我就要当爸爸了！"电话另一头，方大业兴奋地嚷嚷着，脸红得像冬天里打蜡的大苹果。

"什么？"方菲一愣，心仿佛坐过山车似的往下俯冲。

"你马阿姨她怀孕了！我这是老来得子啊，如果是个儿子，咱们方家就有后了！"方大业把最后三个字咬得特别重。

"那敢情我就不算方家的人？爸，你们俩年纪这么大，还欠了一屁股债，再要这么小一个孩子，等孩子到 18 岁时，您都快 70 岁了吧？还能照顾孩子几天？"方菲脸冷得像秋夜黑云后的月亮。

话筒那边忽然传来了一声女人的尖叫："哟，你这说话就不好听了，你在咒你爸死吗？真是嫁出去的女儿泼出去的水，养老送终还是要靠儿子的！是吧？老方！"

但凡孕妇就心疼自己孩子，更何况马春花这种 45 岁的大龄孕妇，本来在医院检查完被划分为高龄产妇就忧心忡忡，现在又被方大业的扩音电话熏了晦气，更是怒不可遏。

"哟，春花，别说了！"方大业努力去抢电话，又怕碰痛了娇妻。

马春花阴沉着脸，愤愤地将手机塞回他手里："没声了！你女儿真是不懂事，我领了结婚证进了方家的门就是她妈，她一直叫我马阿姨也就算了，现在还敢来管我能不能要孩子？你以前是怎么带的，她怎么这么不懂事啊！"

"够了！"方大业大吼一声，额头上青筋毕露。

马春花见他真是动了肝火，也耍起泼来："哼！我冒着高龄产妇的风险要这个孩子，还不是为你着想吗？万一将来你女儿被婆家扫地出门，我们还能靠谁？"

方大业被她这么一压，仿佛被打了一记闷棍。

"可咱闺女说得也对，现在我们欠了这么多债，还连累她在婆家都抬不起头来做人……"

马春花的眼珠顺着思绪左右转动着，虚浮的怒气自然是消了，瞪了他一眼说："我腿肚子被你气得抽筋了，快帮我揉揉！"

方大业一看这事过去了，赶紧眉开眼笑地凑了过来，用那双使得出力气、布满老茧的手，力道轻柔地按摩起来。

突然，门铃响了。浓眉大眼、身材魁梧的马涛拖着行李箱走了进来。

方大业爱屋及乌，热情地招待他住进了方菲搬走前的闺房。

马春花笑靥如花地迎了上去说："涛涛是体育特长生，学习成绩一般，但拿得可是正经大学的金融本科毕业证，你可千万要让你女儿给他介绍工作哟！"

"要的，要的。"方大业心头一热，瞬间答应下来。

# 第七章

这天，方菲交上了薇薇搜集到的特殊资料，证明了自己的清白。她如释重负地松了一口气，心想，终于可以回去工作了。

离开前，张宁给她留了自己的手机号，说："如果有任何新的信息，随时欢迎打我的电话补充。"

"好的。"方菲微微一笑。

还是之前的五个人"护送"着她，一起回到了通达集团。

当她推开门的一瞬间，办公室里突然变得鸦雀无声。

在员工们既愕然又疏远的目光下，穿着黑色职业套装的古丽像女主人般迎上前说："回来了？你不在的时候，我已召集所有销售经理开会了解了最新的债基销售情况。对了……有件事情要跟你汇报一下，李薇薇因为表现出色被升调到杭市分公司当办公室主任了。"

方菲轻启朱唇，甜蜜地笑着说："她做事妥帖，是我的得力助手。你将她从总经理秘书变成分公司的小主任，明升暗降，我会请人事部刘经理到我办公室来一趟，好好了解一下为何有此安排……"

"就凭你？还以为自己是当初的总经理啊。哈哈！"古丽终于忍不住笑出了声。

张宁看了一眼手表，不想再耽误时间，径直走到这位咄咄逼人的美女面前问："你是副总经理古丽？"

"我是，你们有什么事吗？"古丽有点出乎意料地看着他。

相比之前对方菲的"协助调查"，他开门见山地说："根据我们收集的资料，您涉嫌 2014 年的贪腐案，请跟我们走一趟。"

"怎么可能！"古丽两眼高吊、双肩颤动，像泼妇似的发出尖利的惊呼。

张宁见她装傻，便摊牌说："2014 年，作为杭市分公司前总经理蔡权助理的你，在他跟源兴、阳光等企业合作丙级债后，职位直线上升，但源兴已将通达告上法庭，追讨不翼而飞的3000万。当时你作为助理，每一份文件都亲自递交，为何会一无所知？"

"别在这里说了，我现在跟你们走……"古丽面如死灰，神情恍惚。

离开的瞬间，她忽然回首用恶毒的眼神狠狠地瞪向方菲。

方菲懒得理她，走进善于见风使舵的人事部刘经理的房间问："李薇薇的人事调动是谁批准的？"

"是……古副总……"刘经理脸红得像煮熟的螃蟹。

"你觉得我没了秘书忙得过来吗？"方菲柳眉一挑，话中带刺地问。

刘经理哪敢接茬儿，恨不得找个地洞钻进去。一滴豆大的汗珠顺着眉毛淌到了她的脸上。她哪里料得到仅仅过了14天，这个看似永远回不来的女人又回来了。耀武扬威的古丽反倒被带走调查。全办公室的人甚至都没猜到！

方菲步步紧逼地说："现在，你马上把她调回来。另外，下个月我们要发行总价值200亿的5只债基，帮我尽快从内部人才库里选拔一个总经理助理。"

等她走后，大伙才像被孙悟空解除了定身法似的活动起来。

"没想到，古副总才是嫌疑犯？"

"方总果然不简单，不仅召回小李，还要多招一个助理，这样一来，江山更稳了！"

"幸亏开会那天我请假了没有站队！"

古丽麾下的经理们却人人自危，黯然失神。

方菲推开办公室的大门，放眼望去，落地窗外是壮阔的蓝天，还有像白色大丽菊似的怒放的白云。

这时，太阳折射到无名指钻石上的光彩刺痛了她的眼。不知道是一股什么力量牵引着方菲踱进了古丽的办公室，因为走得太仓促，古丽办公室的门是敞开的，桌上还残留着半盏咖啡。

方菲审视着桌面，忽然被一张照片吸引了注意，不由得拿起来细细审视。

在蓝得令人窒息的晴空下，飘荡着经幡和彩旗的布达拉宫阶梯上，古丽跟几个女孩一起笑着。一张微微往左扭的清丽小脸，方菲觉得似曾相识。她的心突突地加速跳起来，赶紧点开手机相片比对了一下，从眼睛到鼻梁再到嘴唇，虽然发型和服装变了，但侧面轮廓完全吻合。

一瞬间，她气得发抖！

好你个古丽，知道你觊觎我的位置多时，为何不在工作上打败我，而是拐弯抹角地使卑鄙手段？

方菲感觉相片的背后似乎有笔迹，转面拆开相框，一行娟秀的小字露了出来：2018年碧海蓝天驴友会合影留念。

方菲用百度检索了一下"碧海蓝天驴友会"这几个字，跳出了一个论坛。

只要顺藤摸瓜查下去，很快就能得知那个女人的身份。

本来她想弄清艳照背后的故事，但越接近真相，越感觉心脏在酸酸收紧。

她仿佛被螃蟹的大螯掐住了喉咙，无法呼吸。

她真怕水落石出的那一刻，自己会无法接受。

如果被众人视作偶像的丈夫真的跟那个女人发生了关系，她一定会暴跳如雷，马上提出离婚的。

越是如此，一分耕耘一分收获的工作便显得越发重要。

只有事业，才是永不会背叛自己的忠诚朋友。

作为总经理的她，负责固定收益客户的拓展和维护、专业人才的培养、拟定部门业务发展规划和制度，还负责组织落实年度计划、开展债券市场研究、投资和资产证券化等业务。

手机铃声忽然响起，一个洪亮有力的男性声音传出："我是派出所的王警官，上次你们报的诈骗案有调查结果了，请赶紧来一下。"

"是吗？我的钱追回来了？"方菲欣喜地说。

从小到大都没借过钱的她，已经快被亏欠婆婆的内疚感给压垮了。

电话那边却说："具体情况你到场就知道了。"

这含糊其词的答复，让她的心头闪过不祥的预感。

一出大厦的门，户外的阳光刺眼，孕期反应竟让她有些眩晕，要紧紧扶住门口的柱子，深呼吸好几下才缓过劲儿来。

但想到有望追回被骗的钱，她又强打精神挥手叫了辆出租车。

派出所里，方大业像一棵蔫了的大白菜。

做了玻尿酸光子嫩肤、打扮得光鲜漂亮的马春花站在他旁边，脸上堆满了谄媚的笑容，就像小美容院门口站着的老板娘。

一个身上肌肉都鼓出来、眉目像极了她的小帅哥，像保镖似的站在这一对半路夫妻的背后，好奇地看了看方菲。

方大业的嘴唇翕动两下，还没来得及发声，热情似火的马春花已抢先对方菲嘘寒问暖："哎呀，你这是有喜了，要注意身子呀，喜欢吃酸的还是辣的，我下回做好了给你送去，我这个当后妈的也要好好照顾你才行……"

方菲根本没闲心思来跟她聊家常，只对方大业说："钱都没要回来，案子就这么结了？我这大老远地赶过来，要去当面问一问！"

"先别去！"

马春花哪里劝阻得住。方菲冲进了王警官的办公室。

"您好，我是方菲，上次因诈骗案报的警。请问现在到底是什么情况？"

王警官抬起头，惊讶地看着来势汹汹的她问道："这件事已经查清楚了，你家里人没跟你说实话吗？"

"什么实话？"方菲被他淡然的态度给镇住了。

"因为涉及 300 万的损失，我们上下都非常重视这个案子。经过调查发现，这是一宗诈骗案没错，但是被骗的人不是你爸方大业，而是你啊！"

"什么？我没听懂，可以再说一次吗？"方菲的两只手臂爬满了鸡皮疙瘩，从后背到额头渗出了密密麻麻的虚汗。

她膝盖一软，跌坐在了身后的折叠椅上，像被捞出水面的鱼一样孤立无援，后背沁心的凉意使她一阵阵地反胃。

王警官见她面青唇白，同情心起，不厌其烦地解释说："方大业伙同马春花找你借钱，名义上说做工程被甲方骗了，实际上从去年开始，他们就接不到什么工程了。每一分钱都被马春花存到了一个高额利息的民间 P2P 理财平台……3 个月前，这家平台倒闭了，她着急想还钱又赶紧找到另一家投了 200 万，想两个月后连本带利地还钱给你，没想到，第二家又跑路了！"

方菲顿觉血压飙升，太阳穴突突地跳着。王警官的话像重锤似的敲打在她的心上："照理来说，你爸这种行为是诈骗，但看你们的关系，最好私下解决吧。"

方菲无力地抱住了头，歇斯底里地嘶吼道："不会的，我爸怎么会骗我呢？你们是不是弄错了！明明上次他还被人催债……"

这让王警官有点生气地拍起桌子说："经调查，甲方和那些要债的都是你爸找人装的！这一年，他的工地有没有开工，你做女儿的难道还不清楚吗？"

方菲只感觉天旋地转，跌跌撞撞地走出了门口。

她扶着墙缓缓往前挪动，远远地看到马春花还在嬉笑聊天，怒火越来越盛，几乎要喷泄而出。

她冲到他们面前责问道："爸，你们拿我的钱去买非法理财产品了？"

方大业有气无力地"嗯"了一声。

"你根本没有做什么工程，这一切都是骗我的？"

方大业的眼神躲闪着，不敢直视她，微微地点了点头。

"菲菲，别生气了，钱我们会想办法还的，再给一点时间嘛！"马春花也皮笑肉不笑地说。

方菲一言不发，眼眶里暗暗泛着泪光，嘴唇都快被咬破了。

没听到女儿的骂声，方大业还以为又蒙混过关了。他厚颜地乞求着："都是我不对！大家都是一家人，这事情就翻篇吧！你看，春花的儿子小马这不也刚刚本科毕业来找工作嘛，反正都是要赚钱还你的，肥水不流外人田，你看看公司缺人的话，帮忙安排一个呗……"

"咔嚓"，方菲脑子里紧绷的弦一下断掉了。

她强，就该被下属找第三者来后院挖墙脚吗？

她强，就该当亲爹的提款机吗？

她强，就该把打碎的牙齿吞下去，帮"诈骗犯"的儿子介绍工作吗？

她忽然转过身，扬起手掌向马春花的脸甩了过去，不承想被一旁的马涛制止了。

马涛的手臂鼓起了漂亮的肱二头肌，嘴上还不饶人地说："泼妇！不许你打我妈！"

原本花容失色的马春花，变了一副暗戳戳的喜滋滋表情。

好一个"母慈子孝"。

方菲活了30年，还是头一回被人骂泼妇，反正钱也没了，索性就泼到底了，她狮吼一声："你放开！"

马涛的手稍一松开，她又要扑上去厮打。

这次拦住她的是怒目圆睁的方大业："行了，闺女，你就放过你阿姨吧，她还怀着我的孩子呢！"

方菲一怔，从小到大，他爸从来都没当面说过她一句重话，可今天为了这个女骗子竟然吼了她!

方大业也意识到似乎有点不妥,又理直气壮地补了句:"她也是心善不想我辛苦!都怪那些害人的理财公司……"

# 第八章

原来,马春花倒也真不是故意的。

一年前,她坐公交车的时候,在车上看到了一个屏幕广告。

一个形象非常好的青年演员用极度自信的口吻跟观众介绍着一款理财 App,利率高达 16%,新人还有数百元现金回馈,而且周期并不长。

马春花便动了小心思,她觉得与其把钱存在银行里赚取微薄的收益,不如存在这个理财产品里。于是,她就扫码注册了账号,当天就存了两万块进去,新人的返现 300 元瞬间便到了账。

尝到甜头后,马春花便不跟方大业打招呼,直接把他账上的 50 多万全部都存到了这款 App 里,仅仅过了一个月,就收获了 6666 元利息。取了钱,正好付了材料费、工人的劳务费,剩下的全是自己的。

食髓知味后,马春花又去找方大业要钱。

刚开始方大业是拒绝的:"我们又不缺钱,还要钱干吗?生意太难做了,年底关门算了。"

"关门可以,但不能告诉你女儿!要不然怎么拿钱来买理财产品啊!"

"啊?"方大业从小到大都教育女儿不能骗人,这次自己如何开得了口去骗女儿掏钱。

"这理财产品是正规公司办的!电视上做了广告,利息也是白赚的。以后咱也不用天天去工地风吹日晒了,直接每个月让你女儿打钱来周转!我们光拿利息也能过上好日子了。"

"可是,我女儿赚钱也不容易。她这又准备要孩子了……"

"她赚钱不容易那世界上没有赚钱容易的了!你看看,每天坐在办公室里吹着空调，十几万一个月的工资就到手了。你不要她的钱，将来她有了孩子全都留着给外人了。再说，我不是也准备要孩子嘛！如果能生个儿子，你就不打算为你儿子攒点钱？"

方大业也想这辈子能有个儿子，被这么一忽悠，心软了。

"那……要多少？"

"至少100万，到期还给她，还了再借，这样我每个月都有一万多块的收入呢！"

这一对夫妻压根没想过利息16%的理财产品可能是违法的，更没想过电视上打广告的App公司也可能是骗子，于是鬼迷心窍地将后来问方菲要到的100万全投了进去。

从此之后，马春花每天睁开眼睛的第一件事就是看看今天的利息和累积收益。直到有一天，她准备提现却发现按钮变成了灰色。拨打了半个小时的客服电话后，她终于听到了一个冰冷的声音："您好，我们的系统正在升级，很快会修复。"

"什么时候能修好啊！我等着提钱呢！"

"我们会尽快处理的，给您带来的不便敬请谅解。"

不管马春花如何着急，对方永远都骂不还口。又等了两天，连账号都登录不上去了。

"钱呢？没了？"方大业被她气得差点吐血，他心疼这笔女儿打拼换来的钱。

"怎么办？"方大业又问。

马春花说："再等等！万一又好了呢。"

然而奇迹并没有发生，这个App就像一场名为山竹的11级台风，骤然而来，卷走他们的上百万钱款之后，又突然消失，只留下黑色的暴风雨。

这时，方菲开始做试管婴儿，没顾上找父亲要债。

马春花又跳出来找事："再问你女儿要200万！"

"什么？！你疯了啊！那100万我们去沪城才报了警，现在还在等维权群里的消息呢，你怎么还没吸取教训，还想着要钱啊？"

"上次是遇到骗子了，这一次我再也不相信广告了！这次的平台绝对是靠谱的。我们买进去，25%的利率，200万放一年就是50万，放两年就有100万了，这样我们就能把欠的钱全部还回去了。"

"25%，这么高？真的没问题？你怎么这么肯定？"方大业半信半疑。

"王太太你还记得吗？"马春花三教九流的朋友不少。

"上次打麻将穿旗袍的那个富婆？"方大业记得那女人，肥头大耳出手阔绰。

"这个是她闺密的老公开的理财公司，她自己都投了，说高利息是因为投资了好几个南非的金矿项目。金矿！多实在！她说了，那家公司要是亏了，就赔我们金子。"

"真的这么好？"方大业还是认为有点玄乎。

马春花却急迫地说："真的！这可是内部消息，如果不是老熟人，她都不愿意带上我。人家那些土豪都是几千万、几千万投资的。再不抓住这个机会，咱们就再也不能翻身了！"

"那……好吧！"方大业稍微挣扎了一下，便再次妥协了。因为那个王太太打牌阔绰得不得了，他从心底也觉得挺可靠的。

"可是，我怕女儿不信我。"现在最让方大业担心的是如何过女儿那一关。

"怕啥，我都想好了，马上要过年了，你就说工人讨债来了，不给200万就打断你的腿，群众演员我来找！"

于是，便出现了方菲在医院打吊针时，接到老父亲求救电话的那一幕。万万没想到，到最后王太太竟然被多年的老闺密给骗了，自己的几千万也打了水漂。马春花还被她拽着到街上去拉过横幅……

方菲听完这一切，怒火中烧，忍不住暗骂他们财迷心窍。

工作人员被这喧哗声给招来了，严厉地说："你们这一家人闹什么？再不回去，就留下来作为诈骗罪立案！"

方菲被马涛拦住了，不能打人，她留有一丝理智，怕踢人时弄伤宝宝。

她只觉一股酸气直冲鼻尖，眼泪哗哗地流了下来，哭着说道："我虽然没了妈，但您一直把我捧在手心，一点家务都不让我做。每次我病了，您都不合眼地照顾我，哪怕舍不得吃穿，甚至把自己弄得营养不良，也要供我读书。所以我才会对您无条件信任，不惜偷偷挪用婆婆的钱来救您！可现在，就因为你们两个的愚蠢和贪心，竟让我白白背上300万的债务！"

方大业羞愧地低下了头，马春花的脸也一阵红一阵白，就连马涛也意外极了，因为他一直以为方菲是知情的。

更让人大吃一惊的事情发生了。方大业脸色铁青，膝下一软，"扑通"一声跪在了地上。

他说："闺女啊，是爸爸的错，你可千万别气坏了身子，求你念在我一个人含辛茹苦把你养大，再信老爸一次，以后我一定想办法还钱给你。你可不能告我们呀！你可不能把我和你后妈送进监狱啊！"

方菲无声地流着泪。一把年纪的老爸佝偻着背一跪，彻底堵住了她的冤屈和愤怒。

方大业还在声泪俱下地忏悔着："菲菲，我无能，我没本事，让你丢脸了，还害你在婆家理亏。我加维权的 QQ 群了，一旦大伙找到那些王八蛋的下落，我就拿着刀子去逼他们还钱！"

"这是怎么了？"一个戴眼镜、脖子上挂着照相机的记者路过，停了下来。

他来做新闻采访，却被这一家给吸引住了，问了相熟的民警几句，边听边连连点头，还拍下了几张照片。

方菲一咬牙、一跺脚，声音颤抖地说："您起来再说！"

见闺女眼中那两道犀利的光渐渐黯淡下来，方大业知道事情有转机了。他立马颤颤巍巍地站起身，低声下气地拉住女儿的右手，说："走，咱先回家，让你马阿姨下厨，咱们一家人好好吃一顿。"

马春花也赶紧扶住方菲的左手，赔着笑说："千错万错，都是我的错，今天我给你做个最下饭的酸菜鱼来赔罪……"

方菲哪里吃得下，她擦干眼泪，甩开他们的手，冷冷地说："不吃了，什么时候要到了钱再叫我。"

马春花顺水推舟地说："那就下次吧，我做好你最爱吃的水煮鱼给你带上门去。孕妇就喜欢辣和酸……"

方菲哪有心情听她聊孕妇喜欢的口味，二话没说，转身向外走去。

看着她的背影，忐忑的马涛把马春花拉到一边小声说："妈，这哪里是借钱，分明是骗钱！"

马春花戳了他一下说："吃里爬外的东西，我弄钱不都是为了你！"

"为了我？"马涛愕然。

马春花理直气壮地说："你也不看看靠自己打工能赚几个钱？我也是着了道，才想从 P2P 赚一把利息，早知道这样，还不如买个小点的房子，等它升值了，再转手卖掉，来赚个差价呢！"

"您怎么还不悔改？从小教我靠劳动去挣钱的妈妈上哪儿去了？你不还，我自己打工也要把钱还给她！"马涛愤愤地甩下这句话后，头也不回地走了。

天阴沉沉的，乌云压顶，空气中弥漫着土腥味。不一会儿，下起雨来。

方菲站在路边的遮雨亭下，她恨这场不合时宜的大雨，更恨孤立无援的自己。

她的手伸向背包，犹豫着是不是要打电话给申渊，让他来接自己一下，顺便将这次损失惨重的事向他和盘托出。

忽然，响起两下喇叭声，像是在呼唤她。

她回眸一望，竟是一辆从未见过的蓝色保时捷。

车窗缓缓降下，一个戴着墨镜的男人对她挥了挥手。他看上去很像方菲青梅竹马的邻居哥哥萧诚！

怎么可能呢？一个事业单位的小职员怎么会有这么好的车？应该只是长得像罢了。

直到他摘下墨镜，方菲才确定这人果然是萧诚。

"你怎么会在这儿？！"方菲惊讶极了。

萧诚并未过多地解释，直接说道："去哪儿，我送你过去！"

"回公司！"

"快上来吧！"

方菲接过萧诚递来的纸巾，擦了擦头发，打量了一下车内的装饰，好奇地问："这豪车是怎么来的？"

"我说是中了彩票，你信吗？"萧诚深深地看了她一眼，说。

方菲笑出了声："哈哈，荒谬。"

两人是从小玩到大的邻居。十几年前，方菲还住在臭水沟附近破旧低矮的平民房里，那时萧诚刚刚参加工作。

每次方菲家的煤气用完了，都是他帮忙把煤气罐扛上楼的。当方菲为大学学费发愁时，他主动掏出攒下的钱给她。

每天下班后，他都会带回一张彩票对她说："我又买了你生日8月30日的8、3、0和我生日3月15号的3、1、5，特别号码买的是你最喜欢的11。万一中大奖，我们就发财了。"

"不是我们，是你！"方菲总会不以为然地打断他的幻想，继续做高考模拟卷。

萧诚却满怀希望地说："以后等我有钱了，一定会让你过上好日子的。"

"就凭彩票？"方菲嗤之以鼻地说，"萧诚哥，你是不是电视剧看多了，怎么这么不靠谱啊？多看点书多学习，别老惦记这些天上掉馅儿饼的事！"

萧诚笑而不语。这是除了工作外，另外一个能让他实现梦想的途径。

本来萧诚的学习成绩是很好的，品学兼优的他除了样貌出众之外，还是学校跆拳道的市级冠军。

但为了帮家庭解压，萧诚高中毕业考了大专，以最快的速度投身社会了。为了这件事，班主任找他母亲谈了两次话，告诉她萧诚有机会考进全国排名前三的学府，到时候可以靠奖学金和勤工俭学完成学业。

萧诚最终还是固执己见："如果我真的去读书了，家里还有母亲和弟弟，孤儿寡母的，谁来赚钱？"

萧诚的父亲不久前去世了，母亲年轻的时候动过手术，累不得，独立的他早已把自己看作了家里的顶梁柱。

"我可以资助你！"班主任还是不死心，握住他的手说，"萧诚，我是不忍心看你这么好的材料白白浪费了，你知道大学毕业证书对一个人有多重要吗？更何况你有可能被保送！多少人都盼不到这个机会！"

"老师，谢谢您的好意，但我读书期间是无法给家里带来收入的。读书再好不也是为了出来工作？现在，我们家有病人要照顾，弟弟也要上学，我不能不管他们。"

萧诚当年还是太年轻，完全没意识到老师的话语是基于见证过的千百个苦涩的案例。他更没想到，这个选择会断送自己的爱情。

方菲跟萧诚的感情本来还挺好，自从她上了大学，曾经青梅竹马、两小无猜的两人开始渐渐疏离。再后来，申渊出现了，方菲婚前买了房，举家搬走后，和萧诚碰面的机会更少了。

"我就是因为连续买了十年那组老号码才中了奖。"萧诚打转方向盘，温厚的声音宛如天籁。

方菲啼笑皆非地说："真没想到你有这个运气，我天天拼死拼活地工作，到现在还不如你呢……"

如果再算上被骗钱的事，岂止是不如。

这时，车路过市电视台楼下。

一群人正拉着横幅在抗议，几条横幅上分别写着："股神申渊是庄托，欺骗股民割韭菜""股市毒药申渊""害人亏钱的穷神申渊"之类的标语。

"申渊？这是怎么了？"方菲不禁脱口而出。

"最近你老公的预测好像不太准。"萧诚一踩油门，加速离开了那帮群情汹涌的股民。

"什么时候的事？他为什么都不告诉我？"她的注意力终于从艳照上转移了，她这才发现背后似乎另有隐情，问题也许更加复杂。

## 第九章

健身房里，申渊正在跑步机上慢跑。

一位穿着贴身健身服、身材姣好的长卷发女孩正微笑地看着他。

放在健身器立槽的手机骤然响起铃声，申渊按下机器的暂停键，喘息着接起了电话。

方菲干涩的声音传来："你最近没什么麻烦事吧？"

申渊皱起了眉头，从跑步机上走下来。他接过女孩递来的毛巾，擦了擦汗，心中波澜起伏。

到底要怎么跟她说呢？

如果是以前，他会毫不犹豫地告诉她发生在自己身上的一切。

可是现在，一切都变了。

纵然有千言万语，他也只能面有难色地回答说："没有。"

"但是，我今天看到……"

方菲正要说横幅的事情，突然瞥到拖着行李、风尘仆仆的李薇薇，正站在门外对她兴奋地挥着手。

太好了！这一员大将终于又回到了大本营。

尤其这次方菲险些身陷囹圄，多亏薇薇鼎力相助，才得以全身而退。

她赶紧结束了跟申渊的通话，走近薇薇想接过她的行李。

薇薇连忙挡开说："您可是身怀六甲的人！我自己来。"

方菲不再坚持，微笑地看着她忙前忙后，然后问道："你也不休息一下，直接就来了？"

"我一听到您回来的好消息，一分钟都等不了！"薇薇放好手里的东西，激动地说。

"薇薇，谢谢你！"方菲感动得眼眶湿润。

"谢什么，应该的！"薇薇说，"幸亏蔡权平时人品太差，得罪了人。张叔都离职了还回来提供线索，就是看不惯他表面一套背后一套。"

方菲颔首说："先不管这些了。现在暂时解决了外忧，下一步的重中之重是做好债基的销售！"

"对，正好今天是 15 号，我跟您一起去主持本月的销售会议吧！"

薇薇坐到自己的办公桌前，翻开记事本，打开笔记本电脑，像往常一样熟练地给所有销售经理发送了会议邀请。

要知道最近这段时间，古丽同样也召开过一次销售大会。在当时情况不明朗的时候，有一些立场不坚定的销售经理摇摆不定，想着投入副总的阵营保全自己的饭碗，也有方菲从新人开始就着手栽培的人，他们始终都坚信自己的上司表里如一，一定会清白而归。

以前那些立场不稳的人，正忐忑不安地步入灯火通明、宽敞高档的会议室，生怕被秋后算账。

方菲早早就坐在了主席位上，一直等待着所有参与者入会。脚步声不断由远及近地传来，她的目光坦然地扫过每一个来者。仿佛有一抹灿烂的朝阳光照在身上，每位来者的心中暖意顿起。

还差五分钟开会，全部人员都已到场。方菲站起身来，微笑着扫视了全场一周。有的人带着欣喜的神色，迎接她的归来；有的人脸上挂着虚假的浅笑，目光躲闪。

如此一来，谁是人，谁是鬼，方菲心中自是清清楚楚。这些基金销售经理至少有三年以上的工作经验，手里已经积累了相当规模的资源，表达能力更不在话下，没有一个不是人精。但越聪明的人越明白，那些看来是捷径的快速弯道，通往的恐怕是万丈深渊。

方菲认真坚决地说："最近公司发生了一些事，但并不影响正常运营，我希望你们每个人都放下心理包袱。我对事不对人，知道大家都有难处，也绝不会亏待任何一个踏实做出业绩的员工。"

部分人心头的大石头这才落地，眉头也逐渐舒展开来。而那些原本就忠心耿耿的下属则更加骄傲：人都是向往光明的，再多的利诱，也比不上实干上升来得踏实。

方菲一向不喜内斗，与其让劣币驱逐良币，何不直接栽培良人？

散会后，她对薇薇说："现在我的体力大不如前，管理团队、策划执行项目，还需要一个好帮手。我回来就让刘经理去物色人选了，听说今天有不少合适的内部人员在应聘。不如你去帮我过过眼？"

"行！"

因为都是总部的人员，面试非常方便。

下班前，薇薇就带来了喜讯："需要您面试的人筛选出来了，需要您再定夺一下。"

去往面试办公室的路上，方菲边走边问："都有谁啊？"

薇薇手持三份简历说："一位是我们竞对公司丰林基金的前金牌销售经理朱悦，刚跳槽来我们这边做了半年；另一位是有多年一级市场经验的分析师郎乾，虽然跨界了，但悟性很好，为人正直；第三位是刚进来三个月的管培生兰庭，本科法律专业，毕业后去斯坦福经济学院读了金融硕士，会三国语言，头脑非常聪明，是兰氏地产的继承人。"

言毕，她将这些简历递了过去。

方菲好奇地问："继承人为什么不去自己家开的公司？"

"这个问题，您待会儿面试的时候问他吧，他说想亲口告诉您。"薇薇调皮地卖了个关子。

"我？"

"是的，他说您是最让他敬佩的两个管理人之一。"

"还有一个是谁？"

"他母亲——兰氏地产的董事长兰漪。"

方菲笑着说："真有意思。希望能有缘分一起共事吧。"

记者把在派出所拍的照片带回编辑部，此时正一张张地浏览着。

一个财经版的同事看了一眼，便停住了脚步。

"这不是方菲吗？这是在哪儿？她还有这么狼狈的时候？"

"谁是方菲？"记者意外极了。

"你也太不关心咱财经版了。她就是通达基金的总经理啊！上升速度最快的业界女强人。"

"就是上次占了财经版三页副刊、穿一身名牌套装、被你们采访了半天的女人？"记者回忆起在派出所里看到的那一幕，感到难以置信。

一个是撒泼的女市民，一个是衣着光鲜的金融精英，前后反差也太大了。

财经记者继续深入剖析："听说前不久她被经侦大队带走调查了，最近才放出来，现在这是又出什么事了？公司纠纷？"

记者没想到无意中挖到宝了，得意至极："狗血家事！她爸伙同她后妈骗了她三百多万！"

"哟！"财经版记者瞪大双眼，布满血丝的双眼因兴奋变得更红了，"这条新闻要火，大家一起合作，你写事件，我给你提供背景资料。"


此时，当事人方菲正在面试办公室中跟三位面试者逐一畅谈着。

工作层面的事情，其他同事已经问过了，所以方菲故意提出一些看似无关紧要的问题。

比如："你平时下班后喜欢干什么？"

这样做的目的是根据对方的反应来推测其内心的真实想法。

当面试者看到扎着爱马仕围巾、时尚漂亮的女上司时，往往会随心所欲地侃侃而谈，殊不知言多必失。

"我一般会喝一杯，放松一下，然后打听一些情报，应对明天的挑战。"

第一位面试者是朱悦，一头被摩丝塑形的短卷发，五官精致，漂亮得像美型演员。

"情报？看来你人脉甚广。"方菲微笑着回答。

"人脉不过是各取所需的利益交换罢了。不过需要注意的是不要踩过界。"

"何谓踩过界呢？"方菲对这种粤式口头语感觉亲切。

"第一，自己要有利用价值；第二，不要过度开采对方的资源。"

他是一个可用之材，但未必甘心做一个助理。方菲干脆利落地得出结论。

下一个面试者是脸色苍白的分析师郎乾。

"下班后，我回家会看一下行业的最新信息，然后更新一下我的微博，把今天的一些特殊走势复盘给粉丝看。"

方菲含笑说："我看过你写的文章，观点很犀利，而且对一些不公正的现象批评得一针见血。"

郎乾推了一下眼镜，羞涩地笑了笑说："我只是将不透明、不对等的信息，尽量暴露在公众面前，让他们可以得到帮助。这也是一个金融从业人员应有的社会责任感。"

听到这句话，方菲非常认可地点了点头。

她心想：他很正直，是个外冷内热的刚直男人，做有主见的分析师或者基金经理都没有问题。如果是迂回变通、灵活应对各种各样的问题，恐怕就不行了。

下一个面试者是公子哥兰庭，长得干干净净的，气质高冷，尤其不说话的时候，有种拒人于千里之外的感觉。

"方总好！"浑厚的声音响起，同时脸上自然地泛起温暖的笑容。

面对同一个问题，兰庭注视着方菲的眼睛，说："我会弹一会儿钢琴，做做运动，然后再看会儿书，练练演讲，不过最晚十一点我就会睡觉。"

"练演讲？你可以现场给我来一段吗？"

兰庭站起身来，用浑厚有力的声音，抑扬顿挫地演讲起来："The brave men, living and dead, who struggled here, have consecrated it, far above our poor power to add or detract."

"世人不会注意，也不会记住我们在这里说什么，但是他们永远都无法忘记那些英雄的行为。"兰庭接着有感情地翻译道。

蝉联多届演讲冠军的方菲也听懂了："是林肯的《葛底斯堡演说》！"

"对，林肯认为，不分联邦军或邦联军，葛底斯堡阵亡将士的牺牲无一白费，国民殊死的战斗就是为了确保民有、民治、民享之政府当免于凋零。"兰庭的双眸闪闪发光。

"你很喜欢林肯？"方菲捕捉到了他那份炽热的感情。

"对，我小时候胆子很小，也不爱说话。后来听了林肯的故事，我才知道他虽然命运坎坷，却从未放弃、逃避自己的责任。当他成为总统，结束了南北战争后，本来可以功成身退，但为了推动人权的平等和自由，他尽心尽力为解放黑奴而奔走，最终被歹人刺死。"

兰庭心驰神往地紧握双拳，一股勇气和力量仿佛藤蔓一样从心底蔓延到了全身，他伸出右手说："他是历史上最伟大的领袖！当之无愧！其实，您在通达从底层往上拼搏的经历，让我很敬佩。我来面试就是为了近距离地接触您，跟您学习管理经验。"

他星星一样明亮的眸子，仿佛让方菲看到了十年前那个虚心向她请教问题的申渊。他们都有一双会说话的大眼睛，也都对她投以欣赏的目光。

在这一瞬间，方菲感觉非常有安全感。兰庭还擅长法务，恰好弥补了她的不足，而两人惺惺相惜的感觉，也是彼此信任与合作的基础。

方菲走出房间，对李薇薇说："我要兰庭做我的助理。"

"那个浓眉大眼的小鲜肉？"薇薇有点担心，"他虽然是海外名校毕业，但工作经验是最少的，这真的能行吗？"

"没关系。金牌销售朱悦更适合跟客户打交道，但耽于享乐，可以做古丽副总位置的储备人选。分析师郎乾才华出众，但太内向难以驾驭众人，适合做掌控基金的经理。兰庭虽然工作阅历浅，但素质优秀，谈吐有条理，具有无限潜能，是可塑之材。"

"那就提前祝你们合作愉快咯！"薇薇竖起了大拇指。

玻璃门突然"砰砰"地响起来，方菲抬头一看，原来是梁启尚，他是投资总监，也是蓝筹股基金经理。他曾担任过通达投资决策委员会主席，后又担任投资总监一职，从前年开始兼任基金经理。方菲的大学同学童无忌是他的爱人。方菲还是两人的媒人。

"哟，无事不登三宝殿。怎么了？"方菲放下手中的笔记本，悠哉地跟他寒暄。

踱进办公室的梁启尚却有点不自然地笑了："我要离职了，手续今天办完，临走前来跟你道个别。"

"为什么？做得好好的。"方菲不解地问，"难道是无忌逼你跳槽？"

"是她的建议，但不是跳槽。"梁启尚赶紧摆手否定。

"她怪我一心只想着工作，对她的关心和陪伴太少了。辞职后，我想带她去旅游，休息一下，准备要个孩子，然后再重新考虑工作。"

方菲说："这并不是最好的选择，你在年终述职的时候还说，面对不确定的未来，只有对久期、信用、杠杆进行排兵布阵，对配置、交易进行合理布局，才能实现业绩最优化和波动最小化的多重目标。这么一走了之，岂不是浪费一身才华？"

方菲一语中的，一瞬间，梁启尚细长的小眼睛有些湿润。毕竟工作多年，他很快便恢复常态，说："你也知道做我们这行的每天连轴转，身体早已被掏空，心理压力也大，偶尔休息一下也好。"

方菲不依不饶地问道："你离职这事是策划已久的吧？"

"为什么这么说？"梁启尚的眼神中闪过一丝慌乱，额角还渗出了汗。

"这时间掐得太好了，正好是你售出股票基金，将其赎回给投资人的时候。"方菲观察着他的表情，故意反问，"不会是被元启基金挖走了吧？"

"怎么会呢？真的是家庭问题，你也知道，无忌比我小十岁，我怕影响了夫妻感情，遗憾终生……要知道在老家，我这个年纪当爷爷的都有了。"说完，梁启尚用手背擦了擦汗。

"行，我也能理解。那以后常联系。"方菲知道强扭的瓜不甜，但经验丰富的老手离巢，肯定会给公司带来损失。

"常联系！有空我们两家一起出来吃饭。无忌念叨好久没跟我一起出去社交了。"

目送梁启尚走远后，方菲拨通了人事部赵玲的电话："今天我面试过的郎乾，你可以推荐他去股票基金部，接手梁启尚的工作。"

"哦，这么年轻有为啊？"

赵玲不是第一次受方菲的委托四处跨部门输送人才了。

"一块美玉别浪费了。"方菲说，"往后也许还有更适合他的岗位。"

# 第十章

快下班的时候，儒雅俊朗的申渊把车停到楼下，亲自上来接妻子。

"方总，您先生真是绝世好男人！"众人尽管对股神最近预测准确率下降的事有所耳闻，但还是恭维道。

方菲伸手想去抓 Prada 包的提手，却被他抢了先。在贴身的瞬间，她竟然嗅到了申渊身上有一缕女士香水的味道。

不知道他这番献殷勤究竟是内疚，还是为了妻子腹中的孩子？

方菲气得自顾自地走向大堂电梯，急匆匆地按着向下键。

正要出门的兰庭隔着玻璃门，看到了方菲紧皱的眉头和她身后的全民股神，又转身回到了办公室。

"你这是怎么了？"跟进电梯，申渊不耐烦地问。

突然而来的一声质问，刺激到了方菲紧绷的神经。她的情绪起伏不定，后背不由得僵硬地板了起来。

她夺过申渊手中的包，说："没什么！你有什么事自己心里清楚！"

"我有什么事？我能有什么事？"

沉重的压力使得申渊一心只想躲在某处发泄，他生怕让妻子发现自己的异常，所以一直忍耐着因为审查和孕期脾气变得越来越古怪的她。而这次，他实在控制不住了。

方菲一惊，非常反感地回头瞪了他一眼："你以前从来都不会用这样的态度跟我说话！"

申渊忽然醒悟过来，自己确实有点失控，尤其是在这安静密闭的空间中，声音必定会显得格外刺耳。他把到嘴边的"最近工作上出了点错"又咽了回去，默默地往停车场走去。

方菲拉开车门，密闭的狭小空间让她感到头晕难受。入座后，方菲又一次察觉到了座椅的变化，她愤愤地往后推了一下。当申渊侧身拉安全带的时候，遗留在车内的馨香彻底将她激怒了。

"到底谁坐过？为什么跟之前的距离又不一样了！"

"你别疑神疑鬼的，我就顺路载了一个朋友。"

申渊也有点抵触地反驳起来。他所说的朋友是健身房的一位美女私教。有时候训练完，他会载她到地铁口。今天就是这种情况。最近心情本来就有些烦躁，申渊就没有细说，也没想要细说，怕方菲误会。

方菲看着窗外混浊的车流，一言不发。这时，她的电话铃响了。

萧诚关怀中带点柔情的声音飘荡在车内："你好点了吗？"

"好多了。谢谢你。"就像一个窗口被打开了，方菲堵在胸口的气消了下去。

"如果有事情需要帮忙，可以像以前一样找我，别跟我客气。"

在这个众叛亲离的时刻，因为这个电话，方菲的心中升起了暖意。

"行，没问题，没什么事情就先挂了。"

看妻子的嘴角浮起了一丝甜蜜的笑意，申渊皱着眉头问："是萧诚？最近他怎么联系上你了？"

方菲的怒火重又被点燃，她生硬地回应道："刚刚问你，你也没说实话，现在我接他的电话也和你无关！"

申渊有种沮丧的烦躁感，回到家吃完饭就把自己关进了书房。

方菲的心情更差，沐浴过后，直接进卧室，熄灯睡觉了。

此时的家庭氛围冷得就像是哈尔滨的寒冬。而且他们谁也没想到，两人之间的冰山会以一种匪夷所思的惨烈形式被劈开。


第二天一早，一则爆炸性的新闻——《通达总经理方菲被亲人骗光 300 万大闹派出所》成了街谈巷议的热门话题。

深港这么小，熟人圈子就那么大，一下子就炸了锅。

章雨露像往常一样想去炫耀一下已经到期、赚得盆满钵满的债券，只见几个老熟人正围在一起呱呱地聊着天。面对着章雨露的大妈一看到她，脸色突变，立马噤声。

背对着她的阿霞没刹住车，全然不顾旁边老姐们儿挤眉弄眼的善意提醒，依旧用大嗓门响亮地说着："平时那么嚣张，现在钱都被儿媳妇掏空了，她还不知道，哈哈哈……"

章雨露爱炫耀世人皆知，加上儿子申渊从小到大都争气，她嚣张跋扈惯了。忍了她十几年的老闺密这次终于逮到机会，当然要大肆发泄了。

章雨露却不知情地拍拍她的肩膀，问："你在说什么呢？"

阿霞回头惊得打了个激灵，脸色唰地变红了，声音低了八度说："没……没什么，我家小外孙要上学了，我现在去送！"

其他起早锻炼的老姐们儿一看这架势，脸上也浮着假笑。有的说忘记关炉子上的火了，有的说天快下雨了，要回家收衣服，还有说老伴找的，"呼啦"一下人全散了。

章雨露一个人怔怔地站在小区绿化带的中心，一份难以名状的担忧如同乌云似的浮上了她的心。她坐下来玩手机，突然在小区群里收到一则转发的新闻。

"嘀"的一声，群里又出现一条信息："快看看，这人好像是咱们小区业主的儿媳妇。"

章雨露点开页面，见到了披头散发的女苦主，脸上虽然打了一小条马赛克，但那发型、身材、衣着，就算化成灰，她也认得。耳边响雷炸响，她手一抖，手机差点摔到地上。

手机静音的申渊正在录《财经早班车》这个节目，他浑然不知发生在自家的大新闻，正微笑地回答着主持人吴静的问题。

这时，突然一张小字条通过编导传递给了吴静。看过之后，她尴尬又不失礼貌地问道："对不起，应台长的要求，我可以临时问您一个与股票无关的问题吗？"

申渊迟疑了一下，心想，不会是之前方菲被带走调查的事吧？转念一想，调查已经结束了，妻子是清白的。哪怕再问，也没什么可担心的。

他点了点头，优雅地说："请讲。"

话音刚落，只见屏幕上突然出现了几张高清照片。有方菲流着泪用食指指着方大业的，还有方菲想打马春花却被马涛抓住手腕的……

在毫无心理准备的情况下，这一幕幕涉及妻子隐私的画面，让申渊一下子瞪大了眼睛，血液"噌噌"往头上涌。

吴静也始料未及，她握紧了拳头，似乎比申渊还要震惊。

申渊还没反应过来，突然又看到网页下方不断跳出网友的评论："我去！不是一家人不进一家门啊！老公是个假股神，老婆是智障！"

"怕不是走后门才当上总经理的吧！"

"睡上去的？"

台长见吴静一直没反应，赶紧让另一个男主持人通过话外音采访申渊。

"关于您妻子通达基金总经理方菲，竟然被其父骗走婆婆300万元的事件，已经成了全市最热门的话题，请问，您对此有何看法？"

申渊心脏突突直跳，这么大的事为什么妻子从未提起？一向最注重形象的她，为何会被爆出这样的丑闻？看画面里她的穿着打扮，这件事似乎几天前才发生。可她表现如常，从未让人感觉到她遭遇了这般天崩地裂的大事。

另外，他也从没听岳父提起过借钱的事情，因为妻子的强势，他也未敢插手有关她娘家的一切。只知道她结婚没多久，父亲便再婚了，她与后妈来往得极少。

一直以来，他都觉得方菲把一切都打理得井井有条，在公司是能干的女强人，在娘家是孝顺的好女儿，在自己家则是娇憨又有主见的好妻子。

而妻子披头散发、捶地痛苦的一面，是他从未见过的。这让他如何作答？

然而，如果他当着所有观众的面，说自己根本不了解此事，自己又将成为另一个笑话。

到底该如何是好？

他只觉得头似乎要炸裂一般，呼吸也变得艰难起来。此时他只想夺过话筒，把屏幕砸个稀巴烂！可面对着千万观众，他怎么可能当众失态？

最后，他只能出言维护道："妻子的事，我全都知道。我们双方的家庭都是受害者，十分抱歉，我们的家事占用了公共资源。"

他说完最后一个字，后背全都被汗浸湿了。

采访完，走出房间，他才发现手机有七八个母亲的未接来电，于是赶紧回拨过去。

一个咆哮的声音从电话那头响起："阿渊，你老婆骗光了我的棺材本哇！"

心跳加速、胸口刺痛的章雨露，是吞下速效救心丸才打来了电话。

"妈，我知道了。"

申渊的声音就像一只在暴风雨中摇晃的白色小帆船，瞬间被对方声波的巨浪吞没了。

"我跟你说过，别找这种门不当户不对的女人，你偏不信！这么大一笔钱被骗光了，再去哪儿赚啊？"

申渊的头又开始痛了，呼吸也变得急促起来。他不敢对已经遭遇重创的母亲发火，只能一拳砸向墙壁，用炸裂般彻骨的疼痛来冲淡情绪的失控。

"妈，冷静一点，菲菲她才怀孕三个月，您不是最在意孙子吗？钱和申家三代单传的男丁比起来，哪个重要？"申渊边说边掏出一个小袋子，生生地吞下了三片药。

章雨露的七寸被精准地捏住了，瞬间偃旗息鼓，斗志丧失。孙子那可是无价之宝，尤其是身体有缺陷的儿子好不容易才得来的。忠于夫家的伟大使命感，勉强克制住了她的杀气。

"您记得吗？每次方菲去做治疗时，皮肤都被扎成蜂窝，肿得透明，可她还是愿意为我付出！现在她肯定也很难受，先让我把事情搞清楚了再说行不行？"

"那好，等孩子出生后，我再找她算账！"章雨露从牙缝里挤出话来。

这时，一个妖媚精致的长卷发美女迈着修长的玉腿从后面追着他说："申大哥！股神！顺路送我走嘛！"

这柔情似水的女声也飘到了章雨露的耳朵里。

"妈，先不说了啊！"申渊可疑地挂掉了电话。

挂上电话后，申渊苦笑着对郑恬说："你就别叫我股神了，不知道最近我被股民骂得很惨吗？"

对方双手叉腰，柳叶眉一挑，说道："炒股票本来就有盈有亏，谁能保证每次都预测对？以前听你的赚到钱时，他们除了说几句好话，给过你一分钱吗？现在不过就失误了几次，就这么骂你。真是不识好歹、贪得无厌！"

这席话就像一阵春雨浇灌在申渊焦灼的心田上。

"谢谢你这么支持我。对了，你怎么会在这儿？"

"我在当烹饪节目的现场观众呢，走吧，一起去健身？"郑恬笑得阳光灿烂，笑容里洋溢着别样的诱惑。

申渊担心方菲，连忙推辞："改天吧，我还有事。"

"那行，送我到地铁口可以吗？"郑恬双手合十，惹人爱怜。

"既然顺路，那好吧。"申渊不善于拒绝别人，即便昨天因为这样的事跟方菲闹得很不愉快。

"哎呀，你的手怎么了？"郑恬突然发现了他关节红肿瘀青的右手。

"没事，快走吧！"

半小时后，当申渊开车等待红绿灯时，坐在副驾位的郑恬按下了窗户。

这一幕，恰好被过人行横道的马春花看到了。她下意识地拽了拽方大业的手说："这是姑爷的车吧，白色宝马，车尾数 4M3？"

"是啊，怎么了？"方大业低头看着手机。待他回头时，只看到了车屁股。两人走了一段路，来到了广场上。

"副驾驶的位置坐着一个小姑娘，模样俊俏得跟个明星似的。"马春花警醒地说，"姑爷该不会有小三了吧？"

"瞎胡扯什么！他那么爱我家菲菲，当年死缠烂打地也要追到她，怎么可能会变心？"方大业护女心切，激动地反驳。

"你傻不傻啊，哪有不吃腥的猫！再说，你女儿不是刚怀孕嘛，又不能干那事，男人有出轨的想法很正常。"马春花怀疑老公的智商。

"这龟儿子！"想起女儿出嫁时的笑容，方大业恨不得马上冲过去兴师问罪。

马春花连忙拦住说："省省吧！这风口浪尖的时候，你不怕他们家催你还钱啊？"

方大业一想到债务顿时萎靡下去，双手抓住头发根儿，苦恼地一屁股坐在了广场的长椅上。

女儿那山崩地裂的哭声仍旧刺痛着他的心，他叹息道："我可真没用啊！我女儿今后可怎么办啊！"

马春花没想到眼尖竟捅了个大娄子，只能胡诌："别担心，说不定他俩只是普通同事。再说，菲菲那么能干，哪怕姑爷真出轨，也难不倒她！你有那心思，还不如多关心一下我肚子里的孩子呢。"

说完，她也在长椅上坐下，摸出今天哄方大业给宝宝买的那锭金灿灿的长命锁，乐滋滋地欣赏着，却没发现债主亲家母正怒目圆瞪地朝他们步步逼近。

# 第十一章

方菲的婆婆章雨露是本地人，精明能干，早年丧夫。她用血汗钱辛辛苦苦地栽培了儿子，还积攒了七八套房子。

接下来，章雨露一心盼着家里添个低眉顺眼的白富美媳妇，既可以传宗接代，又可以光宗耀祖，也不枉她一场辛苦。

可现实是残酷的。

初次见面时，她还以为方菲是个大家闺秀，聊起来后大失所望，原来她才在通达工作了一年多，而且是在单亲家庭长大的，父亲还是个朝不保夕的小老板。这门亲事一看就是女方高攀了！

章雨露没想到申渊对这小丫头言听计从，她哭过闹过，但儿子就像吃了迷魂药寸步不让，坚持要娶这个女人过门。

"为什么？"

"妈，我觉得方菲独立又能干的样子，特别像您年轻的时候。"

这句话竟然打动了章雨露。从某种角度来看，有一个能干的老婆怎么也比有一个只知道花钱打扮的强。虽然她最后勉强算答应了，但依旧心有不甘。

婚后，儿媳在公司一路升职，工资也水涨船高，最后竟然当上了总经理，隔三差五还上了市里的报纸杂志。见儿媳的能力无可挑剔，章雨露的矛头又对准了她的肚子。

"是不是你只顾着升职所以不肯怀孕，影响我们申家传宗接代？"

"妈，不是这样的！"

申渊用两张化验单扭转了局面。一张是方菲身体健康、子宫发育良好、无病变的报告。另一张，则是他自己精子活跃度严重低于正常值的报告。

章雨露这时才知道，儿媳妇已经将怀孕产子提上了议程，而不能如愿以偿的原因，竟然是自己的乖儿子患有弱精症！

"儿子，这怎么可能呢！我看你健健康康好着呢！"

"妈，这种事情哪能从脸上看出来呢。"申渊无奈地笑道。

多年来，方菲都不打算要孩子，申渊确实也带有一丝抱怨和遗憾。但知道原因出在自己身上后，他又觉得这事儿顺其自然也没什么不好。

这一瞬间，章雨露的眼泪夺眶而出，感叹申家后继无望。

"妈，我打算做人工授精。"这时，表态的方菲让章雨露仿佛看到了奇迹。

方菲一次又一次在治疗过程中忍受痛苦，她从初期的满怀希望，到后来的濒临绝望。这些，章雨露都看在眼里。

因为工作过于操劳，方菲第一次植入失败了。章雨露当时大发雷霆，事后又有些后悔。但方菲自始至终都义无反顾地往返于医院、公司、家之间。

再次得知方菲怀孕的喜讯后，章雨露的心也渐渐被这个了不起的儿媳折服了，更将自己一直舍不得存进银行的两百来万现金送到了方菲手里。她让儿媳为自己理财，是最亲切、最高规格的示好。

爱钱如命的章雨露，已经决定了将申家的大业交给方菲。突然发生的这场意外，不仅摧毁了她对方菲的信任，也耗尽了她半生的积蓄。这一切，都是因为亲家和他娶进门的老婆！

在夕阳的映照下，那妖精似的女人还在耍弄亮晃晃的金首饰！

我的！这全都是我的钱！

一只肥厚的大手突然出现在马春花的眼前，以迅雷不及掩耳的速度，抢走了她手里的长命锁。

情急之下，马春花扯破喉咙喊起来："来人啊！抓小偷啊！"

倚靠着栏杆的保安好久没大显身手了，连忙精神抖擞地跑过来。他用老虎钳似的擒拿手一把擒拿住贼人。那人发出杀猪般的乱叫声，长命锁也随之落到了地上。马春花赶紧从地上拾起来，吹吹上面的灰，塞进了包里。

她感激地说："谢谢您！就是她抢了我刚头的大吊坠！在周大福买的，花了大一万呢！"

暴怒的"犯罪分子"双眼通红，大声吼叫："赶紧给我松开！这是用我的钱买的！这两个才是骗子！骗光了老娘几百万！快抓住他们！"

保安看对方有拒捕的苗头，正打算给她两下子，又忌惮对方是大妈，不敢下手。

看清楚她的正面，马春花愣住了："怎么是你？"

她更怕保安一撒手，自己要被这只母老虎给剥皮拆骨。

"你们认识？"保安也从她们相互之间的对话和眼神中，发现这个案件不寻常。

方大业老老实实地说："赶紧松开吧，这是我们亲家母！"

"认识的人还抢？你们当我是三岁小孩？"

马春花想到那张借条，万一这老太婆真的闹起来，自己可是要吃官司的。

她也赔笑装糊涂地讨好说："亲家您好啊，对不起，我刚才是被吓着了。看您这头发做得可真漂亮，这一身打扮……啧啧……都是高档货。"

"滚！别跟我来这套。"

见保安还紧紧抓着章雨露不放，方大业也赶紧红着脸连说好话："兄弟，拜托你放了她吧，这真的是个误会！"

保安大叔好不容易大显身手，没想到竟然遇到了一家奇葩，气恼不已，听他们把好话说尽，才悻悻地撒手说："以后别瞎嚷嚷！"

马春花见大势已去，赶紧把长命锁塞进包的最内侧，拉上三层拉链，躲在了老伴身后。

章雨露被折腾得头发蓬乱，两只被反剪的胳膊从上到下火辣辣生痛。

她"呸"地吐了一口唾沫，摊开右手对马春花说："拿来！"

"什么呀？"马春花装傻。

"钱！你们两个伙同方菲一起骗我的钱！"章雨露一双眼睛都要喷出火来。

"啊！你怎么知道的？"方大业膝盖一软，心想，这下完了。

"可我们现在没钱……"马春花关心的却是自己的宝贝。

"放屁！"章雨露说，"你刚刚不是说去周大福花大一万买了个长命锁吗？当我瞎了还是聋了？有钱买首饰，没钱还我？快交出来！"

"我是高龄产妇，要小心伺候肚子里的宝宝。因为是习俗，我才求老公刷信用卡帮娃儿请了长命锁，不能给你！"马春花故作镇定地辩解着。

章雨露一看她那张比自己年轻的脸就来气，想必自己省吃俭用的钱，全被她拿去到美容院消费了。

她双手叉腰，扯着喉咙吼道："你要不要脸？欠我的钱都没还，还让你老公刷卡？年纪这么大生孩子那么费劲儿，干脆别生了！"

路边正好有来往买菜回家、不嫌事大的老头儿老太太，他们都不约而同地停下了脚步。

其中认识章雨露的老街坊在一旁悄声补充着信息："这肥婆是我们小区的富婆，她的钱被儿媳妇一家骗光了！"

"亲家母，有事我们回家慢慢说，别在这里闹得不好看……"

群众沸腾了："哦，听到没，叫她亲家母呢！这两个人一看就不是什么好人！竟然连自己亲戚的钱都骗。"

"我偏要在这里说！反正钱都丢了，我也不在乎！"

章雨露转头对街坊邻居大声宣传："来啊，来评评理啊！这一对男女骗了我300万去买理财产品，结果血本无归！都穷成这样了，宁愿刷信用卡买金首饰都不肯还钱！天底下怎么会有这么不要脸的人啊！"

周围的人都向马春花投以鄙夷的眼神。

有一些好事者评论说："那个风骚的菜馆女老板，听说勾搭了个有钱的老男人，原来是骗男人女儿婆家的钱啊！太贱了！"

"这种女人谁要谁倒霉！"

马春花脸红到耳朵根儿，也无心恋战。

方大业却说："老婆，你就把首饰给她吧！"

"凭什么？这是你给宝宝买的礼物！"马春花一着急，声音也大了，泪珠在眼眶里打转转，最后几个字更是说得响亮。

众人更是哗然地议论起来："欠债还钱天经地义！富养自己亏待债主，真是太过分了！"

义愤填膺的人全都站在章雨露那边，知道马春花底细的人更是大声奚落她。

方大业被里三层外三层的人围着，连圈都出不去了，心中焦急万分。

马春花看着一张张鄙夷她的脸，想着这二十年来自己在深港遇到过的浑蛋、受过的委屈，心中的怒火越烧越旺。

她铁了心地想，还不是你们毁了我的名誉，害得我一个人活得那么难，我才会去找方大业拿钱发财。难道我错了吗？对我来说，这世界上只有钱才是最重要的！我马春花今天，说什么也不会交出那枚长命锁！

她撕破了脸反击道："你儿子也不是什么好东西！堂堂一个股神，天天在电视里人五人六的，竟然背着怀孕的老婆在外面包小三！"

"你说什么？说话可要讲证据！"章雨露不由得想起早上从儿子手机里听到的娇呼声，瞬间方寸大乱、底气不足。

"我今天亲眼看到你儿子的名牌轿车里面载着一个小狐狸精！"马春花乘胜追击。

"是说那个害我们家亏钱的股神吗？人品这么差？"

"难怪预测得不准了！真没良心！"

群众间的舆论导向果然又变了，这下两边都被唾弃了。

见章雨露忌惮儿子的形象受损，方大业连忙把钱包里仅存的300块钱递给她说："亲家母，我是真的没钱了，这些你先拿去？我有了钱会继续还你的！"

章雨露一边抓过钱，一边骂他："打发叫花子呢！300万你给我300块！告诉你，这次算你走运，我家里煲着汤呢，我赶着回去关火！我不管你们用什么办法，我的钱必须一分不少地还给我！"

说完，外强中干的她便从人缝中"趾高气扬"地挤了出去。

围观群众见没好戏看了，纷纷散去。

马春花气不打一处来，小声唾骂："她这算什么？你女儿人工授精好不容易才怀上，她儿子却在外面偷吃。子不教母之过！"

"得了得了！别说了！还嫌丢人没丢够吗？！"方大业生气地拉着她快步往家走去。

马春花转念一想，包里的长命锁还在，便笑骂道："哎哟！你弄痛我了！"

## 第十二章

作为丑闻的当事人，方菲这一天也不好过。一大早上班的时候，她还没走到公司楼下，便被两个记者拦住。

"请问，您家被骗的钱追讨回来了吗？"

"什么？"方菲眉头一皱，心里颤动了一下。她没想到这件事会扩散出去，但还是面不改色地说，"这是我的家事，与工作无关，恕我无可奉告。"

"但你作为基金公司的总经理，竟然被人骗走几百万。你觉得自己有资格坐这个位置管理几百亿的资金吗？你还有能力为投资人负责吗？"

说话咄咄逼人的是一个戴着大框眼镜的财经女记者，递过来的采访笔都快要戳到方菲的眼睛了。

方菲反感地往后一躲，没想到脚后跟踩到了一个地砖的小裂缝，一个趔趄，眼看就要摔倒。就在这时，一股力量稳稳地扶住了她的后背。

"小心！"她听到了一个柔软得像绸缎却又阳刚有力的男中音。

来者把她挡在背后，冷酷专业地回答记者："依照《宪法》第三十八条，我国公民的人格尊严不受侵犯。方总有权拒绝任何无预约的采访！"

"公……公民怎么了？公民也有知情权，如果这家基金公司的专业度不合格，购买基金的人不就损失大了吗？"这位记者也伶牙俐齿，气焰虽有所下降，但并未让步。

方菲一听来人话语间有引证据典的本事，就猜到这个护花使者可能是兰庭。从听他背诵起《葛底斯堡演说》的那一刻，她就知道，这个男人的骨子里有侠义精神。果然，她回眸一看，兰庭今天穿着一身得体的灰蓝色竖条纹定制西服，竟有几分外交家的风采。

兰庭气定神闲地还击道："报道这件事的媒体是《都市日报》，并不是你们这家报社。我倒要问问你，从新闻五要素来看，你确定对方采访的事实依据有多少？杜撰的程度有多大？"

"这……"记者傻眼了，这并非她们报社出的第一手信息，资料来源是否可靠，她也不清楚。眼前这个帅哥看起来温文尔雅，却犀利得像一个剑客，压制得她无力还击。

兰庭见对方答不上来，便开始普法："按《治安管理处罚法》第四十二条的第五点，有公然侮辱他人或者捏造事实诽谤他人的；第六点，有偷窥、偷拍、窃听、散布他人隐私的，可处五日以下拘留或者五百元以下罚款；情节较重的，处五日以上十日以下拘留，并处五百元以下罚款。如果再有人纠缠方总，我们可以请律师来追查此事，并申请经济索赔。"

"行了！算你们有本事！"女记者终于偃旗息鼓，退后一步，收起相机，准备离开。

其他记者感觉再纠缠下去，可能会吃不了兜着走，也纷纷左右退开，让出了一条通道。

方菲才迈出两步，却发现鞋底一高一低，原来是鞋跟断了。

"方总，把包给我。"

兰庭自然地接过她的大包，并且伸出胳膊，绅士地示意她挽上。方菲在他的辅助下，仪态优雅地踱进了电梯。

"谢谢你。"电梯门关上后，方菲松了一口气，由衷地说道。

兰庭谦虚地说："这些都是大学时候学过的，情急之下就脱口而出了，用来唬住他们绰绰有余。他们若不知难而退，我们也奉陪到底。人不犯我，我不犯人……"

"人若犯我，我必犯人。"他们异口同声地说出下一句话来。

方菲的耳边仿佛响起一串漂亮的钢琴音符。她连续数日积攒的沉闷压力，都在这个大男孩帮她"讨伐"记者之时，得到了宣泄。

她不忍心欺骗兰庭，突然轻声说："其实那是真的。"

兰庭的脸上闪过一丝惊愕的神色。

"现在我处于腹背受敌的低谷期，所以需要你来帮我，往后的情况很难说，但我绝不会亏待你。"说这话时，方菲眼神中隐约带着一丝揉碎花瓣般的苦涩，但更多的是心如止水的从容。

随着电梯一层层地升高，沉默在两人之间蔓延开来。

兰庭的心情渐渐平复下来。他点了点头，说："能在伯乐的赏识下发光发热，对我来说是一种荣幸。从现在起，我将做您的二十四小时助理。无论任何时候，只要有困难，都可以打我电话。"

"很好，那我待会儿就给你布置任务。"

"叮"的一声，电梯门开了。方菲面带微笑地跨步走了出去。

与此同时，一辆黑色的宝马轿车开进了公司的地库，一位头发银灰色但气度不凡的男人下了车，神色凝重地走进了电梯。

在总经理办公室里，方菲给兰庭讲解着工作内容。

"我们主要的产品是债券基金，在三个月后，公司将会上线五只债基产品，总值多达 200 亿。你的工作就是辅助我挑选出最好的方案，督促销售团队用最快的时间卖掉这些债基。"

这时，方菲有意试探兰庭的专业敏感度："在 2014 年底，全国的债券基金不足 3500 亿，可到了 2019 年，却变成了 2.5 万亿，你知道这是为什么吗？"

"莫非是因为股市低迷，为了避险，所以资金涌向了更为保险的债券基金？另外，债券基金通常都是被银行间接或直接持有的，难道是银行为了响应监管号召，为了'净值自信'增大需求量？"

毕竟从事这个行业的时间尚短，兰庭仿佛身处茫茫大海的水手，看不到星标，辨不清方向，只能纸上谈兵。

"知之为知之，不知为不知。"方菲收敛起笑容，严肃地逼视着他。

兰庭确实不甚了解，有点羞赧地说："不知道，还请您指点。"

"其实你忽略了一点。因为财政部为了支持金融业发展，特地发文让公募基金无须交税。所以，银行投我们的债券，还可以起到合理避税的作用。"方菲抖出了内里乾坤，"所以，有金主，有交易，债基的形势才一片大好。"

兰庭这才发现，自己知道的不过是表面知识，并未触及真正的核心。

"那您又担心什么呢？"

方菲忧心忡忡地说："我担心在强监管的背景下，继货币基金、委外定制基金、分级基金之后，下一个被重点监管的产品会是债券型基金。"

李薇薇突然神色匆匆地快步走进了办公室，她轻咳一声，打断了他们的谈话。她上一次露出这样的神色，还是自己被张宁带走那天，方菲不由得有点儿心慌。

薇薇果然说出了一个令人意外的信息："迟董突然来公司了，让您赶紧去他办公室。他说话的语气很不好，您可要小心。"

迟建是两年前继任前任董事长吴达的职位的。早在二十五年前，有一定背景的他就已经从分公司的中层开始，做到了通达总公司计划财务部的副总经理，五年前升任为总公司风险部的总经理，两年前又身兼多职：总公司总裁兼资产部总经理、通达金融租赁有限公司董事，最后终于坐上了公司的第一把交椅。

方菲跟迟建的用人理念不同，因此，在她大刀阔斧地进行人事改革时，两人曾产生过矛盾。睚眦必报的迟建会不会来个秋后算账呢？方菲脸色凝重地将记事本交给兰庭，然后直奔董事长办公室。

刚一敲门走进去，她就被迟建凌厉的眼神扫了一眼。"啪"的一声，一份当日的报纸出现在她的脚下。

方菲当没看见，仍然淡定地微笑着拉过椅子坐下，接着从容不迫地说："您叫我来有何贵干？最近的销售走势往上，我们本月比去年同期又增长了8%，在业内同行中排名第一……"

"够了！我叫你来不是听例行汇报的！"迟建冷酷无情地打断她说，"我听说半个月前你被经侦大队带走了，今天又因为家事闹得满城风雨。现在网民都当你是个笑话，这样的你已经使得公司的形象受损了。"

这些话像刀子一样扎向了方菲的心。虽然饱受压力的她正在努力面对、解决困难，但突然被上司当面侮辱，她不禁紧握双拳，甚至有种胸闷气短的窒息感。

她强忍着内心的苦楚，假装不在意地耸了耸肩说："那又怎样？我的家事和公事关系又不大。《宪法》第三十八条规定，中华人民共和国公民的人格尊严不受侵犯；根据《治安管理处罚法》第四十二条的第五点，对于公然侮辱他人或捏造事实诽谤他人的组织或个人，我可以让法务给他们发律师函。"

迟建怔了一下，万万没想到方菲竟然用法律知识把他顶了回去。他恼羞成怒地说："那不说这个，你不是怀孕了吗？考虑到你恐怕不适合现在高强度的工作，不如我给你放个长假，你好好地在家养胎吧！"

方菲被他顶得气血翻腾。她兢兢业业、殚精竭虑，好不容易才走到了今天，怎么可能说走就走！

她继续柔中带刚地甩出一张牌："接下来马上要销售总值 200 亿的债券基金，如果我不在的话，恐怕会影响销售业绩！"

"这点你可以放心，我会让林晨协助我。难道你连自己曾经的上司都信不过吗？"迟建毫不留情地拒绝了。

如果接受了迟建的安排，她就会被削权降职。那些曾经被她夺去特权的关系户又会卷土重来，高效简洁的管理中层又将变得腐朽拥挤。

见她神色不变地戳在原地一动不动，迟建便不悦地将目光投向窗外说："没什么事了，你还不走？"

方菲握紧拳头，据理力争地说："按照《劳动法》规定，孕期妇女是有权正常工作的。恳求您再考虑一下，我可以跟林晨拼业绩，用实际成果来证明我的工作能力！"

迟建没想到她还搬出了《劳动法》，越发恼怒："现在外面的人都在说，通达请你这种蠢货当总经理是公司的耻辱！我给你面子让你休产假是为你好，你为什么还赖着不走？"

这声怒喝，将方菲的尊严践踏得像一片被揉皱的卫生纸。从小到大都是优等生、工作尖兵的她，仿佛被一道炸雷从头劈到脚板心。她只感到一阵天旋地转，然后眼前一黑瘫倒在地。

这一幕让迟建始料未及，他赶紧拨通了人事部的电话："快来人！方菲晕倒在我办公室了！"

# 第十三章

医院里，脸色苍白的方菲紧闭双眼，躺在白色的病床上，左手挂着点滴，尚未苏醒。她感觉自己轻飘飘地走在漆黑一片的山洞里，看不到天日，也不知道未来会怎么样。

　　她因为太信任父亲的承诺，带着侥幸心理挪用了婆婆的债券基金，才坠入这无底深渊。到底何时才能爬出来？前方似乎透出了一点明亮的光。

　　"菲菲，菲菲——"的呼唤声，从那个地方遥远地飘来。伴随着声音的提高，亮光也慢慢扩大，白色的天花板、雪白的墙以及方大业出现在方菲眼前。

　　"爸，你怎么在这儿？"

　　不管父亲再怎么糊涂，在女儿最需要安慰的时候能及时出现，方菲感到分外温暖。

　　方大业尴尬地说："我正好在附近，接到消息就马不停蹄地赶来了。"

　　"这里是？"方菲刚想坐起来，就感觉手背上有点刺痛，这才发现自己还在输液。

　　"你可别乱动，你被送过来的时候，已经见红了，医生叮嘱说千万要静养。"说话的是挽着方大业的马春花，她亲热地握着方菲的手说，"女人啊，千万要当心……"

　　方菲抽回自己的手，转过脸去。薇薇跟兰庭拿着医药费的单子走了进来。见方菲醒了，薇薇眼前一亮。

　　"方总，我们是跟着救护车一起过来的。迟董事长让我转告你，等身体养好了，还是继续回去工作，不过……"

　　"不过什么？"方菲料到迟建肯定不会善待自己。

　　"他说等您回来，需要跟林晨一起销售完总值200亿的债券，谁的销售量高，谁留下来当总经理。林晨如果失败了，可以继续做她的经理；如果您失败了……"

　　"就如何？"方菲有种不好的预感。

　　说到这里，薇薇连眼眶都红了："就要去做投资顾问，从此调离管理岗位。"

　　"好的，我知道了。生气也于事无补，不如现在就开始想办法，打好这场战役。"

　　方菲又对兰庭说："真不好意思，刚招你进来，我这儿就乱成了一锅粥。如果你想换岗位，我可以马上批准。"

　　"那怎么行呢？越是非常时期，我就越要出一份力。大家齐心协力，一定可以渡过难关的。"兰庭不为所动地说，"方总，这几天我已经做了一些方案，您身体好一点的时候看一下，指挥我去做就行了。"

"谢谢！"

这时，方菲早已头昏脑涨，眼前发白。

薇薇和兰庭走后，方大业烦躁地看着墙上的钟说："打了几个电话给申渊，好不容易才接通，说是马上要来的，这都过去半小时了。"

方菲见他一副不耐烦的样子便猜到一二，问："您这是赶着要去哪儿？"

方大业欲言又止，脸上泛起可疑的红晕。

马春花轻抚了一下他的胳膊，柔情蜜意地说："我刚刚害喜得挺不舒服，大业想带我检查一下。没问题的话，我就要回家休息了。"

方菲这才知道，他们原来是顺路到这里的，便说："你们还是好好考虑清楚吧，就不怕债务缠身，供不起孩子上大学吗？"

方大业尴尬地说："这还有十几年呢，到时候再说，到时候再说。"

马春花的眼睛滴溜溜地在方菲身上打转，摸着肚子说："他也跟你有血缘关系啊。将来我们老了，有你们这些做姐姐哥哥的，我们也安心呀！"

方菲一股闷气堵在喉咙里，正要发火，忽然一个穿白大褂的女医生走了进来。

她看了一眼床尾的床位卡说："方菲，29岁，先兆流产。孩子现在还比较危险！你可得注意了，住院一周打保胎针，还有情绪不要太过激动，尽量静卧……"

"是的，是的。"方大业答应得比女儿还快。

马春花酸溜溜地在旁边细声说："当初你为了申家，辛辛苦苦打了几百针，现在孩子都快保不住了，他怎么还不来？"

方菲的脸色煞白，一股气血往上翻腾，正在她极力平复情绪时，只听"咯噔、咯噔"的高跟鞋声由远及近地传来。

她抬起头看向门口，只见一个米黄色头发烫成大波浪卷、长着一双狐狸眼的年轻女人，婀娜多姿地立在门框旁边。如果不是因为那张照片，方菲对她的第一印象恐怕会很好。

女人走到床边，笑盈盈地问："您是申太太吗？"

"你是哪位？"马春花善于交际，抢先一步回了话，再仔细看看这个小丫头，真眼熟。

方菲没想到和敌人见面时，是自己最苍白无力的时候。她抛开个人情绪，冷静地看着对方。

那位女郎瞪大了因为搽了黑睫毛膏而变得更大更亮的双眼，伸出纤纤玉手，说："你好呀，我是股神申哥的粉丝，是专程过来看您的。"

马春花一听到这儿，立马茅塞顿开："哦！我想起来了！你就是车里面的那个小妖精！"

这话一出，病房的温度仿佛下降了好几度。方大业怒火燃烧的双眸牢牢地盯着女郎，一想到是她乘虚而入，毁了女儿的幸福，真想把她扫地出门。

方菲心头一惊，没想到这事儿真的"实锤"了。

她无视女郎伸来的手说："不好意思，医生说我需要休养，而且要小心病菌，所以我就不碰不干净的东西了……甜小糖。"

郑恬的脸色变了一下，这次她收到了一条信息，便匆匆来到医院。信息是古丽的同事发来的。她们三人是在一次旅途中相识的。另外，郑恬也未料到会从方菲口中听到自己的网名。

"你专程来找我，有什么事吗？"方菲似笑非笑地说着，她敏锐地捕捉到了对方瞳孔里的一丝怯意。

"我……"与老练的方菲相比，郑恬的社交应对能力很弱。

满盘计划全被打乱了，郑恬正在琢磨到底如何回应，忽然肩膀被人拍了一下。她转过头，看见来人，惊讶地问："马涛，你怎么会在这儿？"

"我来看我姐啊！"马涛径直走向方菲，鞠了一躬，赔礼说，"上次对不起。我没搞懂情况就说你泼妇，在这儿跟你道歉了。以后，我一定会赚钱还给你的。"

方菲对这个小男孩的感觉瞬间扭转了，真没想到马春花唯利是图，她儿子却是非分明。

她指着糖小甜问："你们怎么会认识？"

"我不是在待业嘛，昨天在力美健身会所找了一份健身教练的工作。今天听说你住院了，我就赶紧过来了，待会儿还要回去发传单呢！姐，你好点没？这香蕉是给你买的，我放柜子上了……"

方菲看他浓眉大眼、四肢发达的样子，还真像个健身教练。

马春花戳着他的脑门骂道："这傻孩子，广东人过年探亲都不送香蕉的，让你买点水果，也没买好。"

"算了，我们又不是本地人。"方菲竟被这娘俩儿逗乐了。

郑恬见身份被戳穿，天上又掉下个同事，有些兴致缺缺。她抱着肩膀冷哼一声，踩着高跟鞋朝外走去。

马涛追了出去："喂，我也要回去上班，带我一程呗！"

方菲看着马涛远去的背影，若有所思地沉默了一会儿，之后对马春花说："我想加马涛的微信。"

"哦，那好啊！"马春花以为是要给儿子介绍工作，喜出望外地告诉了她。

"喀喀——"

突然，两声响亮的干咳声打破了暂时和谐的气氛。大债主章雨露不知何时站在了门口。其实，她过来时，正好看到那小狐狸精扭着腰肢从这间病房走出去。

自知理亏，加上方菲都住院了，她也就不再当面提儿媳妇卷款一事了，只是牙根儿痒痒地扫了一眼一旁的老年男女，然后问方菲："孩子没事吧？"

"没事没事，医生说静养就好。"方大业急忙跟孙子似的满脸堆笑，就差没下跪了。

"爸、妈、马阿姨……"这时，申渊风度翩翩地走了进来。

"你终于就这么空手来了？"

方菲冰冷的语气像一把刀，她并不知道丈夫今天在节目上所受的万箭穿心之苦。

"我一录完节目就赶紧开车带我妈来了，都没来得及回家。"

心乱如麻的申渊虽然很想问清楚方菲欠款的事，但又不想当着母亲的面挑起事端，只能压抑着不满潦草地回应。

其实，方菲的愤怒值已经被到病床前挑衅的糖小甜推升到了最高点。申渊这副无关痛痒的态度一下子激怒了她。她已经想好了，要赶紧让薇薇和兰庭帮忙张罗，配合公司做好销售。年底她的工资加分红，至少也有 100 多万的收入。就算被迟建辞退，劳动补偿金加上分红，加起来也有近 300 万。先还清婆婆的钱，剩下的事情再慢慢跟亲爹后妈算。

方菲思量再三，对申渊说："我要离婚。"

"什么？"不但申渊和章雨露怔住了，就连方大业和马春花也以为自己幻听了。

"正是休养的时候，别说这个！"方大业赶紧握着闺女的手，眨着左眼，示意她千万要挺住。

这一离婚，从哪儿找钱赔给亲家啊！

申渊上次的气还没消，做节目时又遭遇了狂风骤雨般的压力，此时已濒临崩溃。

好你个方菲，我从认识你到现在，什么都让着你，你才会如此肆意妄为，才会把我亲妈的积蓄骗光。而我呢？感叹你童年的不幸，感动于你事业上的拼搏，感激你为了帮我孕育孩子，承受了莫大的痛苦，所以我才忍住痛苦，在人前强颜欢笑，帮你圆谎。但是，你关心过我的感受吗？

申渊见妻子直到今天还一意孤行，当着这么多人的面无理取闹，他脑子一热附和道："离婚就离婚！"

"离婚？离什么婚啊？不！许！离！"章雨露激动得一下子跳到了床边，狠狠捶了儿子一拳说，"你这是想要申家绝后啊？我送你去留学的时候，为了筹措学费在楼市大涨前将房子卖得只剩下三套，现在好不容易接受了这个儿媳妇，我无论如何也不想再失去孙子了！"

她看着脸色煞白的儿媳妇，突然意识到这句赤裸裸的想抱孙子的话会惹儿媳反感，于是赶紧捏着嗓子，像哄三岁孩子一样温柔地说道："有什么事咱们慢慢说，别提离婚啊！将来你一个女人带着孩子也不好生活。"

方菲一听就晓得婆婆根本不会真心为她考虑一丝一毫，更不会觉得申渊拈花惹草是错的。

"这怎么行啊！"章雨露索性一屁股坐到了地上，开始一把鼻涕一把泪地大哭起来，"哎呀，我的老公啊！我们申家唯一的后代要被这个女人给断了呀！她好狠的心啊！"

"妈……快别哭！"申渊看不下去了，只得过来拖母亲肥硕的粗胳膊。

章雨露用力一甩，挣脱开说："你到底做什么事情了？为什么惹得她发这么大的脾气？你不劝得她回心转意，我就不起来！"

申渊心软了，他走到方菲面前说："老婆，有什么事情，我们出院了回家再慢慢说，行吗？"

"你是说话态度不好吗？你是不忠！"谁都没想到，马春花突然在关键时刻插了一杠子。

"你不要乱说！"章雨露气急败坏，声音又大了起来。

"什么乱说，我亲眼看见的！就刚刚，那女人还找上门了！"

"啪！"突然响起一声清脆的掌声，病房内归于平静。竟然是方大业！他的手才从马春花的脸上挪开。这让所有人，包括方菲都大吃一惊。

谁能想到，一向温顺、唯唯诺诺的小男人方大业，居然会打老婆？

方大业的脸因愤怒和恐惧变得通红，双眼血红血红的，样子着实吓人。

马春花捂着火辣辣的脸，难以置信地看着他。过了好一会儿，她才激动地说："你你你！你竟敢打我！"

方大业声音颤抖地嘶吼着："别说了！不许再破坏菲菲的幸福！"

"那你打小三去啊！你打我干什么？好你个方大业！你这个窝里横！有气只敢撒到我身上！"马春花憋了一肚子火，尖叫着扑过去又是抓又是挠地撒野。

被喧哗声惊动的护士冲了进来，把这一群人全都赶了出去："要吵，坐电梯到楼下去吵去！病人要静养！"

马春花跟方大业一直打到电梯旁边。她哭哭啼啼地冲进去，嘴上说道："好你个方大业，敢打我，我要去流产！"

方大业也来不及管女儿了，追进了电梯。

申渊还想回病房，却被章雨露拽到了一旁："别去了，今天她在气头上。你也不懂事，有什么事，等孩子生下来再说。"

申渊心想：到底是你不懂事，还是我不懂事？

此时，章雨露突然神情古怪地直视着他的眼睛，说："讲老实话，你到底有没有在外面找小三？"

病房里暂时安静下来，辗转反侧的方菲心情复杂地按下呼叫铃。

刚刚那个厉害的小护士走了进来。她对方菲的态度倒是挺好的，轻声细语地问："您哪里不舒服？"

方菲苦笑着摇了摇头说："都没关系了，孩子我不要了，帮我预约做人流吧。"

"这么辛苦才保住的，怎么就不要了呢？您不知道这医院里多少不孕不育的，要费老大劲儿才能怀上孩子呢！"小护士了解方菲的身体情况，上来就是一通劝。

方菲看着她，瞬间回忆起当初跟申渊一起在妇幼医院问医生怎么样才能快点怀孕的一幕。那时候，她一心只想快点怀孕。

医生先说："保守疗法自然受孕，大人比较放松。弊端是不知何时才能怀上，可能一年，可能十年，也可能一直怀不上。"

"那人工呢？"方菲追问。来之前，她查过人工受孕的知识，认为只要给钱就能怀上。

"你会很辛苦！"医生严肃地看了她一眼，像是怪她考虑不周地说："疗程长，而且痛苦，需要配合着多休息，对日常工作也会有影响。"

"老婆，不如我们还是顺其自然吧。反正我喜欢的是你，我妈那边由我去挡着。往后余生，只要有我们夫妻俩在一起就行了。"

申渊知道妻子是个事业女性，如果因为怀孕影响了工作，哪怕她嘴上不说，心里肯定也会不痛快的。

方菲却认为只要一切都在科学手段下，就能轻而易举地实现。她带着对工作的征服欲，满腔热血地说："我不单是为了你，也是为了自己。只有试管婴儿才能完美快捷地实现所有的目标！万一耗到最后，我变成高龄产妇，再来做人工岂不是更难吗？"

申渊内心十分愧疚，也就不再多言。

事实不如方菲想的那么轻松，她咬牙坚持了长达一年的取卵。她接受着一次又一次HCG（绒毛膜促性腺激素）的注射，从新鲜到麻木。她还感受过取卵针穿过阴道穹隆的腹痛。那种痛让人倒吸好几口冷气，像十颗牙神经受损的牙疼同时发作。每一次，她都要努力地挺直后背，用力往后拉直自己的双肩，才能克制住不要蜷缩成一团。

她月经失调，小腹胀痛，经常感到浑身燥热，夜里出虚汗。中药吃完了吃西药，为了达到目的，她已经失去了理智。值得庆幸的是，医生好不容易从弱精症的申渊那儿，取到了几枚珍贵的种子。这下终于走到移植这一步了。

对身体有缺陷的夫妻来说，怀孕就像是一场马拉松，不，就像是十万里长征，总觉得曙光就在眼前，可还是换来一次次失望。

第一次植入后，她总感觉下腹隐隐作痛，但又怕影响工作，于是依旧如常上下班，该开会开会，该出差出差。

一个月后，她突然发现内裤上有血迹。她知道这不会是什么好事，便急急忙忙赶到医院，获知复查结果是：第一次移植失败了。

方菲的心情其实也很低落。要知道这是受尽苦难才攒到的福气，居然就这么轻而易举地失去了。

申渊担心母亲问责，故意不告诉她。

一个月后，章雨露才知道此事。她哭着找方菲兴师问罪："哪有你这样当妈的，怀孕了还不管不顾地工作，你是不是要让我们申家绝后！"

申渊急忙解释："妈，因为我，方菲已经受过不少罪了。这胚胎还不稳定，也是被自然淘汰的，不怪她！"

也是经过这一次，方菲才发现原来有些事就算再怎么努力，也可能会失败。不像学习，只要努力了，就能提高分数；不像工作，只要尽力去做了，就能收获到认可。怀孕似乎还要看缘分、运气和心情。

所以，当医生都说缓缓再来时，她却像在牌桌上输了的赌徒一样说："我要再试一次！"

多少个夜里，她从噩梦中惊醒，摸摸扁平的腹部，向上苍祈愿："赐我一个孩子吧！"

那阵子，凡是看到街上抱着孩子的母亲，或者一脸幸福的孕妇，方菲都会羡慕不已。

那时候，哪里还顾得上想孩子的性别、容貌！能有一个就不错了！

从此之后，她不敢再拼命工作，甚至时不时请假配合做第二次移植。没想到，这成了被迟建赶走的罪状。如今，她如愿以偿怀上了孩子。她真的忍心割舍掉吗？忍心吗？

想到一路走来的荆棘坎坷的求子路，方菲心都快碎了。但在她最脆弱、最需要关怀的时候，迎来的是什么？是小三亲自跑到病房来耀武扬威，是申渊睁眼说瞎话。

正因为吵了这一架，她才不希望孩子出生在这个虚伪的、没有爱、只为传宗接代而存在的家庭。

她的万般坚决，终于化作了抑制不住的、夺眶而出的泪。

小护士有些惊讶，但并非不能理解。各种各样的病人，她见得太多，比如这个外强中干的可怜妇女。除了转告医生她要做流产手术一事，自己又能帮她什么呢？

"那，好吧。"护士退出病房，并轻轻关上了门。

# 第十四章

第二天一大早，方菲又意志坚决地跟主治医师重申了请求。

医生也见过这种花了大价钱做人工授精，好不容易怀上了，又因为家庭原因说什么也不要的。据他了解，大多数这样的患者最后还是会后悔的。

他迂回地说："这需要家属签字，你找个人来签吧，手术前要照 B 超确定胎儿的位置和情况，术后还需要有人照顾你……"

这让方菲发了愁，找谁呢？

医生看她不语，便找了个台阶下："那你再回去安排一下吧，确定好了时间再找我。"

怎么办呢？她正在发愁，突然接到了薇薇的电话。

"方总，我们 003 基金的重仓债券齐钢违约兑付，昨天证监会网站一公布消息，今天已经有大批客户在楼下拉起条幅抗议说要提前赎回。林晨带着几个人去维护，根本搞不定，迟董特别生气，直骂她'没鬼用'……"

真是潮水退去，才知道谁在裸泳。换作其他人，可能会幸灾乐祸。可方菲不是一般人，她首先想到的是：大事不好，当初那么多基民看好这只债券才投资，这下踩了雷，占基金净值比例高达 12.85% 的齐钢一定公对基金净值造成重创，这样一来定会动摇投资者对通达的信心。

同时，她想听听兰庭的见解，培养一下这个可造之材。

"兰庭呢？你让他来接电话。"

兰庭知道自己没有解决这个问题的能力，有点抱歉地说："方总，是我，我可以做什么，您只管吩咐。"

听到他的声音，方菲启发性地问："你认为投资者们最担心的是什么？"

他不好意思地说："正常来说，他们预计的是持债到期，兑付本息；现如今齐钢违约了，债券估值将会被调降，基金净值也会随之大跌，他们担心自己会大幅度亏损，甚至血本无归。"

"你说得很好，问题的根源摆在这儿了，只是缺少一个解决方案。"方菲继续启发式地询问，"你觉得该如何处理呢？"

"首先，我们是无法不调低基金净值的，也就是说账面的亏损绝对会反映出来。"

兰庭毕竟经验尚浅，真的没有遇到过这种事情。可他知道方菲有意栽培他，不想轻易放弃，于是努力地冥思苦想。

"你想好了之后，再打我电话吧。"方菲微微一笑，挂上了电话。

擅长处理对外关系的古丽不在，林晨又只擅长数据，这是凸显方菲价值的关键时刻，不出意外，迟建很快就要请她回去。更让她担心的是，国际煤炭走势下跌，环保汽车行业亏损。在国家去杠杆和强监管的背景下，持有煤炭债、汽车债的另外两只基金，假如再遇到大股东的股票质押率逼近红线、资管颁布新规，有可能使这些大企业的现金流都断裂，最终引发债务违约。而受害者就是一个个投资人，其中也包括普通的老百姓。

半小时后，她的手机响了。

兰庭非常激动地说："方总，我想到了。一旦债券违约，持有者只能听天由命。因为合约已经保障了我们，所以我们需要做的是防患于未然。我应该让基金经理们去核查他们所控制的各个债券基金，及时调整净值和所持比例，做到先下手为强，预先发现风险，从而规避风险！"

方菲欣喜地夸奖道："说得对！你的反应很迅速。而且，从2015年公司债扩容开始，今年到了回售潮。往后，债券违约的事件只会发生得更频繁，更需要我们用切实行动来表示改进的决心。"

兰庭得到方菲的认可后，非常高兴。

抢过话筒的薇薇连声庆祝说："这下新徒弟都能打败林晨了，迟董肯定会尽快收回成命，调您回来的。"

方菲并没有放松警惕："事情没那么简单。待会儿处理完了，你来一下医院。"

长痛不如短痛！她黑漆漆的双眼望向病房门口，有些期待申渊能带着铁证跑来自证清白。一分钟过去了，十分钟过去了，一个小时过去了，只听到一双清脆的高跟鞋声传来。这让她想起了那个耀武扬威的糖小甜。她的怒火一瞬间被点燃了。

"方姐，您这么着急找我过来，有什么事吗？"薇薇提着大包小包走了进来。

方菲耸耸肩，故作淡定地说："我希望你帮我签个字。"

"签字？"薇薇百思不得其解，"公司的文件只有你才能签啊！"

方菲只得和盘托出："我不要这个孩子了，需要你假装我妹妹，帮我在同意书上签个字。"

这一下，惊掉了薇薇提着的大包小包。哗啦一声，各式水果、孕妇化妆品、一次性内裤散落一地。

"什么？为了怀孕，您遭了那么多罪，怎么就不要了？"薇薇激动地半跪在床边，握着方菲的手，"究竟出什么事了？"

因为上次走得早，所以她并不知道小三闯进医院耀武扬威的事。

方菲只求速战速决，她担心自己越陷越深："薇薇，正因为孩子是无辜的，才不应该来这个世界受苦。我就是单亲家庭长大的，比谁都了解一个残缺家庭的不幸！"

薇薇旁观者清，很快就发现了关键问题："残缺？您跟姐夫不都还在吗？而且他对你那么好，每天下班都接你回家，上次还帮你拎包呢！"

方菲皱紧了眉头，心一横，把手机递了过去："看看这个。"

看到图片瞬间，薇薇惊得屏住了呼吸。天哪，这是前天那个在人前秀恩爱的姐夫吗？他怎么可以这样？

"我去找人查一查这个女人的底细。真是太过分了！"

"这个女人是通过古丽牵线搭桥才搭上申渊的。我真没想到，他会背着我干这种事！"方菲气得胸口剧烈地起伏着。

薇薇一听，笑了："这就对了，肯定是个局！再说，姐夫这段时间焦头烂额的，哪里有心思去拈花惹草呢？"

"焦头烂额？"

"对啊，他在业界的口碑最近下降得特别厉害。听说，有两次他推荐的股票大跌，很多股民损失惨重。"

方菲如梦初醒地回忆起在电视台楼下看到的"股神申渊是庄托，欺骗股民割韭菜""股市毒药申渊""害人亏钱的穷神申渊"的横幅。她的情绪渐渐平静下来。她细细地回忆起他们之间最近的问题，突然意识到，自从上次在车上发过飙后，两人就没有面对面坐下来心平气和地沟通过。

心细如发的薇薇又说道："最近网上骂股神姐夫的帖子太多了，都说他是骗子，害得大家亏了很多钱。这么大的事，他没跟你说吗？再说，平时我们发行一只基金至少也要三个月，还要综合衡量多项指标，更何况这是一段婚姻！您还是了解清楚再说吧！"

听了薇薇的话，方菲愣住了。莫非申渊那些鬼鬼祟祟的反应，并不是因为外遇，而是因为工作上的问题？

金融行业其实相互关联，通达爆发的债务事件只是冰山一角。窥一斑而见全豹，这件事反映出股票市场整体都在走下行通道。而偏向于看好的申渊，才会一次次地看走眼，从而成了网友口中的毒药……

其实，如果像以前一样，两人聊聊彼此在行业内的所见所闻，或许会带给对方一些灵感和新的发现。

薇薇担心地拉着她的手说："您在工作上所向披靡，但女人有身孕后，情绪起伏太大，容易做出不理智的决定，所以还是别做人流了。"

方菲被她逗乐了，刮了刮她的小鼻梁，说："说的跟你生过似的。行，那我就不为难你了，你先回去吧。"

薇薇如释重负，给方菲剥了个橘子才走。

方菲换了个舒服的姿势靠着，心情也好多了。她思索了一下，并没有给申渊去电，倒是给马涛打了个电话。

马涛听完后，非常为难地说："姐，这忙我怎么能帮啊？我不行的……"

"求你了，你一定可以的。"方菲柔声哀求着，让人难以拒绝。

"我考虑考虑……"马涛还是不肯应允。

"这样吧，我雇你，给你发一万辛苦费。"说完，她转账过去。

马涛连忙拒绝说："我还欠你钱呢，这钱我不能要，不过看你这么着急，我就答应你吧！"

"拿着钱吧，你忙前忙后也要花销的，不拿我可要生气啦！"

方菲放下手机，抬眼看着窗外皎洁的月儿，想起了那些撒满花瓣的美好日子。

再给申渊一次机会吧。

第二天清晨，方菲被测量体温的护士叫醒。没想到被薇薇安慰后，她的睡眠质量也提高了。

窗外飘着柳絮状的云朵，天空仿佛敷了一层面膜，竟显得朦胧起来。

她小心翼翼地爬起来洗漱完，正想叫食堂送粥，忽然听到门外传来了沉重有力的脚步声。她心中一喜，抬起头来，看到来者后却难掩失望。

萧诚正将大包小包的东西放在小小的柜头上，放好后，他又一样一样地从保温袋里拿出来。

"我听方叔叔说你住院了，心想这里的伙食肯定不好，于是就给你带了我妈做的五香牛肉，还顺路买了燕子塘的炖燕窝，你看看有没有胃口。"

五香牛肉是萧妈妈用八角、香片、炒果、花椒、辣椒、酱油，加上独一无二的火候煮制而成的。小时候，方菲经常去萧诚家蹭饭，五香牛肉是她最喜爱的一道菜。

方菲连连点头，开心地坐直了身子。

萧诚细心地用枕头垫住她的后背，好让她舒服一点。接着他把吃饭的垫板装好，这才扭开保温盒的盖子，给她盛了一碗粥，又很自然地用筷子夹出一片薄薄的肉，喂给她吃。

方菲仿佛回到了少女时代，舒坦地连吃了好几口。直到门被人敲了几声，她才发现，不知何时，申渊竟提着一包衣服站在了门口。

申渊呆呆地看着昨天刚提出要离婚的方菲，她此刻正被青梅竹马的男人亲昵地喂食。

"我是来给你送东西的。"

申渊想把衣服放在床头柜上就走，却发现空间已被萧诚带来的瓶罐盘碗堆满了，内心的无名火"噌"地蹿了起来。

萧诚像是男主人一般，随手接了过来："没事，你工作忙的话，就先走吧！这里有我就行了……"

方菲本来还有话想问申渊，看他头也不回地走了，感到又好气又好笑。

这时，医生在小护士的带领下来巡房。

"你打算做流产？家属来了吗？"

其实昨天经过薇薇的劝说，方菲已经有些动摇了。

这时，萧诚异常激动地说："我算她的家属。"

方菲赶紧对医生说："对不起，情况有点变化，我还需要时间考虑一下。"

小护士脸上露出如释重负的神色。医生却有点不高兴："那你要赶紧做决定，现在胎儿没到三个月，可以做无痛人流，再过一段时间，就需要做引产了，到时候比现在要痛苦十倍！"

萧诚赶紧送医生出去："谢谢您，我们再好好商量一下。"

他回来后，见方菲还是在闷闷不乐地看手机，便主动询问事情的经过。方菲一直把他当成娘家的大哥来看，便将前因后果都跟他说了。萧诚听完，表情凝重起来。

"有件事我一直不想告诉你……但婚姻毕竟是一辈子的事，如果等孩子生下来，我再告诉你，你一定会更痛苦，所以还是……"

方菲几乎是屏住呼吸地催促："赶紧讲。"

萧诚脸上一阵青一阵白地说："上个月，我看到申渊跟一个女人从酒店里出来……"

"为什么不早告诉我？"听着萧诚的述说，方菲感到心如刀割。

"本来我想算了，但刚刚听医生说，如果现在犹豫，以后会受更多的罪，就不忍心了。"萧诚伸手握住了方菲苍白而又修长的手。

"你现在这么憔悴，都是因为他不懂得珍惜，如果换了我，一定不会让你受一点委屈！"

方菲的耳边仿佛响起炸雷，她心中一惊，赶紧闪电般地抽回手来。这时，她的手机像救命似的响了起来。

嫁到沪城的闺密柳叶说："方菲，我来深港了，咱们什么时候出来聚聚？顺便再去粤岛逛逛，重温一下旧梦？哈哈哈——"

电话那边是柳叶银铃般的笑声，她还像大学时代一样天真无邪。方菲的思绪也随之飘回到九年前那惊心动魄的一幕。

## 第十五章

2010 年，粤岛，香远区的一家便利店里……

"不准动，全都不准动，把手放到背后蹲下！"

一声暴喝，惊呆了便利店里所有的顾客和柜台的员工。

正在跟方菲挑着口香糖的柳叶，吓得一激灵。她嘴唇直哆嗦，就像被人使了定身术似的，麻木地站在原地。

方菲单膝跪地，赶紧拽了拽她的手说："蹲下，快点——"

"你怎么还不趴下！"

话音未落，忽然一根黑漆漆的短棍照着柳叶的头打了过来。幸好方菲及时拽了她一把，黑棍虚晃过去，扑了个空。

戴着黑色毛线帽的男人蒙着脸，只露出双眼和嘴巴。他满眼凶光，因为这一次失手，他的怒火烧得更旺。当他看清楚对方白嫩又楚楚可怜的脸时，又酥软地淫笑起来。

方菲流着泪水，可怜兮兮地哀求："对不起，我姐她刚刚怀孕两个月，不太舒服，请你饶过我们……"

这句话戳中了他的软肋。乡下的老婆刚刚怀孕五个月，再加上老板欠薪，他才出此下策，他做这种刀口舔血的事情也是迫不得已。

另一个劫匪突然怒喝："老实待着，谁让你们说话了！快，把钱给我！"

后面那句话是对柜台里瑟瑟发抖的店长说的。店长虽然受过这方面的培训，可真遇到打劫，脑子就像不听使唤一般，只能哆哆嗦嗦地伸手拿钱……

匪徒一拿到钱就飞快地跑了。店长惊魂未定地报警。巡逻到附近的两名警察几分钟后就出现在店里。

"刚刚匪徒长什么样你们有印象吗？"

柜员摇头，颤抖着说："我在里面吓坏了，声音都没听清楚。"

刚刚还楚楚可怜的"乡下妹"方菲，突然昂首挺胸地站起来。她用流利的粤语描述起来："其中一个劫匪身高一米六五左右，身材敦厚，腰腹有赘肉；三角眼，眼皮下面有一颗痦子，不细看看不出来；肿眼泡，嘴巴有个裂口，嘴唇颜色呈紫红色。"

这回不仅柳叶，在场的人都听呆了。

"你叫什么名字？"听完之后，警员用敬佩的眼神看着她。

"方菲！"

等录完口供，从派出所出来后，柳叶依然惊魂未定。她声音发颤地说："多亏了你，你是怎么想到骗劫匪说我是孕妇的呢？"

"中年人不是穷途末路，不会来抢劫的，他应该有个孩子。"方菲说完擦了擦额头的汗，吐了口气，"幸亏这次来粤岛自由行兜里揣的三百块钱没被他们劫走，先去陪我买身平价打折的职业装。"

三小时后，两人提着买的东西过关回去。一进寝室，柳叶就哼着歌儿，开始收拾行李。

"你真去沪城？就为了跟只见过一次面的网友谈恋爱？"方菲有点担心。

柳叶喜欢的人叫尚云，出身于残疾人家庭。他在街坊邻居的帮助下长大，不但以优异的成绩考上了大学，还弹得一手好吉他。

"我再也没见过那么有才气、那么招人心疼的男孩了。"

柳叶一脸陶醉，天天捧着他的视频翻来覆去地看个没完，魂早就飞过去了。

"你为了没见过几次面的网友，连安排好的工作都不要了，合适吗？"方菲觉得难以理解。

柳叶一脸陶醉地说："找一个自己真心喜欢的好男人才是最要紧的！"

"爱情有那么重要吗？我一心只想赚钱！"家徒四壁、爸爸还在建筑工地混饭吃的方菲说，"叶子，你有多少人都梦寐以求的好条件，为了尚云，你这样做值得吗？你爸妈知道吗？"

虽然柳叶染了一头金发，穿着破洞牛仔裤，但她其实是将门之后，成绩也拔尖。尽管她们的出身差距很大，但柳叶每次去图书馆都要拉着方菲，什么心事都喜欢讲给她听。时间久了，就算是石头也被焐热了，更何况是外冷内热的方菲。

"我可不想让他们知道这件事，万一我妈来找我，你可千万别告诉她我去哪里了。"

柳叶去了沪城就再也没回来。一年后，在她的帮助下，尚云参加了轰动全国的选秀大赛，成了一个小有名气的公众人物。柳叶没要一分钱彩礼就结了婚，不久生下了女儿媛媛。

"这几天，我住院呢……"方菲想到这里，隐去了申渊的事，只简单说了说公司内部变动和保胎的事。

"这么大的事，你怎么不早说！我现在去看你，你在哪家医院，几楼哪个病房？"问完，柳叶便风风火火地挂了电话。

挂上电话后，方菲发现萧诚还在旁边，便说："待会儿我大学最好的朋友柳叶来看我，你就先回去吧。"

"就是那个你老夸她很懂事的干部子女？"

"对，真可惜，你们还没见过，要不，待会儿介绍你们认识一下？"

"不了，我公司还有点事。"萧诚意味深长地看了她一眼，收起残羹冷粥，"明早我再带你最喜欢的皮蛋瘦肉粥。"

方菲想起他刚刚炽热的表白，心中一惊，赶紧摆手说："不用麻烦了……"

萧诚脸色黯淡下来，欲言又止，转身出了门。他不明白为什么自己对她这么好，又有了钱，还抖搂了申渊的不堪，可她还是不肯接受自己。难道只因为她还是申太太？

半小时后，柳叶牵着一个小女孩走进病房，她甜滋滋地将手里提的补品塞进了柜子上的空隙。

柳叶戴着长三角形的金属耳坠，穿着米色刺绣的波，希米亚连衣裙，美得就像一轮太阳。

小女孩脸上洋溢着灿烂的笑容，宛如朝露。

"阿姨好！"酷似柳叶的媛媛跟方菲打了个招呼。

这样美丽明媚的母女瞬间照亮了整个病房，空气中似乎弥漫着清香。

看着柳叶，方菲仿佛回到了少女时代。见门口再无他人，她奇怪地问柳叶："尚云呢？在外面吗？他现在还去演出吗？"

柳叶摇了摇头，用手指撩了一下垂落到眼帘的发丝。

"有一阵没跟你联系了，其实我们刚离婚。"

方菲惊讶不已："怎么可能？上个月我还看到你们晒周年纪念照片呢！"

"真的，他出轨小粉丝，在街上被我碰到了。媛媛哭着去拽他，然后被他推开了，我当机立断就离了。"柳叶本来阳光的脸上笼罩起了一层阴郁之色。

"可恶！"方菲不禁握紧了拳头，"他怎么对得起你？我要去骂他！"

"算了吧，我以后再也不想见到他了！也不想听见他的声音。趁年轻，我还没到三十岁，让一切从头开始吧。"

"婚姻也是看缘分嘛。你现在打算怎么办？回深港？"

方菲知道柳叶娘家的势力很大，回来不说要风得风、要雨得雨，至少小日子应该会过得不错。

当年，柳妈妈许倩总通过方菲寻找女儿。

方菲只好在电话中以"柳叶在洗澡……在楼下……在图书馆"来回应。

许倩毕竟只有这么一个孩子，除了恨铁不成钢之外，还怕女儿被坏人欺骗。

许倩开车直奔学校，开门见山地问方菲："我们是军人家庭，家教很严，如果不是急得没办法，我也不会找你。你妈妈去世得早，家里只靠做建筑工的爸爸支撑，大学的生活费基本都是自己挣的，我一直觉得叶子跟你做朋友之后，会更珍惜自己所拥有的一切。可她毕业后就再也没回过家，她到底去哪儿了？"

方菲如坐针毡，脸上一阵红一阵热。病逝的母亲是她内心深处的伤疤。

当初为了给母亲治病，她家欠了不少债，老爸方大业后来辛辛苦苦地干活，每月大部分收入都拿去填了坑。

许倩继续诱惑方菲说："我不会告诉她，更不会亏待你。我知道你们学金融的都想进瑞银这种大投行实习，我有熟人可以给你安排一个管培生的职位。"

方菲咽了一下口水，全班 40 个人，除了柳叶，其他 39 个都在给各大金融机构的管培生岗位投简历。

"王志强是你们班长吧？他在考公务员，不知道怎么查到我们家的地址了，提了一盒人参、三袋进口水果来求我们给他安排到税务局去。我让他把东西拿走了……"

许倩偷眼看了下无动于衷的方菲，加重语气说："你是叶子的好朋友，我心甘情愿帮你推荐。你也知道投行要看应聘者的背景，你们学校不算名牌大学，跟全国跑来的求职者一起面试，拿到内定的概率并不高……"

方菲不动心是不可能的，能去瑞银做管培生简直就像拿到了金饭碗。

她抿了抿有点干燥的嘴唇，忐忑地说："阿姨，您开的条件实在是太好了，但叶子把我当亲姐妹一样对待，我答应过她绝不会出卖她。对不起了！"说完，她就要起身离开。

"你等等，等等！"许倩所有的尊严都在这一刻瓦解，她声泪俱下地哀求说，"你可怜可怜我这个当妈的吧，我真怕她被坏人拐卖到大山里面当媳妇！我整夜整夜做噩梦……"

这一瞬间，方菲的心被击中了。她转过头，声音颤抖地说："我跟她才通过电话，她没事，您不可能把叶子藏在羽毛底下一辈子。"

回到寝室后，她掏出手机说："听到你妈有多想你了吗？也该报个平安了。"

叶子叹了口气："我妈是不是让公众号的那些无脑文章给洗脑了？哪儿来那么多拐子？好，我马上就给她打电话，让她别为难你了。"

放弃了出卖朋友的捷径后，方菲去挤招聘会，幸运地在应聘时认识了申渊，后来还进了通达……虽然没有许倩扶持，但是有能力的人到哪儿都会遇到贵人。

正在这时，媛媛突然一声惊呼，兴奋地跑到了病床旁边。

方菲举目望去，只见一只咖啡底色、荧光绿斑点的凤蝶飞了进来。在大都市鲜少见到这般绚烂颜色的蝴蝶，这只宛如精灵般的彩蝶为雪白的病房增添了几分美感。

蝴蝶绕过了媛媛，围绕着方菲打转。

"这孩子肯定是给你送福气的。吉兆哇！"

柳叶从星座到手相再到塔罗牌，什么奇妙的东西都喜欢学一学。

方菲心里有了点恻隐之心，却没说出来。柳叶从袋子里拿出橘子，细心地剥开，一片片地喂给方菲吃。生活将这个大小姐变成了一个会照顾人的小妇人。

"你跟申渊处得怎么样？你这么能干，谁娶了你，那是他们家祖坟冒了青烟。"

方菲想了想让她心酸的一摊子烂事，觉得说出来不但解决不了问题，还可能让柳叶跑去找申渊的麻烦。她只谈起自己前脚被亲爹骗了钱，后脚就跟婆婆闹翻的事。

柳叶拍案而起："你爸也够过分的，娶了个小老婆，住着你买的房子，花着你挣来的钱，竟然还去买什么破理财产品！还好意思生二胎，这不是坑你吗？太气人了！有机会，我要去会会你那个小后妈！"

方菲赶紧转移话题，聊起了大学同寝室的童无忌。

柳叶嗤之以鼻地说："我来之前找她出来聚聚，她说自己去日本旅游了！当初她找不到工作开服装店的时候，还问我借过钱呢，到现在都没还，我就当打水漂了！"

正在这时，小护士走了进来。她看了一眼激动的柳叶，对方菲说："过来做一下 B 超检查。"

这次检查是为了看子宫内部的恢复情况，当然，如果方菲愿意，也是作为术前的胎儿着床检查。

柳叶赶紧迎上来说："走，我陪你去。"

"你在这儿陪着媛媛吧，等我回来。"

方菲走进黑幽幽的房间，躺在窄窄的小床上，肚子上被涂上了一层滑溜溜的超声耦合剂。一位温柔的女医生拿起 B 超扫描仪在她腹部滑动着。音箱里突然爆发出一阵奇怪的鸣叫，像风吹进了海螺，声音忽大忽小，有种说不出的怪异感。

"这是什么声音？"她好奇地问。

"胎音！"

方菲仿佛被一记重锤砸到了心尖。她被一浪接一浪的事给忙晕了，这还是第一次听到来自子宫的声音，古怪却动听。

这是未曾谋面、不成人形的胎儿正在用心呼唤着："妈妈！妈妈！"

一瞬间，她的心底涌上了一股遏制不住的保护欲。她那压抑得不敢释放的母爱，忽然如潮水般涌出。她突然觉得自己很荒谬，为什么要为了自己的错误而惩罚无辜的孩子呢？现在不过暂时遇到了危机，再困难的事情都能克服，更何况自己又不是没有生存能力。不论发生何事，不管未来如何，她都有责任保护这个孩子！

回病房后，她发现柳叶已贴心地将一切收拾得妥妥帖帖。

柳叶定定地直视着方菲的眼睛，问："除了亏了婆家的钱，你跟申渊绝对发生了什么不好的事，说吧，我是过来人，能帮你的。"

方菲打趣道："你这个神婆又在算什么？我好着呢。"

柳叶从包里掏出一本叫《身体不会忘记》的书说："这本心理学的书是我最难过的时候看的。人要学会善待自己，你觉得闷的时候可以翻一翻。"

母女俩走后，方菲好奇地翻看了一下。这本书说身体和心理是互相联系的，如果人的心情突变，脉搏和瞳孔就会变化，有些科学家以此来做心理治疗。

她好奇地将手指搭在右手大动脉上，像老中医似的感觉着血管里那股洪流突突的跳动。想到丢了300万的事，她的脉搏果然不自觉地狂跳起来。她赶紧做了几个深呼吸，转念想想中午吃什么好，脉搏这才缓和下来。

# 第十六章

萧诚每天都第一个来看方菲。如果方菲心情好，他就多聊一会儿；若她不喜，就收回餐具，放下新的饭菜就走。

方菲通过电话指挥兰庭坐镇公司。虽然他经验尚浅，但资质甚好，一点就通。行政和人事则有薇薇帮忙把持，万无一失。唯一可惜的是，马涛尚未给她带来任何实质性的答复。

　　方菲忙完手中的活，突然发现萧诚还在旁边。她觉得再这样下去，他会越陷越深，便狠心说："我们之间没有可能，你以后还是别来了。"

　　"为什么？他都对你这样了，难道你还不清醒吗？还是你担心我以后养不起你？"萧诚见她一直沉默，不甘示弱地拿出 iPad 递过去说，"这是我投资的比特币挖掘公司，现在已经在美国纳斯达克上市了，我当初的投资额已经变成了几亿人民币。"

　　"你的投资？"

　　方菲好奇地看了看这篇新闻，里面提到了一家天使投资公司 Faye&Cheng。她的心突突直跳——这不是她的英文名和他的中文名吗？

　　"菲菲，我因为中的那笔彩票有了启动资金。其实，我很早之前就在关注比特币，知道投资比特币有前景。当我远在美国的表弟萧炼找天使投资人赞助他的比特币挖掘公司时，我找律师写了一份协议，给他投资了几百万……"

　　方菲不由得感叹：造物弄人，萧诚居然凭借好运气一而再再而三地成功，现在已经变成了亿万富翁。但是，他的这些话，却让她非常反感。

　　"你以为我嫁给申渊是为了钱吗？"

　　"不管你是为了什么嫁给他。我从小就幻想着有一天你会嫁给我，之前我一事无成，不能跟申渊比。但现在不一样了，不管你是不是结婚了，我都希望你可以给我一次机会。"

　　萧诚从怀里取出一个黑色天鹅绒的首饰盒，打开后，露出了一枚璀璨硕大的天然珍珠戒指。因为长期保持运动，他看上去仍然和少年时一样帅气精神。

　　方菲听说过顶级富豪更喜欢珍珠而不是钻石，珍珠寓意着吉祥，在卡地亚珠宝展中，一枚英国皇家珍藏过的珍珠吊坠，仅有 8.3 克，售价就超过了 1 亿。让她惊讶的是，萧诚居然单膝跪地，满怀期待地将戒指盒递给她。

　　"如果你跟我在一起，我的钱就是你的钱，你的事情全部由我来扛，你什么都不要担心。这孩子你喜欢就生下来，我们一起养大。如果你想放弃，我会陪着你做手术，照顾你……"

　　听到这么滚烫炽热的表白，谁能毫不动容？更何况，这是个可以脱离苦海的机会！

方菲看着光彩照人的珍珠，摇了摇头，说："萧诚哥，很感谢你为我所做的一切。坦白来说，我很爱钱，才会拼命努力从底层爬上来，过自己想要的生活。但在我眼里，你一直就只是个哥哥。"

萧诚没想到自己掏心窝子说出了最诚挚的恳求，甚至愿意亲手奉上所有的财产，还是得不到她的心。

"这世界上比我好的女人太多了，你还是去找一个合适的吧。"

这一瞬，他的眼睛湿润起来，就像有棉花堵住了嗓子眼，耳边也仿佛有巨大的轰鸣声。失望至极的他就像一个攒了好几年零花钱，终于可以去买自己心爱的变形金刚了，却被老板告知"不卖了！"的小男孩。不，比那还要严重几百倍！他难以消化这份失落，干涩的喉咙里发出了几声乌鸦叫唤似的干笑。

他赌气地说："我会让你后悔的。"

他决然地走了，彻底得就像未曾来过一样。

方菲也知道自己太绝情。他们虽然从小一起长大，有过无数温馨的时刻，但那对她来说已经化作了浓浓的亲情，流淌在心里。这不是因为钱或者感动就能随意改变的。再说，以他的条件又何患无妻呢？

突然，方菲又听到了脚步声。

怕不是萧诚回来拿什么东西？

没想到，来人一进门就紧紧握住了她的手。让她又惊又喜的是，出现在眼前的人是申渊。

她嗔怒道："你干吗？"

"老婆！对不起！我之前误会你了！"申渊仍然紧紧抓着她的手不放。

方菲感到可笑又可气："你还有脸说误会我？你也不看看自己惹的都是些什么事？"

申渊忙不迭地解释说："你们都说我有小三，我怎么解释都没人信，这阵子正好点太背了，就没心情再跟你说了。大前天，我好不容易想找你单独聊聊，却看见你一口又一口地在吃萧诚喂的饭……"

"是牛肉！"方菲粗暴地更正他。

"行，就算是牛肉吧。你不想想，我的心里会有多酸？你这个吃货还能不能有点底线？你有没有考虑过护士怎么看你？"

"护士才没工夫来管我们家的闲事呢。再说，他就不能是我哥吗？"

方菲终于绷不住了，"扑哧"一声笑了出来。见她终于展露了笑容，申渊也忍不住嘴角向上翘。

方菲想到了关键问题，连忙问："你到底来多久了？"

申渊靠在墙边，像个初出茅庐的小青年似的尴尬又羞涩地说："就从他给你送戒指的时候开始！"

方菲一下子羞红了脸。她用没打吊针的右手捶了一下被子说："天哪！那后面我说的话你都听到了？"

"要不是这样，我怎么会发现自己误会你了？"申渊边说边轻轻地用手指抚摩着妻子额头的秀发。

他刚刮过胡子，青白色的须根带着一股好闻的古龙水味，他看起来瘦得几乎脱了相。方菲心想，这几天他肯定没过好。

申渊却发现，妻子的脸颊竟然比以往还饱满了些。他不禁吃醋说："你是不是喜欢上吃他家的饭了，比在家里还胖了点。"

"是啊，牛肉好吃！你又不会做！"方菲突然握住了申渊的手腕，猛地发问，"萧诚说，看到你跟一个女人从酒店出来了。"

"酒店？这绝对是扯淡！让他拿出证据来，可别在这儿血口喷人！"申渊愤怒地抗议说，"我看萧诚八成不是什么好东西！别人都是夫妻劝和，就他诚心要拆散咱们！"

方菲从他脉搏的跳动中肯定了这是真心话，心里痛快多了。

"他明知道你是有老公的人还天天缠着你！我以后每天来医院陪你。"申渊越说越气，愤怒得太阳穴都暴出了青筋。

方菲心情放松之后，突然有了一个主意。她故意戳了戳他的肚子问："你的腹肌去哪里了？怎么都变成松松软软的肚腩了？"

申渊不好意思地笑了笑说："有一阵子没去做运动了……"

"你那个会员卡我记得是一年有效期吧？你打算浪费钱吗？"方菲不依不饶地问。

"我这不是怕你不高兴我去嘛！"申渊尴尬地微笑着说。

"怕啥？怕那个健身教练糖小甜？"

"是啊，我怕你误会。其实她是专门帮我做颈椎修复训练的……"

方菲将丈夫那张越发清瘦的英俊的脸扳向自己，霸道地说："我会怕她？道高一尺，魔高一丈，那边还有我的人！知道是谁吗？"

申渊迷惑地摇了摇头。

"就是我后妈的儿子——马涛！怕我不高兴就让他教你，我才不会吃小鲜肉的醋呢！"

申渊不由得笑出声说："那行，我明天就抽时间去跑跑步。"

方菲把马涛的微信推送给申渊后，又当着他的面给马涛留言说："你姐夫明天去健身，好好招待着！"

"行咧！"微信那边迅速传来了马涛的答复。

方菲蓦地想到了之前见过的横幅，连忙问申渊："你做节目出什么麻烦了？跟我说说吧！"

"不就是预测不准了嘛！"话虽如此，申渊脸上却一点都没放松，呼吸变得急促起来，手在裤兜里摸索着什么。

"你怎么了？"方菲察觉到他的异样，关心地问。

"吃点药就好了。"申渊赶紧倒出两粒白色药丸吞了下去，深呼吸几口，脸上随之有了血色。

"这是什么药？"方菲警觉地看了一眼那个透明的小药袋，上面并没有写药名，只写了服用的次数。

"没……没什么，就是一般的感冒药。"

申渊刚说完，忽然脸色发白，扭头就冲进病房的厕所里，发出了"哇哇"的呕吐声。

"你感冒了？还是肠胃炎？"

方菲担心地下了床，扶着厕所门口的墙问："怎么了？赶紧去隔壁的门诊看看呀！"

申渊吐完后赶紧漱了漱口，又洗了把脸。他转头故作镇定地摆摆手说："没事，我现在就把电脑打开，边看资料边陪着你，一举两得！"

方菲甜甜地笑了，折腾了这么久，她又找回了当年的感觉——刚在一起时，每天都想在一起的感觉。

# 第十七章

十年前，方菲去参加通达基金群体面试的时候……

"安静一下，我是通达基金人事部的专员，现在被念到名字的人跟我进来参加面试。"

一位长直发的女子，拿着一份名单走到人群中央，表情严肃地大声通知道。这个女人也就比方菲大五六岁，但昂贵的化妆品也掩饰不了她那两个大大的黑眼圈。可想而知，在通达基金里面工作，压力一定不小。

刚刚还喧闹的人群似乎被施了魔法，立刻安静下来。大家都在凝神闭气，专注地等着自己的名字响起。

长直发念了二十多个名字后，带着包括方菲在内的这群人走进了会议室。

房间内，一位戴着眼镜、留着板寸头的男人早已坐在电脑边，他的右手边还放着一摞试卷。

"这位是我们的主考官，人事部经理。面试完毕，请大家务必把资料归还给我们，否则面试成绩将会被作废。谢谢。"长直发边发考卷边说。

方菲接过试卷后开始仔细阅读起来："小王刚刚担任某软件公司的销售经理，和甲方已经签订了一份合同，现在甲方突然提出了一个不符合约定的要求，且遭到了技术总监的严重反对，他认为如果依从了客户，便等于泄露商业机密；但甲方又偏偏是最大的客户，且从一贯的合作关系看来，甲方一向信誉良好，并非提出无理要求。请问，小王应该如何应对客户的要求呢？"

读完题目，方菲心里已经有了两三个备选方案。

这时，长直发说："现在你们自由分组，以小组为单位讨论二十分钟，每人就此案例发表意见，最后选出一个人给出结论，现在开始。"

气氛迅速变得凝重起来。几个外向型的人，翕动着嘴唇，跃跃欲试。大多数参与者则在小规模地讨论着。

突然，一个戴眼镜的尖脸女孩"噌"的一下站了起来，差点掀翻了眼前的桌子。在大家惊讶的目光下，她比画着像希拉里演讲时一样夸张的手势，演讲起来。

"我认为，这个小王应该先向上级报告，然后再听从指示做出安排。同时，他也应该查阅相关的法律知识，去确认甲方如果违反合约会给双方带来什么危害。"

说完后，她得意扬扬地坐下，目光投向左边的同桌。

这下，旁边的人也不由自主地站起来，结结巴巴地阐述着自己不太成熟的观点。

这个头一开，大家都放弃了讨论，一个接一个地开始陈述起自己的观点来。有人说，小王不应该让步，这是在破坏公司的利益。还有人说，小王应该让步，因为对于大客户来说，帮他们这么点小忙其实根本就无伤大雅，他们也犯不着利用这个细节来窃取商业机密……

方菲终于看不下去了。她微笑地站起来，拍了拍巴掌，打断了这看似井然有序的"表演接龙"。

"没轮到你！该坐在最后的那位发表意见了！"

一声刺耳的吼叫传来，声音的源头是第一个发言的戴眼镜女孩。她不但开了头，还把自己当成主持人，试图掌控全场的走向。

在场的人都被这突如其来的吼声吓了一跳，人事专员们的眼光也一齐投向方菲这边。

方菲毫无情绪波动，吐字清晰、声音洪亮地说："刚刚主考官对这个活动的规则说得很清楚了，这是一场团队协作的讨论。"

她停顿了一下，又将目光投向戴眼镜的女孩，说："团队是需要合作的。大家要先分组再讨论，最后选一个代表做总结发言。任何工作都不可能靠一个人单打独斗。指责别人之前，应该先学会聆听和控制情绪！"

眼镜女孩这才意识到自己出现了重大失误，呆若木鸡地羞红了脸，羞赧地坐了下去。

方菲年轻姣好的脸被窗外的阳光染成金色，如同一尊雅典娜女神雕像。

人事专员们微笑着在电脑上记录着方菲的突出表现。

方菲接着说："不介意的话，我想分一下组。从我开始往右边的这五名是第一组，从第六名开始到第十名是第二组，以此类推，总共有四个小组。各自讨论五分钟，然后每组派一名代表来总结发言，可以吗？"

在座的面试者本来就答得乱七八糟，一听到这样的安排，感觉有翻身的机会，立刻报以热烈的掌声，表示赞同。

方菲一坐下，马上就被身边的几个女孩心甘情愿地推举为本组的发言人。

"你说得太好了！"

"就是，不选你选谁啊！我们都说不过你。"

"那好，我就当仁不让了，大家开始讨论吧。"方菲笑着接纳。

接下来，每个人才认真地投入了团队协作中，先各抒己见，最后归纳总结。

巡场的人事专员们看到大家热火朝天地聊着，都露出了满意的笑容。

方菲作为本组代表起身总结："我是第一组的代表方菲，方是天圆地方的方，菲是价值不菲的菲，毕业于深港大学。我们小组经过讨论后认为，人和人之间必须要沟通，企业和企业之间也是一样。假如只凭自己的意见，只凭上下级的意见，就给出判断无疑是不全面的。因此，我们建议小王和技术总监及公司高层一起去和甲方代表开个会，通过沟通寻找互赢互利的平衡点……"

这下，人事专员们脸上的笑容更深了。

面试结束后，方菲正快步赶往地铁站，忽然被人叫住，回头一看，竟是第四组的小组长——一个眉清目秀的高个子男生。

"申渊，有什么事吗？"

申渊一脸不相信地看着她说："你竟然还记得我的名字。"

方菲调皮地笑了一下说："当你凝视深渊，深渊也在凝视着你。很好记啊！"

申渊被她逗得哭笑不得："解释是好解释，就是这句话听起来挺邪恶的。"

方菲笑而不语，跟他挥手道别。

申渊追上她的脚步，忐忑地鼓起勇气说："你的临场发挥太好了，刚刚我看到你直言不讳的时候，都怔住了。我想请你吃个饭，不知道会不会耽误你的时间？"

方菲的脚步放缓，站在下行的自动扶梯上看着他。他的一双眼睛美得不像话，眼睫毛比姑娘的还长。方菲突然觉得心都软了，有一种说不清道不明的心疼感觉。

这一瞬，她突然有点理解柳叶常说的"他可真是个招人心疼的男孩子"这句话了。

原来，这就是心动的前奏。

她点了点头，说："那我就去改善一下伙食吧。"

申渊是第一次请女孩吃饭，表现得骄傲又硬气。不过他内心真的很害怕会被对方毫不犹豫地拒绝，好在她答应了。他的脸上瞬间绽放出灿烂的笑容。他不知道的是，这时候，方菲仿佛在黑暗中看到了一根擦亮的火柴，她的心房瞬间被照亮了。

吃饭时，申渊还在使劲夸她："我觉得你头脑特别清晰，很能抓住重点，当众演讲没有心理负担，我则结结巴巴，不得要领。"

方菲鼓励他说："我看你今天讲得还挺好的。"

申渊苦笑着从书包里掏出一个本子说："好啥，那都是大家商量好之后，我记在笔记本上，逐字逐句背下来的。"

"你大学在哪里读的？是外地吧？"方菲问。

"英国，我是预科出去的，读完本科回来了。"申渊彬彬有礼地说着，完全没有炫耀的感觉。

方菲暗自思忖，他果然是本地人，而且还是富二代。两人家庭背景的差距，让方菲感觉跟对方疏离了不少。申渊却没有察觉到她的微妙变化，对面前的女孩简直奉若神明。

后来，申渊在第三轮面试中落选，方菲则通过了所有面试，顺利进入了通达。但他还是经常以各种理由约她出来吃饭，有时趁着周末，也会在咖啡店里泡一下午。

当抱着电脑回到病房的申渊看着阳光洒在妻子身上时，他突然想起了陈奕迅在歌里唱的那句话："十年之前，我刚认识你，你还未属于我。"

空气中跳动的尘埃仿佛小精灵一般欢畅，自己内心那一层壳好像微微地裂开了一条缝，顿时有种积雪被初升旭日融化般的畅快。

在他心中，妻子由内至外都是无敌强悍的，他也是被她这份自信所吸引的。而这次误会击碎了她的保护壳，让她露出了小女人的一面。原来，她也会吃醋，也会患得患失，也需要人呵护。

突然的来电打断了两人的思绪，方菲接起电话，从容地问道："董事长，找我有何贵干？"

"小方，你现在身体好点了吗？上次那件事是我说话太过了，没有顾及你的实际情况……"迟建浑厚有力的声音传了过来。

方菲忍俊不禁地说："哪儿敢让您屈尊纡贵呀？您也是为了公司形象不得已而为之。"

还有一个多月，新债券基金就要上市了。要想提前募集资金，必须要有一套新的营销方案。就凭林晨这一个庸人怎么可能实现？

最近，通达受到基金净值折价的冲击。朝中无人的迟建见林晨毫无迎战之力，古丽又被扣押，心中能想到的最佳人选也只有女强人方菲了。所以，他迫不得已放下面子，打了这个求和电话。

"你如果没事了，就可以回来。不过，我要提醒你的是，之前你说过，要以业绩说话竞争上岗的事，我希望你能够信守承诺……"

方菲心想，真是只老狐狸！让人回来压阵，却还留了一手。这让她想起了秦桧。

"我是想回去，不过，我的身体还没彻底恢复，医院坚持让我多养几天。我一得到主治医生的许可，就马上通知您。"

迟建气得牙痒痒。他没想到，那天说什么都赖着不肯走的方菲，接到他亲自打来的电话，竟然还敢拖延时间。转念一想，这关乎胎儿的生死，确实也不能强行催她回来。

他只得忍耐着说："好……那你注意身体！"

申渊看妻子挂上电话后笑容满面的样子，不由得感叹："你天生就是个女强人，工作真是疗愈你的最好良药。"

方菲无奈地一摊手，说："虽然工作使我快乐，但现在身体更重要！来，刚刚咱看到哪儿了？"

申渊把电脑屏幕转向她。屏幕上是四五只股票的预测，其中正好有通达发行的一只，申渊的分析上写着总体看好。

方菲想起最近齐钢债券可能会违约的事，谨慎地提醒说："目前资金链断裂的事越来越多了，你要小心点。"

申渊一听到这个提示，太阳穴突然开始抽痛起来，他把手指插进头发里不停挠着，像是无法平静似的说："我怎么没想到呢？怪不得！怪不得之前会出错呢！连累了那么多相信我的人买错了股票！"

这番失态，让方菲发现丈夫的压力实在是太大了。

她连忙拍拍他的手背说："没事，不是还有我吗？你再好好研究一下这些上市公司的真实情况，宁可少推荐，也不要太乐观。"

申渊看着她清丽的脸，以前的安全感又油然而生。他终于吐露真言："老婆，我现在的心理压力太大了，有一次做节目，都答不上主持人的问题了。"

"怎么会这样？！什么时候开始的？"方菲大吃一惊，这可是当股票嘉宾的大忌！

"你被带走那天，就是我第一次被拉横幅的股民在楼下嘲讽的时候。"申渊迟疑了一下，才说出来。

"为什么不跟我说呢？！"

方菲了解他内向敏感，一点小事就会纠结个没完，更别提这种伤自尊的大事了。

申渊无奈地笑了："我本来想跟你说的，可担心让你分神，就想自己解决。犹豫中，反倒做出了错误的判断。"

方菲握住了他的手，后悔自己没有多关心他："没事，下次你去做节目的时候，我帮你。"

"嗯！"有了方菲的鼓励，申渊心里踏实多了。

"老公，抽时间也去做做运动，别老闷在医院里。"方菲关心道。

## 第十八章

申渊一进健身房，就被从角落里杀出来的马涛劫走了。

闻讯赶来的郑恬气势汹汹地叉着腰，对马涛吼道："喂，你懂不懂规矩？这是我的学员！"

"你的学员？人家有选择的自由！"马涛说完之后还不忘问申渊，"您要找的是我吧？"

"是我！我都教了大半年了！对吧！"郑恬马上对申渊抛出一个甜蜜的微笑。

"我要找的是……他！"申渊指向马涛。

马涛得意地说："怎么样？我没骗你吧！"

"哼！"

郑恬生气地一甩头，梳得高高的长辫子照着马涛的脸扫了过去。马涛疼得叫了出来。

马涛信心满满地将申渊带到了器械处，刚要让他做力量训练，突然眼前一花，只见郑恬又怒气冲冲地拦住了申渊。

"我就说你没经验！你不知道申大哥有颈椎病吗？一上来就玩这个，要出大事的！你负得了责吗？"

马涛吓得吐了吐舌头，说："这个我可真不知道。"

"不懂就别装懂，这个拿着！"她将一个长方形的小东西交给马涛，转身就走。

马涛定睛一看，手心里多了个手账本。他翻开内页，只见里面用娟秀的英文和有趣的漫画，记录着申渊的身高体重、注意事项、训练强度和频率以及营养计划等各种信息。

"没想到，她真的很用心地在做教练啊！"马涛有点意外。

在正确的指导下练了几次动作后，申渊又问："营养餐怎么搭配？"

马涛又傻了眼，赶紧厚着脸皮跑到郑恬的面前请教："我英语不好，看不懂营养搭配，您可以解释一下吗？"

郑恬故意嘟着嘴说："你这半路出家的，知道当教练没那么容易了吧？"

马涛小声在她耳边说："我学的是金融啊，是找不到工作才来这儿的，您就帮帮我吧！"

郑恬笑得像阳光般灿烂："那就要看你会不会做人啦！"

"请你吃午饭总行了吧！"马涛满脸堆笑地说。

中午，申渊走后，郑恬跑过来叫马涛："午饭呢？去哪儿吃？"

"我都买好了！两种口味的，你自己选。"马涛从塑料袋里掏出老坛酸菜面、红烧牛肉面。

"哎哟！我要把本子收回来！桶面你自己留着吃吧！"郑恬一看头都大了，气得要下手抢本。

"我工资还没发，这不是没钱嘛！我们家现在还欠了一屁股债呢！"马涛可怜巴巴地如实相告。

郑恬白了他一眼说："走，陪我去咖啡厅吃饭，反正我一个人也吃不完那么多。"

"我才不吃你的剩饭！"马涛非常愤慨地表态。

郑恬不管不顾地拽着他的衣服往外走："放心，我吃饭前会分配好的。"

这家咖啡店有三层，门口摆放着鲜花，店内的装修简约大气，墙上立满了书，还放着浪漫的音乐。

直男马涛的眼珠子都瞪圆了，赞叹道："不过就是吃个午饭嘛，这里也太豪华了！"

"有什么大惊小怪的！你没带女朋友来过这种地方吗？"

他解释说："什么女朋友，我平时参加比赛都忙不过来！"

郑恬白了他一眼，招呼服务员来，点了一份牛排意面沙拉咖啡套餐。马涛咽了咽口水，想起她说的会分自己一半，就没叫餐。

"什么比赛？我在国外读的书，对国内的大学不太了解。"郑恬轻托香腮，好奇地问。

"哟，没想到你还是泡过洋墨水的人，怪不得英语那么溜！"马涛羡慕地掰着手指头说，"代表校篮球队、排球队、田径队参加大学生的省赛以及全国比赛，平时除了训练就是训练，哪儿有时间啊！"

不一会儿，马涛闻到空气中飘来了香气。侍者托着一个大木盘走了过来，上面放着一大盘牛排意粉，还有蔬菜沙拉、意式咖啡。郑恬又叫了一个空盘，分了一大块牛排以及七成的意粉在空盘里，自己则留下了全部的沙拉和咖啡。

"你长得……也不难看，难道就没女孩子喜欢看你打篮球，给你送毛巾送水吗？"

"你这么说好像也有，但是我训练完，不仅一身臭汗，还又饿又累，一心想着去食堂抢饭吃，才顾不上搭理女生呢！"

谈话间，郑恬把餐盘推向马涛。马涛双眼放光地接过盘子，拿起叉子扎起大块牛排，张嘴咬了上去。

郑恬打了一下他说："你能不能注意点形象？"

"哦，不好意思啊！"马涛赶紧放下叉子，连忙转头对服务员说，"来双筷子！"

"对不起先生，我们的牛排是不配筷子的。"站得笔直的黑衣侍者冷冷地拒绝了他。

郑恬气得差点没晕过去:"我是让你用刀叉!这儿是西餐厅,哪儿有人用筷子吃大块牛排的?"

"刀叉?我不会!"见郑恬柳眉倒竖,马涛连忙掏出手机说,"我现在立马百度!"

"不用!你看着我!"

郑恬左手拿叉,轻巧地斜刺进肉眼牛排,右手拿刀轻巧地切割着,不一会儿,就切下了一小块肉。她用叉子扎起肉块,优雅地送进口中,细嚼慢咽之后才说:"你必须学会用刀叉,否则,我下次就不带你出来了。"

马涛闻着黑椒牛排的香味,想到不听话只能吃泡面,所以不得不用心学习起了左手用叉、右手用刀的技术。

可他"吧唧吧唧"的咀嚼声,又惹得郑恬用手指狠狠戳了一下他的额头。

"喂!这里是公众场合,拜托你吃饭的时候别发出声音!"

"我从小到大都是这样吃的啊,我妈说了这样吃饭才香!"马涛"委屈"地说。

"这是规矩,是礼仪!我警告你,从现在开始,你吃东西再发出难听的声音,我明天就不带你来了。"郑恬扎起一小撮沙拉说,"看我是怎么吃的!"

她张开樱桃小嘴,将食物送了进去,双唇紧闭地细细咀嚼着,一直到吞咽进肚里才开口说:"我吃东西的时候跟你有什么区别,你注意到了吗?"

"你的嘴唇一直都闭得紧紧的?"马涛小心翼翼地总结。

"对,你再试试!"郑恬拿起他的叉子,插起一小块牛肉送到他嘴边说,"张嘴!"

咬下牛肉的瞬间,马涛突然感觉心脏像炸裂般跳动着。对方略显暧昧的举动让他面红耳赤。

"不错!这次你会了吧?"见马涛闭着嘴唇咀嚼,不再发出不雅的怪声,郑恬这才安心享受起美味的午餐来,"继续吃,如果你让我满意的话,明天还包你一顿午餐!"

马涛这才从刚刚惊涛骇浪般的心动中回过神来,赶紧将嚼得稀巴烂的牛肉吞了下去,开口说道:"好嘞!"

郑恬的气质跟这里的环境非常契合。马涛越来越好奇,忍不住问道:"我是实在找不到工作才干这行的，你出国留学回来应该很好找工作啊，为什么来当健身教练呢？"

郑恬一副无所谓的态度说："我以前也在我爸的公司实习过，同事们就知道拍我的马屁。再说，我也不喜欢朝九晚五的工作。我现在有时间就来上课，还能免费锻炼，再也没有比做这行更开心的了！"

当申渊将车开到高耸的电视台大楼下时，他的心又开始不安地跳动起来。上一次地狱般的折磨仿佛仍在眼前，他感觉腿像灌了铅一般难以迈动。

幸好，蓝牙耳机里的声音在坚定地鼓励着他："老公，别怕，我帮你听着问题。你先深呼吸，放轻松，要在录制现场做到技术上重视、心理上藐视！"

"嗯！"申渊觉得一股暖流在全身流淌，连日的阴霾仿佛一扫而空。

穿着一身蓝色职业套裙的吴静，已经在直播间做好了准备。金褐色的短发衬得她的皮肤越发白皙，深红色的口红为她增添了几分稳重。

看到申渊进门，她的脸上绽放出一个灿烂的微笑："申老师，您来了。"

申渊对她点头示意，接着挺直脊背坐下，呼吸也开始急促起来。他想起妻子的话，不动声色地用深呼吸缓解着紧张的情绪。

# 第十九章

节目开始了。

吴静讲完开场白后，有意先让谢猛发表意见："谢老师，最近您预测的走势都非常准，所以人气急升，大家都想听一下您对明天股市的看法。"

谢猛直接甩出一发重磅炸弹说："未来大盘可能会大跌 200 点。"

吴静惊讶地扬起眉毛说："这沪市好不容易才走稳 3100 点，不是应该继续强势下去吗？"

"非也非也！"谢猛看着女神惊讶的表情，非常得意地说，"依我的分析，大盘连日走高四天，抛压越来越重，多头力量薄弱，很可能要迎来一波下挫，回到 2900 点……"

他还在滔滔不绝地用各种技术指标来支撑自己的判断。

吴静听完后，将目光投向申渊，说："这并不是个好消息，让我们听听申老师对近期股票走势的看法吧！"

谢猛沉着地斜视了对手一眼，静静地等着看好戏。

电视台的台长也在关注着他们的访谈，他轻声对助理说："如果这次他再失误就换嘉宾。"

"是！"编导做了个OK的手势。

申渊心跳加速，额角起了一层细密的汗，前胸后背就像蒸过桑拿一样热烘烘的，他感到燥热难安，隐隐地耸了耸肩。

"老公，别担心，我说什么，你就说什么。我对大盘的走势判断和谢老师一致……"

听着方菲在耳边的提示，申渊终于开始沉着地回应起来："我对大盘的走势判断和谢老师一致，但要特别说一下目前涨势尚可的风浪股份，因其背后的大股东投资的项目涉及一个海外项目，因此大批量的美元应收款可能会……"

申渊突然感觉喉咙发痒，咳嗽了一声。就像被一对看不见的蝴蝶之翼扇动了一下，紧张的情绪突然如洪水一般无法遏制地涌上心头。他的胃瞬间抽搐起来，一股酸气往喉咙上冲，他不得不吞了吞口水，以此来压制那股胃酸，脸色也随之渐渐发白。

方菲在电视里看到他的异样，深感不安，放慢速度说："美元的应收款可能会因为贸易战带来汇率损失的风险……"

申渊像濒死的病人被打了强心针，慢慢镇定下来，继续说道："美元的应收款可能会因为贸易战带来汇率损失的风险，在第四季度上报的利润可能会低于预期，届时股价也会有相应的调整。所以，希望持股的朋友注意合理控制仓位……"

汗珠从他的额角流下，他的脸一阵青一阵白，仿佛随时就要倒下。

吴静敬佩不已，分析师开始当众解析个股的走势时，前期花费的大量时间和精力暂且不论，一旦话说出口就需要承担巨大风险。他一定是为了洗刷耻辱，试图扭转股民对他的负面印象。但吴静也担心，假如这次再预测失败，他的信誉将会彻底坠入谷底。

趁广告时间，吴静赶紧端了一杯水跑到申渊的身边，关心地问："没事吧？

需不需要休息？”

谢猛不满地翻了个白眼，心想，为什么无论自己表现多好都比不过他呢？就因为他有一副好皮囊吗？

"谢谢！"

申渊接过吴静手中的水杯，赶紧打开药袋吃完了最后两粒药。因为太紧张，空袋子坠落到地上，他都没发现。

"好了，继续录吧。"申渊说。

吃完药后几分钟，他脸色变好了，跟之前相比简直判若两人。这样的转变让谢猛满腹狐疑。他吃的是什么仙丹妙药，竟然发生了这么大的变化。

此时此刻，在电话那一头的方菲也感觉丈夫绝非普通的感冒。他的情绪实在是太低落了，精神也太紧张了。而广告回来后，他的状态看起来好了很多。不对，他一定还有别的事情瞒着我。

与此同时，方菲又感到腹部传来一阵钻心的疼痛。一阵疲惫感慢慢升腾起来，宝宝似乎在催促她休息。

"宝宝乖，妈妈要帮爸爸打完下半场比赛，我们一起努力好不好？"方菲抚摩了一下肚子，又开始聚精会神地听着主持人的询问，做着丈夫的坚实后盾。

申渊也在她的陪伴下越来越放松，思维变得越来越敏捷，甚至有时候不需要她的提示就可以自行解答。

看起来，他终于恢复了往日的风采。直到节目接近尾声，方菲才赶紧按下呼叫铃。

"好的，今天的节目结束了，谢谢两位嘉宾的参与。"

吴静笑容满面地对申渊说。一旁的谢猛脸色却越来越黑。

台长也满意地点了点头，心想，这次的节目效果还行，看接下来的股票走势是否如他所说吧。

正在这时，申渊的手机突然响了，竟然来自医院。接完电话，他赶紧跟众人道别："我太太有事，我要赶紧去一趟医院。"

他拼命地往停车场冲去，心中懊悔不已。怎么会这样？假如方菲有个三长两短，他也不活了！为了世间的虚名浮利，失去自己的爱人和孩子，值得吗？

车子在路上以最快的速度风驰电掣地行驶着。每一次遇见红灯，他都像被人扼住了喉咙。恐惧感使他心跳加速，肾上腺素飙升。

他冲进医院，推开病房大门，只见好几个护士，还有一个医生围在方菲的床边。

他连忙冲上前问："我老婆怎么了？"

医生回头严厉地指责他："你可算来了，你妻子先兆流产，早就提醒过你们，孕妇不能操劳，要静养！你都让她做什么了？"

面青唇白的方菲见他来了，还费劲儿地挤出一个笑容说："这孩子太娇气了，上次在公司昏倒都没事，这次只是帮他爸爸回答了几个问题，就闹脾气了。"

"老婆，对不起！"申渊蹲下身来握住她的手。

"没事，已经打过保胎针了。"方菲安慰他。

医生一听这话，越发生气了，愤怒地提醒他们说："保胎针也不是万能的，打多了对胎儿有副作用，好好保重身体吧！多少人想要孩子还求之不得呢！你看看你，一会儿要孩子，一会儿又不要孩子，好不容易决定保胎，又让自己操劳。这像话吗？"

因为医生训诫得对，方菲也不敢反驳，只是吐了吐舌头。

申渊心疼地拂开她因为出汗而贴在额头上的几缕秀发，让她的脸贴在自己胸口。现在躺在病床上的她，已经不再是那个女强人了。他回忆起妻子为了怀孕，遭受了各种"酷刑"，忍耐着寻常女人不需要承受的折磨。他绝对不能只顾自己光鲜上镜，而罔顾她脆弱的身体！不能再让她操一丁点的心了！他宁愿将内心的苦闷和恐惧永远沉在冰河底下，自己解决消化。他蓦地想起了神话传说中的白素贞。妻子多像那个美丽贤惠无所不能的蛇仙，而自己今天这番让她远程帮忙的行为，跟懵懂无能的许仙又有何异？

医生走后，申渊已经下定了决心，他握住方菲的手说："我关心的是你，不是孩子。我以后再也不要你帮忙了。我自己能行！"

"可是，我看你今天经常走神，状态也不是那么好。"方菲仍然担心不已。

申渊握着她的手，坚决地说："我也想过了，如果做不下去，我就退出那个节目！"

"你说什么傻话呢！你不是一直都在努力将不对称的信息透明化，帮助大家在资本市场上尽量安全地投资吗？这不是你的梦想吗？"方菲热切但虚弱地拉住他的手说。

"梦想也不一定只有一种实现形式！"申渊深情地看着她苍白的脸蛋说，"而且，你和孩子比我的梦想更重要！我什么都愿意舍弃，只为了保佑你们平安和健康！"

方菲眼睛有点湿润，因为她从未见过他如此有担当，像一个男子汉似的对自己宣誓。

她将头轻轻倚靠在他的胳膊上，说："你下次做节目，千万不要太在意别人的眼光。退一万步来说，就算全世界都不相信你，我和孩子也会相信你。不论发生任何事，我们一家三口都要在一起。"

面对这种无条件的理解和关怀，申渊禁不住用手背擦拭着眼泪，呜咽着哭出了声。

方菲意外极了，她摸了摸他的头，关切地问："你今天真的是太奇怪了，到底还有什么事情瞒着我？你到底得了什么病？不会是绝症吧？你可别吓我们娘俩儿啊！"

自从决定留下孩子后，方菲的内心发生了很大转变。

申渊看着她清澈的眼神，心中翻腾起爱怜之情。他怎么舍得再将更多的烦恼抛给她？千言万语到他的嘴边，还是变成了："我真的没事！"

## 第二十章

为了讨教健身的真谛，从而更好地为姐夫服务，马涛天天陪郑恬吃午饭。不久，他们又一起去参加了市马拉松比赛。

周末，他正想睡个懒觉，又被郑恬叫出来，陪她去人才公园骑单车。

骑完三公里后，郑恬打开随身的背包，掏出自己做的三明治。两片吐司里夹有芝士、火腿、西红柿、生菜。他们坐在绿油油的草地上，看着蔚蓝的天空，边吃午餐边聊天。人仿佛与天地融为一体，十分惬意，就像置身于天堂。

"我以前不知道自己喜欢什么，一直在慢慢寻找，现在我越来越笃定，这种生活就是我想要的。你呢？"郑恬笑着说。

"我也是！"马涛侧脸看着她，内心欢喜不已。

"为什么？以前上学的时候不好吗？"郑恬却没发现他的心思，还在追问。

"以前我只知道训练、比赛，除此之外什么都不关心，现在我既有一份工作可以自食其力，而且……"他本来想说"还有你"，却变成了"还有你……管午饭"。

"哈哈，你这个吃货！是不是谁只要给你点好吃的，你就屁颠屁颠地跟着跑了？"郑恬用手摸着他的下巴，像抚摩小狗似的揉了揉。

酥麻麻的感觉萦绕在马涛的心头，他感到舒服而又心惊肉跳。他生怕被她发现自己早已热得发烫的脸颊，连忙激动地争辩："才没有！"

在一天天的聚餐中，在每周数次的户外运动中，马涛开始体会到与郑恬在一起时独有的那种喜悦。他一想到她，就会露出甜蜜的微笑，甚至睡觉前一想到明天要见面就心花怒放。

申渊好奇地问马涛："你们俩最近怎么老是形影不离的？恋爱了？"

"才没有！"马涛哪好意思承认。

其实，年轻人的感情就像点燃的野火，一旦燃起便一发不可收。

这时，常驻中心的健硕高大的金牌男教练林俊上前跟郑恬打招呼。皮肤古铜色的他散发着成熟男人的魅力，是一众富婆大妈热捧的角色。

马涛一见情况于自己不利，后背不由自主地绷直了。看了一会儿，他终于忍不住走了过去。

林俊看他走近，不解地问："你不是在教课吗？好好干，别分心。"

说完，他又继续跟郑恬说："星期六就这么说定了！出来前打我电话！"

"他约你干什么？"马涛连忙紧张地追问。

"周六有个健身活动，他要我一起去为中心做宣传。怎么了？你有什么意见吗？"

马涛直勾勾地盯着她看了半天，差点脱口而出"你是我一个人的"，最后说了一句"我也要去"。

郑恬推了他一把，指着不远处正在慢慢操练的申渊说："那你赶紧去报名吧！现在是上班时间，你要爱岗敬业，好好地教申大哥。你都晾了他半天了！"

风云变幻，股市起伏。

让所有人都感到惊讶的是，风浪股份的走势居然跟申渊说的一模一样。

中美贸易战反复多变，因为美元的汇率急升，导致预期利润大跌，那只风浪股份从三十六块钱跌到了二十八块。

而且，申渊发到微博上的分析文章也引起了许多网友的关注，为他带来了几万个粉丝。虽然他的初衷并不是当网红，但水平被认可总是好的。

这下，他的名号又响了起来，就连长期在电视台楼下拉横幅贬低他的那些人也消失了。股民们的记忆果然只有三天。


晴空万里的星期六，马涛赶到新建的来福士广场做推广活动。他见林俊总是喜欢跟在郑恬身边，心里酸溜溜的。他顶着比柠檬还酸的一张脸硬挤过去，顶得林俊往旁边踉跄了一下。

这突如其来的捣乱让林俊发飙了："喂，这么大的地方，你为什么偏要抢我的位置啊？"

马涛不肯让步地戳在原地说："那你可以换个地方去发传单啊！"

两个一米八的健壮帅哥，你一把我一把地推来搡去，差点打起来。

郑恬见状放下传单，生气地把马涛拽到外边，问："你究竟是来添乱的，还是来帮忙的？"

马涛面红耳赤地辩解着："我……我就是担心你被人骗！我听其他同事说，他在老家有老婆！还跟你这么亲密，肯定没安好心！"

郑恬粉若桃花的脸上露出了诡异的笑容："连你都知道了，我可能被蒙在鼓里吗？"

情急之下，马涛竟然脱口而出："你以前不也被古丽骗了吗？"

"古丽？"郑恬突然一愣，"你怎么会知道她？她为什么要骗我？"

"我姐方菲就被她坑过！"

马涛把古丽和方菲明争暗斗的关系一五一十地告诉了郑恬。他还告诉了郑恬古丽正在被调查的事。

在讲述的过程中，郑恬一直紧盯着他的眼睛。马涛以为她不信，便说："这都是真的！你难道不相信我吗？"

"信啊！你这么傻，以你的智商不可能编出逻辑如此缜密的故事。难道你姐把婆家的钱借给后妈亲爸却被骗光的事也是真的？她那么精明的一个女强人，一般不会做出这么傻的事情啊。"

提起方菲，马涛就觉得特别对不起她。

"你不知道，我姐对她爸可孝顺了，就连我现在住的房子都是她买的。她这么好的一个人，却被我妈给害得那么惨，我觉得自己有责任补偿她。"

郑恬捋了捋思路说："所以，你现在省吃俭用，就是为了帮你妈还债？"

见马涛点头，郑恬这才发现，自己曾经深深地伤害了方菲，那个看似强悍、实则无辜的孕妇。

郑恬想起上次在病房里看到的那张惨白而骄傲的脸，她脸上玩世不恭的笑容渐渐消失了。

"我上次去西藏旅游，跟我同住的古丽告诉我方菲一直欺负她，去年还抢走了她爸爸。同行的另一个女生，应该是古丽的同事，也在一旁不住地煽风点火。我实在是太生气了，才想以其人之道还治其人之身。"

"不可能！我姐去年公司、医院两头跑，哪可能做那种事？再说，就她的人品而言，也绝对不可能！"马涛气得笑了起来。

郑恬也吐了吐舌头，揉了揉头发，说："可能是我爸花心吧，我一听说有人破坏别人的家庭，就特别恼火。真是太大意了！"

马涛毫不留情地批评她说："可不是嘛！那张照片，还有那次去医院胡闹，把我姐气得想要离婚！"

郑恬沉默不语，末了，很真诚地说："我想跟你姐道歉，你现在给她打电话吧！"

马涛也解开了心结，当他发现她从来没喜欢过申渊后，感觉好极了。他赶紧给方菲打电话，说明缘由后，将手机递给了郑恬。

"方菲姐，真对不起，我今天听马涛说了才知道，以前都是误会，我为自己给您带来的伤害道歉！找时间，我们一起吃个饭，我要当面向您赔罪！"

方菲说："那就改天约出来吃个饭吧，正好我还有一些事想问问你呢……"

"好的，没问题！"郑恬见方菲愉快地接受了邀请，心中的负罪感也减轻了不少。

方菲放下电话后，久违的温馨感浮上心头，忍不住对靠在沙发上阅读资料的申渊说："老公，要不要吃点苹果，我给你削。"

申渊受宠若惊地连忙放下电脑，起身说："你想吃？等我来削。"

说完，他跑进厨房，蹲在垃圾桶旁迅速削着苹果。方菲倚在门外，看着他的背影，幸福感像泉水一样汩汩地从心底涌出。她感觉自己终于可以放下芥蒂，作为一位母亲，走进人生的新阶段了。

"来！"申渊把苹果切片放在碟子上，又细心地插上牙签，才端出来给她。

"老公，谢谢你！"方菲忍不住踮起脚亲了他一口。

申渊一把搂住她，爱惜地说："老婆，谢谢你。自从上次你帮了我之后，我感觉好多了。明天，我再去做节目，这次不用你远程协助我，我一定能行的！"

"好的，今天晚上咱们好好做准备！"方菲一向不打无准备的仗。

"不，我自己准备就好，你早点休息吧。明天一大早我就去直播间。"

申渊再一次搂紧了方菲。由于距离太近了，他感觉听到了自己"扑通、扑通"的心跳声。其实，最后两粒药已经吃完了。药是他去粤岛看心理医生时在那边买的，只有在粤岛才能买到同款。实际上，比起过于依赖药物，他更想靠意志力挺过去。一般症状轻的时候，他会减少用药量。因为过于乐观而停止用药的情况也是有的。也正因为如此，他没有及时去粤岛买所需的药。

他对自己明天是否可以顺利录播，满怀恐惧。因为，那涉及一个不能让方菲知道的秘密……


危机突然爆发，快得让方菲始料未及。

第二天在办公室吃午饭时，她突然听到办公室爆发出一阵骚动。她敏锐地注意到，那些议论纷纷的人总会忍不住往她这边瞄。

"薇薇，你去看看到底发生了什么？"方菲察觉到事情可能和自己有关。

薇薇打听完，一溜小跑来到她身边，说道："姐夫他上了热搜了。"薇薇将手机递给方菲，望向她的眼神既惊讶又疑惑。

方菲接过手机，赶紧仔细阅读。一个触目惊心的标题跃入她的眼帘——"股神申渊疑患躁郁症，边上直播边嗑药"。

怎么可能？躁郁症？嗑药？难道他吃的药真的是……

方菲迫不及待地用手指往下滑动，看着图文并茂的长文。文章详细描写到，上一次申渊参加节目时，先是面红耳赤、高度紧张，接下来又变得口若悬河、神采飞扬。而前后判若两人的原因，竟是吃了两粒小药丸。配图是申渊离开时留下的药包、药物化验结果以及他的指纹验证报告。

"这是怎么回事？难道您真的一点儿也不知情吗？"

听着薇薇的疑问，方菲只觉得天旋地转。她深呼吸几口气，继续读下去："躁郁症是躁狂抑郁症的简称，发病期间情感高涨时为躁狂，情感低落时为抑郁，在两次发作期内精神正常……"

难怪他会突然大发脾气，平静后却消沉地将自己关进书房。

"使用卡马西平锂剂治疗的副作用是呕吐……"

她突然想起那次在医院，申渊吐完后说自己胃痛，脸色苍白的样子，原来是正在承受疾病的折磨。究竟是谁在炒作这一条新闻？难道申渊跌入了一个设计已久的陷阱？

"躁郁症患者在情绪低落时会厌世，想自杀……"

天哪！方菲这才意识到事态危急。她赶紧拨打申渊的手机，却始终听到一句冰冷的提示语"您所拨打的用户已关机"。

莫非申渊在各界的质疑下选择了逃避现实？

方菲不顾一切地站起身，脑子里只有一个念头：快！必须马上找到申渊！

# 第二十一章

大风大气，天空不见了亮眼的蓝。灰暗的雾霾笼罩着这座喧嚣浮躁的城市。

心急火燎的方菲才走到马路边，就见穿着一身黑色皮衣的萧诚靠在车边。

他微笑着对她说："你要去哪儿？我送你。"

奇怪，他怎么会在这儿？上次不是很决绝地道别了吗？方菲诧异地心想。

"不用了，我叫了车。"方菲不想再跟他纠缠。

正巧这时，她打的车也到了。她急忙挥挥手说："我先走了。"

萧诚看着那辆普通的大众绝尘而去，心中更加失落。他没想到表白后，她连一点点来自他的帮助都拒绝了。

郑恬忽然剪掉了长卷发，英姿飒爽地走进健身房。

马涛惊讶地问:"你怎么变造型了?"

"之前我是为了帮古丽钓鱼才留的长发,没想到是助纣为虐。昨天我一气之下,就恢复原形了。"郑恬边说边不高兴地拨弄了一下颈部的发梢。

马涛看呆了,忍不住邀请说:"周末要去看电影吗?"

"什么电影?"郑恬听到电影两个字,脸上浮现出嘲讽的神色。

马涛兴致勃勃地推荐:"范强导演的新作——《如果风知道》。听说挺感人的。"

"爱情片?我才不去呢!"郑恬嗤之以鼻,"我只看武侠片!"

"那也行啊,我们去电影院慢慢挑,肯定有武侠片的。就算没有,看看《功夫熊猫》也可以。"

郑恬被他逗乐了,扫了一眼健身房,突然问道:"今天股神哥哥怎么没来?"

"对哟,我也不知道,平时他都这个时候来。"马涛边说边拨打他的电话,却发现对方已关机。

这时,健身房的电视机里播放起申渊有躁郁症的新闻,两人惊愕地看着屏幕。


方菲一下出租车,就直奔电视台附近。申渊租的工作室在那边。方菲心想,以他内向又不想给别人添麻烦的个性,现在多半躲在工作室里。

在工作室楼顶的天台上,申渊正坐在一处突出的高台上看着灰色的天空。偶尔有几只雪白的小鸽子轻盈地飞过,它们是那么自由自在。他向往这些欢快的鸟儿,不由得往楼顶边缘走了几步。

其实,今天他应该去粤岛找张月看病拿药。可就在做节目前,那则戳穿他秘密的爆炸性新闻一下子摧毁了一切,也打击了他重整旗鼓的信心。他觉得自己是个一无是处的废物,只想一个人安静一下。

"这堵墙可真碍事,挡住我的视线了。"他自言自语着,"吭哧吭哧"往上爬。

光亮越来越强,他瞬间觉得心情变好了。他颤颤巍巍地站了上去,内心感叹道,多么广阔的天地啊,似乎一切都在自己脚下,压力仿佛全都一扫而光。每一个细胞都在欢唱,躁动的神经让他特别兴奋。

"快看,有人要跳楼!"

刚到楼下,方菲的目光就被路人的呼叫吸引到了顶楼的位置。高高的楼顶上，站着一个穿着浅蓝色西装的男人，他那双修长笔直的腿眼看就要离地了。在看清楚的一瞬间，方菲吓得小腿肚子发软。

她赶紧仰头喊道："老公！"

"好像听到了方菲的声音。"申渊感觉有人在呼唤自己。

就像有一道光在提醒着他，又像有一根透明的丝线在努力牵引着他回到这个世界。这是怎么了？他看了一下四周，突然有了恐惧感，万一掉下去怎么办？他赶紧挥手让方菲走开，又往右边挪了挪，怕不小心掉下去砸到她。

方菲见他还在颤颤巍巍地挪动步子，吓得赶紧喊："你别乱动！我马上去找你！"

她赶紧坐电梯上楼，虽然知道自己现在也经不起折腾，但他的命比什么都重要！宝宝，跟妈妈一起加油，我们一定可以把爸爸救回来，我们一定能拥有一个完整的家！她在电梯里忍不住泪流满面，心中满是懊悔。本来有一个幸福美满的家，偏偏因为自己太顾及事业，差点把丈夫给搞丢了。

电梯一层层地上升，她的压力也随着泪水的涌出渐渐减弱。她的理智对自己说：不，现在不是哭的时候。申渊，你千万要坚持住，等我上去！

方菲终于来到了天台的门口，只见申渊蹲在往外凸出的天井方砖地上。天台上的风很大，呼呼地吹动着他的头发，就像存在一只看不见的手想要把他裹挟走。

方菲急忙呼喊着："老公！你快回来！往我这边来！"

消防员也搭电梯跑了上来，在旁边等候施救的最佳时机。

申渊像个孩子似的慌了神，絮絮叨叨地说："老婆，我不是故意想这样的，我只是想上来吹吹风。今天看到新闻的时候，我心里真的很难受，压抑得几乎要窒息了。"

天资聪明的他金融知识学得很扎实，但因为不善与人交流以及自卑心作祟，回国后处处碰壁。在认识方菲后，他被风风火火的她影响了。在方菲的帮助下，他逐渐克服了恐惧心理，成了一名优秀的股评家。但过于敏感的心态和连续几次失败的投资，又让他变得躁郁了。

"我知道，你为什么不说出来呢？说出来，我们一起来承担！"

方菲不敢刺激他。原来在最危急的关头，人是哭不出来的。哭了乱了，还怎么思考问题？她边说着边让了一条道给消防员，希望等申渊往回走时，救援人员可以将他一把拖上来。

"我要说什么？"申渊迷茫的眼神像个走失的孩子。

"你想说什么就说什么，我都愿意听。"方菲期待地看着他，鼓励道。

在他的讲述下，方菲仿佛穿越到了申渊小时候。

"阿渊，妈妈就全指望你了，你一定要争气啊！"

从小申渊就被母亲寄予重望，淹没在数不尽的作业和比赛里。尽管成绩优异，但他内向又自卑。当他被欺负时，章雨露总是第一个冲出来，不分青红皂白地骂其他孩子一顿。

"谁敢欺负我们家渊仔，我见一次打一次！"

全村的人都知道，章雨露是个泼辣的女人，没人敢惹她，结果孩子们更不爱跟小申渊玩了。孤独的童年，旁人的冷眼，让不合群的申渊一心只顾学习，成了村里成绩最好的孩子。缺失父亲的家庭、严厉专制的母亲，使得他的内心脆弱又自闭。

在深港刚刚大兴土木的时候，章雨露提着一桶桶盒饭到工地去卖，赚到了第一桶金。她又不停地买老区二手房，再改成楼收租金，赚得盆满钵满，俨然成了村子里没人敢惹的女强人。

只有方菲给了申渊不一样的感觉。她是那么努力，而且从不气馁，就像一朵在夹缝中生长的野菊花，顽强又芬芳。世界上没有她害怕的东西，就像任何事情都能被她解决一样。

跟她在一起后，申渊觉得自己心情舒服多了。可当他被诊断出弱精症后，那份自信又崩塌了。他担心方菲会离开他，于是想通过投资获得更多的钱，以此来体现自己的能力。刚开始是顺利的，当他加大杠杆后却遭遇了滑铁卢。

他的话几乎让方菲肝胆俱裂："对不起老婆，我之前用杠杆买了自己看好的股票，没想到爆仓了，亏光了我所有的积蓄。我抵押了我们的房子，如果限期之内不能偿还，银行会强制回收。"

申渊说完，觉得压力瞬间减轻了不少。他闭上了眼睛，不敢去面对被自己连累的妻子。

旧债未偿，再添新债！方菲好像万箭穿心，差点想跟他一起跳下去。

电光石火间，她像是被电流击中了心灵一样，反省说："我自己不也是这样吗？！太相信自己了，觉得自己可以解决任何事情。我不跟你打一声招呼，就自作主张把你妈的钱提走了。我们两个是命运共同体，不仅要有福同享，更要

112

有难同当。"

"对不起。"

见一直高高在上、总是强势地安排一切事情的妻子竟然原谅了自己，申渊不由自主地往她的方向轻轻挪去。终于，他们的手握在了一块儿。

"下来吧。"一个消防队员突然冲上来，用强有力的胳膊将他一把抱了下来。

申渊终于落了地，方菲也耗尽了所有力气。

如果是以前，她肯定会冲上去扇他一个耳光，大吼一声："你为什么这么傻?！"

可现在，她只有一种失而复得的幸福感。尽管旁边"咔嚓、咔嚓"地响起记者拍照的声音，她也没有任何心理负担。这世上，再也没有任何东西比他更重要了。

她轻轻地抱着申渊说："哪怕我们一无所有，从头开始都没关系！只要我们坦诚相对，一切问题都能共同解决。不管别人怎么看你，我都会无条件地相信你、支持你！"

申渊哽咽了："我太害怕了，担心你知道后会跟我离婚，所以一直憋在心里不敢告诉你……"

"没关系！我们扯平了！"

方菲笑着搂住了他，欢喜的眼泪终于顺着脸庞流了下来。他们紧紧抱着彼此，比以往任何一次都更接近对方的心。

"老婆，我爱你！"

"我也爱你！"

他们全然不顾身边发生的任何事情，忘情地亲吻着对方。坦诚相对后，激情像复活后的火山岩浆似的喷薄而出。

# 第二十二章

"不得了了。股神江郎才尽要跳楼。"

"躁郁症发作，股神难以自控！"

第二天清晨，醒来的他们一同在床上依偎着，看着网络上铺天盖地的新闻，相视一笑。

已经面对现实的申渊说："这个结果我已经想到了。"

方菲倚靠在他的肩头，关切地说："当务之急是先治好你的病。你之前是怎么看病的？"

"我一直都在粤岛老同学张月开的心理诊所看病。她以前在深港读书，是比我大一岁的同桌，后来她全家定居粤岛了。她大学去伦敦读了心理学，年年都拿奖学金，业务能力非常强。"申渊一股脑儿交代着。

方菲脑海里浮现出一个戴着黑色镜框、不苟言笑的医生形象。


走进看起来像书房一样温馨雅致的诊室后，方菲看到的却是一个年轻得像大四女生的女医生。

张月那双杏仁眼似乎能够看穿人心。她身高一米七左右，一头棕色的半长发，一双美腿被丝袜包裹着，线条优美，整个人美得像模特一样。

如果是以前，方菲发现丈夫跟这么惊艳的女医生私下问诊多次，肯定会吃醋。可现在，她的安全感已经稳稳地在心底扎了根。

张月客气地说："那我们先开始治疗吧。申太太，请你在外面等待。"

申渊听着舒缓的音乐，躺在舒适的皮质大沙发上。在逐步引导和反馈的过程中，张月的眉头渐渐舒展开来。

二十分钟后，她惊喜地对申渊说："真是太意外了，我原以为你的病情会加重，不过你现在的症状减轻了不少！究竟发生了什么？"

"是啊，昨天跟老婆说开了之后，我发现自己最担心的事情都没有了。现在心里轻飘飘的，很放松。"

申渊双眸闪闪发光地跟她讲述了昨天发生的一切。

"这就是爱的力量，爱可以治愈一切。心病还需心药医，以前你感到压力太大，其实是希望以更成功的形象出现在妻子面前。所以，当你得到她的谅解后，痛苦自然就减轻了。"

"对！我以前总是担心会失去她的爱，失去股民的信任。现在，破罐子破摔后，反倒踏实了。"

张月头一次听他既不卑微也不偏激地剖析自己，认可地点了点头。

"虽然我已经一无所有了，但是也安心了。"申渊微笑起来。

"一无所有？"张月以为他说的是形象大跌，可能会失去工作的事，便说，"如果需要帮忙可以找我。"

"谢谢你，我们可以克服。"

看完诊走出来，方菲看到丈夫放松的表情，如释重负。

"没什么大碍，还要继续服药，但是药量可以减少。"张月又对方菲说，"其实，我一直希望他把自己的病情开诚布公地告诉你。因为家人的支持对康复会起到很大作用。另外，服药后胃酸会分泌过多，需要在饮食上注意一下，精神上也不要给他太大的刺激。"

方菲敏锐地察觉到张月的关心过于无微不至，似乎还夹杂着其他感情。她礼貌地说："谢谢你，张医生！"

"就叫我张月吧，大家都是朋友。"

张月又问申渊："你得病的事不是保密的吗？还跟谁说过吗？为什么会被记者知道？"

这时，申渊下意识地摸了一下裤袋，回忆起来："对了，上次我做直播的时候状态不好，吃了最后两粒药，好像把药袋掉在电视台了。"

"可是，当初也考虑到这个问题了，所以我给你开药时并未写过药名，普通人不会就你的私人问题追究如此之深。"

申渊奇怪地挠了挠头，不得其解。

"除非，那个人一直盯着申渊不放，处处寻找机会？"方菲立刻警觉起来。

"赶紧回电视台查一下监控，看看究竟是谁拿走了你遗留的药袋！"

目送申渊夫妇像热恋情侣似的手拉着手快步离开，张月落寞地转身，用手轻轻地捋了捋垂落到脸颊的秀发，接着提起手袋，对护士说了声提前下班，便驱车上路。

行驶了大概一小时，她逐渐看到了远离城市的山林。又过了没多久，她来到了一堵高墙外，墙内是一栋别墅似的建筑物。这栋外表朴素的建筑物是"青山病院"。

在白衣护士的带领下，张月走进一间独立的小病房。

头发全白、面部水肿的沈华穿着竖条纹病人服，正躺在床上喃喃自语："爱国，你看，月月的鼻子长得跟你很像。爱国，你快来帮我换尿布，月月又在哭了！"

张月感觉鼻子发酸，叫了声："妈！"

"你是谁？"沈华看了她一眼，又把头垂了下去。

"妈，我是月月啊！"张月拿出自己小时候的照片，又指了指自己的脸。

沈华每次都认不出她的样子，拿过那张照片爱惜地放在手里，认真仔细地看着。她一直沉浸在三十年前的回忆里，根本不愿意接受现实。如果她承认女儿已经长大了，就必须接受被抛弃的现实。

母亲的病是连张月都攻克不了的精神难题。为此，她曾特地去英国请教了老师。她得到的指引是，心病还需心药医，唯一能解开这个死结的人还是张爱国。

所以当时她回国没多久，就去看望了父亲，想就母亲的病跟他当面谈谈。

飘扬着钢琴声的别墅里，一个特别漂亮的小女孩脚下踩着小板凳，端坐在琴凳上，十根手指在黑白琴键上飞速地游走。

"你找谁呀？"

女孩转头的一瞬间，张月惊呆了。那容貌像极了童年时的自己。

"月，你来了？这是你的妹妹，张星。"

头发花白的父亲穿着英式居家服，从别墅二楼的楼梯上走下来。改名为张鹤曦的他已是太平绅士，除了那句家乡话，找不到一点从前的影子。他的大儿子叫张祺麟，而小女儿则用了"星"字，意思是来自天上的瑰宝。

"弟弟呢？"张月看似毫无芥蒂地问。

"他去跟同学一起露营了。"插话的鹿韵笑得犹如玫瑰般灿烂。

她精于保养，高度自律，身材丰满却毫无赘肉，全身上下都散发出贵妇人的精明和贵气。

"鹿阿姨你好，你还是这么漂亮。"

时间已经磨平了张月的棱角，她礼貌地跟十四年前结下仇怨的女人打招呼。

在粤岛富豪圈，三妻四妾的男人太多，长期和这些人打交道的张鹤曦却没有被污染。首先，他需要一个可以共同进退、分担责任的女人，而不是只会享乐的花瓶。其次，沈华的事让他对婚姻和家庭有了全新的看法。他不敢再背叛现在的妻子，也不想再让孩子恨自己了。

张鹤曦早已办妥了手续，他将给张月开诊所准备的店契交给她："听说你要回来开诊所，我非常高兴。这是我名下的商铺，过户手续我已经跟律师准备好了。你就别浪费钱给别人交租了。"

"爸，谢谢你！"张月礼貌又不失诚意地点头致谢。

张鹤曦慈爱地对她说："要谢，谢你自己，我没想到学心理学可以让我们重新恢复关系。你还记得你红着眼睛砸烂了一瓶香槟，说要血洗婚礼的事吗？我真怕会永远失去你！"

"对不起，吓到您了。"张月笑了起来，她扫了一眼鹿韵，说，"那时候我就是一肚子火想出，觉得整个世界都亏欠我妈。那时候我甚至愿意为她杀人，不过最后还是没下手。"

虽然张月始终都谦逊有礼，但全身每个毛孔散发出来的气息都让鹿韵不舒服。

鹿韵终于忍无可忍，突然站起身，一扭一扭地走向大门说："我约了做头发，你们父女俩慢慢聊。"

门关上后，张鹤曦爱怜地摸了摸女儿的头发，说："其实你很像我，有一股拼劲儿，做事情一定要拔尖，永远力争上游。你每年的成绩单都让我很欣慰，你真是爸爸的骄傲。"

"爸，我希望您可以和我一起去看看妈妈。"

张鹤曦的眉头渐渐皱了起来，像是看到了一条毒蛇。张月捕捉到了他的反应，知道母亲对他还是有很大影响的。

她试探地问："爸，现在你把我当作一个医生，以局外人的身份来谈谈这件事，可以吗？如果您没有做好准备，我们就下次聊。"

张鹤曦摸了摸额头，像是下了极大的决心，说道："你继续说吧。"

"我知道，您不愿意面对她，是不想面对自己的内疚感。您以为她只是暂时失去了理智，而不是永久的，对吗？"张月循循善诱地问。

"可以这么说吧。"张鹤曦果然面露愧疚之色，肩膀都垮了下来。

张月不由自主地握紧了拳头，深呼吸几口后，才不动声色地说："我妈并不认为金钱可以收买一切，她将爱情看得比生命更重要，接受不了现实，所以才会精神分裂。上周我去病房探视过她，但她已经认不出我了，那一瞬，我非常难过……但她可以认出我童年的照片，她还在不断回忆着以前跟你一起照顾我的时刻，因为那是她最幸福的时光……"

循着她的引导，张鹤曦仿佛看到了以往一家三口虽然贫穷却岁月静好的日子。他的心也柔软下去，口气有点松动："那你需要我怎么做呢？"

张月看到父亲的眼神充满歉意，知道他的心已打开了一扇窗口。她赶紧说出治疗方案："妈妈是可以康复的！首先，要让她能够接受这个世界，而您是解开她心结的人！您愿意定期抽出一点点时间，跟我去给她做治疗吗？"

张鹤曦的眼神从内疚又转变成为难，他不置可否地静坐着……

考虑了两周，张鹤曦终于决定应女儿的邀请去精神病院帮忙治疗前妻，但出门时被鹿韵堵在了别墅门口。

她挡住大门厉声说："如果给外面的人知道，你还跟那个精神病前妻藕断丝连，公司形象会受影响的！"

"你走开！这是我的事情，你管不着！"张鹤曦怒火冲天。

鹿韵放软口气劝说道："好吧，我不拦你。即便你去了，她真的被你们治好了又如何？她肯定还是要缠着你，你一离开，她就又会发疯。现在你跟我有一对子女，他们都需要你，就凭你现在的身体，还顾得过来吗？"

张鹤曦因为内疚而燃起的念头，就这么被浇灭了。现在他的事业如日中天，和大女儿的关系也好了，如果再跟疯前妻纠缠不清，只会让生活掉进浑水里。

越成功的人越自私，越自私的人越"成功"。

# 第二十三章

太阳照耀着大海，海面风平浪静，回程的船平稳抵达深港。

方菲顾不上休息，催促着申渊带她直奔电视台的保安室，一心想揪出幕后黑手。

申渊对保安说自己在直播时丢了东西，想看看监控录像。

视频里显示清洁工阿姨专门从垃圾篓里捡出药袋揣进了上衣口袋。

当保安把阿姨叫来监控室后，申渊指着定格的画面赶紧问她："为什么要把袋子拿走？"

阿姨茫然地说："我也不知道啊，有个人说只要我把这个东西带给他，他就给我一百块钱。"

方菲问道："那人长得什么样？多高？男的女的？"

"戴个墨镜，男人，身材不高。"

"穿什么衣服呢？"方菲又问。

阿姨又想出来一条线索："蓝色的，蓝色的短袖。"

不幸的是，交易的地点并没有摄像头，调查陷入了困境。

申渊觉得这无异于大海捞针，便劝方菲说："算了，一定是那些讨厌我的人干的，他们亏了钱不乐意想报复我。事情都这样了，也不会更糟了。"

方菲执拗地说："不可以！欺负你就是欺负我，你差点被害死，我不能容忍这个在你背后使坏的家伙！"

她要了大门口的监控视频，一个个快速播放着，就盯着清洁工阿姨捡到东西后的那半小时。看了半个多小时，她终于锁定了一个个子不高、戴着墨镜、穿蓝衣服的男人。只是这人到底是谁呢？

方菲问申渊："你有什么竞争对手？"

"也没有啊。非要说就是节目的几个嘉宾吧。"

他筛选了一下，国内一流大学毕业的证券分析师谢猛嫌疑最大。

方菲很早就听他说起过这个人，她说："谢猛其实脑筋很灵活，家境也不错，唯一的缺点可能就是没你运气好吧。"

"还没我长得帅。"申渊说。

方菲欣喜地发现他竟能开玩笑了，笑着说："现在明明是我们最困难的时候，为什么我却感觉如此放松呢？"

申渊搂着她，心生暖意："因为我们现在真的一条心了！"

申渊说什么也不让方菲继续在外面奔波了，硬要她坐车回家。

在车上，方菲还忙个不停，打电话问兰庭："你有熟悉的朋友在做律师吗？我想查一个人。"

"有，交给我吧。"兰庭早就等着为她效劳了，连忙答应下来。

方菲赶紧将拍的照片发了过去，然后她又坚定地安慰申渊："你回家后把抵押合同给我，我研究一下就好好休息。钱会有的，房子也会有的！"

"老婆，你辛苦了！"申渊不忍心已经是孕妇的她这么劳累。

回到家，方菲读完合同后算了一笔账。目前他们的房子市值三千万，申渊申请了定格额度，贷出了一千万，每个月还要还八万七的等额本息。

当务之急，是先补上房子抵押的当期利息。

虽然她工资高，但是因为大环境不好，通达遭遇了债市限薪令，最大额的年终奖是要等过完年才能拿到的。申渊的积蓄已消耗殆尽，无法出钱还贷，她也捉襟见肘，根本难以负荷。如果在规定的期限里还不上贷款，不仅个人征信会受影响，银行还可以按照借款和担保合同的约定向法院起诉，冻结申渊的所有财产；他们还可以查封已质押的房产，甚至可以拍卖掉，以此清偿贷款和诉讼费用。

方菲的内心波涛汹涌，掀起惊涛骇浪。这都是什么事啊！一波未平一波又起，老天爷注定让这个家不好过吗？以申渊一向稳健的个性，怎么会走这么高风险的棋？究竟是谁在暗中操纵着不幸的发生？她不愿意表露出内心的愤慨和绝望，托着腮凝视着远处的风景，思忖着出路。

这时，申渊的电话响了，致电人是吴静。他怕老婆误会，便按下了免提。

一个圆润甜亮的嗓音为难地说："申老师，我是吴静。最近您身体不好，暂时不用来做节目了。台长说给您放个长假……"

申渊感觉自己喉咙干涩，一句话都说不出来。

"申老师，您还好吗？听得到吗？"见一直听不到回音，吴静着急地询问起来。

方菲接过电话，客气地说："吴小姐，我是申渊的老婆方菲，谢谢你传达这个消息。"

"方姐，申老师他没什么事吧？以前他经常照顾我，听说出了这事，我心里也特别难受。"吴静真心诚意地说。

方菲以前还妒忌她的大眼睛、高鼻梁，现在却觉得她靓丽的外表下藏着一颗赤诚之心。

"嗯，他状态好多了。等休养好了，我们一起出来吃个饭！"

说完，她突然想起之前约好了与郑恬一起吃饭呢。可家里突然出了这么大的事，哪里还有这种闲情逸致呢？钱啊，关键是要先筹到一笔能解决燃眉之急的钱。

方菲仔细将了将自己的私人关系，虽然身边有钱的人数不胜数，但大多是有合作来往的商界朋友。兰庭的家庭富裕，却是她的下属，借钱实在不方便。她最后决定，还是先找大学时经常问她借钱的童无忌吧！她们关系很好，借几万块钱救急应该不成问题。

她还记得第一天去大学寝室时，一个单眼皮、皮肤白皙、长发披肩的女生，玩世不恭地盘腿坐在下铺说："你睡我上铺吧，我叫童无忌。"

有一次，她指着左腿上的长疤告诉方菲："这是五岁时，我爸拿瓶子砸我妈的时候造成的误伤。"

"怎么会这样！那他们现在怎么样了？"

方菲的家庭虽然短暂地完整过，但是在母亲卧床的时候，善良的方大业一直用心地照料着她。这对悲哀的夫妻彼此从未红过脸，大声说过话。

"离婚了！我归我妈，我妈再婚了。我爸未婚同居，还给我添了个弟弟。"

童无忌一脸漠然的样子，仿佛在讲述别人的故事。越表现得不在乎，越期待着被关心。因为相似的家庭，虽然手头紧巴巴，方菲也愿意借钱给她。

大学毕业前夕，方菲着急找工作，柳叶忙着谈恋爱，童无忌却鼓捣着自己的淘宝店，卖日韩潮服。如果当时童无忌能坚持运营淘宝店，估计现在也吃穿不愁了。

结果她三天打鱼两天晒网，动不动就到处去旅游，荒废了生意。

在大家忙忙碌碌当上班族的时候，无忌做过星巴克的店员、工地的文员、云南客栈的志愿者，最后仍然没有固定工作，还追着让方菲给她介绍对象。正好梁启尚也是单身，方菲就牵线让两人见了一面。没想到，竟然促成了一段良缘。一个负责赚钱养家，另一个负责貌美如化，倒也各取所需。

电话拨过去了，那边传来一个懒洋洋的声音："方菲啊！你找我什么事？"

"我就直说吧，我现在急缺一笔钱，你可以借我吗？我给你打借条，年利息5个点。"

"要多少？"童无忌没说愿意也没说不愿意，倒是先问了问数额。

"8万。"

"哎哟，我拿不出那么多钱啊！你也知道我没工作，我老公又刚刚辞职，我们两个旅游了一圈也花了不少钱，而且回来一检查，发现我们的身体都有问题，想治疗的话要160万，我现在真的帮不上忙啊！"童无忌说了这么多理由，总结为两个字——没钱。

"那行吧。"说完，方菲挂了电话。

对了，找柳叶！实在是没办法了！

此时，穿着一袭红衣的柳叶，正坐在一家意大利餐厅里。

门开了，一个戴着眼镜、走路像卓别林似的左摇右晃的男人走了进来，目光落到了她的红裙上。他绕圈儿走到了她对面，拉开椅子坐下说："柳小姐，您比照片上还漂亮！"

"你就是老王？"

"是啊！跟照片不像吗？"老王笑吟吟的，牙缝里还夹着一丝绿色的菜叶残渣。

"脸倒是挺像的。"这让外貌协会的柳叶很尴尬。

"吃点什么？这家的焗猪扒意粉很正点。"老王唾沫横飞地说着，一滴口水还溅到了她的脸上。

柳叶完全失去了胃口，正好手机响了，赶紧起身接听。她惊讶地说："哎呀，家里煤气炉没关？我马上回去！"

直到走出一段距离，她才如蒙大赦地说道："幸亏你给我打电话了，你知道我刚刚在干什么吗？"

"怎么了？不会在见网友吧。"方菲想起往事就笑了起来。

"对，被你说中了，我要赶紧打道回府，一分钟都不想多留了，你找我干什么？"

山穷水尽的方菲硬着头皮请求说："我想问你借钱。"

柳叶爽快地说："行，要多少？"

"借 8 万吧，年利率 5%，我给你打借条，渡过难关了就还你。"

"咱俩谁跟谁啊，还要什么利息。你能开口问我，肯定不是小事，甭客气。8 万不够吧？我有 30 万的理财产品再过 4 天就到期了，一到账，我马上转给你。如果你急用的话，我现在就让理财经理帮我提前赎回。"柳叶觉得能帮老友一把很荣幸。

"没事，等到期了再借我就好。"

还有一周才到还款日，等一下也无妨，方菲不忍心让柳叶再为自己亏利息了。

"那行，你知道的，我最不缺的就是钱，最缺的是……"

"爱情！那谢谢啦！"

崭新的一天到来了，被闹铃声叫醒后，方菲拉开了窗帘，沐浴在清晨的阳光里。

生活刺痛了我，我却报之以歌。

她来到镜前梳妆，发现短发稍微留长了一些，飒爽变成了柔美。她穿上白衬衫和黑色的 Prada 宽松中裙，往嘴唇上抹了一层樱桃色的孕妇口红。她走到玄关，穿上舒适的小羊皮平底鞋，提着轻便的小香包，由申渊载着向通达出发。

"您回来了！一切还好吗？"薇薇给了她一个大大的拥抱，不是亲人胜似亲人。薇薇更关心的是她的身体，还有被媒体炒作得沸沸扬扬的申渊自杀事件。

方菲感激地拍了拍她的手背说："放心，都好着呢！"

兰庭将今日发生的各大事件和未来安排拿给方菲过目，将必须由她签字或开会处理的事情一一作了汇报。

方菲看着面前简单明了的清单，欣慰地问："我们的目标是销售完 200 亿债基，扩大分销渠道的建议和中证资讯谈妥了吗？"

"那边许诺我们的最后优惠是降到 0.01%。"兰庭在这段时间里多线处理了各种任务。

"很好！"

方菲满意地点了点头，以前她力求完美，任何事情都要自己承担，现在她力不从心，必须要转变工作方式。对她来说，当下最重要的任务是陪伴丈夫、怀孕生子。公司的事情，就先交给信得过的人吧。

方菲放下手中的备忘录说："稍后我要跟迟董谈一谈，如果谈崩了，可能会离开通达。"

薇薇毫不犹豫地表态："你去哪儿我就去哪儿！不要所有的事情都自己扛，不管是哪方面的事情都可以叫我来帮忙！"

"还有我！我跟方总学到了很多，还要继续学下去呢。"兰庭也毫不犹豫地说。

这两位良将，一个温润如玉、细心备至，另一个逻辑思维能力强。

方菲喜欢历史。刘邦夺得天下时，曾说过，他运筹帷幄不如张良，治理国家、安抚百姓不如萧何，统率军队不如韩信，但此三人都为他所用，所以最终取得天下。而项羽连一个范增都用不好，注定失败。

最高级的管理者，必定是善于用人之人。这是一门高级艺术，不仅需要你聪明，懂得人心，更需要你真诚地面对值得信赖的人。

# 第二十四章

方菲昂首挺胸地走进迟建的办公室。

迟建原本以为家里发生巨变，方菲回来的时间恐怕会遥遥无期，没想到她竟然春风满面地回来了，心中倒也有几分佩服。

方菲坐下来后，开门见山地谈判："我知道您不待见我，我也不勉强，等我销售完债券基金后，我想拿着本年度的提成和多年的补偿离开公司。"

迟建有些意外，他没想到死守这盘棋不放的方菲竟主动请辞。但又想到她家最近风波不断，想必也缺钱，只是这种杀鸡取卵的方式，未免太掉价了。

不过，放眼看去，整个固定收益部确实需要她，迟建便不失风度地挽留说："你毕竟也是老臣子了，做得好的话，怎么能让你走呢？"

方菲见以退为进这一招得到成效，便见好就收。她点点头说："既然如此，那我就继续本职工作吧。我提议将通达基金旗下的部分基金，让中证资讯投资有限公司作为其代销机构，最好本周内签约，由中证资讯代理我们账户的开户、申购、赎回、定投与转换等业务。"

"你说的是那家专门在网上做基金买卖的中证资讯？"迟建略有耳闻，但50多岁的他对网上的东西带着一种天然的不信任感。

"对，中证资讯是一家90后主导的网络基金购买平台，他们旗下还有一些App产品，迎合了年轻人的口味，其中不乏富二代。如果投资者可以通过中证资讯购买我们的基金，申购费率会享有优惠价。"

"这又有什么好处呢？"

方菲拿出调研报告递交给迟建说："您看看这里，数据统计显示，这种操作方便的App对年轻的高净值购买者有极大的吸引力。"

迟建还是有点犹豫地问："我们自己不也有网上的 App 和平台吗？"

方菲解释说："这相当于给我们多加了一个分销渠道，目前我们平台的客户基本是通达的客户经理吸引来的。只要签下中证资讯，我们就可以突破空间和年龄的障碍，吸引全国各地更多的投资人。"

"我们要付出什么？"迟建不得不考虑是否会增加财务成本。

"中证资讯会从成交额中抽取 0.03% 的佣金，我可以争取一下优惠。"方菲早就给自己留有余地。

"那你去操办吧。"相对巨大的潜在市场，迟建认为 0.03% 的分佣并不高。

见他终于同意了，方菲快步走向自己的办公室。她的脸上露出了一丝不易察觉的笑容，却被突如其来的婆婆的叫声给冲淡了："方菲！"

章雨露边叫她名字边紧张兮兮地推门进来。

这次的事件终于惊动了"太后"。

章雨露坐在会客沙发上，双眼通红，压低嗓音问："躁郁症是个什么病？我儿子会进精神病院吗？"

方菲赶紧解释说："妈，您别着急，他现在已经好多了，但是不能受刺激，有我在您放心，我一定会照顾好他的。"

章雨露擦了擦夺眶而出的眼泪，问："他那次真的要跳楼？报纸写的是真的？"

方菲点点头。

章雨露感觉一阵眩晕，揉了揉太阳穴说："渊仔怎么会这样？"

她心中所有的怨气和怒火都升了起来，突然咬牙切齿地指着方菲说："是你！肯定是因为你最近一直在闹，一会儿说要打孩子，一会儿说要离婚，他压力都这么大了，你怎么也不想想这个家呢？"

方菲知道没法跟她解释，也不想和她吵架，干脆沉默到底。

章雨露看了一眼儿媳隆起的腹部，心里百般滋味，不敢再发作了。她不住地埋怨说："唉，都怪你爸，骗走了那么多钱。现在我儿子出了事，我连给他治病，养他一辈子都没底气了。"

方菲也心怀内疚地说："对不起。怪我自作主张，假如我当时不借，也不会造成今天的局面。您放心，我还有工作，我能撑起这个家。"

这两人以前是针尖对麦芒，每次谈话必然不欢而散。可如今的方菲已经不再像以前那样以自我为中心，瞧不起文化低的婆婆了。章雨露也察觉到了方菲的变化。

方菲不顶嘴，章雨露的怒火也就烧不起来，可一想到老来破产，儿子发疯，她便忍不住鼻子发酸，默默地流起了眼泪。方菲的心里也堵得慌，只能紧紧握着婆婆的手。

"阿姨，请用茶。"薇薇的及时出现，让章雨露恢复了常态。

"算了，我也不怪你了。现在孩子要紧，我知道你也不容易。"章雨露擦了擦眼泪，擤出鼻涕后叹了口气，喝了口茶后连声称赞，"好香。"

"西湖龙井茶，是客户送方总的礼物。阿姨，您带一罐回去？"薇薇适时地奉上一个包装精美的崭新茶叶礼盒。

"好好。"章雨露堂而皇之地笑纳了。

方菲看她上次趾高气扬地提着一大包现金来，这次却寒酸得连一盒茶叶都要拿走，当真过意不去。

章雨露起身说："不耽误你工作了。我现在去天后庙帮儿子和孙子拜一拜神！"

方菲一听感到哭笑不得。

岭南一带的中老年妇女信奉各路神仙可是出了名的。天后娘娘又叫妈祖，是当地保佑渔民出海平安归来的神灵。

申家当年居住的蛇口就是个小渔村，当地的人们自然笃信。以前逢年过节申渊都要抽时间陪章雨露拜神，现在大难临头，婆婆果然又要去祈求庇佑。正如心理学大师海灵格所说，"超自然的选择，往往可以给某些人带来另一种心灵上的慰藉"。

失魂落魄的章雨露坐上226路公交车，一路颠簸到了赤港湾。当她远远地看到缭绕着薄蓝色烟雾的蓝色楼阁时，内心感觉踏实多了。她慌忙下了车，一个趔趄差点滚到路边，扶着一棵绿化的小树才堪堪站住。她喘了口气，赶紧跑到卖香火的店铺，花钱买了各式求神祈福的玩意儿：一对高头大红烛、一把粗壮的黄香，还有若干金箔纸钱。

在庄严瑰丽的铜塑雕像前，章雨露跪在蒲团上念念有词："天后娘娘，您一定要保佑我儿子赶紧好起来，申家上上下下都是好人，做了一辈子好事，保佑我儿子一定要健康，孙子也要平平安安落地……"

她不知道，自己离开方菲办公室后，过了五分钟，一个焦头烂额的客人冲了进去。他就是龙头企业新飞影视的财务总监王源。

　　五年前，新飞的旗下全是国内最红的明星。董事长郑新飞在五年前到达了人生的巅峰。为了稳住生金蛋的鸡，他高溢价出资九亿购买了范强大导演实际操控的范氏传媒。

　　范导熟悉游戏规则，在收购合同中，投桃报李地写下了五年共实现七亿的业绩承诺，若未能完成，个人将用现金补偿差额。

　　头三年，范导都完成了设定的业绩目标，但到了2018年，因为影视圈查税案风波，他拍摄的电影至今还在审查当中，没能兑现承诺。今年新拍的电影上映后也只有几千万票房。接连两年的影视寒冬，已经让新飞影视公司一再亏损。屋漏又逢连夜雨，公司又因为侵权，被人告上了法庭。

　　就像被推倒的多米诺骨牌，新飞影视的业绩一落千丈，股票价值呈断崖式下挫。就在前天，他们的股票质押已到了临界线，让董事长郑新飞急得像热锅上的蚂蚁。

# 第二十五章

　　王源推开门的时候，兰庭正在向方菲汇报工作。两人只交换了一个眼神，兰庭便心领神会地退到了一旁。

　　肥头大耳的王源一屁股坐在了沙发上，脸皱得像苦瓜。他一边拿纸巾擦额头上的汗，一边急切地说："方总，您可要帮忙啊！"

　　当年新飞影视如日中天的时候，王源也近水楼台先得月地交往了几个女明星。可花无百日红，这一波影视寒冬让人始料未及，他已无暇再去花天酒地。真是应验了《无间道》里的那句经典台词："出来混，终归是要还的。"

　　三年前，新飞影视将一部分会聚了大明星、大导演、有票房号召力的电影项目作为优质资产，打包为债券用来融资。他们原本的计划是用投资人的钱，拍摄完这些大制作，在全国乃至全球的电影院大赚一笔。没想到，理想很丰满，现实很骨感，大导演和演员纷纷惹上麻烦，导致电影上映遥遥无期，去年不但颗粒无收，还负债累累。

一直密切留意各大客户经营状况的方菲当然也知道这些问题。

作为助理，兰庭定期会跟基金研究员开会收集最新资料，对每个大客户都有相应的策略，方菲便问他："你对新飞的情况有何建议？"

兰庭早有准备，起身从文件夹中抽出一份新飞影视"瘦身偿债"的计划书，递给了方菲。

"我的建议是甩卖部分资产，举债过冬。"

"卖资产？！"

王源像是红孩儿坐上了满是尖刀的莲花座，立马跳起来说："那可不行，我们老板说了，只进不出！"

兰庭温文尔雅地说："就拿你们旗下的'看电影'来说吧，自从收购这个网站后，业绩第一年略有盈余，第二年亏一千万，去年亏了一个亿。"

一听到"看电影"三个字，王源就像被人点了定身穴，一动不动。

兰庭继续说："我建议你们，非常时期使用非常手段，集中优质资源轻装上阵。除了拍电影之外，逐步剥离这种与核心竞争力无关的业务。"

"我们在'看电影'总共只有51%的股份，卖了之后就没有实控权了！"

王源知道老板如果听到这种建议肯定会暴跳如雷，没多想就否决了。薇薇适时地将香气四溢的铁观音端了上来，除方菲外人手一杯。

方菲看完汇报书后，赞同地说："现在股市低迷，你们公司的市值也只有120亿。照这样估算，以前你们5亿买下的'看电影'，如今恐怕只能打四折。你们不妨跟创始人陈优优谈一谈，把股份的5%按照目前的估值卖给他。"

"他卖给我们的，还肯再买回去吗？"王源目瞪口呆地看着方菲，心中百般拒绝。

方菲嫣然巧笑地说："为什么不呢？对他来说可是双赢的。一来，他在高溢价时卖出，赚了一笔；二来，这毕竟是他一手创办的公司，接收回去运作起来也得心应手。"

方菲的话让兰庭大为佩服，也让王源感觉柳暗花明又一村。是啊，想当初，他们收购"看电影"时，正是在公司快速膨胀的时候，恨不得吃掉全国所有和电影相关的、势头强劲的公司。因为投资人给的钱太多，多得都没地方花。陈优优可不是大赚了一票吗？

方菲继续说着："这件事对新飞也是好事。第一，虽然你们不再控制'看电影'，但回笼的现金可解燃眉之急；第二，新飞的财务报表上不再计入'看电影'的损失，未来的财报利润会提高，也能对股民有所交代；最后再聚焦到主营业务上，拍优质电影回馈观众，拉动票房和口碑，提高营业收入，从而达到良性循环……"

王源冷静下来，承认这确实是个好办法，大汗也不冒了，心跳也平缓了，脸色也好了。

"当然这只是我们的建议，仅供参考，您可以回去跟郑总谈一谈。"

方菲说完端起了自己的保温瓶，喝了口安胎宁神的营养水。

"方总，真是'听君一席言，胜读十年书'。当务之急是要促成合作，我这就不耽误时间了。"说完，愁眉略微舒展的王源又客气地问兰庭，"这份计划书可以给我吗？"

兰庭看了一眼方菲，方菲点了点头说："可以，仅供参考，最终决定权还是在你们自己手里。"

王源如获至宝地接过薄薄的几页纸后，赶紧起身告辞。

等他离开后，兰庭有点感叹地说："杯水车薪，他的路还长着呢。"

"总不能坐以待毙，关键时刻能做一点事情总是好的。"

方菲看惯了风风雨雨，王源能走到一个公司一人之下、万人之上的高位，其实也是有过人之处的。之所以纠结，只因身在此山中，迫于上头的压力，不敢撕开这个口子。但举债度日无异于饮鸩止渴，如果未来预期收益不能转好，很可能从此走上一蹶不振的下坡路。

不久，举步维艰的新飞影视经过协商，将 4% 的股权作价 904 万元转让给了创始人陈优优。

得知消息后，方菲摇了摇头，非常无奈地说："真是亏本买卖，要知道 5 年前，他们用 2.66 亿从陈优优手里收购 51% 的股权时，'看电影'的估值是 5.2 亿元！'看电影'相对之前高峰期的市值 300 多亿，现在缩水到 132 亿，前年巨亏 10 亿，去年亏 7 亿。"

金融衍生物就像一把双刃剑，一旦倒霉起来，小到方大业这种老百姓被骗，大到正儿八经做事业的新飞公司血亏。

各行各业都很难，通达 200 亿基金销路的前途未卜。

周末，方菲难得能在家休息一下，可是新飞影视的当红女星李智约她下午两点在私人会所见面。

挂上电话，她突然听到门铃"叮咚"一响，以为是健身的丈夫回来了，却闻到了一股沁人心脾的煳辣椒水煮鱼的香味。这气味让她胃口大开，川妹子在南方，喝再多汤汤水水，还是最爱家乡菜的味道。

白皮肤被晒得发红的马春花站在门口，豆大的汗滴正顺着有颈纹的脖子往下流。

"这是刚做好的水煮鱼，上次说了带给你吃的。"

方大业提着一个不锈钢的大保温饭盒跟在她身后，对女儿讨好地笑着。

"你们吃了吗？"方菲看他们都在用手背擦汗，也起了怜悯之心，便招呼保姆多加了两双碗筷说，"你们就别走了，待会儿等申渊回来，我们大家一起吃吧。"

"那是最好不过了！"

马春花难得下厨，忙了一上午现在早已饥肠辘辘了。方大业担心被女儿婆家嫌弃，除了开伙那天，没来过这里吃饭。这下他也没推辞，跟马春花一同坐了下来。

两分钟后，申渊也回来了。屋里香气四溢，他的口水都快流下来了。

正当大家准备下筷的时候，门铃又响了。章雨露提着一包陈年补品，刚一进门就打了个喷嚏。

"这什么味啊？"

刚说完，就发现令她深恶痛绝的亲家们，居然比她跟儿媳妇还亲密，气得她的脸一直红到了脖子根。

她粗声粗气地呵斥："你们来干吗？真把这儿当自己家了？再说，广东热气，吃不得上火的东西，万一害得菲菲便秘怎么办？"

方菲跟申渊早已和方大业两口子冰释前嫌，不过见到婆婆心中仍颇感愧疚。她赶紧迎上去说："妈，您也一起吃点吧，有不辣的。"章雨露觉得在这儿跟儿子一起吃饭热闹，还是坐了下来。刚落座，她又将矛头对准了方大业夫妇：

"对了，你们什么时候还钱？"

"您放心，我这个维权 QQ 群的群主很厉害，已经找到线索了。这帮人又在湛城开了个新公司骗钱，我们几个打算去找他们算账。"方大业边吃边说。

章雨露正想抢白他，马春花抢先一步说："住嘴，瞧你这口水都飞到菜里了！菲菲刚出院没多久，一定要注意卫生。"

这句话倒是让方菲心头一热，赶紧说："快吃吧！"

方大业接了个电话，客气地说："我们马上就下来，谢谢呀！"

"是谁啊？"章雨露以为是讨债的事情有了消息。

"刚刚送我们来的朋友，现在接我们回去。"方大业老老实实地答道。

"哼，你们能有什么像样的朋友？还不是穷鬼。"章雨露的话让方大业如坐针毡，脸皮发烫。

申渊把章雨露带到阳台上说："妈，你这样做会让方菲难受的！"

"照你的意思，我吃了亏还要忍着？"章雨露才不搭理他。

饭桌上，马春花也气得放下碗筷说："我们也吃完了，先走吧。"

"自己关门。"从阳台回来的章雨露连眼皮都不抬一下。

在电梯里，马春花气呼呼地说："她真是歪得很！"

方大业始终都觉得理亏，只得安慰妻子说算了算了。当他走到马路上时，才猛然醒悟过来："锅没拿！"

"算了，下次等亲家母不在的时候再去吧。"马春花比他心思活，哪里敢往枪口上撞。


方菲午睡片刻，便去了会所。

这里的装修摆设一派古典风格。一个清丽脱俗的女孩正在低头弹奏着古筝，轻盈低调的音符从她指尖流淌而出。玄关处，暗棕色的碗里斜斜地插着一枝橘粉色的银莲花，还有一根修长蜿蜒的棠棣枝，颇有禅意。

方菲在服务员的带领下走进了包厢。开门后，长卷发乌黑亮丽、红唇鲜艳丰满的李智拥抱了她。

"送给你的！"李智拿出一个浅紫色的小盒。

方菲打开一看，竟是东京的海水大粒珍珠白金，颗颗饱满圆润，折射着五彩之光。

方菲推辞着说："这也太贵重了，我不能收。"

"这是我的一片心意，恭喜你怀孕，珍珠养人，反正也不值几个钱，你就收下吧。"

说完，李智便将这条光泽明媚偏粉、仿佛玫瑰结晶的项链轻巧地戴在了方菲的粉颈上。

"谢谢了。"

李智不仅是郑新飞离婚后最固定的红颜知己，更是新飞影视的股东之一，大厦将倾，她也想分忧。上回王源从方菲那儿回来后，稍被点拨就让新飞影视得以喘息。这次如果她能再找这位女强人取取经，岂不是能让老郑对自己刮目相看？

坐回沙发后，她们开始了正题。李智愁眉不展地说："上次王源回去后，劝说老郑拆卖了'看电影'，可如今业绩如山倒，眼看又撑不住了。"

"如今整个行业行情都不好，累赘还是越少越好。以前热火朝天的时候，老郑就没囤点什么别的资产吗？"

方菲舒服地靠在一个咖啡色的真皮圆枕上。虽然新飞影视现在处于风雨飘摇中，但始终是行业的龙头老大，毕竟瘦死的骆驼比马大。

"未来排片计划做得怎么样？"方菲专业地询问起来。

"今年已经拍摄了一部，还要再拍两部，明年计划要拍三部商业电影，正在拉投资。以前影视行业热门的时候，那些煤老板、国外的投资公司，跟在老郑的屁股后面说要投资拍电影。现在可好，一到寒冬，大伙儿不但不投资了，还纷纷撤资，真是落井下石啊！"

李智毕竟是行业内的人，说起话来头头是道。

方菲沉思了一下，放下手中精致的骨瓷杯，轻托香腮指引道："其实，票房是未来的现金流，可以将其打包成资产池。黄金周、春节档期都是大好机会，但如果不卖座，甚至不能上映，就会削弱吸金能力。你们可以评估一下未来六部电影的应收账款，加上分公司小飞侠影业的部分股份做质押担保，再找一家商业银行，看能不能要到限期一年的两亿授信。"

李智毕竟不是金融从业人员，这一番话对她来说简直太难消化了，但最后"两亿"的字眼让她双眼放光，她连忙打开随身携带的小记事本记了下来。

"只要新飞影视一直有影视拍摄计划，就可以用未来影片的应收账款质押，找各个商业银行申请限期一年的授信，暂时扛住现金流的压力。"

李智心生敬佩地说："大家都是女人，你怎么这么能干！能交到你这个朋友，我真是三生有幸。"

"隔行如隔山，你的专业能力，大家也是有目共睹呀！"方菲原封不动地将高帽子又送了回去，善意地提醒说，"这些办法都是在透支未来的进项现金流，如果不能靠电影收入赚回本钱，就像小白鼠在笼子里原地跑步，最终只会筋疲力尽。我们还需要考虑到黑天鹅发生的概率。"

"黑天鹅？"

李智又有点茫然，口干舌燥地喝了口咖啡。

"黑天鹅就是指极其罕见、难以预料的、会引起市场连锁反应的负面事件。"

李智非常郁闷地叹了口气说："就是上次的税务事件！这不，冬梅影视拍的那部大片投资 3 个亿，实际只收了 1.5 个亿。投资人亏了钱，直接把老板王冬梅给告了，让她必须按合同把之前谈好的收益和本金给吐出来。王冬梅那边补税的钱都没筹够，这无疑是雪上加霜啊！"

资本就像一个嗜血的大鲨鱼，一旦发现猎物，便张开尖利的牙齿将其吞噬。

李智修长的手指像弹钢琴似的在茶几上不安地敲动着，鲜红的美甲上贴着闪闪发光的法式水晶。

方菲看看时间，觉得跟李智聊得差不多了，准备离开。

电话适时响起："老婆，今天让你受委屈了，办完事了吗？我来接你出去散散心。"

方菲想到房子已经被抵押出去，万一有个什么风吹草动，没准就变成无家可归的人了。这让她越发珍惜在自家小区散步的机会。

李智亲热地挽着她的胳膊把她送到大门口。直到方菲消失在视线里，李智才去到地下停车场驾车离开。

# 第二十六章

这天，方菲偷得浮生半日闲。她和申渊在公园散完步，肩并肩、手牵手地走在返程的路上。

方菲笑着对申渊说："老公，之前我天天忙于工作，刚愎自用，以为可以玩转全世界，没想到被世界玩惨了，真是又可笑又可怜。"

　　"是啊，我也感觉现在看问题和以前不一样了，就像开了上帝视角。我最近写了一篇国际原油走势的文章，竟然火爆了。"申渊与死神擦肩而过之后，豁达不少，更能沉下心来了。

　　"听你这么说，我就放心了。"方菲将头靠在他的胳膊上，依偎着他慢慢往前走。

　　"我以前内向，不爱说话，爱写作文。当初学习金融，也喜欢写一些分析的文章跟网友交流。虽然没人给钱，我却非常开心。这几天，我除了看问题更冷静之外，也找回初心了。不过，担心欠的抵押利息……"申渊低声吐露着心底的不安。

　　"没事的，我得了一笔奖金，绝对可以撑到年底。"

　　"对不起，都是因为我……"申渊刚开口，就被妻子的手遮住了嘴唇。

　　"别再自责了，我也不比你理智多少，现在还欠着你妈300万呢！"方菲故作轻松地说，"大家都别再唉声叹气了，只要我们还有能力工作，钱终究会赚出来的。退一万步来说，就是配着咸菜吃糠，也能活下去。"

　　走着走着，方菲突然眼前一亮，指着前面叫道："看啊！蓝色的小鹦鹉。"

　　申渊好奇地看了一眼，原来是一个黑瘦的男人挑着鸟笼扁担走在前面。笼子里有许多对鹦鹉，几乎都是绿色的，唯独一对天蓝色的。

　　那男人看到这对夫妻很是关注的样子，连忙停下脚步，将笼子轻轻平放于地上，介绍着："鹦鹉很好养的，不脏也不乱跑，只需把谷子灌满，再加上水，就能管好几天。"

　　走近了，方菲发现那对蓝色的鹦鹉格外漂亮，头部是黑白相间的虎皮花纹，从腹部开始全是天空一样的浅蓝色，给人一种清新脱俗的感觉。

　　"他们不会像金鱼一样吃了还吃，最后把自己撑死吧？"方菲担心地问。

　　卖鸟人殷勤地说："不会，鸟很聪明，寿命也长。这两只鹦鹉一公一母，不但会说话，还能下蛋呢！现在买，送笼子还送鸟食，很划算哟！"

　　方菲不相信，瞅着鸟笼里面的两只鸟问："怎么看公的还是母的？"

　　卖鸟人马上使出浑身解数说："你看，这只鸟的嘴比较大，颜色深，是公的；那只比较小，颜色浅，是母的。"

方菲突然觉得这对鹦鹉好像他们夫妻俩。俗话说，夫妻本是同林鸟，大难临头各自飞。现在这两只鸟儿却你依偎着我、我依偎着你，安详快乐，与世无争。这一瞬间，她突然好想把它们买回家，呵护它们，宠爱它们，保护它们周全。

"要不要？"见方菲驻足看了半天，申渊不禁问她。

方菲坚决地点了点头。

申渊挠了挠头，说："你哪有时间养？"

"你来帮我养嘛！最近你不是休假吗？"

方菲搂着他的胳膊，像猫咪似的蹭了蹭他的肩膀。她很清楚，电视台变相赶走了丈夫，每个白天他都独自在家。万一丈夫写完稿子，胡思乱想怎么办？

"对，我一直在放长假。"

申渊一想到这两只小鸟可以陪他度过寂寞的每一天，不由得微笑起来。

卖鸟人又承诺起售后服务："不然你可以加我微信，有什么问题都可以问我。"

方菲扫码付了款，又申请加微信，她让老公提着鹦鹉笼子，自己畅快地往前走去。走出几十米，她突然惊呼一声："奇怪，他怎么一直都没通过好友验证。"

"完了，肯定有猫腻！"申渊顽皮地说。

"我只养过金鱼，还全被养死了，这可怎么办！"方菲沮丧地捂住了脸颊，闭着眼睛哀号。

"没关系，我去网上的论坛学习学习，一定可以养好的。"申渊双眼放光地看着鸟儿，摩拳擦掌，跃跃欲试地说，"老婆，给它们起个名字吧！"

"嗯，就叫发发和财财吧。"

方菲起的名字暴露了她内心的渴望，她真是做梦都在想着赚钱。

"哈哈哈，这个名字有意思。"申渊侧脸亲了她一口。

两人一言不发地走了一段时间，终于抵达了居住的小区。走到小区花园的拐角处时，方菲突然惨叫了一声。

"怎么了？"

申渊定睛看去，竟然是一只挺着大肚子吐血而亡的橘猫。

这只猫他们认得，是小区里的流浪猫，经常吃好心人送来的猫粮或鱼骨头，最近肚子大了起来，慢悠悠地游走在花园里，时不时晒个太阳，随时待产。

方菲难过地捂着脸说："谁这么缺德，连一只猫都要害死！"

申渊愤怒地握紧拳头说："最近老看到小区的群里有人投诉说野猫乱叫，扰人清梦，难道是他们容不得这些生灵，在食物中下了毒？"

方菲连忙恳求他说："老公，我难过得很，你帮我把它埋了好吗？"

"行！"申渊迅速回家拿了铲子、手套，还有一个鞋盒。他戴上手套，将猫咪的尸体转移到了鞋盒里。他抱着鞋盒一路来到了地下车库，方菲拿着铲子跟在他身后。申渊将鞋盒和铲子放进汽车后备厢，驱车离开了小区，方菲坐在副驾驶位。

车子开出城区，来到了一处人迹罕至的荒郊野外。申渊用铲子挖了一个半米深的坑，将橘猫的尸体埋了进去。

期间，方菲在一旁静默无言地看着。申渊处理完这一切，她双手合十对着土包说："希望你和你的宝贝们都到天堂，再也不被坏人欺负！"

见她像孩子似的祈祷着，脸上还挂着泪痕，申渊也合上手掌。之后，两人驾车原路返回。

晚上，方菲翻来覆去睡不着，突然坐起来对申渊撒娇说："老公，我还是担心会有其他的猫咪被害，你说怎么办呢？"

申渊也很在意这件事，便说："这事包在我身上了，你好好睡吧，明天还要上班呢。"

"嗯！那就全靠你了！"方菲搂着他的肩膀，将头依偎在他的胸口，"我替全小区的小动物先谢谢你了。"

"放心吧！"申渊抚摩着她油亮浓密的短发，嗅着幽幽的发香，不禁想起了一件往事。

方菲的发质比常人的粗和直，有次她想烫个空气波浪卷，花了六小时，直发还是没被药水"驯服"，所以又加了三小时，可第二天洗完头又恢复了原样。她埋怨这头直发"不屈不挠"，并发誓永不烫发，长期保持着富有层次感的碎直短发。

后来她成了公司内一言九鼎的女强人，这头标志性的短发也成了她的标签。她的强大，让他觉得自己的存在感越来越弱，曾经的那个俏皮精灵的小吃货离他越来越远。而现在，他又开始感觉自己是被需要的，也重新看到了她灵魂中可爱的一面。

李智回去跟郑新飞吹过枕边风后，主营业务处处受挫的新飞影视在饮鸩止渴的不归路上越走越远。他们不仅向好几家商业银行要授信，还以 70% 的范氏传媒股权，加上蜻蜓特效公司的合伙份额收益权，还有一套房产作为质押担保，跟内部持有 4% 股份的股东大旺影业借款七亿。

生意暂时解除了警报，郑新飞这才有心情回家看宝贝女儿。虽然五年前离婚后，他身边围绕着貌美如花的女明星，却还是将前妻和女儿当作真正的家人。为了保障她们的利益，他迟迟不愿娶李智进门。

客厅里没女儿的身影，她闺房的门也紧闭着。

前妻吴梦的脸色发黑，郑新飞顿觉不妙地问："你又跟甜甜吵架了？都跟你说过了，你们一个青春期延长了，一个更年期到了，没事别老骂她。"

吴梦意难平地放下手机，说："她居然搁着那么多门当户对的小伙子不要，去找了个普通学校毕业没房没车的健身教练！"

郑新飞一听这话，心里的怒火一下就蹿了上来，但他还是微笑着去敲门："甜甜，跟爸爸说说，这不是真的吧？"

关着门生闷气的郑恬，怒气冲冲地开门说："我不也是健身教练吗？马涛他人品好，长得也帅，我就喜欢他这样的。"

"帅有个屁用啊！"在外器宇轩昂、谈吐儒雅的郑新飞气得说了句脏话。

"不只是帅，他很单纯、正直，跟我也聊得来！"看着父亲不耐烦的眼神，郑恬更愤怒地反击道，"你们以前就知道把我丢给保姆，每天我只能跟阿姨待在一起！等我大一点，就把我丢到国外！现在又要我听你们的安排去相亲，可能吗？"

"那你也没听我的呀！"郑新飞皱起眉头怒道，"反正我们的家业不能败在这个小白脸手里。"

郑恬丝毫不领情，轻蔑地说："得了吧！你们一天到晚忽悠投资人，拍的那些电影不过是炒剩饭糊弄观众，我才不稀罕呢！"

哪壶不开提哪壶，这句话气得郑新飞跌坐在沙发上。他感觉闷得慌，连气都上不来了，便用手揉搓着胸口。

吴梦见状，心疼前夫，同仇敌忾地骂道："你住的公寓不是咱家的吗？你用的信用卡不是你爸的联名卡吗？就凭你自己那点工资，只能住农民房！"

"农民房就农民房！"说完，郑恬撇下父母，离家而去。

郑新飞气得满脸通红，他赶紧掏出随身携带的救心丸，喝了吴梦端来的水。

吴梦一边气女儿不懂事，一边又担心前夫的身体。她关切地问："老郑，你可别吓唬我，要不要帮你叫救护车？"

郑新飞摇了摇头。他喝下水后，利用以前心血管医生教他的方法，用力咳嗽了几声，说："我不能进医院，万一新飞的股价再跌下去，我们可就完了。"

这偌大的一座别墅，此刻只剩下电视机里的节目还在发出声音。空荡荡的两层楼里，落寞地坐着心情萧索的一对"老夫老妻"。

吴梦虽然被他的花边新闻气得离了婚，可这孩子是维系他们之间感情的纽带。时间久了，从前的恨也淡了，今天这矛盾，让他们有了难得的共鸣。见前夫面红耳赤，痛苦不堪，吴梦都有点心痛了。

过了许久，郑新飞才感觉呼吸顺畅了。他虚弱地说："现在影视业越来越难了，可以说是步步艰辛，我只能到处筹钱。对甜甜来说，只有嫁个高阶层的家庭，才能衣食无忧！她怎么就不懂呢？"

"唉，她还太小了，从小到大都没缺过钱，怎么能明白我们当年受过的苦呢。"吴梦靠着他坐了下来，回想起自己苦难的青春岁月，不禁痛心地说。

"其实我也后悔，虽然赶上好时机算是成功了，却完全没时间陪伴孩子，从未参与过她的成长。我以为让她过上好日子就行了，没想到是这般结果。早知如此，还不如把她一直带在身边。"

郑新飞身边的朋友大多数都是这种甩手掌柜，他们与子女的关系也都紧张，无不难以沟通。饭局上聊起这些理不清的家务事，大家都悔不当初，但是谁也无法让时光倒流。

尤其让郑新飞难受的是，他现在不过是纸上富贵，天天焦头烂额的，又跟女儿难以沟通，真是两头不到岸。

"是啊！她就是什么都来得太容易了，没有尝过穷的滋味！"吴梦痛惜地说，"停掉她的信用卡吧！等她撑不住的时候，会乖乖认错的。"

"这样她会受苦的！"郑新飞忍不住又心疼起自家的小公主。

"现在受苦，总比将来脑子一热，做一对贫贱夫妻守着孩子，天天为柴米油盐酱醋茶发愁好！"

"说得也对！"郑新飞感到醍醐灌顶，于是给助理打了个电话，"去查查'力美健'健身教练马涛的家庭背景。"

<br>

# 第二十七章

几天后，方菲下班回到家，见申渊脸色红润多了，料想他肯定有舒心的事，便问："老公，后来猫咪的事怎么样了？"

申渊神秘兮兮地说："找到凶手了。你猜是谁？"

"是群里那些骂人的业主？"

群里每个业主都要备注房号，所以哪些人经常投诉猫叫扰民，她都看得出来。

"算是吧，是他们投诉给物业，物业派清洁工去投的毒。"

方菲生气地说："太过分了！他们有什么资格结束小猫的生命！这不是刽子手吗？！"

"是啊！我已经跟物业严重抗议了，他们再三保障以后不再用这种过激的行为处理问题了。"

方菲抱着他狠狠地亲了一口脸说："老公，你才一天时间就破了案，还处理得这么好！你真是个天才！"

申渊摸了摸被老婆的红唇亲密接触过的脸，说："我也是推理嘛。再说，这次也不仅仅是我一个人的功劳，是小区群里所有爱护动物的业主一起努力的结果。另外，还有件事我先斩后奏了，你可别生气哟！"

"什么事呀？"方菲有点忍俊不禁。

"吃完饭，散步的时候，我再告诉你。"申渊微笑着卖了个关子，闹得方菲吃饭的速度都加快了不少。

晚饭后，他们手拉手走出小区，一直走到繁荣的商业街，来到了一家名为红茶馆的店门口。

"喝茶？你知道我不能。"方菲抗议地嘟起了嘴。

"进去看看就知道了！"

申渊牵着她的手走了进去。这里面居然别有洞天，全都是大大小小的"太空舱"。每个玻璃罩里，都有一只闲庭信步的猫，有橘黄色的、黑白相间的、纯白的。猫咪们憨态可掬，悠哉游哉地漫步玩耍，看得方菲的心都萌化了。

申渊牵着她的手，走到一个圆形小蒙古包的猫窝前。他指了指窝里的奶白色小花猫说："我收养了小区的一只小野猫，你怀孕了，我怕对你有不好的影响，就先寄养在这儿了。有空的时候，我们可以来看看它，等到以后孩子出生，如果你想养，咱们就带回去。"

方菲的心就像被甜蜜的棉花糖包围了起来，她满意地给了申渊一个大大的拥抱。

她在他耳边轻声说："亲爱的，谢谢你！"

他们回小区的时候，有一个牵着雪纳瑞的直发长腿美少女跟申渊打了个招呼。

申渊等女孩一走，马上跟老婆汇报："她是动物爱好者，包括她在内，我们好些人一起去跟物业交涉的。"

"你着急解释个啥？"方菲杏目圆睁、故作吃醋地说。

"没有没有……"申渊连忙摆手，越描越黑地说了句，"我看她很漂亮，怕你多想。"

"那你的意思是她比我更年轻、更漂亮咯？"方菲双手叉腰，挺起微凸的小肚子，轻轻地用肩膀顶着申渊的胸膛问。

"怎么可能！你在我心里永远都是最漂亮的！"

方菲狡黠地眨了眨眼睛。申渊这才意识到她在开玩笑。他用双臂将她轻轻地环绕起来，就像两棵枝繁叶茂的大树，在成长中彼此交织融合在了一起。

郑恬正跟马涛吃着素意大利粉，她越想越气，忍不住放下叉子抱怨道："哼！我爸妈真是太气人了！"

"怎么了？"

郑恬不想告诉马涛两人的恋情被家长反对的事，觉得会打击他的自信。

傻呵呵的马涛也没多想，连声安慰："你爸妈绝对是世界上最真心为你好的人，别生他们的气了，我连我爸都没见过呢。"

"为什么？难道你妈怀着你的时候离婚了？"郑恬好奇地托着腮问。

"我爸是个孤儿，当我还在我妈肚子里的时候，他就在执行任务的时候去世了，我只见过他的遗照。"

"然后你妈就一个人把你带大了？""对，我外公外婆都很生气，非要我妈放弃我。可她偏不干，听说这里工资高，她就大着肚子跑来找活干，还把我生下来并且拉扯大了。"

"你妈可真了不起！那么辛苦还把你带在身边。"郑恬对那个只有一面之缘的阿姨好感倍增。

"是啊，我八岁的时候就在饭馆里帮忙洗碗了，那时经常有人来找碴儿。我妈不能得罪客人，只好笑着陪着喝酒周旋，就跟《武林外传》里的佟湘玉一样。别看她表面上泼辣能干，背地里也偷偷擦眼泪。所以，我从小就锻炼身体，这样长大了才能保护她。"

郑恬想起自己的童年，眼睛不由得湿润了："你妈真棒，不管吃多少苦都要带着你。哪里像我爸妈，眼里只有钱，根本没有我！"

"别这样想，每个人对亲情的想法都不同，我妈也是没有选择，如果我外公外婆愿意带着我，她也就放心把我留在老家了。他们那一代人都把钱看得特别重，觉得把钱给我们才是给我们最大的爱。"

郑恬一把握住了他的手，激动地说："你说得太对了！"


影视业从曾经的香饽饽变成了烫手山芋，让见证了无数高低起落的方菲，越发体会到市场规律的残酷无情。

热点到了哪儿就旺到哪儿，当风向一改变，高峰坠落低谷之时，承受不了的企业只能以惨不忍睹的业绩来羞辱投资者。

持续走低的行情让大旺影业的老板王大旺感到害怕。他不仅收回了蜻蜓特效公司收益权的担保，还逼着郑新飞增加了旗下新飞房地产的自有房产和国有土地使用权的抵押担保。

这番折腾让郑新飞的脾气变得更差了。一肚子怒火没地方发泄的他，不顾自己董事长的身份，直接让助理开着车来到了健身房门口。

"叫马涛到车上跟我聊聊。"

不一会儿，郑新飞便看见助理带着一个英俊非凡的年轻人走了过来。虽说他的助理也是相貌堂堂的精英，可跟浓眉大眼、自带一股正气的"小白脸"比起来，竟像豆芽菜一样柔弱。

郑新飞竟然有点佩服女儿选男人的眼光，可长远来看，他还是不希望她跟穷小子受苦。于是，他横下一条心，冷漠地问年轻人："你就是马涛？"

马涛双手抱着壮硕的肩膀，直愣愣地回答道："嗯。您看着有点儿眼熟，难道是郑恬的父亲？"

"正是。"郑新飞递给他一张简简单单的名片。

"新飞影视"四个大字震撼了马涛。

"哇，我可喜欢你们新飞的电影了！尤其是范强导演的，上次还想带郑恬一起去看《如果风知道》呢。"

郑新飞听到这里就猜到了后面："她肯定没去吧？"

"您怎么知道？她后来跟我去看了《惊天魔盗团》。"

"哼，我要她去首映式她都不赏脸，怎么可能跟你去！"郑新飞掩饰不住地露出了慈父的微笑，竟然感觉跟眼前的年轻人还挺投缘。他又一次打住念头，板着脸说，"不聊这个了。你跟我女儿不般配，赶紧分了，需要多少钱，你开个价，拿了钱赶紧走！"

马涛从小跟母亲在外面讨生活，什么人没见过。他心平气和地说："叔叔，您为郑恬考虑得这么周到是很对的，毕竟一家就一个孩子。而我现在确实没有能力给她很好的物质生活，但我是真心的。"

"就凭你那点真心，能换几平方米的房子？"郑新飞毫不留情地嘲笑着。

"对了，您刚刚说给我钱？"马涛忽然反问。

郑新飞一怔，鄙夷地说："是！开个价吧！"

马涛的回答却让他哭笑不得："您把钱给我，我再买房子给郑恬住，房产证写她的名字！这样您也不用担心她吃苦了。"

"滚！"郑新飞被气得差点笑出声来。

转念又想，马涛如果真的很单纯，那追求甜甜一事，恐怕是受他那个名声不好的母亲唆使。擒贼先擒王，他决定放弃在这个傻小子身上浪费时间，直奔他的老巢。

马春花今天正好连输了十几圈麻将回来，憋了一肚子火，刚进家门，还没来得及脱鞋，门铃就响了。她还以为是老方，转身开门嗔怪道："你怎么忘带钥匙啦？"

门口站着的却是个很洋派的老帅哥，穿着一身灰色休闲西服，保养得甚好。

他那双冷眸不善地瞅了她两眼，居高临下地问："你是马春花？"

"您是？"马春花觉得特别奇怪。

"我就开门见山吧，你好好管住你儿子，不要让他来打我女儿的主意！你要多少钱，我给。"

马春花一听这句话就炸了："什么你女儿我儿子的，我都不知道你是谁！涛涛他谈恋爱了？我怎么不知道？"

"你就别装了！你年纪轻轻就大了肚子，接着生了个孩子，然后靠着几分姿色，找了个粤岛男人要钱打本儿开了个小饭馆。就你这种人，怎么可能教育得好下一代？你儿子绝对是看准了我们家有钱，才去接近我女儿的……"

马春花又不是善茬儿，输了钱本来就一肚子火，回敬道："你说话注意点！我去世的丈夫是因公殉职的！我认识的粤岛男朋友本来就愿意照顾我们一辈子。是他的子女担心我分了他的家产，双方闹得不可开交，我才主动提出分手的。他心有愧疚，就帮我出钱开了家餐馆。我一边经营店铺，一边养活儿子，关你屁事啊？"

郑新飞不依不饶地反击："别给自己脸上贴金！如果你这么自强，怎么可能骗干净你女儿婆家的钱？"

马春花被说到了痛处，气得卷起衣袖，恼羞成怒地抄起扫把往他拍去。

"我那也是被人骗了！谁想得到那么大的公司说跑就跑了？再说，你算老几，有什么资格跑到这里教训我？就算我儿子喜欢你女儿，我也不会让她进这个门！啊呸！"

说完，她使用扫帚连环攻击郑新飞，还夹带吐了一口唾沫。郑新飞狼狈地往后一闪，差点没从楼梯口滚下去。他一边想着好男不跟女斗，一边往电梯口退去。气疯了的马春花如同脱缰的野马一般，抡起扫帚朝他用力挥了过去。郑新飞拼命按着电梯关门键。马春花还想冲进电梯，突然被一只手给拽了回去。她回头一看，吓得丢掉了手里的扫把。

"你怎么在家？"

家里黑灯瞎火的，她一直以为没人，没想到老伴始终都在屋里。这么一来，她的老底岂不是被听了个清清楚楚？

"我刚午睡来着，才起来。"

虽然方大业极力假装毫不知情的样子，但马春花发现他的眼神在游移。

她感到脸在刺刺发痛，连忙追问："你都听到了？"

如果方大业也信了郑新飞的话，记恨着她的过往，这日子以后也是过不下去的。

孕期的马春花心情起伏不定，她强势地吼道："你要是听了那人的话，计较我嫁给你以前的事情，只管说！老娘我还不想过了呢！"

儿子拒绝去高大上的金融行业，只肯当健身教练，还招惹了一个莫名其妙的人物。她跟老方在一起，钱没有赚到，却欠了一屁股债，真想大闹一场后一走了之。

方大业的脸色青一阵白一阵，连忙摆手说："怎么会呢？！想当年，你一个弱女子，在外面又要带孩子又要讨生活，很不容易。我以前带菲菲都经常累得想死，我疼你都来不及，怎么会怪你呢？"

马春花听他这么理解自己，火气泄了一半。方大业搂着她，眼中闪出了少年一样纯真的光。

"我们都半截身子入土了，往后好好过行吗？群里有人查到那家公司老板的消息了，他又在湛城开了个新公司，这次我一定能把钱要回来！到时候，等菲菲和她婆婆的关系好了，我们就不用夹着尾巴做人了。"

见他兴奋得每一条皱纹都舒展开来，马春花不禁有点内疚。她这才发现，这段时间他有些佝偻的背都挺直了许多。她总觉得天塌下来老方能扛，但她没想过，老方其实并不年轻了，这个沉重的负担已经快把他压垮了。

其实，她心中并没有多爱老方，他没有自己死去的丈夫帅气，也没有曾经的粤岛情人阔绰富贵。他不过是她在半老徐娘的时候抓住的一张长期饭票，一张登上安稳旅程的船票。

老方用自己的宠溺，为她的人生添加了一丝暖意，可她一直没有珍惜过安稳岁月。她的心里泛起了一丝难以形容的酸楚，一股从未有过的悔意翻涌上来，她第一次发自内心地想为他做点事情。

马涛下班回家后发现客厅里光线昏暗，一开灯，只见背后沙发上坐着气鼓鼓的马春花。

他大吃一惊："妈，今天你怎么不去厨房帮忙？我都快饿死了！"

马春花对着他的脑门就是一记栗暴，说："你还好意思吃！到底找了个什么女朋友，怎么不告诉我？"

马涛心想，今天怪事还真多，难道那个找他谈话的大叔又杀到家里来了不成？

他连忙问："我刚谈上您怎么就知道了？明天带回家给您瞅瞅。"

马春花愤怒地跺了跺脚，说："我话说在前面，不许她进咱家的门！"

"为什么？"马涛惊讶极了。

"人家的爸爸是大老板，都上门来骂我了！我怎么能让他蹬着鼻子上脸呢？"

马涛非常认真地说："妈，您这就不对了！这人说的话您不爱听，不搭理他就完了，跟我女朋友有什么关系？她可是明确表示站在我这边的。您可不能因为他爸不讲道理，就委屈了她！"

"你跟我顶什么嘴呢！你现在连胳膊肘都往外拐了！"

"好了！好了！都累了，赶紧吃饭吧。"扎着围裙的方大业笑眯眯地端着一盘清蒸鲈鱼，从厨房里走了出来。

马涛每次想到欠债的事，就觉得对不起方家。他不忍心看头发花白的方大叔忙前忙后，赶紧帮起忙来。

方大业连忙拦住他说："你累了一天，快坐下吧。这是你最喜欢吃的，我早上就买了，养到下午现杀的。"

马涛忍不住说："方叔，您辛苦了。"

马春花看着方大业额头密密的汗珠，心疼地帮他擦了，转头对马涛说："儿子，你明天开始去沙发上睡吧。"

马涛再一次震惊了，问："为什么？"

马春花摇摇头说："我今天想明白了，遇到了你方叔这么好的人，本来是我的福气。我却自作主张，害得他欠了那么多债。为了减轻负担，我打算把你的房间租出去。这地段，每个月包伙食费，一个单间租两千块绝对没问题。"

马涛开心极了，点头答应："妈，您终于想通了！我支持您。"

吃完饭，他连忙将为数不多的衣服腾到了马春花的衣柜里，把仅有一张床、一个衣柜的小房间收拾得干干净净，腾出了空间。

# 第二十八章

圣诞节前夕，方菲收到了柳叶转来的三十万，终于解了燃眉之急。接下来，她全部的精力都要投入债券基金的发行募集上，否则，哪来年终奖继续填坑？

费唐能源集团的财务总监朱固，此时兴冲冲地闯进了通达基金的会议室。朱固硕大的脑袋上长着个圆圆的大鼻头，还戴着一副黑框眼镜，一副老实敦厚的样子。他红光满面，就像是有喜事一样。

费唐能源集团曾是民营煤企的巨头之一，由于行业不景气，自 2014 年起持续亏损，发生了多起债务违约诉讼。严重的时候，因为未能按时履行法律义务，还被法院强制执行过几次。

实际控制人费唐从福布斯中国富豪榜排名 280 位的富豪，一度沦为了被限制消费的人员。最难的时候，他连一张高铁票都买不了。

而朱固作为费唐手下的大将，虽然貌不惊人却是一个不可多得的好财务总监。他善于从财务数据中发现问题，为了让运营的情况变好，会结合实际情况，再加上数据分析，给老板指出一条良性发展的道路，依照供给侧改革的思路"精兵简政"，去除企业的过剩产能。

朱固找到方菲后，便单刀直入地询问："我们公司的采矿权是核心资源，虽然只能通过销售开采的煤炭获得收入，但现在是不是可以先通过银行间的市场交易商协会进行注册和发行债券？"

作为中间枢纽的通达基金，在持有费唐集团可能产生现金流的优质资产后，就有能力组建特设信托机构。接下来，他们再通过这种方式，将债券的收入汇集，实现破产隔离，为企业输血的同时，也能为投资者谋取利益。

方菲一直都在密切关注着国家发布的资产证券化新政，对于朱固的思路，她早已有了想法。她掰着手指头一一评估说："按照缴纳资源价款后，费唐取得采矿权 146 亿吨。按五年煤价保守估计，资产可溢价 900 亿左右，证券化后可以获得 500 亿左右的长期融资，资产负债率也能下降 15%，也就是能降到 70%

以下。"

朱固听方菲这么说，兴奋地摩拳擦掌："这真是改变了我们建设周期长、投资额巨大、捧着金饭碗讨饭的状况啊！"

兰庭却泼冷水似的补充道："但这并不能替代改革。由于经济下行，国家提出供给侧改革，加上随着新能源的开发利用以及环保的要求，煤炭能源会被日益限制。产能落后的会被淘汰，先进的才能生存。"

朱固虽然对这个小年轻高看了一眼，心里却烦躁极了。俗话说，打狗也要看主人。他看在方总的面子上，不伤和气地呵呵一笑说："方总手下真是人才济济，那一级市场的事情就拜托您了。"

方菲当然也知道这是双赢之举，就让兰庭记录下来，以便让相应部门继续跟进。

忙碌了一天后，申渊来接她下班。方菲搂着他的胳膊亲亲热热地走了，感觉回到了热恋期。

人心情好了，看什么都美。方菲坐在车上，望着天空中被紫云环绕的骄阳，感觉风景美艳无双，这个世界太悦目。

她一回到家，就闻到一阵粤菜的香气，定睛看去，只见桌上摆着清蒸鲈鱼、蚝油生菜、豆豉蒸排骨，还有猪骨汤。

她奇怪地走进厨房看了看，出来后问道："阿姨呢？"

申渊支支吾吾不太自然地回答："阿姨的丈夫在老家中风了，半身不遂。她急着回去，走得匆忙。我正好最近也赋闲在家，就顶上呗！"

"真的是你做的？"方菲不相信地抓住他的双手闻了闻。

"骗我，一点儿蒜味都没有，老实交代，是不是你妈又偷偷来当田螺大婶了？"

"真是什么事都瞒不过你！"申渊苦笑着说，"我去接你之前她刚走。"

七年前，小两口新婚伊始，一心想抱孙子的章雨露毫无隐私观念，老是偷偷摸摸带着备用钥匙开锁进来。她在这里做做卫生，在那边翻翻床头柜。有次她在床头柜里翻出来一盒避孕药，气得大发雷霆。

方菲也气得够呛，这明明是自己家，生不生孩子、什么时候生也是两人结婚前就商量好的事。现在可好，婆婆不顾她的意愿，肆意地在新筑的小窝里侵犯她的自由。这婚结的还有什么意思？

"赶紧让你妈把钥匙交出来！以后不允许她偷偷摸摸地上来，与其说是打扫，不如说是为了偷窥！"

"可她也是关心我嘛，没有恶意的！"申渊开始还想挽回一下。

方菲斩钉截铁地拒绝："有你妈，没我！"

最后，申渊不得不收回了章雨露手里的钥匙，跟她约定好来之前一定要事先通知，进家后更不能随便翻他们的东西。为了这件事，章雨露也老大不乐意，还哭闹了一场。可碰了几次钉子后，发现儿子态度坚决，她也只能忍了。

如今的局势却不同了。方菲在办公室里跟婆婆推心置腹地聊天后，已是准妈妈的她能够理解婆婆过分的母爱和关心了。

"别多想！她也是关心我，老来给我送点汤汤水水。"

申渊并不知道她内心的转变，还在急迫地辩解："这次她知道阿姨回老家后，主动提出来做饭菜。我去接你时她就回去了，她就是想帮我们分担一下家务。"

他们俩确实都是家务低能儿。

方菲从背后轻轻搂住申渊的腰，脸贴在他的背上说："我才没有怪她呢！她外冷内热，知道我们困难，分担家务就是省了我们请替补阿姨的钱啊！"

申渊没想到她现在竟变得这么善解人意，感动地握住了她的双手。这一瞬，他们的心境平和温暖，仿佛有一缕馨香从心底升起。

生活像一朵初绽的莲花，爱心是当中滚动着的晶莹露珠。


郑恬下班后还是回到了公寓，打算收拾一下衣服准备搬出去，一开门却闻到了蒜蓉撒在海鲜上的焦鲜香味。

见吴梦系着围裙站在厨房门口，郑恬虽然很饿，可想到现在认输岂不是丢盔弃甲吗？所以她依照原计划将衣服塞进行李箱，忍着饥饿跑了出去。

郑恬在国外时先是寄宿，后来花钱租了一间酒店型的高档公寓。从没在国内租过房的她，如今心里有点发怵。与人合租到底会怎么样？两千块钱一个月的单间自己能习惯吗？

而且，她一向花钱如流水，也不储蓄，不用信用卡的话，还真就和爹妈说的一样穷。

她在地铁口看到电线杆子上贴着一个潮湿的新广告：朝南一间单房招租，离地铁口五分钟，环境好，房东好，包伙食。月租金两千，家电家具齐全，两押一付，拎包入住！

啲，这跟她的预算完全符合！她银行卡上还有一两万，交完租金还绰绰有余，便赶紧拨通了房东的手机号码。电话接通后，一个温柔又热情的女人报了小区的名字，热情地欢迎她过去看房。郑恬拖着沉重的银色大箱子，照着手机导航走了过去，真的就只用了五分钟。女房东笑吟吟地接过她手中的行李，招呼她看了看一间小房间。房间虽然面积小，但胜在阳光充沛、清爽整洁。

"你是做什么工作的？收入稳定吗？"女房东对这个头发短短的、看起来清爽利索的小女孩也挺满意，但还是想确定她能否按时付房租。

听到郑恬的回答后，女房东笑成了一朵花："那不错，我儿子跟你是同行，怪不得你身材这么好。我们房租是贵了一点，但包三餐还是很划算的。你打算住多久？至少要签一年！如果你确定要租，就把两个月的押金和一个月的房租给我，我给你开个收据。"

郑恬非常喜欢这个房间，简单地说了句"行"，就掏出手机付了款。女房东看她给钱爽快，教养好，也开心地在刚买的收据单上签了自己的大名。

"以后我们就是自家人了，你叫我花姐就行，记得每个月这个时间交房租哦，待会儿吃饭的时候叫你。"

"哦，今天我吃过了，明天开始吧，花姐，我先去收拾一下东西。"

郑恬打开行李箱，把衣物一件件地往外放。为了能转个身，她关上了门，依稀听到花姐在打电话，好像让对方多买点菜回家。

今天下班比较晚、还顺便去了一趟超市的马涛，提着牛肉和菜回来了。马春花接过他手里的塑料袋走向厨房。郑恬开门出来准备洗澡时，跟眼前的男人几乎撞到了一起，抬头一看便愣住了。

马涛和郑恬异口同声地问："你怎么会在这儿？"

"今天看到招租就来了呀，单间价格好，地段好！你为什么在这儿？也是租房？"

"你们认识？"马春花问。

马涛想起昨天才发生的事，生怕郑恬被老妈赶走，但他更怕暴脾气的郑恬知道老妈对她心存芥蒂后，自行离开。

老实巴交的他情急之下脱口而出："她是我妈！她是我同事！"

马春花哪里想得到会有出身豪门的健身教练，压根没怀疑郑恬的身份。郑恬却有点惊讶：为什么马涛不公开关系？转念一想，这样也好，可以从生活细节上先观察一下这家人。

马春花以前开餐馆的时候，见惯了各种爱占小便宜的人，难得遇到一个懂道理的，还是自家新房客，心里高兴极了。

晚餐时刻，饥肠辘辘的郑恬被马春花亲热地拉着坐了下来。

"多喝汤，对女孩子很滋补的。你看看你这么瘦，以后呀，在我家要吃好喝好。"

郑恬虽然换了一个狭小逼仄的居住环境，却体验到了以前从未有过的家庭温暖。她发现住这里真是对极了。虽然房子很小，但是一家人其乐融融地挤在一起，花姐的菜火辣却美味，还可以跟马涛朝夕相对。

是夜，她带着甜蜜的微笑慢慢睡着了。

# 第二十九章

在经侦大队的审查办公室里，素面朝天的古丽脸色苍白，连口红都没涂。自从被张宁带走之后，她每天都寝食难安，之前凹凸有致的身材已变得像平板一样单薄。

从方菲那里了解到相关情况后，张宁为侦破案件做了很多工作。在此期间，他跟专案小组的成员远赴杭市，对那位已经离职的员工进行了问讯，可惜的是，对方仅仅处理了与蔡权家人相关的转账业务，对贪腐案的内幕一无所知。

目前蔡权身在美国，一旦知道警方的动作，十有八九他会选择滞留异国他乡。到时候再想展开行动，恐怕只能等红色通缉令了。如果他在国外用非正常手段办理了他国护照，就算有了红色通缉令，引渡也会变得越发困难。

以上两条路皆走不通，要想破解谜团，只能继续从古丽入手。想到这里，张宁轻轻地用食指关节敲击着桌面催促古丽："你跟蔡权到底是什么关系？"

"为什么要告诉你！"古丽像是一只被大雨泼湿的猫，声线颤抖地反问。

"这个问题和案情有着莫大的关联，希望你如实说明。如果你不配合的话，就只能继续耗下去了。"

张宁在这段时间已经对这个女人了解了不少，相对外柔内刚的方菲来说，她的心里抗压能力低很多。很多问题，一被态度强硬地当面质问，她的内心就会节节溃败地退缩。

越是这样张宁越觉得，曾经在通达那么气势汹汹的她，背后一定有一个强大的靠山。而那个叫蔡权的男人，恐怕就是她幕后的倚靠。

古丽跟他僵持了不到五分钟，终于无力地垂下了头。她的手指插进了已经褪色的红发中，不自然地吐出两个字："情人……"

"当年四十岁的他跟二十四岁的你，是从上司和助理的关系发展起来的吗？"张队边问边做着笔记。

古丽的目光一直在游移，不敢与张队直视。"算是吧……"古丽的声音小得像蚊子。

"什么叫算是？"

"他对我挺照顾的呗！"古丽嘟嘟囔囔地吐出一句话，像是想逃避什么。

"所以也提拔你了？"张宁毫不惜香怜玉，继续逼问。

古丽颓丧地往椅背上一靠，眼神迷离地说："我付出了青春，他不应该也付出一些资源吗？难道你不知道什么叫等价交换？"

张宁一边看着资料，一边追问道："蔡权担任分公司总经理期间，在2014年9月以帮助购买信托产品为名，从源兴公司处取得5000万元。其中有3000万元通过分公司员工将钱汇入了其家人名下，用于归还个人钱款。这件事来回的合同和公文都由你经手的吧？"

古丽连忙否认："你也说了，汇入他家人的名下。我怎么会知道？再说，并不是每一份文件都会由我来传递，有时候他会自己私下解决。要知道，他很爱我，他说过，我知道得越少越好……"

张宁一拍桌子，厉声质问："那你又知不知道，他送给你的车子、帮你租的房子，用的都是靠职务之便侵占得来的钱？"

古丽吓得肩膀一颤，后背僵硬地保持着微弯的弧度。她绞动着十指，紧咬着嘴唇，缄口不言。

张宁突然转移话题，问起了另外一件事："你家里人是干什么的？"

"我妈是家庭主妇。"

"父亲呢？"

古丽说出了一个企业界大人物的名字。

"不对吧，他的妻子不是冯泉吗？另外，他三十五岁的女儿不是早已定居国外了吗？"这次轮到张宁愕然了，"不会吧？"

古丽的脸上写满了痛苦："是的，我是非婚生子。"

"真是复杂啊！你这一家人都不走寻常路，没想到你还要重蹈覆辙。"

张队见过不少因为利益或者感情卷入案件的情妇。她们都有几个共同点：漂亮、懒散、贪心、容易轻信别人的承诺。其实，不劳而获靠男人到底有什么好？等最美的那几年过去，她们就会成为玩腻的玩具，被男人随意丢弃。

他又觉得古丽很可怜。因为从开始到现在，那个听起来有权有势的亲爹根本没理过她。可见，这种地下的关系就像黑暗中的蝙蝠，永远只能隐藏在见不得人的洞穴里。

他脑海中闪过坚毅刚强、自证清白的方菲。看起来艰难，其实靠自己一步一个脚印走出来的路，才是人生的正道。

不过因为目前法治建设的优化，以及对人权的尊重，即便古丽有嫌疑，在问讯的方式上也不可以催逼得太紧。张宁决定还是再从杭市的通达分公司入手，尽量搜寻其他有力的证据，尽快拿到足够的证据来逮捕蔡权。

走出审讯室后，他赶紧召集人马开会。会议室白板的中心点上，贴着蔡权的照片，旁边则分别贴着他的前妻、古丽以及其他涉案人员的相片，数根红线纵横连接，标注着人物之间的关系。

除丙级债外，蔡权还涉嫌信托诈骗案。在 2015 年 8 月，他虚构了美亚公司需要"过桥"资金的事实，向源兴公司借款 2500 万元。2016 年 4 月到 6 月，他陆续归还 1100 万元，仍私自扣留着一大笔钱款。诸如此类的暗箱操作还有七八件，他手里的巨额资金一定有一个去处，而这条线可以找技术部门去查。

张宁用激光笔轻扫蔡权的头像，说："他现在身在美国度假，并没有绿卡，不过他的孩子和前妻早在五年前就已经出国了。儿子在当地一所私立学校读初中，由前妻陪读。"

古丽二十四岁时的照片出现在白色屏幕上，青春娇嫩的脸上却已带着浓烈的风尘味。

"蔡权自己一边贪污，一边将情妇古丽捧上来。目前的资料显示，他送给她很多物质方面的东西，还有一些职务上的便利和提拔。"

一个办案人员举手发言："古丽即便不涉案，也应该多少知道点蔡权的事情。"

张宁点了点头，说："按道理应该如此，但她什么也没承认，除非找到有她参与的证据，否则无法将其定罪。"

通达这个月开始，总共会发行5只债券基金。平均每只基金的净资产值在40亿上下，分别由5名资深基金经理负责管理和销售，总募集金额近200亿。

朱悦被方菲提拔为将来副总的后备人才，摩拳擦掌，希望可以在这件事上建功立业。而让方菲始料未及的是，情况比想象中更糟糕。

晨会上，接替梁启尚工作的郎乾汇报了一个坏消息："今年债券基金的市场太萧条了，开元基金公司连续两只新基金都募集失败。其中一只于2018年7月5日就已获证监会批文，2019年2月24日申请延期募集获准，一直到7月22日才启动发行。然而经过三个月的募集仍未发行成功。"

基金经理们的心底都涌上了一种兔死狐悲的伤感。

朱悦不想受悲观情绪的影响，努力辩解道："开元的规模比我们小，加上负债规模高达68亿元，今年年初，他们还因为MPA考核不达标受到有关部门的处罚，被暂停中期借贷便利MLF操作对象资格。因此，他们的公信力肯定也遭受了毁灭性的打击。"

另一个基金经理张仲并不认同，举例反驳说："创纪基金也发布了相关的两年期债基合同不能生效的公告。他们的基金募集期从11月19号到11月30号，同样是以失败告终。这还不能说明问题吗？"

在座的人都是行业老手，都知道除了发起式基金成立只要1000万元之外，普通基金只有募集到两亿元，且认购人数不少于200人才算成功。创纪连两亿都筹备不到，反映出市场太冷淡啊！

朱悦难得可以挑大梁，情绪亢奋地想煽动大家，希望可以背水一战，于是说道："大家手里还有不少个人金融资产不低于300万元的、近三年年均收入不低于50万元的高净值客户。如果从源头开始做，完成任务也是有希望的。"

方菲当然也希望带领团队创造辉煌。从私心上来说，她渴望通过实现200亿的销售额，获取高额分红，早日赎回房子。于是，她也激进地鼓了鼓掌，说："我知道这次是一场恶战，但是我也相信在座的各位都是全国最顶尖的人才。我们也有新的准备，新加了App分销渠道，不但有希望认购完毕，也许还能做到提前和超额认购！"

长桌上的经理们面面相觑，心中各有所想。

这般恶劣的环境下，能认购成功就很不错了，竟然还想着提前和超额认购！

方总最近是怎么了？一向都实事求是的她，该不会为了自家的一地鸡毛，利欲熏心了吧？

一孕傻三年，她该不会智力下降了吧？

方菲也察觉到了自己的失态，同时，大家不安的情绪也让她认定不能临阵退缩。

她握紧拳头说："先完成任务算超额完成 KPI 考核！马上就要过年了，不仅是我们，就连负责渠道的销售人员也需要良好的业绩过个好年。大家责任重大，加把劲，我会提供无条件的援助！"

KPI 达标就意味着年终奖的分红兑现，经理们都心潮澎湃起来。

"对！方总带领大家走向奇迹也不是第一次了。"朱悦也及时煽动起来，带头鼓起了掌。

方菲用犀利的目光扫了一眼全场问："大家还有什么问题？"

除了郎乾毫无反应外，其他经理都不由自主地摇头。

"那很好！如果有好的想法，欢迎来找我。散会！"

等人散去后，朱悦轻声感谢方菲说："多谢您刚刚帮我下了业绩指标的重赏。否则他们太悲观了，这项目恐怕也推进不下去。"

方菲拍了拍他的肩膀说："加油，看好你哦！"

这句话语带双关，一是看好他这次的销售业绩，二是看好他未来的晋升。聪明如朱悦如何能不懂？

方菲刚从会议室走出来，就看到婀娜多姿的前台小姐捧着一个装满各色高级水果的大果篮，往固收部总经理的办公室走去。

奇怪，这是谁送的礼物呢？

薇薇从果篮上方拿下一张粉红色的贺卡，朗读起来："感谢方总的指教，祝您一切顺利！——维纳斯美容健康中心孟丽。"

兰庭敏锐地提出了疑问："难道孟总的会员预付款准备做证券化？"

"真聪明！那是上周末的事！"方菲当时只是提供了一些建议，万万没想到竟会引起一场婆婆跟后妈的纷争。

# 第三十章

先来说说小明星孟丽颇具传奇色彩的从商之路吧。

长相甜美、演技一般的孟丽对美容的兴趣比拍戏还深，便跟一个化妆师合伙开了一家专门给明星做减肥瘦身的美容院。对方提供技术，她来拉人。因为服务质量好，效果也确实不错，生意竟然比主业都红火。

这时，孟丽发现她书读得太少，专业知识不足，便专门去瑞士镀金，进修了营养学硕士。当时，她经商成功的已婚男友既然给不了她名分，就为她的事业注资。维纳斯越做越大，越来越豪华。

她还有远见地请来了中医、西医、营养师、美容顾问等，同时引进了世界上最先进的医疗仪器，专门为尊贵客户量身定做了一套科学有效的纤体、美容、水疗等组合产品，以及与产品配套的优质服务。

孟丽深知如果要跟上流社会的客户打好交道，必须要具有与之匹配的见识和谈吐。她又停下手头的工作，花大价钱去美国进修了工商管理硕士，蜕变成了谈吐成熟文雅的女商人。为了扩大企业知名度，她还专门砸钱邀请一位因怀孕而爆肥的当红女星亲身体验了有针对性的定制减肥套餐。

当年，她先让女星以其产后最胖最邋遢的形象参加签约仪式。三个月后，等女明星成功减掉二十公斤，身材窈窕之时，又带她盛装出席宣传活动。孟丽找来专业的广告公司，截取其中的精彩画面，剪辑制作成对比强烈的广告。这一富有震撼性的宣传，彻底打响了维纳斯"奢华、高效、明星优选"的名号！

一张维纳斯的美容卡，成了高收入女性的面子。年度会员卡也从十几万涨到了几十万。而一张象征着身份的至尊卡，甚至要花费上百万。

走到这一步时，孟丽已经奔四，早已跟男友分手。孑然一身的她住豪宅、品红酒，好不潇洒。为了当活招牌，她很注意外表形象，皮肤保养得像二十多岁的小姑娘般晶莹水滑。

周末早上，方菲约了孟丽在咖啡店见面。

方菲离开家没多久，章雨露就拎着汤汤水水过来了。她看着儿子的气色一天比一天好，心中窃喜："肯定是妈祖娘娘在庇佑。"

"你又在嘟囔什么啊？妈。"申渊正在字斟句酌地写分析文章，被她扰得头晕。

"没什么，没什么。今天给你带了黄豆猪脚汤，补一补。中午给方菲也喝一些啊！"

看她好像终于从金钱损失的心理阴影中走出来了，申渊的心情也放松多了。一小时后，他终于点击发送，将帖子传到了网上，然后打开了鸟笼子，让发发和财财站在肩膀上玩乐。

自从家里添了这两只小动物后，每天早上除了要洗刷鸟笼子，还要给发发和财财添水加食，但家中鸟语声声、生机盎然，让申渊觉得很享受。

"哎哟，你不怕鸟屎拉在你身上啊！"

章雨露急得很，又是去拿纸巾，又是对两只鸟儿虎视眈眈，生怕它们弄脏了儿子的衣服。她转头又觉得没有防盗网的窗户和阳台格外危险。

"我去找人把外面加层防护网吧，以后宝宝出生了，多危险啊！"

"哦，随便你吧。"申渊抚摩着发发的羽毛，发发转头灵敏地用尖喙啄他。

"那就说定了啊，我马上就找人。"

章雨露虽然找到了师傅，但对方只能先上门量好尺寸，要等订制的铁围栏做好后，才能上门安装。只要看到开放式阳台，她这颗心就放不下去。她心烦气躁地随手开了电视，映入眼帘的竟然是儿子以前经常上的那档财经节目。不好了！不好了！如果给儿子看到了，岂不是会刺激他嘛！

章雨露慌里慌张地正要关掉电视，却被申渊拦住了："让我看看。"

画面上，谢猛正在侃侃而谈。

吴静褒扬说："目前谢老师的预测可谓是百发百中，今天又有什么心得要分享给股民呢？"

谢猛结合国际形势，谈论着央行是否会加息，股市涨跌是否会受其影响。申渊饶有兴趣地看着，脸上没有丝毫不悦的神情。他思考着如果嘉宾是自己，自己会如何说。

节目到尾声时，吴静热情洋溢地介绍着："我们的申渊老师虽然目前暂时没有上节目，可是他的微博分享了最新的分析文章，大家有兴趣的话，可以去关注一下！"她报了两遍申渊的微博号，这才跟观众们说了再见。

在电视机旁的申渊感动极了。难怪这一阵的浏览量不断上升，原来是她在推荐。

看儿子的表情越来越轻松，章雨露的心情也渐渐平静下来。

吴静刚帮申渊宣传完没几分钟，台长的内线电话就打了过来："小吴，你脑子是不是坏掉了？怎么能在节目上继续宣传那个过气又有病的分析师呢？"

"台长，您先别急，其实他还是很有价值的。他的分析完全没有问题，而且每天都有上万的粉丝在关注他。万一将来群众呼吁让他回到节目，我们的铺垫也是有用的！"

吴静保持着微笑，耐心又温柔地解释着，不过藏在背后的双手却不知不觉捏成了拳头。

台长根本不为所动，凶狠地反驳说："到底你说了算还是我说了算？他万一再推荐错，影响了我们的收视率，这算谁的？"

"可是，我看了他的微博，每一次都预测得很准啊！他的水平不但没有退步，还提升了不少……"

据理力争的她被台长一顿怒斥："闭嘴！在这里工作，你就老老实实的，不许再自作主张！"

吴静气得用力一跺脚。挂上电话后，她恨不得大叫一声。突然，她眼睛的余光扫到了一个人。她转身惊奇地问："你怎么还在这儿？"

谢猛声线有点颤抖地说："下下个周六，你有空吗？"

"怎么了？"吴静不耐烦地看着他。

现在台中无申渊，谢猛称大王。往后吴静做节目还要跟他搭档，也不想得罪他。

谢猛红着脸，腼腆地说："我想请你去看周杰伦的演唱会。"

"真的！你买到票了？"吴静其实是周杰伦的铁杆粉丝。

谢猛看到女神渴望的表情，立马来劲儿了："当然了！VIP贵宾票，还能跟周董握手，去不去？"

"那好吧！"吴静的心情顿时雨过天晴，对他的态度也好多了。

"到时候我来接你……"

"你不就住在举办演唱会的体育馆附近吗？到时候我自己去就行了。"吴静毫不留情地拒绝了他的提议。

孟丽跟方菲一番寒暄后，请教说："我们目前需要继续投入资金引进设备、扩建分店，希望可以融资。我听说你们有办法，特来请教。"

方菲点点头，赞许地说："贵公司能够变现的最好资产，就是预缴费的会员卡。"

孟丽眼前一亮，这正是让公司现金流充裕的根源。

"但是会员费一年一交，明年的呢？"方菲依照相关金融规定做着指引，"你可以把未来两年的会员卡打包做成资产池，以收到的会员费作为未来的现金流发行债券。我看了一下你们的历史数据，一年有8亿的会员费，这个就可以作为抵押，申请超过5亿的债券，按年来还本付息。一旦证监会通过债券发行，我们就可以承接销售。"

"真厉害，这样就盘活了明年的资产！"孟丽说完后，从包里掏出一张粉色的小卡片，塞进方菲的手里说，"这是我们的至尊卡，我承诺给您终身免费，这条街上就有一家门店，去做很方便。"

"这怎么行？提供意见是举手之劳，我绝对不可以收礼的。"

方菲知道这张小小的卡片价值不菲，赶紧退了回去。

孟丽见她面有难色，只得笑着收回卡片说："那就这样吧，您或您的家人只要来我们店，报上您的名字，一切服务都是免费的！"

方菲抚摩了一下腹部，摇了摇头说："感谢您的好意，我现在可不方便，以后有机会一定去。"

"那我就先恭喜您一切顺利了，产后的身体修复我们也是专业的。"孟丽立刻绽放出灿烂的笑容。

难怪她这么有人缘。会做人，不计较得失，当然会赚得盆满钵满。

方菲跟她一起从咖啡店出来时，突然听见有人喊她的名字，回头一看，竟是提着菜的马春花。

"菲菲！我来给你们送菜，特别新鲜，还有牛肉。"

马春花扫了一眼继女身旁这位气质高雅的美女，越看越眼熟。她好奇地问："我在哪里见过你吗？"

"阿姨您好，我是方总的朋友，维纳斯的孟丽。"孟丽落落大方地自我介绍后，又问方菲，"这位是？"

"哟！你真人更漂亮，身材也好！"马春花竖起了大拇指，不住地夸赞着。

"她是我后妈。"方菲胸怀坦荡，没想藏着掖着。

孟丽其实也知道方菲的那桩新闻，表面却还是和和气气地笑着说："谢谢夸奖，阿姨，您有空可以来我们门店免费做美容护肤，报方总的名字就行。"

"好的，我一定去！"

马春花心花怒放。这种大品牌高级美容院，比小区的个体户、小作坊强了几百倍都不止！

方菲一听，心想大事不妙。她跟孟丽道别后，再三叮嘱马春花说："你可别去了，她是我工作上有来往的伙伴，这样占人家便宜不好。"

马春花表面应允，心里却不当一回事。人家都说免费了，那么大一个美容连锁店的老板还在乎这点儿小钱？她提着菜跟方菲到了家，远远听见章雨露的声音，立刻借口还有其他事，就跑下了楼。

到了楼下，马春花便溜进了附近的维纳斯美容院。她刚一推开门，就被在店里巡视的孟丽认了出来。孟丽热情地迎了上去。

"阿姨，来试一下我们的护理吧？"

马春花当仁不让地往椅子上一坐，张嘴就来："好啊！你们有没有适合孕妇做的？"

"哟，恭喜您啊！"孟丽礼数周到地说，"孕妇也是可以美容的，把握住时间就好了，给您做个面部护理怎么样？我们的化妆品都是不含激素的……"

章雨露在方菲的挽留下吃了饭、喝了汤，才下楼。她走了几步，看到马春花容光焕发地从维纳斯美容院大摇大摆地走了出来。

一怒之下，她冲上去质问："你不是说家里穷得没钱了吗？怎么还能来这么贵的地方做美容？"

马春花被她吓了一跳，脱口而出："这是方菲孝敬我的！"

"孝敬？她还藏了钱没还我？"

章雨露越发生气了，这会员费可不便宜啊，方菲竟然还藏着钱给这个祸害去挥霍？她气得转身就往小区走回去。

"不是的！你别走啊！"

马春花追上前想解释，没想到脚下有个突起的石块，把她绊了一个趔趄，正好撞到了章雨露。两人一起摔倒在地。

"哎哟，哎哟！"章雨露叫唤起来。

幸亏身体底下有个肉垫子，马春花才得以毫发无损，她赶紧起身问："你怎么了？要不要去医院检查？"

"痛死我了。"

章雨露被马春花扶了起来，休息了一会儿，感觉脚踝的痛楚渐渐消散了些，但走路还是一瘸一拐的。两人坐车去医院的路上，她才听懂了，原来这是美容院女老板给她儿媳妇的福利。

"你怎么不早说？"

"你也没听我说啊！"

"只要报方菲的名字就行，那我也去试试！"

爱美之心，人皆有之，章雨露的心也活络了。

"那行啊，下次我们一起！"马春花见她不再怪罪自己了，便盛情邀约。

章雨露厌恶地撇嘴说："谁要跟你一起！"

马春花只得悻悻地不接茬儿。

医生看完 X 光片后说："幸好没骨折，就是扭伤了，我开点跌打药给你。老年妇女更要注意保护自己，本来就骨质疏松，万一断了可不好愈合。你把药拿回家好好擦一擦，休养个十天半个月就行了。"

马春花抱歉说："都是我不好，这段时间你行动不方便，我去给你送饭、擦药，姑爷那边我也承包了！"

## 第三十一章

最近各大银行和基金公司全都在想方设法地去杠杆，降低金融风险。投资人的购买力呈下降趋势，对债券基金的需求也降低了不少。为了应对这一困难，通达上上下下的工作人员都在拼尽全力到处争取。大家都忙得热火朝天，林晨却总是请假，经常不在工位上。

薇薇疑惑地问："这么多年林晨都没出头之日，现在终于被迟建点兵，怎么也不大干一场？"

"她就是那种不求有功但求无过的人。"方菲摇了摇头，想起了当时迟建定下的霸王条款。

其实，她也发愁这次的销售任务到底能否达成，但作为主心骨，又不能将焦虑外露。她望向玻璃门外，这才发现公司的门口已经挂上了红彤彤的灯笼。这阵子事情太多了，她已无暇关注这些细节了。原来不知不觉快到元旦了。

大门口，行政部烫着大波浪卷的安琪，指挥着保安抬着七八箱粮油、水果走了进来。人事部的赵玲拿着一份名单走到安琪身边，像是在跟她商量如何分配。

方菲心中一动，赶紧走上去询问："这些是给谁的礼物？"

赵玲看到她来了，脸上绽放出了亲昵的微笑。

进通达报到的第一天，方菲就救过赵玲，后来两人还一起合租过，关系比一般朋友还亲。那天，地铁上的人因为赵玲的晕倒一片哗然，喧闹得仿佛烧开的水。

有人甚至惊恐地大叫道："死人了！"

在地铁上的方菲虽然怕自己会迟到，但更担心这个可怜的女孩。她拍照留证后，蹲下去摸了摸她的颈动脉。幸好，皮肤还有温度，脉搏也在跳动。她还看见女孩胸前的工牌上写着：通达集团，人事部，赵玲。她用力掐了几下赵玲的人中，想着如果对方还不醒，就给她做人工呼吸。

"嘤"的一声，赵玲幸运地悠悠醒转。她睁开大眼睛茫然地看了看四周，抚摩着后脑勺说："我怎么在地上了？"

"你刚刚晕倒了。"方菲把她扶起来。

赵玲的肚子咕咕叫着，她不好意思地说："可能是没吃早餐，有点低血糖……"

方菲赶紧从包里掏出一块巧克力，递到她嘴边。赵玲咬了两口巧克力，脸色渐渐缓和。

地铁巡逻员走到她们旁边问："发生什么事了？需不需要帮助？"

赵玲还有点晕，摆了摆手说："好多了，待会儿吃些早点应该就没事了，我还要赶着去上班呢。"

在通达职工饭堂里，两根油条、一碗粥下肚之后，赵玲雾蒙蒙的眼珠子顿时有了灵气，脸上也有了血色。

从此，赵玲便和救命恩人方菲成了朋友。两个月后，赵玲合租的女孩要搬走，便叫方菲一起住。等赵玲结婚搬走后，方菲也青云直上成了公司的红人，但两人的友谊一直没淡。

赵玲柔声说："元旦将近，我们在商量着分批将礼品给退休职工寄送过去。"

方菲听后，脑海里顿时浮现出一张睿智的脸，感觉有一束光照进了心头。她赶紧说："冯总的礼物我亲自送过去。"

安琪立刻大献殷勤地说："您现在身体方便吗？稍等，我帮您派个车。"

待安琪走开，赵玲亲热地拍了拍方菲的手背，说："现在好多了吧？"

方菲微笑着回应："是啊，真羡慕你，顺产两个小宝贝。不像我，只生一个都这么费劲儿。太久没跟你聊天了，几乎都在朋友圈看着你家老大、老二的变化。"

"我没你事业心重啊，很多事情，等你有了孩子就知道了，慢慢来。"赵玲小声跟她说，"对了，今天林晨一大早接了个电话，匆匆忙忙拎包离开了，说为了家事。"

"家事？"方菲奇怪地问。

赵玲轻声说："她那个 14 岁的大儿子老是犯事，上次你休假期间，他和几个同学一起逼低年级学生喝尿，对方家长报警后到学校兴师问罪。最近学校严查校园霸凌事件，他还被停了两周的课。这次估计小霸王又犯事了。"

方菲回想起自己读书时遭受过的冷眼和欺凌。她对校园霸凌现象深恶痛绝，摇了摇头说："人之初，性本善。孩子如果变坏，父母难辞其咎。"

赵玲冷哼了一声，说："她现在不是要跟你竞聘总经理吗？她输了还是经理，但你输了就只能做顾问了。没准，她觉得赢不赢没关系，最好债券连筹集资金都不达标，这样才能把你拉下泥潭！"

"别管这些人的小心思，我只管发挥到最好，无愧于心。"方菲面不改色地说。

这时，安琪快步走过来招呼她们："车已经在负一楼停车场了。"

车开到一处没有停车场、绿色粉刷墙的老小区外。

在这座通达分配的楼梯房的二楼，住着八十年代来深港发展的前任固定收益部总经理冯楚。

当年，方菲表现太出色，被"冷面杀手"冯楚叫来家里吃饭。在烟火气息中，他们一起讨论着未来债券基金行业的各种见解，时不时会碰撞出一些新想法。方菲见识到了冯楚的另一面。两人相处得十分愉快，就像亲人一样。他的妻子王蔚戏称他们是一对师徒。

每次她给方菲开门，就说："哟，小徒弟来了！"

方菲也习惯性地尊称她一句："师娘！"

随着她的事业日益忙碌，再加上备孕一事，竟然长达一年没有上门拜访过"师父""师娘"了。

方菲身后跟着手提大包小包的司机，她来到楼下，心情竟然有些凝重。这么久了，不知道师父还好吗？他跟身体衰弱的师娘在一起，生活乐趣是更多了，还是更少了呢？她一步一级款款地上了楼梯，敲了敲那扇熟悉的门。

门一开，浓烈的中药味扑鼻而来，王蔚惊喜地看了她一眼说："老冯，你的得意门生来啦！"

司机帮方菲把粮油提进了屋内，恭敬地站在一边。

"行，你先下去等我。"方菲吩咐完，赶紧走进厨房，"师娘，我来帮您！"

王蔚毫不客气地扶着她的肩膀，把她推到客厅说："得了吧！你哪次不是把厨房弄得一团糟，怀孕了就赶紧去坐会儿。"

方菲回头指着厨房的中药罐子问："是师父的药还是您的？"

"说我什么呢？"

一声洪亮的男中音从她的背后响起。脸色异常发红的冯楚也走到了厨房门口，他的眼袋有点浮肿，手扶着墙壁，瘦得竟有种形销骨立的感觉。

"没说啥，快，陪你徒弟坐着去！"王蔚笑吟吟地转身进了厨房。

沐浴在客厅阳光下的老猫被他们吵醒，微微睁开了眼睛，又继续闭上眼睛睡觉。

方菲跟冯楚坐在沙发上，连忙赔不是："师父，我去年只顾忙自己的事情，拜年都只是打了个电话，一直拖到现在才来看您。"

"生儿育女可是人生大事！我们这个年纪的人更能理解。"冯楚丝毫不放在心上，"再说，你工作那么忙，还要抽时间去医院配合治疗，我哪好意思要求你专门来看我。"

冯楚的儿子早就跟前妻移民国外，他打心眼里把这个上进的姑娘看作自己女儿。

他关心了一下她的身体情况，便聊起了工作："听说最近通达要一下子发行5只债券，号称要募集200亿，步子会不会迈得太大了？"

"师父，不瞒您说，我也在发愁这事。现在的金融环境非常萧条，开元和创纪连着募集失败，我的心里其实真没底。"方菲感觉在这儿才能敞开心怀，遂一吐为快。

"来，喝点温开水！吃点花生瓜子！"

王蔚适时地端着家里装零食的红漆小木盒出现，还摆上了方菲专用的白瓷紫花小杯子。方菲谢过师母后，小口喝水，吃着喷香的红皮花生。

"确实啊，现在是强弩之末。就算真的销售出去了，能保证这些企业将来一定有实力履行承诺吗？能保证投资者真的获利吗？方菲，你要记得我以前经常跟你说的那句话。"

冯楚的话仿佛重锤敲打在方菲的心上。是啊，我到底是为了投资人的利益，还是为了自己？她不由得脱口而出师父的座右铭："厚德载物。"

"没错！喀喀喀——"

冯楚突然急促地咳嗽起来，他连忙端起茶杯喝了几口，咳嗽却还是没停下来。闻声而出的王蔚，不断用手轻拍着他的后背。方菲看他涨得通红的脸，心都揪紧了。

她关心地问师母说："要不要去医院看看？"

冯楚咳了好一会儿才平复下来，摆摆手说："我没什么大碍，不就是喝水呛着了嘛！"

王蔚连忙给方菲使眼色，说："小方，你还要回去上班吧？走吧，我送你。"

方菲明显察觉到师母有话想单独跟她说。她赶紧拿起包对师父说："那我就先回去了，公司还有点事。我下次再来！"

"忙就别来了，工作要紧！"冯楚站起身来，心中越发疑惑。

到了楼下，王蔚这才双眼湿润地说："他肺部长了个结节，医生怀疑是癌症，想让他做个切片看看到底是不是良性的。可他偏要喝中药，这一天天的没见起色，还总是胸闷气短的……"

"原来那些药是给他喝的。我还当是您在滋补身体。"方菲的心里难受得如同七八只猫爪在挠动着。她关心地问："要不要带他去粤岛的医院看看？我听说那边的医疗水平很不错，我老公还有熟人在那边当心理医生，我可以先去咨询一下。"

王蔚自己一个人扛着这件大事，也需要有人分担。她眼前一亮说："也行啊！小方你也好好保胎，别太操心了。要说服这个老顽固可太难了，就算我们都打听好了，恐怕他也不会去……"

方菲有点自责，师父出了这么大的事，她竟然浑然不知。她坚决地说："我朋友本身就是心理医生，没准还真能开导师父，让他乖乖治病。我先去打听一下。"

"对了，老冯退休前，有天回来特别生气地跟我说，迟建嫌你太年轻，打算空降一个总经理接你的班。"

王蔚拉着方菲的手聊起了陈年旧事。方菲愣住了，她一直以为自己能升职是众望所归，也是实力的体现，没想到里面还有这一段。

"老冯跟我说，有能力者居之！你做了经理，每一年都推陈出新、引进人才，一定会把固收部带上一个新高度。不仅如此，他还跟交情很深的董事长以人格做了担保，最终力排众议，让你正式做了总经理……"

方菲虽然知道师父肯定帮过她，却没想到他为了自己竟然赌上了名誉和地位！再想到曾经稳坐高位、精神抖擞的他，现在竟然咳嗽得喘不过气，瘦得像一副骷髅架子，悲伤终于冲破了方菲情绪的防线。她再也抑制不住，泪水奔涌而出。她搂着师娘痛痛快快地哭了一场。

上天啊！为什么要这样对待一个好人？为什么不能让他舒舒服服地安享晚年？

王蔚也拭去了眼角的泪花，说："老冯从小家里穷，特别刻苦，所以才走到了今天。他跟我说，你就像年轻时的他，在关键时刻需要别人拉一把。现在看你一切都很顺利，他还是很欣慰的。而且你也很懂事，逢年过节就来看我们。"

"师母，你们对我太好了！"

上车后，车徐徐开动，她看到头发花白的王蔚在窗外微笑地挥着手。她想到了很早就去世的妈妈，又想起师父患病的事实，泪水不禁再次倾泻而下。她这次原本是想找师父讨教制胜法宝的，意外地发现自己不顾一切推动债基发行，实际上是在走钢丝，是在拿投资人的钱去赌博。她还发现自己有名有利的背后，其实是因为师父的欣赏以及他的幕后举荐。如果她为了一己私利，昧着良心将那么多投资人引向未知的风险，还对得起师父吗？

方菲回到公司后，赶紧找朱悦、兰庭和薇薇开会："再去好好查一下这5只要募集的基金的尽职调查报告，如果发现有任何问题就先暂停。"

朱悦一听大惊失色，赶紧询问："为什么还要查？不是已经开过动员大会了吗？"

兰庭没想到方总出去了一趟，竟然不顾箭在弦上，萌发了退意。

"你们再跟基金经理重新审查一下，我觉得他们的担心不无道理，如果我们一意孤行，将来可能会出现更大的问题。"方菲脸色阴沉地说，"我们不能好大喜功，必须对所有投资人负责。"

"万一突然有了新变化，恐怕会影响士气……"朱悦掏出方巾擦拭着额头的汗。

"好！"

兰庭答应下来。他觉得经济形势本来就给未来的投资回报蒙上了一层阴霾，方菲选择谨慎一点，更有远见。

散会后，朱悦忧心忡忡，他担心地问兰庭："我怎么感觉方总好像变了个人，之前志在必得的那股气势不见了。"

"别这么说！走，我们先去找经理们开会分配调查任务。"

朱悦跟在兰庭的身后，眼神里增添了几分失落。

方菲发现薇薇的目光一直盯着兰庭，忍不住在她眼前摆了摆手问："你喜欢兰庭？"

"瞎说什么呢，他比我小好几岁！"

薇薇赶紧收回了目光，低头收拾着整齐干净、根本无须打理的桌面。

"不就三岁嘛，女大三抱金砖。"

薇薇脸都羞红了，娇嗔地跺了跺脚，说："以前我是脑子进水了，所以才恋爱。现在我病好了，一心只想搞钱！"

"旧的不去新的不来嘛！"方菲拉着她的手一起坐下，"你上一段恋爱都结束两三年了吧。现在你的工作我很满意，是不是该考虑个人问题了？你不是一直说要找个比你聪明厉害的吗？兰庭就很好呀。"

薇薇绞动着手指头，低头害羞地说："他是做什么事情都又快又好，既懂法律，英语又棒，长得还帅，就是家庭条件太好了，咱配不上啊！"

"喜欢就去追，我不是催你结婚，但人生不能只有工作嘛！我会给你们制造机会的，今年的俱乐部嘉年华，就交给你们策划吧。"

每年的嘉年华活动，都是联络感情的重要时刻，策划起来并不算难，但能给两人制造单独相处的机会。

"谢谢姐！"薇薇激动地"噌"的一声站了起来。

方菲看着她笑靥如花的模样，欣慰不已。

# 第三十二章

下班回家后，方菲搂着申渊的肩膀忧郁地说："能不能帮我找一下张月，有两件急事想找她帮忙。"

申渊奇怪地问："什么事？"

"我今天去看了师父，师母告诉我师父可能得了癌症，但师父又有心结不肯看病，我想找她帮忙疏导一下。"

"怎么会这样？"

申渊以前经常跟妻子一起和冯楚吃饭。在他的印象中，冯楚一直是个精神抖擞的正统领导。申渊没想到他竟然会身患重病，于是赶紧掏出手机，查看张月的动态。

"正好，看她朋友圈里说的，好像周末要来深港一趟见朋友。到时候我约她一起吃个饭。"

"太好了！"方菲好奇地拿过申渊的手机，下一秒钟，她惊讶地叫出声来，"这个要去聚餐的人不就是柳叶吗？"

"你经常提起的闺密？"申渊大吃一惊。

"是啊！你认不出来吗？"

申渊摇了摇头说："我又没加她微信，上次她给你当伴娘的时候又化了那么浓的妆，我怎么认得出。"

方菲哑然失笑，她赶紧打通柳叶的电话，问她和张月到底是何关系。

"月月姐是我爸爸朋友的女儿。我们以前在武城就认识，后来她先去了深港，再去了粤岛。有时候她还是会回武城的，每次见到她，我都觉得她漂亮又洋气，还一直给她写信呢。"

"真是太好啦！我们找时间一起聚聚吧！"方菲忍俊不禁。

"行啊，我再过一个月就要去美国了！"

最后，四人约好周末在华侨城见面，虽然各自认识，但同时聚首还是头一遭。


柳叶到码头翘首期待，多年不见月月姐的她心潮澎湃。

随着新的一班船到埠，人群中长发披肩、穿一件米白色长裙的张月显得格外显眼。

两人多年未见，一见面就来了个大大的拥抱。

张月关心地问："你这些年过得还好吗？"

柳叶伸了伸双臂，仿佛拥抱自由似的说："我离婚了，带着孩子回娘家了。"

张月不由得掩嘴笑了："你是我见过的最平静、最没有压力的人了。"

柳叶摇了摇头说："方菲比我还厉害，被她爸骗了几百万，现在还怀着孩子，照样去工作，平时还乐呵呵的。如果换了我，肯定早就崩溃了。"

"真的？"这话改变了张月对方菲的印象。上次在诊所时，她从方菲的身上完全看不到一丝焦虑和压抑。

"更惨的是，她挪用的是婆婆交给她打理基金的钱！"

"这么大的事情，她怎么不跟老公商量一下呢？"张月不解。

柳叶却特别理解："方菲一向有主见，做事情也沉稳，可能以为这次也一样吧。谁能想到亲爹竟会骗自个儿呢？"

张月颔首说："看来，原生家庭对一个人的影响果然是伴随终身的。"

她们来到约好的咖啡店，推门而入，只见方菲夫妇点了一桌子饮料，手握着手，就像一对情侣般聊着天。

方菲看到柳叶和张月，连忙跟老公起身相迎，正好听见柳叶在问张月："对了，你喜欢的那个小你一岁的弟弟，后来怎么样了？好上了吗？"

"弟弟？"方菲很奇怪地问。

"别提这些事情了，都多大的人了。"

张月的脸上忽然飞上两抹红霞，赶紧打断了柳叶。不知道是不是想多了，方菲觉得申渊的眼神有点闪躲。

柳叶还在循循善诱地规劝："能医者不能自医，你可要放低标准，别再单着了。"

方菲看出了张月的尴尬，赶紧递上一份菜单："赶紧点菜吧，我肚子里的宝宝都饿了！"

张月感激地看了她一眼。

等到四人都寒暄完毕，方菲向张月请教："我师父对我有栽培之恩，他现在可能得了绝症，但是讳疾忌医，不敢进一步去做切片检查。我想请您帮忙开导开导他，当然不会让您白跑，我们按出诊价格给钱。"

张月问了一下具体情况，认真思索了一会儿，又问方菲："首先，我们要弄明白他不愿意治病的背后原因是什么？你觉得他是怕麻烦家人，还是怕花钱？"

方菲怔了一下，回忆了一下认识师父这些年的大小事情。她想起他平时总是精打细算，申请福利的时候对别人大方，对自己却小气，以及他们家中简单得堪称清贫的陈设。

"其实他有医保，看病是可以报销很大一部分的，我觉得钱不是主要的问题。但师父出身贫寒，从小过惯了苦日子，自我要求也很高。可能既怕麻烦家人，又怕花钱，还怕报销的事情麻烦到公司。"

"他的家人呢？不在身边吗？"张月细心地发现了这个问题。

"他和前妻有个儿子叫冯翔，在美国定居了，和他的关系不好，他现在跟现任妻子一起生活。"

"如果牵扯的原因比较复杂，我们就要从三方面来攻关。"张月从包里掏出一个笔记本，一边写一边对方菲说，"我相信你照着这三个思路去跟他讲，一定会起作用。一是打消他对钱的顾虑，让他发现有钱比不过亲情重要，从而调动他的生存意志。另外，要让他觉得治疗不是给别人添麻烦，而是减轻家属的心理负担。第三，就是让他了解到现在的医疗技术比他想象的更先进，我认识美国的一些肺癌专家，知道有一些靶向药是可以逆转病情的。你要让他觉得越早确诊越有希望彻底治愈，这样才有大把时间去享受天伦之乐。"

张月一番话说完，轻轻撕下那页纸递给方菲。方菲看着这张"药方"，感觉天都亮了。

最后，张月总结说："存在主义心理学大师欧文·亚隆说：'孤独只存在于孤独之中，一旦分担，它就蒸发了。'你不要先忙着去劝说，而要理解他讳疾忌医背后的恐惧和孤独，去感受他的脆弱，倾听他的心声。"

"太感谢了！"

柳叶也佩服极了，主动请缨说："我已经办好了跟媛媛一起去美国的签证，如果需要我给冯翔捎个信，只管吩咐！"

"谢谢！"

三个女人相握的右手，就像一朵绽放的簕杜鹃上的三枚花蕊。


张月坐船回粤岛，看着海浪拍打着船身。其实柳叶说得没错，她始终都喜欢着那个"小弟弟"。

在之前的小学同学会上，他们还见了一面。当时酒席上人声鼎沸，久违的老师和同学纷纷到场。男生一个个都成了大肚腩的中年油腻男，女生却文眉化妆，打扮得一个比一个精致。

班长将张月介绍给众人："这位是在粤岛开心理诊所的博士和心理学家张月！"

男生们都双眼放光，女生们则流露出羡慕的眼神："月，你真是又能干又漂亮！你平时喜欢做什么，身材保持得这么好？"

青春期的磨难让张月不像童年时那么快人快语，海外留学的经历也让她增添了洒脱又优雅的气质。

"骑马、旅游、蹦极等一些极限运动，也会练习瑜伽。"

张月浅浅地一笑，极限运动才能排解她内心的压力，瑜伽可以调整呼吸使她平静。这些都是心理治疗的一部分而已。

她四处张望，寻找着那个小时候约定要见面的男生。终于，他来了。虽然他穿着一身挺括的西装，优雅帅气，成熟稳重，但张月一眼就看到了他灵魂深处的那个小男孩。可他左手无名指的那一丝反光，刺痛了她的眼。

酒过三巡，张月看似不经意地问他："你还记得我们的约定吗？"

他的脸上拂过一丝尴尬的神色，说："记得，我后来考试没考好，没有得到奖学金。在继续读书还是自费留学的节骨眼儿上，我妈自掏腰包把我给办出国了。我觉得很丢人，就没有再联系你。"

张月倒也释然了。虽然他已经是有妇之夫，但并没有忘记两人曾经的约定。

# 第三十三章

在薇薇和兰庭的操办下，通达基金今年的俱乐部活动如期进行。兰庭动用自家的人脉，向更多的企业主发出了邀请。因此，这次的嘉年华盛况更胜去年。

兰庭作为主办人兼兰氏地产企业大公子，出场也是熠熠闪光的，在各位心怀叵测的美女眼里，他赫然是金蝉子转世的唐僧。他穿着意大利订制的西服，跟随穿着紫罗兰色绸缎长旗袍的母亲兰漪来到了现场。找他敬酒的各色华服美人争奇斗艳，他则绅士地应酬着每个人，为通达吸纳着各方客户。

这时，一个穿着短裙、化着精致妆容的长腿美女走了过来，跟他打了个招呼。

"你是？"兰庭摸不着头脑。

"我是薇薇！"

她把两只手做成眼镜的圈儿立在脸上。摘掉眼镜后，她戴了美瞳，刷了蜜粉，还打了洛神红色的唇彩，与之前相比判若两人。

"你怎么打扮成这样了？我都认不出来了！"兰庭觉得以前的她更清丽，现在倒跟普通的庸脂俗粉并无区别了。

"好看吗？"薇薇还在期待地问。

兰庭对她举起酒杯，以示鼓励说："很漂亮。"

"谢谢！"薇薇放松下来，她礼貌地对兰庭身旁那位姿容绝美的贵妇人说，"您就是兰氏地产的董事长兰总？简直太年轻了，看起来就像他的姐姐。"

兰漪伸出右手与她相握说："谢谢夸奖，我是兰庭的妈妈兰漪，庭儿在公司承蒙你们多关照了。"

"不客气的，兰阿姨。"站在兰漪这种气场很强的美女企业家面前，薇薇感到很不自在，她赔笑说，"我先去招待同业和客户，先失陪了，如有什么需求随时叫我。"

"没关系，我叫庭儿就行了。"

兰漪一转头，却发现儿子的目光追随着另一个人。他目不转睛地看着那人招呼着商界的各路神仙。对方距离他们越来越近，兰庭的双眼似乎有星星在闪烁。来者竟是个穿着宽松黑色礼服裙的短发孕妇。

"兰总，您好！您这是第一次来参加我们的活动吧？我是通达基金固定收益部的总经理方菲，这是我们的销售经理朱悦，招呼不周，多有得罪了。"

方菲轻鞠一躬，双手呈上一张名片。不算美艳的她，全身上下都流动着生命力和自信的光彩，仿佛有看不见的钻石碎片在她四周流动。

待她走后，兰漪悄声询问兰庭："庭儿，你是不是有什么心事瞒着我？"

"才没有！"

"要想知道一个人心里在想什么，就看他的目光停留在哪儿。纵横商场这么多年，这个简单的道理我还是懂的。"

"怎么可能，人家有老公了，肚子里还有孩子呢！"兰庭涨红了脸，扭过头去辩解。

可方菲坚毅果决得像驰骋沙场的女将军，还有她偶尔流露出的孩子般清澈的小天真，都深深吸引着兰庭。每次他要被她肯定了才觉得稳妥；每次开会时，他都在迷恋地欣赏着她镇定自若的神态和睿智大气的话语。

兰漪轻声在他耳边说道："有时候我们欣赏美好的事物，是因为超常的好，而不是因为狭隘的爱，像天边明月，人人都爱，却遥不可及。"

这句话让兰庭的心头一颤。难道真不是爱情？不，他不知道。他只知道看到她自己的心跳会加速，呼吸会急促，视线也会被她牵引着。

兰漪看到那个穿雪白羽毛裙的女孩一直在远处看着她的宝贝儿子。两人正好四目相接，她便微笑着点了点头。

薇薇看到兰庭跟母亲红着脸低声说话，而兰漪又看向自己，还以为是他们在谈论她，内心不由得充满了希冀。莫非，这是种暗示？

"您好，在下朱悦，请多指教。"那低沉浑厚的男中音，让兰漪心头一颤。

当看清楚朱悦的眉目后，兰漪恍若回到了过去。一时间她像受到了刺激，大脑一片空白，就连近在咫尺的名片都没去拿。

兰庭也发现了古怪，连忙接过朱悦的名片递给母亲："妈，怎么了？"

兰漪回过神来，痛苦地捂着胸口说："没……什么，只是我心脏有点不舒服。"

兰漪礼貌地将这张名片放进了欧洲名匠手工制作的珍珠刺绣手拿包里。

朱悦还在担心地问："是不是场地的空气不流通？需要出去休息一下吗？"

兰漪深吸了一口气，感受着心脏异常剧烈的跳动。她轻轻地点了点头，说："失陪一下。"

兰庭挽着她向外走，来到了底层游泳池和绿化风景的通风阳台。听着窗外的鸟叫，看着树梢在微风中摇曳，她不断地呼唤自己的灵魂回到现实，终于将那股"久别重逢"的兴奋给压了下去。

兰漪早就变成了一个只知道赚钱的机器，再也没有爱的能力。可是就在刚才，那种让她心悸的感觉竟然又回来了。

"妈，您刚刚怎么了？不舒服？"兰庭总觉得哪里不对劲儿。

又站了一会儿，兰漪才感觉呼吸平顺下来："行了，我没事了，你毕竟是主办人，多去跟客户、同行打交道，建立信任感。"

"那我先走了，有什么事打我电话，如果不舒服，我就让司机早点送您回去。"

兰庭的脚步声渐渐远去，兰漪的心情也慢慢平复下来。脚步声再次响起，一杯橙汁被来人放在了大理石凭栏上。

"不是让你去招呼客人吗？我没事。"

兰漪知道儿子有孝心，嗔怪地端起来杯子。看清来者的模样，她心里一惊，手一抖，竟将饮料洒到了对方身上。

"对不起！"她连忙掏出订制的苏绣真丝方巾想帮他擦拭。

当丝巾即将触碰到衣服时，朱悦用手接了过去。他一边擦拭着，一边抱歉地说："说对不起的应该是我！我不请自来，天色又晚，才吓到了您。"

这声音像甘露浇灌着兰漪干涸多年的心房，她不禁心旌神摇。她不欲久留，赶紧说："对不起，我今天太不舒服了，先离开了。"

朱悦做销售最擅长照顾客户，尤其遇到兰漪这么尊贵的大人物，更加不能怠慢。他连忙为她开路："请让我护送您下楼。"

兰漪也不多言，赶紧拨打了司机的电话，让他到贵宾楼门口等待。朱悦把她送到电梯间，还想跟着进去，她赶紧按上关闭键，生怕再看到那张脸。

活动结束后，兰庭和薇薇一起收拾残局。兰庭出神地想着母亲今天说的话，薇薇叫了他两声，他都没听见。

薇薇忍不住伸手抚摩了一下兰庭的额头，问："你的脸怎么这么红，不会发热了吧？"

兰庭像触电似的赶紧避嫌地后退一步。薇薇尴尬极了，手停在空中，既没有收回，也没有再往前探索。她想起今天兰庭赞美她漂亮，心里又鼓起了勇气。趁四下无人，她开口说道："兰庭，其实，我挺欣赏你的……"

兰庭赶紧断了她的念头，正色说："薇姐，对不起，我有喜欢的人了。"

薇薇像被当头痛击了一棒，问："是谁？"

兰庭知道薇薇的性格，索性就袒露了心迹："是方姐。"

"怎么可以！她马上要生孩子了。"

薇薇既惊讶又伤心，惊讶的是兰庭并不抗拒比自己大的女人；伤心的是为什么他宁愿喜欢一个已婚已孕的女人也看不上她。更让她难以接受的是，那人还是自己在这个世界上最尊敬、最崇拜的人。

"爱是没有理由的。虽然我知道跟她不会有结果，但现在我只喜欢她。"

薇薇冲进雨中时，满脑子都回响着这句话。天地这么大，她却觉得看不到希望和光明。

大雨下了一夜，第二天早上还是淅淅沥沥的，仿佛被抢走了糖果的孩子，不依不饶地哭个没完。

坐在办公室的方菲发现都这么晚了，可薇薇还没到。要知道，她平时都是提前一小时到公司的。

方菲第一反应就是找到兰庭问他："薇薇请假了？"

兰庭有点尴尬地摇了摇头说："不知道。"

"昨天你们两个最后走的，发生什么事了吗？"

兰庭怅然地摇了摇头，不想把拒绝薇薇的事情说出来。

方菲皱了皱眉，打电话给薇薇，响了好久才听到一个病恹恹的声音说："对不起，方总，我病了。"

"叫我方总？"方菲愣了一下，"看来病得不轻！我让兰庭带你去医院！"

"不要……我自己能行……"电话被挂断了。

"怎么了？喂喂？"方菲赶紧把薇薇的地址微信发给兰庭，递上一把钥匙说，"赶紧帮我送她去医院！"

"你怎么会有她家的钥匙？"

"她就一个人在深港，备用钥匙当然在我手里啊！"方菲急得眼睛都红了。

兰庭见状于心不忍，虽然不想再给薇薇希望，但也只能去了。

当他打开门时，发现沙发上放着手机，脸色通红的薇薇倒在凌乱不堪的地上，额头滚烫。他虽然不爱这个女孩，可也于心不忍，赶紧抱起她就往医院送。

不知道挂了多久吊针，薇薇才睁开了眼睛，看到的却又是魂牵梦绕、让她伤心欲绝的男人。她开口第一句话就是："你为什么会喜欢她？！"

"有一种爱没有结果，但是也没有办法阻止。"兰庭并不逃避地说。

薇薇一想到被他拒绝，又忍不住流下眼泪说："你走吧，我不想看见你！"

兰庭离开没多久，方菲的电话就来了："薇薇，你这是怎么了？怎么会病了呢？"

"可能这段时间有点累，昨天下雨淋了一下就不舒服了，我没事。"

薇薇做了太久的秘书，一听到老板的声音就自动转化成乖巧伶俐的模式。

方菲说："我晚上下班去看看你。"

"别来！"薇薇连忙阻止。

"怎么了？"

"医院病菌比较多，宝宝要紧，你别来了！"薇薇擦着眼泪，克制地说。

方菲相信了她："那我给你申请假期，别着急，好好休息。"

回公司的路上，兰庭看到花店橱窗边上有一束粉色百合，想起筹备活动时意外看到今天是方菲的生日，便花钱买了下来。

方菲惦记着薇薇，但处理完手头的工作时，下班时间早过了。收拾好东西，她正打算赶往医院，却被兰庭堵住了。兰庭的双手背在身后，好像藏着什么东西。

"送给你的。"

"哦？"

方菲大感意外，有一种奇异的感觉从她的心底萌发出来：这不像是下属对上司的感情，倒有点像当初申渊追求她时的表现。

"今天是你生日。"兰庭微笑着说。

"哦！我都忘记了，这阵子太忙了！粉色百合，正好是薇薇喜欢的。那就谢谢你啦！"

方菲顺手把百合花放在薇薇的办公桌上。兰庭失望地伫立在一旁。

"老婆！"这时，走来的申渊顺手接过包包，搂着她的腰往外走去。

临走前，方菲转头对兰庭说："别太晚哦！"

夜深了，兰庭还在工作着。朱悦不太懂做分析，拿到报告就交给了他。经过一番分析，初步筛选过关的有上市电企成电股份旗下的四家分公司。

他去洗手间用冰冷的清水洗了洗脸，原本一直压抑的情愫，被母亲和薇薇的问题激发出来后，便再也无法忽视了。还是赶紧把分析结果做出来吧，做一个对她有用的人。

兰庭突然觉得有个人一直站在他旁边凝视着他。深夜时分，他心中不禁有点恐惧，回头一看，竟是愁眉苦脸的郎乾。他们自从同一天内部面试完就同属于"方家军"，关系也还不错。

兰庭见他像面临着什么重大问题似的，便问："怎么了？"

郎乾这才吐露心声："我接手梁启尚的工作后，经过一番复盘总感觉他做了老鼠仓，不知道要不要向方总举报。"

老鼠仓译自英文短语 Rat Trading，指那种掌握机构大量资金的投资人在获知情报后，自己先用个人资金买入相关股票基金，待公有资金拉升到高位后，将个人仓位率先卖出获利的行为。这种违法操作不仅会影响基金的收益，更会伤害持有人的利益。

兰庭懂法，明白知情不报形同包庇，便问："凡事都要讲证据，你有吗？"

"我也是初步怀疑，跟老梁交接过一个月，我有他的微信。我发现他一做完那两三只基金马上就离职了，微信上又在隐隐露富。如果真要查，看一下基金经理的监控录像应该会有所发现，但这需要上面的配合。"郎乾有点犹豫地说，"虽然老梁给我的感觉不坏，但我非常不齿这种干扰市场的行为。这几天我都没睡好觉，正考虑什么时候告诉方总呢。"

兰庭拍了拍他的肩膀，说："我支持你，下周我找方总说一下，看她如何定夺。"

郎乾却不乐观地说："听说梁启尚的妻子是方总的老熟人，她真的会听我的吗？不会打草惊蛇吧？"

兰庭拍了拍他的肩膀，说："放心吧，我相信方总一定不会徇私的。"

郎乾摇了摇头，说："前一阵子她上社会新闻不就是因为感情用事吗？"

"那是私事，这是公事，她不会分不清的。"兰庭维护说。

郎乾把眼镜擦干净，随手一翻手机，感叹说："最近朱悦怎么老在更新朋友圈，天天发自拍。"

兰庭也凑过去看了一眼，朱悦似乎坐在兰家的沙发上，手里的物件兰庭也感觉有些眼熟，但又觉得不可能。

# 第三十四章

难得到了周末，方菲惦记着师父，跟申渊一起去拜访，让他进厨房帮王蔚打下手。她则遵从张月教的方法，跟冯楚聊他的心事。

冯楚这才坦露心迹："我才不怕死。我怕给老伴添麻烦。她身体又不好，跟我在一起没有一儿半女的，没人照顾她怎么办呢？"

"您就放心好了，我会把师母当成自己亲妈来照顾的。"

听到方菲这么说，冯楚心里的压力也少了一半。就像挤牙膏似的，他又悠悠地吐出了更深的顾虑："我还怕万一真检查出来什么病，就再也见不到儿子了。"

"为什么呢？他可以回来探望您啊！难道你们父子俩的关系这么差吗？"

其实，两人一直都是聊工作的事多，很少触及师父的家事。方菲只知道师娘是后娶的，而对这个鲜少提起的"弟弟"了解不多。

冯楚这才第一次告诉她其中的隐情。原来，在来深港前，他跟下乡插队认识的妻子感情已经很差了，他们的结合是特殊时期的产物。生产大队长的妹妹经常帮身体并不算好的冯楚的忙，一来二往便结了婚，但擅长干活、没文化的前妻根本不能理解上进的丈夫。

当年恢复高考时，她不但不支持丈夫挑灯夜读，还特别反感他把原本做家务和管孩子的时间分走了。后来，冯楚考到了深港的培训班，开始了在这里的生活。他所学的知识和自己的技术都派上了用场，而且得到了重用，便把老婆和八岁的孩子接来了深港。

他儿子也很快融入了当地的生活，他老婆也被安排到了一家工厂里做女工，工资比在老家时翻了十倍。她刚开始也挺开心的，但是没多久，又因为冯楚工作忙、经常要外派出国的事吵架。更可气的是，她一生气拿起冯楚喜欢的书就撕，最严重的一次，把他读在职研究生时辛辛苦苦写的论文也给撕掉了。

实在受不了的冯楚提出离婚，但他老婆死活都不答应，还在孩子面前诬陷他有外遇。本来就在叛逆期的孩子，对冯楚的态度一落千丈，回家连一声"爸爸"都不叫。冯楚只好搬进了员工宿舍，把心思都放在了工作上。

秘书王蔚就是在那时候走进了他的世界。她出身于教师家庭，喜欢学习，英语极好，喜欢挑战，便从家乡来深港发展，还跟一个一表人才的小伙子结了婚。可没过多久，她被查出子宫有轻微的畸形，难以生育，于是夫妻俩之间的感情渐渐变淡了。

婚后第三年，王蔚出差提前回来了，发现丈夫跟一个饭店的女经理滚在床上。她果断离了婚，将全部心思都放在了工作上，再也不肯相信爱情了。

其实刚开始也就是一杯茶水、一些便笺条、一些到位的笔记。这些日常的琐碎让两个对爱情死心、不愿意进入围城的人，在一天天的朝夕相处中萌生了情愫。他们感觉遇到了真正的另一半，不可遏制地产生了相濡以沫、携手一生的爱情。

早就分居多年的冯楚哪怕选择净身出户，前妻也不同意离婚。直到儿子成年，不仅能照顾好自己，还能兼顾妈妈时，冯楚给两人办了去美国的手续，每年将大部分收入都寄给他们，还让他们在美国买了房。

王蔚默默地陪伴着冯楚，对结婚的事也看淡了。渐渐，随着儿子成熟稳重，父子间的关系又逐步转好。直到三年前，冯楚的前妻因为恶性肿瘤突然去世，而他当时要照顾准备做乳腺癌手术的王蔚，没有参加葬礼。

他儿子气得打越洋电话对他说："我妈去世了你都不来，以后你死了我也不会流一滴眼泪！从此以后，你的事我不会管，我的事你也不要理。我们再也不要见面了！"

说到这里，冯楚难过地说："断交以后，他连我的电话也不接，我每年都会给他写信，可是这些信最后都原路退回了。我真怕有个三长两短去世了，就真的再也看不到他了……"

方菲真没想到家家有本难念的经，而师父的家事更加悲伤缠绵。在最好的年纪里，婚姻和家庭却没有给到他一点幸福感。

她安慰说："师父，我有个好朋友马上要去美国，我让她帮您带个话。您儿子是接不到讯息，所以才不知道，如果知道您病了，他一定会回来的。"说完，她就拨通了柳叶的电话："叶子，你这次去美国，能不能帮我找一下师父的儿子？"

"行啊，你把联系方式给我。"柳叶自信地说，"天底下就没有我不好意思做的事。"


盼星星盼月亮，吴静总算等到了看周杰伦演唱会的日子。她将栗色的马尾高高束起，化上淡妆，穿上白色短裙，脚踩闪闪发光的银色高跟鞋，打扮得清爽俏丽。一脸愁容的谢猛却在入口处徘徊。

"进去啊！"吴静不解地催促他。

"对不起，我被人骗了！"

谢猛沮丧得五官都皱在了一起，再加上矮墩墩的身材，看起来就像一个发霉的土豆。

"我不信！你该不会是把我给骗来的吧？"吴静有点不高兴了。

谢猛蔫蔫地把微信的转账记录和聊天记录递给她看："我钱都转了，但是票人家一直没给我。后来我才知道这是诈骗团伙！不信你看！"

吴静看了记录，气愤地一挥拳头说："你转了4000块，结果那人还把你拉黑了？"

谢猛自认倒霉说："算了算了，我打算再等等，看看有没有黄牛卖票，再买两张进去！"

"别傻了！"吴静拉着他的手就往派出所走去，"这事太过分了，必须得报警！"

谢猛突然被她滑腻的肌肤触碰，心头一颤，万分激动，但又怕打扰了女神的雅兴。

吴静瞪了他一眼："我看你平时做节目铁齿铜牙的，怎么被人欺负了也不敢吭声啊！走！"

派出所里，接待他们的民警责备说："你们这些人啊，为什么不经过正规渠道买票，非要被骗子骗呢？"

吴静哪能忍受这种批评，理直气壮地自辩："大叔，您这样说就不对了。我们也是受害人，如果正规渠道买得到票，我们当然不会去买这些票贩子的票啊！再说了，我们报警也不仅仅是为了弥补自己的损失，更希望犯罪分子能被绳之以法，让千千万万的歌迷不再上当！我们这已经超过3000块钱了，是不是可以立案了？"

警官被她说得一愣一愣的，只得点头："那你们写一下案情经过，按个手印，后续如果有消息的话我们会通知你们的。对了，你看起来好眼熟啊，我好像在哪儿见过你。"

吴静赶紧掏出名片，双手奉上："是啊！我是财经频道的主持人，这是我的名片，如果有什么进展请随时联系我！"

"哦！怪不得，我老爸可喜欢看你主持的股票节目了……"

气氛缓和后，口供和笔录有条不紊地进行着，折腾了一个小时才全部录完，按上鲜红的手印后，两人才走出大门。

谢猛心里失望地想，口供也录完了，吴静肯定马上就要打道回府了吧。

吴静却摸了摸肚子，伸了个懒腰说："好饿啊，你就不打算请我吃顿饭？"

"当然愿意啊！"

谢猛绞动着粗短的手指，耳边像有个小精灵在奏起音乐，惊喜得心脏都要跳出胸腔了。他没想到丢了钱，却换来跟女神单独吃饭的机会，连积攒的那股怨气都烟消云散了。

两人走进了一家奢侈的法式咖啡店。这里装潢很温馨，弥漫着浓浓的咖啡豆香气。

"咦，那不是申老师的私教郑恬吗？上次上过烹饪节目。"吴静打招呼说，"嗨！这么巧啊！"她看了一眼旁边那个肌肉结实的帅小伙，问，"这是你男朋友？"

郑恬的脸颊飞起了两抹红晕，轻轻点头。

马涛正闭着嘴巴咀嚼牛肉，赶紧囫囵吞下去，擦干净嘴唇，礼貌地起身说："你好，你好！我叫马涛。欢迎来我们健身房健身。"

吴静突然想到了矮墩墩的谢猛，连忙把他推过来说："你倒是可以去练练，离你家近，对身体又好！"

谢猛如果喜欢运动就不会胖了。胖都是有理由的，要么宅，要么懒，要么贪吃，谢猛则是三者兼有。

可看到女神殷切的目光，他只得硬着头皮说："好的，我有时间就会去……"

"那就择日不如撞日了，待会儿吃完饭就跟我们一起去健身房办张会员卡吧！"马涛为他加油鼓劲儿。

"好啊，我也去转转。"

连吴静都答应了，谢猛不忍拂吴静的意，只得告诉自己：变瘦点，离女神心目中的男人更近一点。他哪里想得到，等待他的将是马涛地狱式的训练。他更没想到交了钱办了会员卡，走进器械室才发现，冤家申渊竟然跟他是同一个教练！

"申老师，您也在这儿啊！"吴静激动地冲了上去，给了他一个大大的拥抱。

马涛惊诧不已，心里嘀咕着是不是要举报给方菲姐。郑恬也吓了一跳，她没想到这个女主持人表面上斯文大方，私底下居然这么开放。

最生气的人是谢猛！他花了好几万请了私教，居然要跟自己的死对头一起练习，还要当面看自己的女神给申渊这么大一个亲密拥抱，气得他差点把槽牙都咬碎了。

"您没事吧，担心死我了！"

吴静为了帮申渊出头被台长骂了一顿，心里憋着的一口气总算得到了释放。

申渊生怕引起妻子的误会，赶紧挣脱，说："我没事，你放心好了。我今天有事要先走了！下次见。"

谢猛是第一次跟喜欢的人一起练习，他这辈子都没运动过这么长时间。

吴静咬了下嘴唇，说："其实，有个秘密一直憋在我心里，我谁也没告诉。但是看你憨厚得连门票钱都能被人骗走，我想告诉你。你想听吗？"

谢猛本来都累得快抽筋了，立马精神抖擞地说："要听！要听！"

吴静看着他激动的脸说："这样吧，等你瘦10斤后，我再告诉你！"

# 第三十五章

申渊从健身房出来后，坐船去粤岛找张月做心理复查。

最近困扰他的胸闷、失眠，还有忧伤、狂喜的情绪转变都开始减弱了。当他沉下心来写作，或者专心训练发发和财财的时候，还会萌发出一种丰盛充盈的满足感。

自从在心爱的人面前袒露真实的自我后，亲密关系、创造性的工作、放松的心情，都让他感觉越来越舒坦。

他做完测评后，稍微休息了半小时。

张月满面春风地走出来，欣喜地告诉他："我真是太有成就感了，你现在的心理状态非常健康，能在这么短的时间内恢复，简直是一个奇迹。看来，我的治疗以及你对妻子的倾诉，甚至你们家养的小鸟都有功劳。"

"真的？！"申渊高兴地从沙发上站了起来，笑容里又有了阳光的温柔。他由衷地感谢说，"多亏你医术高明，治疗有方！"

这时，张月的手机突然响起，她看了一眼号码，脸色马上凝重下来。她让申渊稍等一会儿，便走进诊室接听了电话。

申渊如果现在返程回家，刚好可以和妻子共进晚餐，他准备等张月出来就跟她告辞。

大概过了十分钟，张月从里屋快步走出来，她的脸色阴暗发黑，双肩微微颤抖，刚开口说话，便忍不住哭泣起来。

"怎么了？"申渊关心地问。

"我妈妈，她去世了！"张月说完这句话，抱紧了申渊，像个小女孩一样放声大哭起来。

刚刚午睡起来的方菲突然接到丈夫焦急的来电："老婆，跟你申请一件事！"

"怎么了？"这么急促的请求，让方菲有种不好的预感。

"张月的母亲去世了，她和她父亲关系不好，除我之外没什么朋友。我想去帮忙，送伯母最后一程。"

方菲的心揪紧了，忍不住问："她和你到底是什么关系？为什么这个时候偏偏找你？"

"你千万别误会，她是我小学同桌，我那时候自闭，没人理我，只有她老跟我说话。我们还约好以后靠奖学金在国外读书。后来，她去了粤岛，我没考好，自费出国读了个书，也没好意思联系她，我跟她什么事也没有……"

申渊的辩解让方菲越发清醒，她连忙追问："你是不是比她小一岁？"

"是啊，怎么了？"

方菲顿时明白了叶子跟张月话里的那个被张月惦记的弟弟不是别人，正是自己的好丈夫。同学，小一岁，还有张月那微妙的眼神，肯定不会错。

虽然张月是丈夫的心理医生，还间接帮了师父冯楚，可她同时还是个寂寞的单身女人。

方菲一想到她那双修长的美腿和高贵的知性气质，心里就不舒服。更难受的是，一个这么优秀的女人，心里始终放不下的人居然是自己丈夫。

如果任由申渊帮张月的忙，会不会为他们的关系打开一扇窗户？假如申渊不懂拒绝，或者张月耍点手段，隔着如此远的距离真要发生点什么，自己能阻止吗？

申渊透过手机里细微的呼吸声，察觉到了方菲的犹豫，便说："如果你不愿意，我就回来。毕竟我们才是一家人，而且我已经结婚了，不管张月是不是我的同学，我都要避嫌。"

张月也听到了这句话，她的理智也突然回来了。刚刚的发泄，刚刚的依恋，不过是自己一厢情愿罢了。

方菲却说："有你这句话就够了，你告诉她节哀顺变，葬礼我也会参加的。"

张月原本燃烧的心突然被冷水扑灭了，她接过电话说："谢谢你方菲，你放心，等事情办完了，我会把申渊完完整整地还给你。"

这几天，张月看着申渊忙前忙后的健硕背影，寒冰一样痛苦的心稍微获得了一些安慰。

她不禁回忆起了十岁那年，两人的小拇指钩在一起时说着："拉钩上吊一百年不许变！"

她成绩很好，和小她一岁的申渊抢夺着全校第一的名次。她靠自律，他靠天分。可是她发现申渊老是独自面无表情地做数学题，也不跟其他男生玩。

有一天，他俩放学一起回家。张月好奇地问他："你为什么没朋友？"

"我不知道怎么跟他们玩，就连我们村子里的孩子，我都很少理。"他落寞地说。

"你为什么不太爱笑呢？"张月对他扮了个大大的鬼脸，申渊也只是勉强牵动了一下嘴角。

他说："我爸爸去年去世了，现在家里全靠我妈一个人，从那时候开始，我就笑不出来了。"

他很少跟人聊天，但很真诚。难得遇到了愿意倾听的人，他的心里话就流淌了出来。

"你妈真能干，不像我妈。"

"她怎么了？"

张月很不高兴地说："我妈一回家就看外国小说，跟着故事情节一会儿叹气一会儿流泪，也不搭理我。"

"她除了看书啥都不做？"他惊讶地睁大了眼睛。

"她才不管呢！我妈每天就是书书书，家里的客人基本都是爸爸的朋友。不管谁来了，她都是把门一关，连茶水都是我去端的。她既没有朋友，也不跟同事来往。我爸上次说她：'你就不能看点有用的书，学学英语，多跟人接触，以后去粤岛帮帮我吗？'你猜我妈怎么回答？"

"她怎么说？"他好奇地问。

"她说：'我都三十多岁的人了还学什么英语？再说了你最厉害，你什么都行，我就靠你了！'"

申渊直接批评说："你妈可真懒啊，如果我妈这样，我们两个都会饿死。"

"才不呢，我看我妈挺可悲的。小说都是假的，有什么好看的？你妈平时做什么？"

张月遗传了爸爸的观察力和情商，很会跟人打交道，也很会引导别人说出真心话。

"我妈开了个小饭馆，平时给民工送饭，工地开工的话，挺赚钱的，忙起来我也会去帮忙。不过，她宁愿多跑几次也不肯耽误我学习，还说以后要送我去国外读书。我还是好好学习，争取拿到奖学金，减轻她的负担吧。"

张月敬佩地点点头，对他竖起大拇指说："你准备去哪个国家？"

"美国、英国都可以，哪里奖学金多就去哪儿呗！"

不久后的一天，张月对他说："我爸在粤岛开了公司，我们很快就要搬过去了。"

她看到他眼里的光忽然黯淡了下去，马上安慰说："我们一起加油！以后在国外见！"

说完，她伸出小拇指说："拉钩上吊，一百年不许变！"

他的手指紧紧地钩住了她的，晃动了两下，接着说道："拉钩上吊，一百年不许变!"

每一句话、每一个眼神,她永远都忘不了。只可惜,这么好的人已经成了别人的丈夫。

如果不是她的家庭发生了巨变,如果不是他们的人生轨迹向着各自不同的方向越走越远,他们也许会融入对方的生命中,成为相互扶持的一对。

但错过的,就永远不在了。


章雨露自从成了"名人"后,在自住的小区都快被人问得烦死了。她换了个广场去活动,居然发现有一个熟悉的身影正在甩着胳膊,扭动着腰肢,左右摇摆地跳着广场舞。

马春花?她不是怀孕了吗?章雨露偷偷绕到前面一看,还真是。

章雨露诧异地问:"你在这儿干吗呢?不要命了啊!"

后面的大妈不乐意了:"你别打扰我们领舞,我们可是交了钱的!"

马春花对她不好意思地笑笑说:"待会儿跳完跟你聊啊!你也去跳吧。"

章雨露心想,这女人怎么这么拼?高龄产妇还敢这么玩。我可是正儿八经的债主,不跳白不跳。再说,这音乐欢快,听着让人心情舒畅。

她一看动作也不复杂,便找了个空位,旁若无人地跳了起来。

马春花有点舞蹈天分,举手投足都像模像样的。尽管太剧烈的运动她做不了,但在场的都是老头儿老太太,这样的幅度已经够了,所以也没人有意见。

跳了半小时,马春花示意大家休息,她则轻轻喘着气坐在公园的长椅上。

章雨露跟过去刨根问底,马春花这才回答:"我这不是在攒钱还债吗?"

"就凭你挣的这点钱,怎么可能?"章雨露哑然失笑。

马春花只得老实说:"不可能也没办法。之前是我做得不对,现在我出租了家里的单间,再加上跳广场舞、当钟点工,不管怎样,一定要还钱给你,否则老方的闺女一辈子都抬不起头来。"

"那你这身体也不适合做这么多运动啊!"章雨露发现这女人拼起命来还真可怕。

"这有什么,我们农村人能吃苦,当年我怀着马涛不照样干活吗?没那么金贵。"

见马春花的脸色透着舞动后的红色,章雨露着实动了点恻隐之心,便说:

"你们尽量还吧，也别太劳累了，日子长着呢，万一有个好歹，我倒成了罪人。"

马春花见她语气缓和了，心情也好多了，便说："你有空来跳，免费的！"

章雨露打了下她的手笑骂说："你还想收我的钱啊？老方呢？"

"他最近一直在想办法打听金融公司的消息，说这是大钱，能拿回来比什么都好。万一有个什么风吹草动，他就要赶紧追到现场去，所以也没心思找工作，干脆就在家做家务了。"

说完，马春花拿出手机，点开朋友圈的视频给章雨露看那些拉着横幅哭天抢地的人，说："都是被骗的。"

章雨露不禁也同仇敌忾起来："那群人真是害人精。"

马春花听出她已经不那么怪他们了，也顺着竿子解释说："我们也没想骗钱，还不是看广告说实力强、利息高、借款有抵押，这才上了当。"

正说着，突然听到有人跟章雨露打招呼："阿露，你也在这里啊！怎么好久都没看到你去我们那边玩了？"

说话的女人个子不高，长长的马脸上有几块黄褐斑，穿着暗红色灯芯绒的绣花上衣，一条黑色金丝绒的裤子，手腕上戴着一只粗粗的金镯子，散发着暴发户气息。

章雨露脸色格外难看地说："我最近在儿子家住，离这边近！"

"哦！对哟！你儿子……股神申渊的……心病好点没？"

"好了好了……我儿子其实没病，都是报纸乱写的！阿霞，你没事就不要问这么多了！"章雨露越发冒火，但又害怕被人听到，压低嗓门遮遮掩掩地说着。

"申渊？是那个闹得满城风雨的衰股神啊？"一个看起来像股民的老头儿愤怒地挥动着拳头，"你儿子太缺德了！他有精神病怎么还来做股评啊！这不是害人嘛！害得我都亏钱了！"

"你们没证据可别瞎说！我儿子没病！没病！"章雨露气死了，真是恨死这个大喇叭阿霞了。

马春花为了帮她，赶紧补充说："我做证，我女婿好着呢！"

"哟，她就是那个欠你钱的亲家母啊？"阿霞扯开嘹亮的喉咙，指着马春花夸张地评价着。

"啊？你俩是一家的？这个课我不学了！退钱退钱！"老头儿开始起哄了。

一叫之下，隔壁的老太太们也追问："为什么退钱啊？"

"他儿子有精神病，谁知道是不是他妈遗传的？我可不要跟这样的人一起跳舞。"

"说谁呢！"章雨露气急败坏，狠狠地吼了一句！

老头摆出好男不跟女斗的架势，直接摊开手找马春花要钱，说："什么都别说了，赶紧退钱，我们找别人学去。"

马春花也生气了："你这人怎么听不懂人话呢？退钱就退钱，来，拿出付款码，我把500块钱都退给你们！不识好歹的东西！"

一个人退钱，刺激得一群人都来排队，刚刚还热热闹闹的跳舞场地，一下子现出了一条长龙。马春花硬着头皮把钱一个接一个退回去。阿霞看大事不妙，赶紧转身跑了。可只退了一部分人的钱，马春花就傻眼了。她的学费收了一个月，中间还买了各种东西，根本不够退的。

"没钱怎么退给我们？你骗人啊！"

排队扫完码却被告知没钱的老太太愤怒了，越发觉得自己受骗上当了。

"对啊，她连自己家亲戚的钱都能骗，更何况我们？走，咱们报警去！"

"就是！她这么收费不开发票，就是偷税漏税！"

"怎么会呢！你们加我微信，我回家凑了钱继续退！"

马春花也怪自己刚刚答应得太快了，这下真要是闹到了税务局、派出所，岂不是更给老方惹祸了吗？她越想越气，脸也涨得通红，眼泪在眼眶里打着转，可她还是倔强地抑制住了泪水，就是不愿在众人眼前示弱。

"那不行，你走了，万一不回来怎么办？"这些人还是不依不饶地追讨着。

章雨露忍无可忍地穿过人群，挡在马春花面前大吼一声说："过来，剩下的我来退！"

马春花被章雨露肥胖的身体挡着，有种被保护的感觉。她真没想到自己的债主居然会挺身而出，一直强忍住的眼泪突然像断了线的珠子坠落下来。

"你说的啊！可别再忽悠我们！"

"呼啦"一下，队伍又排到了章雨露面前。瘦死的骆驼比马大，虽然她的老本都赔光了，可账户里万把块钱还是有的，帮忙消灭了这条短短的尾巴。

付完钱后，刚刚还热闹的广场人影寥寥。

马春花感动地说："真对不起，没想到遇到这个事，这次我又欠了你5000块。你放心，我一定会尽快还上的！"

章雨露自从看到马春花自食其力赚钱后，就没那么讨厌她了。章雨露宽慰着说："那我等着你！明天再来。"

再抬头时，马春花发现还有四五个大妈一直在旁边不哄不闹地看着她们，便主动询问："你们也要退款吗？"

出人意料的是，她们竟说："哪儿的话？我们觉得跟你学挺好的，又是这几个小区最便宜的，动作还标准，明天我们会继续来的。"

"谢谢！"马春花感动地对她们深鞠了一躬，鼻子一酸，泪水重又簌簌地滴落下来。"女人有泪不轻弹，只是未到感动时。"

# 第三十六章

方菲不知道申渊那边的进展是否顺利，还好每隔两小时就会收到他的电话或信息。

"老婆，我们已经操办好了，周日帮我带一套黑西服来吧。"

周日，方菲穿着一身纯黑的礼服去跟申渊会合。

灵堂还有几名中老年男女，听说是才从老家赶到的亲戚。

方菲轻轻地拥抱着不施粉黛、哭肿了眼睛的张月。她在心疼之余，却发现两个衣着考究的黑衣人走了进来。她抬头一看，瞬间大吃一惊。

来者竟是张氏汽车集团的董事长张鹤曦和他的妻子鹿韵。更让方菲惊讶的是，张鹤曦径直走到了张月面前。

他表情悲痛地拥抱了张月，说："女儿，节哀。"

方菲知道张鹤曦曾经离过一次婚，然后娶了自己的秘书鹿韵为妻，又生了一对儿女，可没想到张月竟是他的大女儿。

张月只是轻轻点头，泪水不住地从脸上无声地滑落，她心痛得无法回答。

这时，鹿韵惊讶地主动问："你是通达基金的方菲？你怎么会在这儿？"

"鹿总、张总你们好，我是……张小姐的朋友。"方菲绕过了申渊的这层同学关系。

鹿韵一听说她居然认识张月，表情变得复杂起来，热情地提醒说："哦，原来如此！你一个孕妇不太适合来这种场合，对宝宝不好啊！"

方菲听得心里怪怪的，连忙回应说："没关系，百无禁忌。"

"那你小心一点哟！"鹿韵走近她耳边，低声说，"有的人知人知面不知心！"

方菲发现他们虽是亲人，关系却针锋相对。相比之下，自己的家人虽然吵吵闹闹，但还是有人情味的。难怪张月宁愿找申渊帮忙，也不想找他们。

这时，一个老年男人突然冲上来，抓起张鹤曦的衣领说："我妹妹都是被你害死的！"

鹿韵赶紧挡在丈夫面前，却被那人啐了一脸："呸！你这个该死的狐狸精，如果不是因为你破坏我妹妹的家庭，她至于走到这一步吗？！"

张月则连忙拖着那人的胳膊急切地说："大舅，不要这样！"

张月的外祖父是军方省部级干部，大舅也从军多年，在当地有一定的影响力。

当张月像疯了一样跟申渊赶到精神病院的时候，她看到沈华苍白的手里依旧紧握着他们一家三口的旧相片。她当然也恨死了父亲，虽然知道绝对是鹿韵在阻挠，但父亲肯定也是认同了那番说辞，才会逃避探视。她一直觉得就是因为父亲爽约，才会让病情反反复复的沈华痛苦地自杀了。

鹿韵又羞又怒地掏出纸巾擦脸，拖着张鹤曦说："走吧！这里不欢迎我们。"

而蹲守在外面的记者哪能错过这次良机，闪光灯此起彼伏地闪烁着。

见张鹤曦他们脱了身，大舅气得一把甩开了张月。他用食指指着她的鼻梁，怒斥道："你就知道跟着有钱的爹，这些年你去哪里了？你妈没钱了，得病了，你就置之不理？！好！我送完妹妹最后一程，就带她的骨灰回去！这儿不是她的家！不是！"

说到这里，他已经老泪纵横，止不住低声号哭起来："当年张爱国为了追我妹妹，天天骑着自行车来接送，动不动跪着求她。正是因为我们沈家的人脉，他才进入汽车这一行，赚了第一桶金。可我妹妹却这么去了！造孽啊！"

痛失至亲的张月也已经泪流满面，夹在中间的她是如此孤独无依。

方菲见原本肃穆的葬礼竟然掀起轩然大波，赶紧推了一把丈夫，说："快去看看有什么可以帮忙的！"

申渊看了她一眼，像是不放心她，又像是怕惹她不高兴。

"我相信你！把酒店的房卡给我，我去那里边休息边等你。"

行礼后，沈华的遗体被送去火化，张月的眼睛已经哭肿了。

申渊在她旁边坐下，想说句安慰的话，却听到她哽咽地说："我学了这么久也没能治好她，我没用。"

"别这样，有些事不是努力就可以做好的。"申渊赶紧安慰她说。

没想到听了这句话，张月反倒哭得更厉害了。她本来就瘦，这两天更是清减，显得脸越发的小，就像一个黑色的幽灵。

当负责火化的人念到沈华的名字时，她已经化为尘土，被存在了一个四方形的盒子里。

张月被申渊搀扶着，颤抖地接过盒子，一步步地送到了大舅面前。

她强忍悲痛，字字穿心地说："您说得对，请把妈妈带回到生她养她的故乡，跟姥姥姥爷葬在一起吧！"

张月的大舅疲惫地站起身，轻柔地抱过骨灰盒说："月月，我刚说话太重了，其实我又能怪你什么呢？我这个当哥哥的不也是没帮到她什么忙吗？"

"月月，节哀。"其他几个姨也上来拥抱了她，忆起往事又哭了一阵。

临了，她们指着申渊好奇地问："他是谁？"

"是我的同学。"张月擦了擦泪痕说，"他是来帮忙的。"

张月对申渊深鞠一躬说："这次多谢你了，跟我们一起去吃解秽酒，吃完了我送你回酒店。"


方菲在酒店里等了又等，独自用膳后，靠在沙发上睡着了。梦中感觉有人在温柔地亲吻她的脸颊，她睁开眼睛，果然是申渊。她顿时感到活力充沛，深深地回吻了一下说："还赶得及最后一班船回去，走吗？我明天还要上班呢！"

"累不累？"申渊爱惜地拨开了她的头发说。

方菲摇了摇头说："没事，看到你我就踏实了。待会儿靠着你，我还能在船上睡一会儿。"

她没有多问那个让她略微妒忌又有些心疼的张月怎么样了。她只想赶紧离开这儿。

回到家后，半夜被尿憋醒的方菲走到洗手间。她将申渊还没丢进洗衣机的白色运动上衣从里子翻到了面子，看到上衣肩部的位置竟有一枚淡淡的樱花色口红印。她气得睡意全无，折回房间，拍醒了丈夫。

"老婆，怎么了？"申渊一睁开眼睛，就看到妻子冷若冰霜地甩过来一件脏衣服。

"这到底是谁留下来的？张月不像有精神打扮的样子，肯定另有其人！我数三声，你立刻交代！"

怀胎六个多月的方菲，累了一天，再过几小时又要去忙公司的事，心理战或者客气话都懒得说了："一、二……"

申渊一脸疑惑，打开灯看着口红的颜色，仔细回想了一下说："是吴静！"

"她？她为什么亲你？你们有什么关系？"

"哎哟，我也不知道为什么亲我，谢猛都可以做证。她一看到我就扑上来了，拦也拦不住啊！"

方菲越听越气，狠狠地把衣服丢在了地上，抬脚边踩边骂："她不知道你有老婆了？不知道这样会破坏别人家庭？"

"我也不知道为什么！小心啊，别把孩子吓到了。"申渊赶紧阻止了她。

方菲的脾气犹如火山爆发一样，说："那就是喜欢你了？我早就觉得她对你有意思。你和她一起做节目两年了吧？怕不是日久生情了！"

方菲越想那个小妮子的颜值和身材就越气，每次看节目就明显觉得她一直在暗中帮申渊，再加上这个唇印，简直是证据确凿！她恶狠狠地把申渊的枕头、被子丢到了沙发上。

"这事你不给我解释清楚，就不许跟我睡一间房！"

申渊心想，孕妇在夜晚时褪黑激素和催产素分泌得多，所以妻子才会这么情绪化。但真心摊开来，哪怕是吼出来的真心话，也是最宝贵的。

第二天，申渊一从沙发上醒过来就赶紧打电话找吴静。

"真对不起，申大哥，今天晚上我请客，大家一起吃饭，当面跟大嫂赔罪好不好！"

吴静没想到激动之举会给他带来这么多麻烦，她决定摊牌。她一改逢年过节才给章阿姨打电话的习惯，随后就打了过去："阿姨，您好，我是被您资助的小吴。"

"小吴？"章雨露当然记得，有点激动地说，"你可真有心。怎么现在给我打电话了？是不是有什么喜事了？"

吴静赶紧说明："我一直都想当面请您吃个饭，报答您和申大哥对我多年的照顾。今天晚上七点，我、我男朋友、您，还有申大哥、申大嫂一起在香格里拉酒店吃晚餐可以吗？"

"哟！没想到你一直在我们这边啊！当然可以！"章雨露正好太久没有社交活动了，欣然应许。

# 第三十七章

上班的时候，薇薇突然对方菲说她想辞职。

方菲试探着问："薇薇，现在是特殊时期，能不能留下来，再多陪我三个月？"

"那……好吧。"

方菲一听就知道她根本不是存心想走，便打破砂锅地问："到底怎么了？"

"没什么。"薇薇勉强挤出笑容说，"我都一把年纪了，想找个合适的对象，您让我换个地方去碰碰运气吧。"

"兰庭不是现成的吗？"

不提还好，一提薇薇的鼻子就酸了。委屈、伤心、无奈，让她的眼泪像断了线的珠子似的往下坠。

"怎么了？为什么哭了？你们之间到底发生什么事了？"

方菲连忙用纸巾擦着她脸上的泪珠，再想起薇薇突如其来的疾病，以及兰庭欲言又止的表情，更加确信当中定有隐情。

"他说自己有喜欢的人了！"薇薇大哭起来。

方菲说："他有喜欢的人很正常嘛，你也不至于哭啊！那他恋爱了吗？"

薇薇摇头。

"那你还有机会啊！怕啥！也不至于哭成这样啊！"

"可是，可是，他喜欢的人是……"

"是谁？"方菲听得心里痒痒的，不住地催促着。

"是你！"薇薇一说出来，瞬间觉得天都亮了，心里也没有那么难受了。

"怎么可能？！"

方菲还没从对张月的微酸和对吴静的醋意中抽离出来，突然听到这样一个爆炸性的消息，第一反应就是不相信！

"真的是你！"薇薇着急地确定着。

方菲又好气又好笑地说："我都要生孩子了，退一万步说，就算他真的喜欢我，也就是一层好感，我们没可能的呀！"

正在这时，兰庭跟郎乾推门进来，气氛顿时尴尬无比，室内一片寂静。兰庭并未想到她们正在谈论自己，心里还惦记着老鼠仓的事。他面色凝重地对方菲说："有两件事跟您汇报，第一件是已经离职的梁启尚可能私设老鼠仓。"

方菲回忆起童无忌在朋友圈的炫富行为，还有迫不及待提交离职申请的梁启尚，心中倒有几分认同。但她也知道，一旦举报，就会使大学室友和曾经信任的下属一起身陷囹圄。

她犹豫地反问："梁启尚的年薪加上提成就有一百多万，做一次老鼠仓不过赚几百万，值得吗？"

兰庭更正她说："这不是值不值得的问题，而是三观的问题。也许他觉得这事没错。"

郎乾也肯定地说："为防止泄露交易信息，每个基金经理在上班前都会被收走手机，办公室也都安装了摄像头。所有的录像都能被追查，而老鼠仓需要动用大量的私人账户买进卖出，绝对有迹可循……"

方菲怔了一下，从心底不愿意相信，但她又知道郎乾的务实和严谨，所以此事绝非空穴来风，便问："第二件事呢？"

郎乾的眼中闪过一丝悲哀的眼神，心想，莫非方总真的决定保护自己的熟人？

兰庭继续汇报说："看完那5只债券基金的分析报告后，我们发现张氏企业的财务数据中有关客户应收款和未开票收入的比例有异常，所以希望项目缓行。我们需要一些时间搜集数据，核实对方是否造假。"

方菲立刻警觉地问："张氏企业一向都很稳健，又是行业巨头，何必造假呢？"

郎乾作为发现问题的人，简明扼要地说："近三年来，随着汽车行业的竞争越来越激烈，张氏汽车集团的销售业绩其实在不断下滑，而他们的经营方针又将现金流向房地产和借贷。我初步怀疑他们将所销售车辆的应收账款和应付账款对抵，同时虚减应收账款和应付款项，以此来减少坏账准备的计提。"

作为上市公司，张氏汽车集团的财务报表可以看到是由天成审计师事务所审核出具的。事务所发现了账目问题一定会多次询问，作为首席财务官的鹿韵绝对是知情的。

为何这些数据能瞒过证监会的审查？

其实这并不罕见。方菲就曾经听一个投行的朋友说过，有一家做假账的公司花了三年的时间好不容易走到路演，得到证交所的认可，准备在第二天早上正式上市。然而，就在这家公司兴奋得大摆酒宴的时候，证监会突然接到了这家公司财务造假的举报，连夜紧急叫停上市。经侦警察直接上晚宴抓人，真正上演了一出资本世界的现世报。

假的真不了，真的假不了。

方菲站在落地窗前，看着渐渐堆满阴霾的天空，心情沉重地说："你说得很对，万一张氏汽车集团真的爆雷，我们仍继续销售，除了要承担风险，更会损害投资人的利益！核查工作大概需要多长时间？"

郎乾胸有成竹地说："我会派人从正规途径混入张氏汽车集团的分公司做实地调研和考察，可能需要一两个月的时间。"

方菲摇了摇头说："不行，太久了。这只基金下个月就要上架，如果没有确凿的证据，我们无法说服董事会放弃，更可能被张氏汽车集团告违约。可不可以快一点？"

"那行！我可以帮郎乾。"兰庭挺身而出，他决定利用自家集团的特别力量和财力，增派更多的外部力量，从张氏汽车集团的核心下手获取情报。

方菲郑重地说："好，两个星期之内，我要得到答案。另外，我们还要做好B计划，也就是万一真的发现张氏汽车集团有造假行为，必须要用更好的债券来替代它。现在开始留意你们手里的债券，以便到时候做出选择。"

郎乾和兰庭听到这里，心中由衷佩服，连声答应。

节目结束后，谢猛激动地叫住吴静说："我瘦了 10 斤，你该告诉我你的秘密了。"

"这么快？不会吧！"吴静不太相信。

"不信你看我的 App！"

吴静接过曲线图看了一眼，发现对方果然瘦了，便说："我今天晚上要请申渊全家吃饭，你可以装一下我男朋友吗？那个事情，等结束了再告诉你。"

"行！没问题！"谢猛差点喜极而泣。比起听秘密，他更期待和她一同赴约。

申渊挽着方菲的手走进香格里拉酒店，打开包房后大吃一惊。吴静跟谢猛，还有章雨露正端坐在会客沙发上谈笑风生。

申渊惊奇地问道："妈、吴静，你们认识？"

章雨露一脸愕然地说："儿子，这是咱家一直捐助的小吴啊！你上中学的时候还给她写过信呢！"

申渊震惊地揉了揉眼睛，难以置信地说："小吴？贵州山区的那个小女孩？不可能吧？名字也不对啊！"

吴静走过来深深地向方菲鞠了一躬说："大嫂，这件事是我的不对，特地给您赔罪来了。我本名叫吴小英，艺名是吴静，在申大哥一家人的帮助下，考上了深港的大学，学习了播音主持专业，毕业后做了主持人。"

方菲这才明白过来："所以你才一再帮助他？"

吴静非常抱歉地说："对不起，我以前没有公开身份，怕给申大哥带来压力。但是现在都引起嫂子的误会了，还不如说清楚呢！这是我的男朋友，你们都认识的。来，我以茶代酒表达歉意！"

这一切来得太突然了，谢猛还没反应过来，就被吴静抓起了手。当他面对申渊时，脸部抽搐了一下，也赶紧把茶喝干了。

方菲听完后，开始有点心疼丈夫了。他才大病初愈，又帮张月操办了两天丧事，昨天却因为一件染了口红的衣服，被自己罚睡在沙发上，真是太受委屈了。

"申大哥，我可以问个问题吗？"吴静突然认真地说。

"你说。"申渊以为她会问感情问题，有点紧张。

"之前您是真的生病了吗？还是被人造谣诬陷的？"吴静愤怒地攥紧了拳头说，"哪个卑鄙小人造谣您得了躁郁症，害得您都不能回来做节目了！"

看着吴静殷切的眼神，申渊的心加速跳动，嘴唇都有点干燥起来。

吴静又对谢猛说："你在金融圈的人脉广，帮我多留意一下，到底是谁这么无耻，天天盯着申大哥不放，上次还差点害得他……"

"哦，好的……"谢猛心不甘情不愿地答应下来，额头渗出了豆大的汗珠。

喝了一口茶的申渊终于平复了心情，实话实说："我确实病了，又怕人知道，只能偷偷隐瞒。一味捂着藏着，心理压力变得更大了，憋得太久便爆发了。"

"那现在呢？好点了没？"吴静大惊失色，担心地追问。

"心理医生复查后说现在已经正常了。"申渊说，"也要谢谢那个扯掉我遮羞布的人。如果不是彻底暴露问题，方菲也听不到我积郁在内心深处的痛苦和秘密。"

申渊轻轻地拉起方菲的手，说："谢谢你！如果不是你全心全意守护我，哪怕在职场拼得头破血流，也要赚钱陪我一起渡过难关，我可能已经进精神病院了。"

听到这里，乐观坚强的方菲也忍不住泪盈于睫。从未听过儿媳抱怨的章雨露也被感动得红了眼眶。吴静悄悄擦起了眼泪。谢猛如坐针毡，低头不语。

申渊又端起茶杯走到章雨露面前，诚挚地说："妈，谢谢您每天不辞辛苦地跑到小区给我做饭、洗衣、喂鸟，生怕我想不开，还帮我在阳台装了安全网。这些我都明白！您辛苦啦！"

"傻瓜！母子之间说什么客套话！"

章雨露的声线颤抖起来。上次为了逼儿媳妇保住胎儿，随地就能哭闹的她只是用手指轻轻擦掉流下的泪。

"小英，你一直都在维护我，还在节目里帮我打广告，原来是为了报恩。台长恐怕也为难过你，今天你还为了我专门摆宴，谢谢你！"申渊又端起茶杯走到吴静面前。

吴静流着泪，恭敬地用茶杯边缘碰了碰他的杯子下端说："加油！我相信你一定会回来的！"擦了眼泪后，她又笑着说，"我们难得聚一聚，菜也上齐了，大家赶紧开动吧！"

这顿饭大家聊着这些年的各种趣事。因为误会而召集的聚餐，竟让大家各自释放了内心的焦虑。

送完章雨露，方菲忍不住对申渊说："我可真没想到，原来你们家一早就跟吴静认识。那个捐助到底是怎么回事？"

申渊这才说出来龙去脉："那时候我爸去世了，我妈去拜神。算命的人让她多做善事，她就以我的名义捐助了贵州山区的一个小妹妹，还经常要我写信鼓励她，一直到她考上大学。之后这个小妹妹逢年过节就给我们打电话。我们还真没想到原来她远在天边，近在眼前。"

方菲想起婆婆上次来公司跟她聊了几句就要去拜神的事，露出了会心的微笑。

"你妈倒也是菩萨心肠。吴静应该一直都感激你、喜欢你，所以才隐瞒自己的身份，寻找着进一步发展的机会。不过嘛，你早早就跟我在一起了。"

申渊无奈地耸了耸肩，说："命里无时莫强求，前面那句是什么来着？"

"命里有时终须有。"方菲话音刚落，申渊就郑重地加上一句，"所以你是我的！"

方菲温热的左手覆盖住了他放在挂挡杆上的右手。

申渊心中一动，感动地说："老婆，我喜欢现在的你，吵架也好，赶我去沙发上睡觉也好，都让我觉得你比以前任何时候都更把我放在心上……"

耳边传来轻微的鼾声，余光瞟向旁边，他发现方菲面带笑容地睡着了。

这个小傻瓜。申渊匀速开着车，在路上兜着风，不想打扰她的清梦。


# 第三十八章


谢猛的车里播放着英国歌手鲁默的歌 *Slow*，歌词大意是：慢慢来，不要燃烧掉，不要展示它，慢慢来，让它去吧……我的爱，你在的时候，时间过得飞快……

他真希望时光可以像黏着的果冻一样慢下来，让吴静可以多留在他身边一会儿。今天的聚会让他心头的大石落下了。污浊的妒忌之火全部随着歌曲的旋律，从他的口哨声中排解了出去。他终于知道了吴静一直以来帮助申渊的原因。

正好红灯亮了，吴静打开钱包，掏出一张照片递给他说："这就是我的秘密，知识改变命运，医美、化妆改变颜值！"

谢猛接过照片后，震惊地咳嗽了一声。他完全无法将这小眼睛、脸上两坨高原红的小女孩和眼前的美人联系起来。

"怎么了？觉得我整个人都换头了吧？"吴静调侃地笑了。

"这有什么不能接受的！我喜欢的是你这个人！"谢猛脱口而出。

唯一让他受不了的是要跟申渊化敌为友。因为跟申渊作对就是跟吴静作对。


方菲清醒过来的时候，先是闻到随风而来的一阵腥味，就像置身于海边似的。

"你醒了？"耳边传来申渊的声音。

睁开眼睛的同时，跃入眼帘的是一抹橙红色的朝霞和青蓝色的天。

"这是哪儿啊？太美了！"

她躺在放平的汽车椅子上，申渊躺在驾驶位上，徐徐的清风从天窗和四面的窗户吹进来。

"这是海边啊！我小时候长大的地方。"申渊指着窗外的风景，告诉她，"小时候我一有不高兴的事，就坐在这里看海，看着一望无际的海面，心情就会好一点。昨天你睡着了，我不想吵醒你，就一直在路上兜风，后来我也有点困了，就想到了这儿。"

方菲真的很久没有这样放松过心情了。她一直都拼命地忙工作，即便请假也是为了备孕怀孕。而申渊带给她的，是这座城市充满生机的另一面。

她激动地对丈夫说："我好开心啊！谢谢你！"

"两公婆说什么谢呢，那么见外。"申渊握住她的手。

"如果这时候有音乐听就好了。"方菲笑着提议。

"那方便啊，我开收音机。"申渊点了一下，舒缓的音乐响起。

没几分钟，新闻播音员却说："下面播放一则简报，通达基金分公司的总经理蔡权在国外一处几十米高的旅游景点失足坠亡……"

这突如其来的消息让方菲汗毛倒竖。蔡权是贪腐案的主要涉案人物，为何他会在古丽被调查的时候神秘死亡？她连忙打电话给张宁。

张宁嗓音沙哑地说："我们查到蔡权即将回国，原本打算去机场截住他带回调查。没想到竟然发生了这种事，实在是太可惜了……"

"蔡权难道知道自己回国之后可能会被捕？"方菲心中隐隐不安，她觉得这次的意外绝非偶然。

"我们确实也联系过一些相关人士调查这个案件。如果他自己心虚的话应该会猜到……到底是自杀、失足还是谋杀，现在都不好说。"

方菲的心蓦地一寒。

海风瑟瑟，似乎冥冥之中有一双眼睛正在窥探着他们生命的进程，操纵着大洋彼岸关键人物的离奇死亡……

是谁呢？

另一方面，方菲决定还是要跟童无忌谈谈有关她丈夫参与老鼠仓的事。她明白无忌渴望拥有一个梦幻家园，过向往的生活，但他们不应该越界。如果他们愿意退回那些不义之财，方菲会为他们争取宽大处理。没想到电话拨通后，却只听到一段冰冷的留言："您所拨打的是空号，请您核实后再拨。"

方菲的心"咚"的一声沉了下去。


被带去接受审查的古丽终于回来了。原来是水蛇腰，增一分就胖、减一分太瘦的她，就像一张纸人从门缝飘了进来。她的下巴越发尖了，不再饱满的脸上，眼神空洞，失去了往日的嚣张跋扈。

久违的阳光。久违的自由。

她默默走回办公室，轻轻一推门，才发现之前离开时竟然忘了锁门。她怔了怔，随手摸了一下桌面——一尘不染。她不在的时候，阿姨应该也来打扫过了，桌面的照片好像被移动过。她突然有种大势已去的悲哀心情，颓丧地趴在了桌上。

方菲隔着玻璃门看到了这一幕。因为夫妻之间的误会已经解除，她对古丽的一腔怒火也快烟消云散了。可更大的疑窦，让方菲忍不住想看这个女人下一步的举动。

顶着两个黑眼圈的古丽就像霜打了的茄子一样一蹶不振。她端起空杯，像一具行尸走肉似的走出办公室。

方菲想起自己有一包蓝山咖啡豆，孕期哺乳期肯定喝不了，便也跟进了茶水间。

她拉开私人抽屉，递给正在往杯子里倒速溶咖啡的古丽，接着说："这是别人送我的，我现在也没法喝，送给你吧。"

古丽吓得后退了一步，缩着脖子厉声问："方菲，你害得我被审查了这么久，现在还想套近乎？"

"方姐，不要理她！"远处路过的薇薇闻声赶来，挡在了方菲前面。

古丽怔了一下，感到自己有些失态，不愿在普通员工面前丢脸，端起杯子，转身就走。

薇薇心有余悸地接过方菲手中的咖啡豆说，"她这样子可真恐怖！你以后打水、去厕所，我都要陪着。这么好的咖啡，别便宜了她！"

"可能是被审讯的时间太久了吧。"方菲总觉得哪里不对劲儿，喝了一口水，有点同情地说。

"有的人身正不怕影子斜，有的人心里有事可不就心虚嘛！"薇薇毫不同情地说，"想当初，我还被她流放了呢！"

回到办公室，方菲关上门，小声对薇薇和兰庭说："蔡权死了，你们知道吗？"

"好好的一个人说没就没了。"薇薇说。

兰庭分析着后续的官司进展说："之前告蔡权的源兴正在找律师跟我们通达打官司。假如源兴能搜集证据来证明蔡权是善意的合同相对人，并尽到足够的注意义务，通达就要承担返还资金的责任。"

最近兰庭跟做律师的老同学联手查张氏汽车集团财务造假的案子，并通过特殊关系获得了曾经给张氏汽车集团做过审计的经理提供的计算底稿和台账，还派了卧底潜入张氏汽车集团的财务部门了解真实的做账手法。

真相已经渐渐浮出水面。在得到十足的证据之前，兰庭还不想跟方菲说出这些半成品。

方菲就事论事，从维护通达集团利益的角度说："但是，当年蔡权入职时签订的劳动合同里有相应的免责条款，我们通达应该处于豁免责任的状态。其实，我担心的是通达惹上官司后，也会像开元一样公信度受损，进而导致销售下行。"

兰庭是学法律出身的，讲求公平、公正。换言之，他是个帮理不帮亲的人。

他中立地说："蔡权如果利用了通达的信用背书进行欺诈，我们这边就应该承担责任。反之，如果通达可以举证说明源兴公司未尽到合理的注意义务而被骗，就能逃脱担责。"

一股腥风血雨即将到来。无论正义还是邪恶，审判都已拉开帷幕。

首先，经侦大队的张宁一直像猎鹰一样紧紧咬住通达内部的腐坏；其次，一场可能被张氏汽车集团包藏祸心、意图坑害投资者的巨额债基的阴谋正处于孵化的边缘，还有一个跟闺密及前下属有莫大关系的老鼠仓。方菲拥有挖掘真相的实力，但此刻她心乱如麻。

她的手机突然响了，是一串来自海外的号码。肯定是无忌！

方菲一接电话却听到了柳叶气急败坏的声音："那个冯翔真是个逆子！居然把我给赶出来了。"

不久前，柳叶带着媛媛按照地址敲开了一座别墅的大门。一个眉清目秀的黑衣男人打开了门。他的头发较短，直直地竖着，身材高瘦，左耳戴着一枚钻石耳钉。

"你是？"对方疑惑地问。

"你好，我是你父亲冯楚下属的朋友，有要紧的事想跟你谈谈。"柳叶说。

一个金发碧眼的帅哥正坐在沙发上喝着咖啡，侧脸看了来客一眼，微笑着打了个招呼。左耳的黑色耳钉反射出白光。

冯翔斜靠在门框上冷漠地说："我早就跟那个男人没关系了。"

"你父亲他病了，需要做微创切片来判断是否患上肺癌。"冯翔的眉毛皱了一下，柳叶接着说，"他怕真得了癌症，弄不好就再也见不到你了，所以一直抗拒做微创检测。希望你可以打个电话安慰一下他，让他放心做检查。如果你能回去看看他就更好了。"

冯翔的脸色越来越糟，突然激动地吼道："这是他自作孽！我妈去世的时候，谁让他不来的？现在他是生是死，与我无关！"甩出这句话后，他"砰"的一声关上了门。

听柳叶复述完，方菲也气得咬牙切齿。

"辛苦你了，换我可能会跳起来给他一个耳光。看来，要找张月出马了，不过她母亲刚去世不久，我没有把握她能帮忙。"

"唉，沈阿姨的离开反倒是一种解脱，我倒是觉得你给她找点事情做，她没准更容易走出来，你觉得呢？"

方菲说:"有道理,我抽时间联系她一下。"

柳叶挂上电话,被人拉了拉手。媛媛满怀期待地问她:"妈妈,你答应我去迪斯尼乐园的。什么时候去啊?"

"走吧,咱们现在就去!"

她们从迪斯尼乐园的专线刚下站,就被一个衣着褴褛、鼻尖上长着一个肉瘤子的乞丐凑上来要钱。柳叶有恻隐之心,正准备掏包,却被两个半大不小的毛孩撞了一下。待他们嬉笑着说"Sorry、Sorry"跑远后,她才发现老人也不见了。

奇怪,包包的手感怎么不对?她拿起来一看才发现,包居然被划破了,钱包早已不翼而飞!可恶!肯定是刚刚那些小鬼干的!

柳叶气得直跺脚,心想今天真是倒霉透了,先是被人搅了好心情,又遇到扒手。

"妈妈,怎么办啊?"媛媛焦急万分,生怕不能去玩了,眼泪都快流出来了。

这时,柳叶突然看到一个身材瘦长、衣着考究的亚洲男人迎面走来。

她眼前一亮,拦住他问:"你好,是中国人吗?"

对方回以标准的普通话:"怎么了?"

"太好了,我刚刚被人偷了钱包,现在想跟女儿去迪斯尼乐园玩,要买门票。你能不能借我500美元?我用微信还人民币给你。"

那男人被她逗乐了:"你可真行,这么大的事情还不赶紧报警去?"

柳叶苦笑了一下说:"护照我放在酒店了,钱包里就几百美元,几张信用卡。信用卡报失就好了,还会给我赔偿。但难得带女儿来一次迪斯尼,可不能被这些浑蛋扫了兴,我们必须要好好玩一天。"

旁边的小女孩也云淡风轻地说:"叔叔,你就借钱给我妈妈吧,我想去玩嘛!"

那男人掏出500美元递给柳叶后就走,柳叶可不干了,大步流星追了上去,一把拽住他的胳膊说:"加个微信,我按今天的汇率转你。"

"就当我做好事了。"那男人像真不把这点钱放在眼里似的。

换了普通人可能会感觉天上掉下大馅儿饼了,可柳叶却很严肃地掏出手机说:"那怎么行,好人一定要有好报。我怎么能让你吃亏呢?我就是这样教育我女儿的,如果有人帮助了我们,一定要加倍感谢!你可不要耽误我教育孩子。"

他像是被说到了心坎上,终于掏出了手机。柳叶立马以高出当期汇率的价格，转了 3600 元人民币给他。

她落落大方地向他伸出右手说："你好，我叫柳叶，很高兴认识你。"

男人的脸上浮现出微笑，握住了她的手说："我叫萧诚。"

# 第三十九章

两周不到，兰庭便跟郎乾一起带着厚厚的一沓财务资料走进了方菲的办公室。经过一番行走在法律边缘的搜证后，兰庭从一个伪装进张氏汽车集团做财务经理的委托人手里，拿到了张氏汽车集团内部账的财务资料。

原来，张氏汽车集团的每个分公司都有两套账，一套是给粤岛总部汇报的实际账，另一套则是为税务局准备的官方账。官方的账面上，净利润偏低，计提了高额的负债和应收账款，躲避了一部分营业税的缴纳额。实际的账务才暴露出公司的真实情况：销售额节节败退，毛利率下降，现金流大部分来自非主营业务，比如房地产和贷款拆解。

方菲看完之后对兰庭他们大为赞赏："了不起！有了这份资料，我们跟上面汇报之后，就可以从债券基金中拿走对张氏汽车集团的申购额了。"

在高层会议上，迟建听完方菲的陈述后，却断然拒绝："先发起募集资金再说！以张氏汽车集团的实力，要偿还债券利息根本不是问题！你不要太小题大做了！"

方菲委婉地反对说："作为金融从业者，我们有权对投资人负责。现在证据都摆在眼前了，万一将来发生问题，我们难辞其咎！"

迟建愤怒地驳斥说："就算亏也不是亏我们的钱！你怕什么？"

这一下，会议现场一片安静。迫于迟建平时独断专行的淫威，面对泰山压顶一般的挑战，其他高层面面相觑，无人敢正面与之相撞。一时间，座无虚席的会议室竟万籁俱寂。

这时，方菲挺着大肚子从座位上站了起来，据理力争地说："对不起，作为一个基金公司的总经理，我有责任为所有信赖我们固定收益部的投资者负责。张氏汽车集团虽然是我们的长期战略伙伴，可我们也不应为了指标隐瞒事实，这是我们作为基金从业者的职业操守。从我开会说出事实的那一刻起，在座的每一位都是证人。如果您坚持上市，我会把这些资料呈交给警方！"

迟建并未想到之前那么珍惜工作、收敛了锋芒的方菲，居然会为了这些空洞的职业道德与他公然作对。他生气地指着她吼道："好！这是你们分部的失职！万一因此给公司带来任何损失，你负得起责任吗？"

朱悦竟然也失态地反对起来："方总，张氏汽车集团可是我们重仓30%的债券啊！您可千万要三思！"

方菲知道他励精图治，希望靠这个项目往上升，可她心意已定。她冷静地直视着迟建的眼睛说："如果有任何法律责任，我愿一力承担。如果隐瞒实情上市后，基金发生任何问题，您能负责吗？"

这番话一出口，不仅是迟建哑口无言，就连在座的其他高管也感觉到了危机。

方菲紧接着说："另外，我会用两个债券申购来替换掉张氏汽车集团的。"

要知道，要找到一个来替代老牌企业张氏汽车集团的债券已经很不容易了。她竟然找到了两个？只有兰庭和郎乾毫不意外，因为B计划也是他们连续在公司加班一周半筛选出来的。

方菲点开精美的PPT开始介绍："第一个是成电股份，这是家发电公司，它旗下的四家分公司都是热电公司。要知道，电力是老百姓的刚需。不论是工厂还是个人，一定会用电。以成电股份业务经营中形成的未来的上网电费受益权，发行10亿为期两年的债券，募集资金用于补充运营资金，每年还本付息三次，绝对是优质资产。另一个是BT项目资产支持收益专项资产管理计划。该计划以基础设施收费，利用建设深港14条市政道路项目的回款合同债券形成资产池，最终实现基础资产。这两个债券的基金额加起来超过60亿，可靠度高且收益稳定！大家意下如何？"

方菲既给迟建台阶下，也切断了他继续挽救张氏汽车集团的理由。她手段老辣，考虑周到，众人感觉既在意料之中，又在认知之外。她总能在危机中起舞，四两拨千斤。

朱悦失望地叹了口气，靠在椅背上看着远处的蓝天出神。

最后经过投票，除迟建之外的所有与会人员都同意终止本期以张氏汽车贷为重仓配置的债券基金发行。

虽然最终惨烈地胜了，但方菲自知这样做透支了自己的官运。她的位置只会岌岌可危，她不知道自己还能保护投资者多久。

从会议室走出来后，方菲在茶水间遇到了赵玲。赵玲一边打着开水，一边悄声说："林晨的儿子没人管得了，天天打架斗殴抢低年级孩子的球鞋。真是只有你想不到，没有他做不到的。所以她每天一下班就马上回去看孩子，连会都不跟手底下的员工开了。"

方菲苦笑一声说："越是这种中庸无为的活得越长，我却可能要走了。"

"为什么？"还不知道那么多内幕的赵玲瞄了一眼她的腹部，关心地说，"你是打算解甲归田？以后专心当少奶奶啦？"

方菲忍不住"扑哧"一笑，拍了拍她的肩膀说："我决定还是咬牙坚持住，为宝宝赚多点奶粉钱！"

赵玲语带双关地扫了一眼她饱满的胸部说："我看储备已经很充足啦！"


一个胖乎乎的小女孩，披散着浓密的黑发，穿着粉色小吊带裙。她一只手牵着红色的气球，另一只手牵着爸爸，正在蹦蹦跳跳地走路。一不留神，红气球飞上了天，小女孩哇哇大哭起来。年轻的爸爸将她一把抱了起来，安慰地亲了亲她，在她耳边说着什么。女孩又破涕为笑，捧着爸爸的脸亲了一口。

一瞬间，张月眼眶湿润地想起小时候住在农民房时，她也经常会左手牵着爸爸，右手拉着妈妈，一起在蜿蜒的小路上笑着散步。爸爸妈妈左右同时提着她的小手时，她便能往前荡一小段秋千。

12岁时，张月成了粤岛别墅里的大小姐。家里有专门做事的用人和园丁，她还以为一家人可以其乐融融地生活。没想到抱着儿子来摊牌的鹿韵打破了一家人美好的生活。

"我已经有了张家的儿子，又是鹤曦事业上的得力助手，你们好自为之地离开吧。"

鹿韵在生意上对她父亲有各种助力，而她沉溺于小说中的母亲沈华却上不了大台面。

受到强烈刺激的母亲一夜之间疯了，住进了精神病院。

张月瞬间掉进了炼狱，不仅要去探望母亲，还要讨伐除了给钱什么都不管的父亲。

就在她濒临崩溃的时候，治疗她的庄明医生用心理学的书籍，敲开了她求知自救的大门。

她立下学医救母的志愿，出国留学，跟世界顶尖的心理学教授威廉姆斯学习先进的精神治疗方法，在专攻躁郁症和精神分裂的同时，也慢慢拯救了自己。

但母亲的死又让她遭到了毁灭性的打击——学得再多都救不了母亲，自己当医生又有何用？

申渊和方菲的恩爱，也让张月彻底失去了对爱情的憧憬。她从此一蹶不振。

方菲充满热度和力量的声音却撩动了她一潭死水的心。

"柳叶被冯翔给拒绝了，因为冯楚在去世的前妻和病危的王蔚之间选择了照顾后者，招致了冯翔的仇恨，所以冯翔拒绝回国探望父亲。你有没有办法说服冯翔回来一趟？"

张月突然发现自己已经有一周左右没有回诊所工作了。

因为心理治疗是一个漫长的过程，之前预约的病人，延迟一两周复诊对病情影响不会太大。

被心理疾病伤害的她，不只是为了母亲，也是为了天下所有有心理疾病的人能尽快走出阴霾。

她用手指梳了梳头发，看着在碧蓝的港口四周飞翔的海鸥说："我考虑一下。"

一直活在过去抗拒变化的母亲，因为背叛最终崩溃。这和冯翔的母亲何其相似。冯翔肯定也和自己一样，沉在心灵的炼狱中。一个声音敲响了她心中的大钟："救他！一定要救他！"

方菲等了又等，电话那边既没有挂断，却也没有声音。

张月突然说道："每个人的痛苦都是自己的心魔造成的，我去跟他谈谈。"

方菲深感触动地说："谢谢你，专程去一次的话，太耽误你的工作了，这些费用我来出。"

"别客气，等你们渡过难关，我定会双倍讨回。对了，临走前，我希望去你师父家再了解一下更多的细节……"

电话挂上后，张月的唇边终于泛起了久违的微笑。她伸展双臂深深地吸了一口气，感觉每一寸肌肤、每一个细胞都像被唤醒了似的。

虽然救不了最爱的妈妈，但是还有其他人需要我，我不能再懈怠了！

夜，那么深，灯红酒绿的酒吧街人声鼎沸、音乐飘扬。对这些混迹酒吧的人来说，酒是和朋友交流的桥梁。

自从古丽重新上岗，方菲改变主意后，朱悦突然觉得原本触手可及的升迁变得悬而未决。心乱如麻的他到这个行业金领人士常来的俱乐部，品着小酒解忧，顺便看看是否有新的机会。

"朱悦，你怎么也在这儿？"一个浑厚绵长的磁性声音从他的斜前方传来。

"迟董，您怎么也来这种地方呀？"朱悦连忙诚惶诚恐地起身相迎。

穿着欧式马甲、蓝灰色衬衫以及同色长裤的迟建虽然一把年纪了，可看起来还是别有一番味道。

听了朱悦的话，他笑容满面地说："呵呵，照你这么说，我这把年纪就不能来你们年轻人爱玩的地方了？"

"不敢不敢！我的意思是，这哪是您这种级别的人看得上的？您喝点什么？我来请。"朱悦伸手叫侍者下单。

"一杯威士忌。"头发花白的迟建颇有老绅士气派。

"您纡尊降贵来这儿，难道在等什么朋友？"朱悦一边喝着手里的鸡尾酒，一边老练地套着话。

"我来这里就是专门来送你一句话的。"迟建转动着琥珀色的矮玻璃酒杯。

"您说，我洗耳恭听！"朱悦前倾身体认真聆听。

"不知道你有没有听过良禽择木而栖？"

朱悦八面玲珑，岂能听不出弦外之音。他心想，现在迟建势力最大，便恭敬地说："人往高处走，水往低处流，如果迟董有用得着我的地方只管告诉我。"

"小伙子，有前途！一看就是聪明人！"迟建轻轻地在他耳边说出一句话。

朱悦脸色大变说："这样不好吧……"

"那就看你自己怎么取舍了！"说完，迟建放下半杯酒，施施然离开。

朱悦的眉头紧皱，眼睛直直地望着杯中的茶色液体，似乎在冥思苦想着什么。一直到酒杯上凝结的水滴流下来，他才端起来一饮而尽。

内心的骚动和焦躁还是让他意难平。他打了个响指，又要了一杯轰炸机鸡尾酒。

侍者将棕色的咖啡酒、乳白色的爱尔兰甜酒、金黄色的白兰地叠倒，然后用打火机快速绕着酒杯口转了一圈，点燃了杯面，幽蓝色的火焰瞬间蹿起来。

朱悦端起杯子一口喝下。喝这杯酒，一定要快，不然会被灼伤。快，才能让他忘记这烦心的一切。当火在口中熄灭时，他竟发现对面的角落坐着一位穿蓝色旗袍独酌的女人。

今天是什么日子？怎么遇到的人一个比一个厉害！

微醺的他不由得将手指伸向西服的裤兜，触及了那块柔软的绸缎。他脚步坚定地朝那个方向走去。

"徐天！真的是你！"女人醉眼蒙眬地抬起头，眼眶里蓄满了泪，惊喜地对他说。

"对不起，您认错人了。我是朱悦。"

对方的反应让他大吃一惊，就连掏出丝巾的手也僵硬了。

"朱悦？"兰漪缓过神来，抱歉地说，"真不好意思，我喝多了。"

"您怎么会来这里？"

兰漪怎么能说，是因为看到一个长得很像徐天的人走进了这里。她是为了可以远远地看他，才会在这儿一杯接一杯独酌的。

"您的手帕，我洗干净了！"

兰漪接过，又看了他一眼。从眼睛到鼻子再到嘴巴，怎么都看不厌。如果目光可以吃人，朱悦已经被她吸收了。很久没喝过这么多酒了，她想起身，膝盖却偏偏发软。

"我送您回家？"朱悦发烫的手指不禁扶住了她雪白的胳膊。

"好！"也许是酒精的作用，本想等司机来的她任由思念裹挟，被他搀扶着走了出去……

# 第四十章

"你不会又是我爸派来的说客吧？我告诉你，我是不会答应你的！请回吧！"

听到门铃声后，冯翔开门就看到了一位长腿的亚洲知性美女。他本能地感到一种极强的压迫感，急切地想把门关上。

"行吧。"

对方似乎并不执着，转身的一瞬间，流线型的裙摆一甩，胸前的金属项链发出清脆的铃声。冯翔的心情随之莫名地舒缓下来。她背对着冯翔，说话的声音悦耳又和谐："其实，我是来帮你的，不过……"

"帮我？你怎么帮？"

"我是临床心理学家张月。我只想分享自己的故事给你听，不希望你将来后悔。"她侧过脸，向屋内扬了扬下巴，问，"可以让我进去坐着说吗？"

"请进。"冯翔也不知道自己被她施了什么魔法，就是好奇想听听她的故事。

下雨天，安静得只听得见雨滴敲打窗棂的响声。屋内光线阴暗，金发碧眼的男人识趣地端起咖啡走进房间关上了门。张月被带进了客厅，坐在柔软的沙发上。她的声音轻柔舒缓，仿佛大提琴在低声鸣奏。

"我妈生我的时候，因为剥离胎盘大出血。当时医学不发达，为了保命，切除了子宫。这件事对她影响很大，她开始逃避现实，沉迷于阅读小说。当第三者抱着我同父异母的弟弟来找她时，她立刻崩溃了。"

冯翔很久没有听别人跟他说起这么隐秘的事情，尤其还是一个如此优雅知性的女人，他听得认真极了。

"我父亲找律师办妥了离婚手续后，我妈妈和娘家人对他恨之入骨，骂他是白眼狼。当他再婚时，我冲进现场，大肆破坏，恨不得杀死那个毒妇。警察把我带走后，出面保释我的还是我父亲。回家后，我把自己关在房间里，无数次想死。就在拿刀对准手腕的那一刻，有一个声音在说，你要活下去，活下去就有希望，不只是为了自己，也为了能帮助别人！"

冯翔听到这里，理解地拉起了袖子，露出几块触目惊心的烫伤疤痕。他说："我明白你的感受，我最痛苦的时候，也觉得身体越疼，心里越舒服。后来呢？你是怎么走出来的？"

张月轻轻地帮他放下袖子，像姐姐一样直视着他的眼睛说："我在心理医生的救助和引导下，开始读心理学的书，之后又出国留学。我曾以为自己到死都不会再见我爸，可心理学点燃了我救我妈的决心，为此我想先治愈自己，唯一的办法就是……"

冯翔就像沙漠久渴的人问水源似的："就是什么？"

"逐渐宽恕他、谅解他。"

"怎么可能？"冯翔愤怒地击打着沙发靠垫，"他背叛了承诺，还把你母亲逼疯了，怎么可以原谅？"

"是的，你的感受我很理解。"张月起身示意他，"捶打这些垫子吧，发泄你内心的怒火，一直捶打到你觉得没有那么生气为止，你忍耐太久了。"

冯翔双眼血红，就像疯了一样，一拳又一拳重重地捶在毫无生命的、软绵绵的厚布垫上。

张月在一旁毫不在意地看着窗外的雨景，像是享受着大自然的馈赠。等他一直打到拳头红肿、呼吸沉重，开始满头大汗地靠在沙发上大口喘气后，她才说："后来，我开始用局外人的眼光来剖析他们的婚姻，我发现从我妈开始逃避现实的那一刻起，这段婚姻就在逐步走向破灭。我觉得让我爸跟我一起去探视我妈，是解开我妈心结的唯一方法。为了打动我爸，我在英国留学的时候就一直在写信劝他。"

张月毕竟刚送走母亲没多久，说到这里，无异于再次撕开了血淋淋的伤口。她难受得眼眶发红，痛彻心扉。

"我回粤岛后，找过我爸。那次在别墅里，我看到了同父异母的弟弟妹妹，还有那个抢走我妈一切的第三者……他虽然答应了我，却没有去医院看过我妈一次！我妈最后去世时，手里还握着我们一家三口的照片。我看到那个场景，感觉自己就像被一条燃烧的鞭子抽打着伤口！"

"原来你比我更惨！"冯翔没想到她美丽从容的外表下，隐藏的竟是浴火重生的过去。

"那你呢？想不想说说你的故事？"张月鼓励他说。

冯翔难得跟中国人交流，更别提是一个跟他经历相似的人了。听的同时，他越来越想一吐为快。他想敞开心扉，想对张月诉说自己内心全部的痛苦。

"从我懂事开始，就没听我妈说过一句我爸的好。照你这么说，我才发现，我也一直戴着有色眼镜看待我爸。哪怕他送我出国读书，给我买房，我都觉得这不过是为了弥补他内心的愧疚感。"

冯翔因无人倾诉而压抑已久的眼泪，第一次当着外人的面流了下来。张月觉得自己内心深处一直苦苦压抑的愤怒和悲伤，也在这次心理疏导中宣泄了出来。

俗话说，能医者不能自医。纵然她有再高的心理学天分、再渊博的知识和临床经验，也无法给自己来一次心灵的疗愈。

现在，就像寒冬的雪遇到了初春的太阳，她内心的寒冰在光的热度下一寸寸地消融着。

"人世间有着各种各样的缘分，为什么总有这种令人心碎的误会和错失。我们既然无法阻止，为什么还要继续错下去？"张月说完后，握住冯翔的手，"你可以先放下他生病这件事，对他说出内心的愤怒。"

冯翔痛苦地将手指插进头发里，只觉得这些事情让他烦躁不安、头痛欲裂。他低着头，声音沙哑地说："我还觉得他当时不来，是因为我们根本就不重要。"

"可我去了解过，你父亲一直都记挂着你。他给你写过很多信，全都被退回了。现在，我把这些信留在你这里，希望你能公平地看待你父亲。"

说完，张月放下一个厚厚的牛皮纸袋，然后轻盈地走向大门，悄然离开，就像从未出现过一样。

冯翔看着放在眼前的牛皮纸袋，第一反应是想一把撕掉它，永远不愿再抱有幻想，不想再触动内心的伤口。可他又有一丝丝期待：那个老东西到底给我写过什么东西？是骂我还是夸我？他到底有没有在乎过我？

纠结再三，他终于拆开了封口，发现里面赫然放着几十封信件以及张月的名片。


行色匆匆、脸色凝重的张宁又带着一批同事，出现在通达基金的门口。

在走廊上端着一杯咖啡的古丽看到这些熟悉的面孔，感觉心脏抽紧，像惊弓之鸟似的快步走进办公室，"砰"的一声关上了门，还拉上了百叶窗。

"蔡权都已经死了，暂时没有牵扯到古丽的事，她至于怕成那样吗？"兰庭敏锐地观察到了古丽的举动。

"谁知道呢？没准她比外表看起来脆弱。"薇薇还没从奇特的三角关系中舒缓过来，随口回应了一句。

方菲摇了摇头，说："直觉告诉我，她一定还有什么暂时没被发现的问题。"

张宁像老朋友一样走来，微笑着说："多谢你们及时查到问题，检举了已离职的梁启尚利用职务之便，低吸高抛债券基金，从中赚取差价的行为。我们今天来搜集两样证据：第一，他是否通过电话给他人下达指令，指使其买入债券基金；第二，他有没有利用内幕消息提前建仓，损害基金持有人的利益。"

方菲真不想亲手葬送自己好友的家庭幸福，而且，举报梁启尚会让通达基金的公信力下降，也会让即将上市的债券基金受到质疑。但良知让方菲无法坐视不理。

她脸色阴沉地说："一个人如果做错了事情，就应该承担后果。如果选择逃避，对其他遵守秩序的人不公平。"

张宁点头说："为了进一步完善证据链，我们需要再获取一些视频存档和资料，还需要相关人员录口供，麻烦你配合一下。"

郎乾知道张宁的身份和来意后，眉毛越扬越高，眼珠子都快瞪出来了。他没想到方菲真的大义灭亲了，连忙维护她："其实我是第一个举报者，我把自己知道的都告诉你们……"

毕竟合作了十年，方菲尚未将张氏汽车集团造假的事情一并举报，只派人通知他们本年度不再发行他们的债券基金。

张氏汽车集团粤岛总部的首席财务官办公室里，穿着高跟鞋的鹿韵正在接听电话。她穿着一身米色的香奈儿套装短裙，腿部线条优美，极具熟女魅力，表情却越来越扭曲。

她边打电话边怒摔文件说："汽车贷 50 亿元的债券基金居然被撤掉了？临时换到其他的融资，成本是要贵 30% 的！"

电话那端连忙心虚地答复说："通达那边查出来我们财务造假……"

"我不管，证监会都已经批准了，别人又没发现，他们怕什么呢？如果故意不履行就是他们单方面违约，你立刻找人给通达固收部的总经理方菲发律师信。"

高跟鞋在室内的灰色地毯上踩出了一个又一个小小的马蹄印。鹿韵紧握拳头，红色美甲掐进了肉里。她越想越气：一定是张月那个死丫头想整我！

上次在殡仪馆时，鹿韵就没想到会来那么多记者。她更没想到的是，时隔多年，沈华家的亲戚居然还惦记着当年的仇，让她当众出丑。

这件事上了八卦杂志后，她进入上流社会成为阔太太的上位史被翻了个底朝天，成了阔太、少奶奶圈茶余饭后的笑话。

鹿韵坐了下来，冷静地梳理着脉络，从手提包里拿出一部老式的诺基亚手机，拨出一个电话说："见面商量。"

穿着高尔夫球衣的鹿韵来到了深港的会员制球场，和电话中约好的人碰头。她坐上球童开的卡丁车，到了寂静旷野之处，看到了那人的背影。和煦的暖风吹动着芳草，也吹走了他们的每一句话。

# 第四十一章

冯翔本以为自己会不屑一顾。没想到的是，自己竟然一字不漏地看完了全部的手写信。他给张月打了电话，决定跟她一起回去。

申渊在候机口迎接着风尘仆仆的张月跟冯翔。

冯楚得知日思夜想的儿子终于要回来了，心潮澎湃，这简直是提前实现了他的"遗愿"。当看见阔别多年的儿子站在面前时，泪水不知不觉地模糊了他的视线。

"说吧！"张月小声催促了一下。

冯翔心潮澎湃，却不知从何说起，只是艰难地僵持着。

冯楚的喉头艰难地滑动了一下，涨红了脸，他当着所有年轻人的面，认真地向儿子道歉："对不起！那时候我没去参加你母亲的葬礼。我对不起你们娘俩儿，这么多年只知道给钱，却没有去陪你们一下。"

冯翔愣了一下，这些不都是他想了一路准备当面呵斥父亲的话吗？他定睛一看，这哪还是从前那个意气风发、头发略微有几根白发的老爸？这个满头白发、脸上带着和气笑容的老人，佝偻着背，已没有了过往的威严。就像被时光风化了一样，他瘦得缩水、干瘪而憔悴。

所有积攒在冯翔内心的愤怒、苛责全都化成了一句："你身体还好吗？"

"还好，还好，我就是想见见你。"冯楚眼眶湿润着，伸手摸了摸儿子的胳膊，"不知道这次见到你，下次再见是什么时候。我还以为这辈子都见不到你了。"

遏制不住的泪水顺着他瘦削苍老的脸颊流了下来。

虽然以前冯翔心怀怨恨，发誓跟父亲永不相见，但他突然想到母亲已经去世，这世界上只剩下父亲还活着。现在，这个风烛残年的老人，到底能否延长生命，就在他一句话了。他如鲠在喉，说不出话来。

王蔚见他们难得相聚，不忍打扰。直到饭菜都变温了，她才不得不端上桌，招呼着众人吃饭。

冯翔当然知道这位忙前忙后、面如菜色的女人是谁。从张月那里得知王蔚的故事后，他对她的怨气也淡了不少。

这个女人动过乳腺癌切除手术，是个衰弱不堪的病人，却还承担着照顾他父亲的义务和责任。如果不是关系闹僵了，其实这本来应该是他来做的事。

冯翔看了看桌上，只有四个素菜和一大碗清汤寡水的萝卜玉米猪骨汤。

"爸，您怎么吃得这么素？"

"中医说了，不能吃太油腻的。"冯楚刚说完，像被呛到了似的猛烈咳嗽起来。

王蔚连忙熟练地轻拍着他的背，脸上现出掩饰不住的关切神色。

"没事吧？"冯翔感觉父亲像要把肺都咳出来似的，放下碗筷手足无措地问。

冯楚好不容易止住了咳嗽。他喝了一口水，压下去从胸腔翻涌到咽喉的骚动，接着擦了擦嘴，费劲儿地挤出一个微笑说："没事！快吃！"

饭桌上，冯翔听着老头时不时地咳嗽和喘息，感到如坐针毡。饭后，他逃也似的走了。张月跟冯楚夫妇道别后，追上了冯翔。

黑夜乌云，星空朗照。很快，他们走到车流不息的天桥上停住了脚。冯翔一言不发地看着脚下的车河。

张月知道他的心事，轻柔地问："你是不是发现自己心烦气躁，想说的话却说不出来？"

冯翔非常认可地点了点头。

张月想了想，建议说："我有个办法！写下来！"

"写？"

"对，当你无法当面诉说时，可以将心声通过文字传递给他。"

冯翔停住了脚步，一想到这个办法，他居然有种写点什么的冲动。他从背包里掏出纸和笔，左手不停地抚平翻飞的纸，右手却提笔难下。

好不容易，他才写出一行字："爸爸，身体不舒服的话，还是去医院做进一步的检查吧，我会陪着你。"

张月在旁边看着，脸上绽放出笑容。冯翔把纸叠好递给她。

张月故意说："怎么会这样呢？你不是要骂他一顿吗？"

"我也不知道，恨他好像比说心里话更容易。"冯翔耸了耸肩，低头看着自己有些暗红色瘀血的手关节。他转过身去，仰面望着天空说，"兴许在美国捶打枕头的时候，我就已经发泄完了。我不知道。"

张月默默地看着他，等待他静静地吐露心声。

"我离开时，我爸还是个中年人。今天，我还是第一次看到他老后的样子。不知为何，我突然想起很小的时候，他把我驮在肩膀上，带我去青少年宫看大孩子们玩手工制作的遥控船。那天下起了太阳雨，天晴时，他指着天让我看彩虹。那时候，他是多么强大、多么精神，可现在……"

霓虹灯下，张月仿佛看到他眼中有一抹盈盈的光。这时，冯翔的电话响了，他的眉头舒展开来，用英语说起了情话。张月在背后默然地看着繁星闪烁的夜空。

尽管我们心底想起的都是那些最温暖、最美好的时光，但仇恨的确比思念和爱更容易维持。

冯翔挂上电话后犹豫了一下说："其实，我也有个秘密，我走之前会告诉你。"


自从张宁来过后，古丽就因为身体不适请了假。林晨也只做些蜻蜓点水的功夫，到点就撤，连一次班都没加过。唯有方菲督促着申请两只新债基尽快通过审批，还紧锣密鼓地协助销售团队尽快完成任务。

郎乾因为尽职负责，被破格提升为有十年工作经验的人才能当的督察长，成了风险管理委员会的重要成员。有他守护内控的防线，方菲心里踏实多了。

朱悦没有如愿以偿地大展拳脚，他变得沉默多了，甚至给人一种淡泊名利的感觉。他的穿衣风格也变得稳重起来，不再穿那些浅色、反光面料的衬衣了。

方菲对朱悦说过："我发现你现在的情绪好多了，行头也升级了。"

朱悦只是含糊地搪塞："最近要面对的客户更高阶了，所以配置也要跟上，这样才能凸显我们公司有实力嘛！"

方菲鼓励道："加油，争取再挣一笔丰厚的年终奖！"

听了方菲的话，朱悦只是冷漠地笑了笑。

兰漪高雅华贵的睡房里，春色旖旎。

她依靠在朱悦裸露的胸膛上，两人轻轻地喘息着，暧昧的空气中，还残留着温存的余味。

朱悦对自己刚才的表现非常满意，稍作休息后，他无意中发现枕边项链的吊坠似乎是可以开盖的。当他轻轻按开按钮之后，一张老照片赫然出现。梳着两条麻花辫的兰漪，青春俏丽，而另一个穿着军装的"自己"英气俊朗。他惊奇地站起身来，把照片拿到眼前细看。

"你跟他真的好像。"兰漪毫不避讳地跟他说。

"他是谁？是兰庭的爸爸？"

兰漪深情地看着照片上的人说："不是。他是我的初恋。"

"什么意思？"朱悦完全没听明白。

他知道兰漪是高干子弟，家世显赫，嫁给一个大学教授后没几年就做了寡妇，独自抚养兰庭长大。"他是我的学长，我们从小在一个大院长大，互相喜欢对方，却未曾吐露心声。他18岁时，不得不去黑龙江当兵。当年我们连手都没来得及牵，他却因病客死他乡。他是我心中最爱的人，因为没能跟他在一起，我的天空一直是黑色的，后来到了30岁才跟兰庭的爸爸结了婚。他很爱我，甚至答应入赘到我们家，还让兰庭跟我的姓。我虽然并不爱他，但觉得过平淡的生活未尝不可。可好景不长，兰庭三岁的时候，他就去世了……"

加班到深夜的兰庭一推开家门，竟然看到朱悦穿着墨蓝色的丝绸睡衣从母亲的房间里走了出来。他惊讶地瞪大了双眼，连手里的包都掉到了地上。

他愤怒地冲上前去，一把揪住了朱悦的前襟，问："你怎么会在我家？还穿着睡衣？"

兰漪也穿着同色丝绸睡裙婀娜地走了出来："庭儿，我有事要跟你说……"

兰庭深吸一口气，感觉心脏都快从胸口蹦出来了。他听到自己急促的呼吸声，感觉快要窒息了，转身推开门冲了出去。他驱车回了公司，一路风驰电掣，连闯了三个红灯。

回到漆黑的办公室，他在座位上坐定，一夜都没合眼。这个世界疯了吗？太荒谬了！

清晨，薇薇第一个刷卡进门。

兰庭竟然靠在椅背上！闭着眼睛的他衣服没换，鼻梁挺直，薄薄的嘴唇似乎还带着一个嘲讽的微笑，长腿拦住了整条通道。

四周一片寂静，薇薇听着自己"咚咚"的心跳声。随之，她又好奇地思考起来：他怎么会睡在这儿？难道昨天通宵加班了？她把手轻轻伸向他英俊的脸，指尖却停留在距他一厘米的地方。最后，她还是转过身，将自己午睡的小软毯盖在了他的身上。

她提着方菲和自己的水杯蹑手蹑脚地去了茶水间，仔仔细细地冲洗着，尽量拖延回去的时间。她正想得入神，突然被人拍了一下肩膀，吓得她手一滑差点摔了杯子。

"怎么了？脸都吓青了。"方菲笑着伸出手说，"把杯子给我吧。"

"兰庭他醒了吗？"

"醒？我看他正在看电脑啊。"方菲不解地说。

"哦，我来的时候发现他靠在椅子上睡着了，就像昨晚没离开过似的。"

"最近是特殊时期，他可能真的熬夜加班了。"

"可他很注意形象的，平时不管多晚都会回家换一身干净衣服回来。"

薇薇还是很担心，总觉得有非同寻常的事情发生了。难道他找方菲表白被拒绝了？

方菲才没她那么多小心思，还在点拨说："你如果真的担心他，不妨以同事的身份问一下，总这么逃避，反而不正常。"

这倒真的拨开了薇薇心中的迷雾。与其躲躲闪闪，不如以平常的关系与之融洽相处！就像方姐明知道兰庭暗恋她，还是该指挥就指挥一样。这么想开之后，薇薇顿时就不觉得尴尬了。

回到座位后，她发现桌上多了一份快递，拆开一看，文字几乎全是英语，便递给了兰庭问："你英语好，再帮我确认一下是不是律师函？"

兰庭接过来看了一遍，表情凝重地说："这确实是鹿韵代表张氏汽车集团状告方总违约的传票。"

"这下怎么办？方总孤立无援，接受传票后一旦败诉，会承担法律责任的！"薇薇急得在办公室来回踱步。

方菲被她晃得头痛，虽然自己也感觉有点压力，但还是笑着安慰说："贼喊捉贼，身正不怕影子斜，我怕她个空气！再说我们这里有兰大状师呢，是不？"

兰庭本来被家务事搅得头痛欲裂，可一看到方总有难，自己能发挥作用，精神头又好了。他振奋地说："我们就搜集证据，抖一抖他们的猫腻！"

"没错！我宁愿法庭上见，也不会坑投资者！"方菲也硬气地说。

薇薇则在一旁叹气："今年真是一件事接着一件，没完没了了。"

"别怕，我们迎难而上，公道自在人心！"

方菲忽然想起了张月，暗叫不好。因为张氏汽车集团跟她有不可分割的关系。而且，张月才远渡重洋，帮师父见到了久别多年的儿子，算是方菲的恩人。另外，她还是申渊的老同学。万一在搜集证据时，通达跟张氏汽车集团闹个天翻地覆，会不会殃及张月？


一旦有心事，方菲的话就特别多。

"老公，等我生完孩子，我们还是天天去跑步。"

"老公，我想去看看那只小白。"

"老公……"

申渊敏锐地察觉到了她的异常，赶紧问道："你在公司遇到什么棘手的事情了吗？"

"为什么这么问啊？"方菲挽住他的胳膊说，"平时不都是一大堆事吗？"

"你一紧张就特别喜欢说话。"申渊搂着她的腰说，"有什么事情，我们一起面对。跟你说个好消息，现在我开通了原创收益，这个月赚了好几万呢，快能还上欠的利息了。"

"真的？"方菲激动得连声音都颤抖起来。

她这么奔忙，压力这么大，就是因为还债。这下申渊不仅恢复了工作能力，还更胜从前，真是为她解决了大问题。

"老婆，现在你怀有身孕，不能太操劳了，需要做的事情还是交给我吧。"

方菲这才把要打官司的事说了出来："虽然我不怕，但是万一败诉了，家里又会更困难了。另外，这宗案件涉及张月的家人，我担心她帮了你这么多，我却跟她家里人打官司，会伤害到她。"

申渊觉得这件事张月有知情权，便赶紧联系了她。

听完后，张月平静地说："我很了解鹿韵，她做事没底线。应该害怕的人是她！谢谢你通知我，我会先跟他们谈一谈。"

## 第四十二章

刚从机场拖着大箱小包出来的梁启尚，吃力地跟在打扮成二次元美女的妻子的身后。

这一番舟车劳顿，让长期坐办公室的他气喘吁吁。因美食美酒而喂出来的大肚腩显得相当碍事。他一边叫着"等等我"，一边迈着大象腿往前追。

突然，一行风尘仆仆、神情严峻的人拦住了他们。

"怎么了？我还没出门口呢！现在就要检查行李牌？"

童无忌非常生气地想挤出去，却被为首的张宁再次挡住了。

他出示了警员证后，对梁启尚说："我是经侦警官张宁。你是梁启尚吧？"

"我是，怎么了？"不知道是机场的空调太冷还是心虚，梁启尚竟打了个哆嗦。

"你在 2018 年 1 月至 2019 年 1 月，涉嫌利用职务之便操盘两只基金获得非法收益，我们现在以'利用未公开信息交易罪'追究你的刑事责任，请跟我们走一趟。"

梁启尚呆呆地站着，被两名警员一左一右控制住了。

童无忌仿佛从云端坠落到冰冷的地面。她像可怜的小白兔般对这些人哀求说："你们搞错了吧，我丈夫老实巴交的，哪有这么大的胆子？"

张宁面无表情地靠近她，说："你是他的妻子童无忌？"

童无忌人畜无害地点了点头。她睁大戴着美瞳的双眼，眼里水盈盈的，像是随时可以滴出眼泪。

"是的，可是我什么都不知道啊！我可以回家了吗？我有点感冒哦！"

说完，她还打了个重重的喷嚏，又咳嗽了几声。

张宁目光像冰锥一样尖锐寒冷地射向她，毫不怜惜地说："你和你多个亲属的账户也参与了多达 80 起交易，也需要跟我们一起去接受调查。"

童无忌见状气急败坏地丢掉了手中的行李，怒火冲天地说："到底是谁举报的？是不是方菲？她自己生活得不幸福，凭什么要往我身上泼脏水？"

"交易地址主要是通达基金的公共 IP 地址，是通过你丈夫的笔记本电脑完成的。首先和他发生关联交易的是你的证券账户。我们已经掌握了这么多证据，也可以拿到逮捕令，足以证明这并不是脏水。你们俩还是赶紧跟我们走吧！"

童无忌还想撒泼，一个看似瘦弱的女警员已经温柔有力地挽住了她的胳膊。童无忌用力扭动着腰肢，却发现自己几乎动弹不得。

女警温柔却不容拒绝地说："请吧！不要耽误大家的时间。"

在审讯室里，梁启尚还在辩驳："我获利的钱是投资赚的！我相信自己的眼光，我买债券基金买得准还不行吗？"

"可你要如何解释，为什么买入卖出的时间，跟操纵基金买入卖出的时间相差无几？在 2018 年 1 月至 2019 年 1 月，你共控制了 4 个证券账户，分批低价建仓，然后高价位抛售，分散多达 167 个账户。"

张宁毫不留情地指出最关键的时间点，接着他挥了挥手，一名警察端着厚厚的一沓交易打印记录走进了审讯室。

张宁一边看着资料，一边念："你先于或同期于交易的基金共 49 只，累计成交 1746 余万股。其中经你交易买入的金额超过 2.3 亿元，共获利 3500 万元，部分交易还是你亲自完成的。你还让当时任职五矿证券的总经理李智君，在你建仓前操控'岳彭建'和'童无忌'的证券账户买入了'工×银行'和'建×银行'的债券基金……对此，你又作何解释？"

梁启尚还是不死心地说："这就是通过我个人分析得出的结论，有什么问题吗？"

"那你妻子又为何同步跟你买入卖出？"

"她是非专业人士，听听我的意见不行吗？"梁启尚竟然一改平时老实敦厚的模样，小眼睛在镜片后投射出狡黠的光，他继续拿出专业人士的官腔说，"当时银行大量放贷给基建，实际效果可能并不好，今后可能会形成很多呆账坏账，我在家也曾说过，这两只基金，我迟早是要卖出的。"

张宁默默地看他表演，最后义正词严地来了一记重锤："'利用未公开信息交易罪'，只要交易一次就可成立！不论什么时间段，更不论是否盈利！"

梁启尚呆若木鸡，他没想到自己竟然被绕了进去。这是作茧自缚啊！

可他很快又恢复常态，态度坚决地说："就算有问题也是我一个人的问题，我妻子什么都不知道。你们让她走吧。"

另一边，在另一间审讯室里，女警官在讯问着童无忌。

童无忌靠在椅子上脸色灰白，一直喃喃着："我不知道，我真的什么都不懂，我只是在家里等他下班！"

"你不知道？那你怎么解释你爸爸、你妈妈，甚至你远房表哥的身份证全都参与了不法交易？"

"是老梁！是他说有个赚钱的好机会，只要开户就一定能稳赚，我才让他们去开户的，我真的什么都不懂！"不论童无忌如何哀求、退缩，都被对方冷静的眼神注视着。

"再来说说别的吧，你平时没工作，可消费水平越来越高。就拿你今天提着的手办来说，在网上卖三万多一个。你不觉得你这样的消费水平跟自己的收入不相匹配吗？"

"那是我老公疼我，他愿意买给我的！"童无忌小声嘟囔着，然后她睁大画着蓝色眼影的大眼睛，楚楚可怜地哀求道，"姐姐，让我回家吧。这里让我感觉好压抑、好害怕，我只想赶紧出去。"

梁启尚则一口咬定所有违规操作是自己全权负责的，跟妻子没任何关系。

五矿证券的总经理李智君也被"请到了"审讯室接受调查。

"我们是服务性行业，当然是给客户最好的服务嘛！既然梁总当时找我帮忙，我就帮了个小忙嘛……"

"你难道不知道梁启尚同时还操控着通达集团的基金吗？你没有发现他让你帮他买进和卖出的基金正是他操盘的吗？"

李智君不置可否，低头不语。

为了搜集更多老鼠仓案件背后的证据，张宁带领队伍多次走访通达集团和五矿证券，在技术人员的帮助下，从童无忌等人的账号中多方取证，终于搜集到了充足的证据。

原来，童无忌并非像她自己说的那样毫不知情。她暗中用一个新卡通过网上论坛开了一个群，群里聚集了天南地北被贪念吸引而来的投机者。

她将丈夫的内幕消息以高价出售，带动群里的资金跟进，一起追涨杀跌套取利益。

张宁他们通过群里的实名信息查到一批银行账号、基金交易账号，又在技术部门的帮助下，顺藤摸瓜地查到了一群非法交易者。

这个老鼠仓案件中，原本被认为是灵魂人物的梁启尚，原来不过是个打工的。幕后黑手其实是看起来天真无邪的童无忌。她左右开弓，不仅在资本市场赚钱，还赚了闲散股民的钱，实现了利益的最大化。张宁都为之感到震惊。

审讯室里，面对诸多证据，童无忌终于彻底摘下了故作惊恐的面具。

"是的，我是吃了两家的茶礼又如何？我们凭自己的本事赚钱有什么问题？有问题的是你们这些没事找事的人！"

"恬不知耻！你们这是扰乱市场秩序。你们赚的亏心钱，都是无辜老百姓的血汗钱。"张宁一拍桌子，让人将她带走。

这天上班前，方菲和申渊路过排着队的小摊。风中送来三鲜米粉的香味，惹得方菲忍不住想吃。

这时，两个小女孩在说："这里的摊主特别讲卫生，做的东西好吃又不贵，有种家的味道！吃了一次之后，我天天都来买。"

"对啊！她家的油都跟别家的不一样，我吃别家的会长痘，吃她家的一点事也没有。"

"老公，我们也来排队吧！"方菲听了之后越发心动了，拽了拽申渊的衣袖。

"我来排，你等我。"

"我陪着你说说话。"方菲随意站地在队伍边上。

不一会儿就排到了，夫妻俩抬头一看，都惊呆了。站在他们面前的女老板居然是章雨露！她脸色红润，头发随意束着，脖子上还搭着一条湿毛巾。

"妈？！"两人异口同声地说道。

章雨露淡定得很，她一边把干炒牛河给他们，一边麻利地收着其他人的钱说："我每天早上5点起来做，6点出摊，9点收摊，一天收入500块，比跳广场舞有意思多了！"

申渊心里难受极了。他眼眶微红，连连道歉："对不起，都怪我害得您这把年纪还要出来卖饭。"

"这有什么！我在家无聊嘛！能做一点是一点。快去吃吧，方菲还要去上班呢。"方菲眼睁睁地看着她从一个养尊处优的"贵妇"沦落为街边小贩，感觉自己需要负最大的责任。穷苦人家出身的她，其实并不觉得劳动可耻。但章雨露到了该享福的年纪，还要起早卖盒饭，就太让方菲羞愧了。

她不禁对丈夫叹息："我从未觉得这么对不起她，真想赶紧赚到钱来弥补我的过失。"

申渊安慰说："别傻了，我们是一家人嘛。我不也有错吗？以前我总觉得她管太多了，现在才发现，因为我是她的全世界啊……"

他侧过头，看见妻子正在悄悄擦拭脸上的泪痕。

送完妻子后，申渊又像小时候一样，站在母亲身边说："我陪您一起卖。"

章雨露微笑着看了看他，视线居然模糊起来。她真想像年轻时那样，摸摸儿子的头发。可时间都被贼偷走了！光阴荏苒，那个腼腆的渊仔已经长成了一个硬朗的男子汉。哪怕她踮起脚，也够不到他的头发。是时候把儿子彻底交给那个女人了。章雨露心底突然浮现出这个念头。

"你不是申渊吗？股神？"

这时，申渊被一个戴着圆眼镜、身材微胖的高个子圆脸男人认出来了。

申渊尴尬地笑着说："别叫我股神。"

胖子却认真地说："你真的是股神！我是你的微博粉丝，你预测的国际金融大势太准了。之前，你说局势不稳，建议大家买金。我果断买了一百万，结果伊朗政变，现在稳赚了 20%！"

申渊听他说得有理有据，看来真是发自内心的话语。这番话让他感到暖融融的，之前他被骂得体无完肤，就是因为世界上不懂感恩的人永远占大多数。

申渊谦虚地说："别这么说，这也是你自己的判断。"

"那么多分析师，只有你抓得住要害，你是有真本事的！对了，我会跟电视台反映，让你尽快回去做嘉宾的！"说完，那个胖子捧着饭盒急匆匆地走了。

"他说反映就搞得定啊？他是什么人啊？"章雨露站在一旁奇怪地问。

# 第四十三章

张月虽然恐惧婚姻，内心却为申渊留着一片净土。

申渊说方菲被鹿韵告了的时候，他那纷乱的呼吸声已经让张月明白了他们的感情有多深。

之前，她用专业知识治疗他时，也曾幻想过可以走进他的心。但作为一个心理医生，与患者维持双重关系是违反职业道德的，所以她极力克制着自己。

随着了解加深，她才明白真正适合脆弱又敏感的申渊的人不是千疮百孔的她，而是精力旺盛、无所畏惧的方菲。

虽然方菲学历没自己高，出身也没自己好，但不可否认的是，她身上有一种蓬勃向上的生命力。不管生活如何残酷，她都不会放弃希望，心里永远都像火一样明亮温暖。有她陪伴在申渊身边，让张月更放心。

这也是为什么她在跟父亲绝交后，第一次想主动给父亲打电话。

"月月！"电话里的声音苍老了不少，却流露出发自内心的喜悦。

张月有点公事公办地说："爸，我有事想跟你说。"

她希望父亲能从中调解，劝鹿韵撤诉，没想到张鹤曦抢先一步跟她约定时间："行，就在秦律师的事务所见面吧！我也有事要当面跟你说。"

那是一家为父亲服务了20多年的事务所。当年秦律师还是个中年人，现在已经两鬓斑白，成为名声在外的大律师了。

当一袭白裙的张月走进律师事务所的贵宾室时，父亲早已在等她了。她刻意穿孝服，就是为了用良心的鞭子抽打他。

果然，在商场叱咤风云多年的张鹤曦无力迎战，他垂下眼睑，面有愧色地说："上次你妈的事情，让我觉得对不起你们。而且鹿韵的控制欲太强了，我想趁着现在还能行动自如的时候，尽快将你应得的利益分配给你。这也是我让你来这里的原因。"

秦律师翻开了一个厚厚的文件夹递给张月，里面竟然列有十几项准备转移给她的资产清单和明细。从首饰到名车、豪宅，再到一座以她的名字命名的小岛。张月这才发现，这些年父亲已经比自己想象的更加神通广大了，而且始终记挂着她。

张鹤曦等秦律师介绍完才说："这些财产先过户给你，往后等我去世了，还会再把你应得的那一份遗产分给你。"

张月冷冷地提起笔，连谢谢也没说。这是母亲用命换来的财富，为什么不要？签字前，她准备把申渊提到的事情也一并解决。

"我听说鹿韵要告方菲，方菲是我的朋友，我了解她的人品，硬碰硬的话，鹿韵只能吃不了兜着走，最好还是私下解决吧……"

张鹤曦其实也跟她所见略同，说："你说得对。不过，这一块业务我已经交给她很久了，需要再详细了解一下。别担心，你先签了吧。"

"太太，您不能进去！"

话音刚落，只听见门被"砰"的一声狠狠推开，弹到了坚硬的墙壁上，发出了巨大的回响。新染了一头红发的鹿韵直冲冲地跑了进来。

她狠狠地抓起文件夹，只扫了一眼，便已经面容扭曲。

她火冒三丈地怒吼道："好你个张鹤曦，居然还藏着这么多宝贝给这个白眼狼！你当我是什么？白给你下崽的母猪啊？"

她飞快地拽着纸张，只听见"哗哗"响起撕裂声，尚未签字的文件变成了一沓雪白的碎片，像雪花般从空中飘落下来。

"鹿韵！你来这里干吗？"

张鹤曦单手扶着桌子，愤怒地从座椅上站起身来，却因为突然的刺激大口喘息着。

鹿韵没有像以往那样去扶他，而是戳着张月的鼻尖说："我刚刚在外面都听到了！你吃里爬外，居然劝你爸向着外人！我是为了维护集团的商业利益。我做的一切都是为这个家好！而你呢？除了伸手要钱，为家里做过什么贡献吗？你爸前年大动脉堵了七成，做了心脏搭桥手术，我在ICU陪了三天三夜端屎端尿的时候，你在哪里？"

张月知道父亲做了一次手术，但她以为家里肯定会请护工，压根没想到竟然是养尊处优的鹿韵在鞍前马后地服侍他。

打心理战术，谁也没她强。她双手交叉放在胸前，冷笑着说："照顾我爸不是你这个做妻子的应尽的责任吗？你这番说辞恐怕是在打感情牌，为自己和子女争取更多的利益吧？你以前抢走了我爸，抢走了属于我妈的一切，现在还要来害无辜的人，你就是个恶毒成性的毒蛇。"

"你放屁！我再怎么样也比你这只白眼狼好！"

"够了！"张鹤曦听不得泼妇骂街，不顾心脏的剧痛大声道。接着，他又颓废虚弱地说，"月儿，你先回去！"

父亲这副息事宁人、偏袒鹿韵的态度，把张月给激怒了。

"您可是张氏汽车集团的董事长！难道没有一点是非观吗？如果继续维护这种违法乱纪的人，集团将会失去股民和股东的信任！"

鹿韵却以一副施舍者的嘴脸指责她说："你开诊所要钱，请人要钱，学费、生活费都要钱。你以为钱是从哪里来的？都是我们辛辛苦苦赚的！就你那个老妈，从生到死花的都是我们赚的钱！"

"啪！"一记耳光落在了鹿韵脸上。

"你没资格提我妈！"

张月的眼泪滚滚而下，不管是博士还是心理学家，她都难以用修养来掩盖自己对鹿韵的恨意！她拎起包，头也不回地说："天网恢恢，疏而不漏，你等着被天收吧！"

鹿韵就像撕下了一张画皮，愤怒得脸都变了形。张月今天虽然没有签字，但当她看到那些文件时，感觉到了父亲对自己深深的爱。

张鹤曦非常恼怒地质问鹿韵："你怎么知道我来律师楼的？你在我手机里安了窃听器吗？"

"都 20 年的夫妻了，你有什么事情是我想不到的？"鹿韵挑了一下眉毛，扳着手指说，"第一，你早上从来都不会在 9 点前出门；第二，你如果穿西装打领结一定是找律师；第三，你走之前完全不跟我说一声，一定是处理张月的事。"

张鹤曦当初欣赏的她的长处如今变成了威胁。他胸闷、头晕，却仍然坚持道："我的第一桶金来自我前妻，张月是我的血脉，她必须有！也值得有！"

鹿韵心里百转千回，闪过了一万个篡夺财产的念头，但怕打草惊蛇，只冷冷地说："先不讲张月，这次通达的方菲使得我们的融资成本增加，损失惨重。一向合作得好好的，这次从葬礼上回去后，她却要喊停，我看八成就是因为张月的挑唆！"

张鹤曦立刻予以否认:"方菲这个人我很清楚,办事高效,有大局观,绝不会公报私仇。倒是你那边老是打擦边球,常在河边走,哪有不湿鞋?"

鹿韵听得酸溜溜的,像被抹杀了功劳似的说:"你果然喜欢能干的女人!我什么风浪没见过?绝对没问题。倒是祺麟马上要去英国读寄宿中学了,你有那时间,不如多关心一下你儿子!"

张鹤曦不再言语,脸色阴沉得像乌云密布的天空一般。

通达董事会宣布了一件重大安排:"因为固定收益部总经理方菲涉及张氏汽车集团的诉讼一事,会影响我们的债券基金发行。在此期间,她的一切管理工作将被暂停,总经理岗位由古丽暂为代理。"

古丽低眉顺眼地致谢后便坐了下来,未曾再像以前那样嚣张。

岳飞征战沙场多年,保家卫国,立下汗马功劳,最后却被自己人绞杀。这些年方菲恐怕动了太多人的奶酪,才会落得如此下场!

"由于正处于销售债基期间,古丽接手后,若有疑问,仍需要方菲无条件支持。"说到这儿,迟建还道貌岸然地说,"方菲,你产假之后的工作交接都安排好了,你没意见吧?"

方菲紧握着拳头,忍住飙脏话的冲动。她深呼吸两次后,声音洪亮地说:"我想大家都知道我欠了300万,老公还失业了,而且我还有三个月就到预产期了。我现在真的很缺钱,所以我想先跟迟董确认好两件事。第一,暂为代理工作并不等于换岗或离职,工资照旧;第二,我协助古丽完成的业绩分红,一分钱都不能少!"

在座的都没想到堂堂总经理不仅公然撕开遮羞布,还公然喊穷!不愧是底层熬出来的人,真是什么都敢说。

迟建扫视了一下大家的神情,假装大度地说:"行,我答应你。"接着又说,"另外,鉴于有一位同事在这期间表现出色,我决定让他升任副总助理。"

他对着门外面鼓了鼓掌后,衣着华贵的朱悦昂首挺胸地走了进来。

朱悦面无表情地说:"谢谢迟董事长的提拔,我一定会接过方总的摊子,辅佐好古总的。"

散会后,薇薇难过地对方菲说:"朱悦这个风吹两面倒的小人太让人寒心了!"

兰庭回忆起在家看到的那一幕越发气愤。如果不是听到刚才那番话,他完全想象不到方菲背后的压力有多大。而他只能在法务问题上想办法,希望可以搜集到更多有利的证据,用尽资源去帮助她。

方菲也不无失望地说:"他可能觉得跟着我没前途,想必在触动金钱利益时,早就起了离心。"

薇薇一想到方菲从内到外都焦头烂额,道歉说:"姐,对不起,我之前太不懂事了,都没想到你有那么多难事,还只想着自己那点小心思,我再也不走了!"

兰庭听到这句话心里一动,知道是因为那次雨夜的拒绝。从那天起,薇薇就不再像以往那样有事没事找他聊天,请教各种大小问题了。

办公室里,大家都私下议论着。

"方总那么能干,竟然会落得这个下场。"

"古副总凭什么当总经理?她之前还被经侦大队抓去了呢,现在蔡权一死,谁知道她的底子干不干净。"

"朱悦又算什么东西?一个才跳槽来公司干了没两年的人,竟然卖主求荣!"

在纷纷扰扰的闲言碎语中,方菲收拾着私人物品走出了办公室。室内养了多年的万年青盆栽仍然屹立着,每一片清润的树叶都像在挽留着主人。

"方姐,等您拿到钱之后,要是不想干了,我也辞职,您去哪儿我就跟到哪儿。"薇薇红着眼睛帮她端着一个大纸箱,说。

兰庭却觉得方菲似乎另有打算:"虽然我也跟薇薇一个态度,但是您有何打算?"

"我的身体也不适合再冲锋陷阵了,退下来休息一下也未尝不可。"方菲轻轻地对他们鞠了一躬说,"前阵子辛苦你们了,往后我还需要你们帮忙,先隐忍着吧。"

## 第四十四章

"喂?妈,你怎么又要钱!上次你不是说赢了很多钱,准备不玩了吗?"

古丽在办公室里接了个电话,脸色一变,拉上了百叶窗。

"那是前天，我昨天开始手气又不好了嘛！再给我点钱翻本嘛！"

电话那头的古香愁眉苦脸地抱怨着。穿着墨绿色绸缎旗袍、风韵犹存的她，此时此刻正在澳门摆满筹码的百家乐牌桌边跷着二郎腿。

"不行了！妈，我上次不都跟你说了吗？赌博害人！而且你又不是不知道我现在是什么情况……"

古丽气得胃部一阵抽搐，用瘦成枯枝的手指关闭了来电。

申渊正一边添鸟食，一边看发发和财财荡秋千，吴静打来了电话。

"申大哥，恭喜你，你可以回来上班了！"

这个突如其来的消息让他手中的鸟食勺子都掉到了地上。

他一跃而起，激动地问："为什么？发生什么事了？"

"我们的新台长常赐看了您的微博后很感兴趣，说您非常有料。他还说见过您一面，感觉好得很，要收回退休的老台长不让您上节目的话，让您赶紧复工！"

"见过我？我怎么不知道？"申渊不放心地再三确认。

"真的，明天早上 10 点，赶紧回直播间吧！而且常台长还说要跟您签个新合同。他要重点打造您！他真的跟那个老古董完全不一样，您这次要火了！"

第二天，申渊提前半小时到了电视台，想先去感谢一下这位有知遇之恩的新台长。

吴静边走边悄悄地对他说："老台长不想自己退休前出什么岔子，所以过度保守。新来的台长有背景、有能力、胆子也大，你们一定会很投缘。"

到了台长办公室门口，吴静敲敲门说："常台长，这位就是申渊！"

"台长，谢谢你！"申渊感激地说。

桌子边上坐着一个肥嘟嘟的胖子，戴着一副圆圆的眼镜，浓眉小眼。这不就是那天买了一碗干炒牛河的路人粉丝吗？

常赐乐呵呵地说："要谢就谢吴静吧。那几次我看她老在节目中帮你打广告，所以才去关注了你的微博。看完后，我就想，这么厉害的分析师只做嘉宾太大材小用了，必须要开一个最适合你的栏目！不只说关于股票、基金的大事，而是说全世界政治与金融的大事件。你就用自己擅长的那一套，跟观众分析宏观变化，聊聊历史上的前车之鉴。总之，既要有趣味性，又要有干货。"

"这太好了！"申渊感觉自己终于可以发挥所长了。

随之，他又有点胆怯。这么久没上节目了，自己的恐惧感真的能全部消除吗？万一关键时刻掉链子怎么办？

常赐仿佛看出了他的犹豫，笑着说："这样吧，我给你一周时间考虑一下。你尽快给我答复。"

心灰意懒的方菲看到申渊正神情兴奋地朗读着一篇稿子，这是他以前每次出镜前的准备工作。

方菲的坏心情一扫而空，激动地问："怎么了，老公？你可以复出了？"

"嗯。算是吧。但是我还没下定决心！"申渊有点不好意思地说，"我有点害怕。"

"怕什么！不会比之前那次更糟了，经历过那次，你我都成长了。活着的每一天都是赚到的！"

开导申渊的时候，方菲自己也想开了，不就是职位被别人暂为代理了吗？不就是重回顾问室办公了吗？没什么可惜的，只要有钱拿就行了。

"老婆，你说得对。我都是个死里逃生的人了，还怕什么呢？"申渊说完后，又加了一句，"重要的是，我又能赚钱了！"

在最新一期节目中，申渊穿着正装，微笑着对观众们说："英国作家查尔斯·狄更斯曾经在《双城记》中说过，这是一个最好的时代，也是一个最坏的时代。这句话适用于任何时代。当汽车发明出来的时候，对汽车行业来说是最好的时代，对马车来说是最坏的时代。当互联网出现的时候，对自媒体人来说是最好的时代，对纸媒人来说却是最坏的时代。所谓的好坏就像八卦的黑白两鱼，是不断更新的，是相对的。要想让自己走在好时代，需要不断吸收新的知识，认识新鲜事物……"

因为申渊的节目给人耳目一新的感觉，突破了一般意义上的财经节目，顺应了时代的需求，很多观众都带着孩子一起收看，他的人气随之水涨船高。

"走，今天晚上有个晚宴，和我一起去吧。"兰漪对镜化好妆后，柔声对朱悦说。

酒会上，很多人都震惊了。叱咤商场多年的兰漪，居然带着一个和她年龄不相称的男朋友招摇过市。可震惊后，大多数人又认为，她都已经有名有利到不必在乎他人看法的程度了。是是非非又能把她怎么样？

朱悦也因为这层关系，收获了不少主动巴结他的新朋友。其实所谓的社交手腕，所谓的风度都敌不过背后的大树。

几天后，有人托关系找到朱悦，说要出资2000万帮他开个公司。

"帮我开公司？"朱悦虽然也是跟钱打交道的人，却没想过有一天这钱会从天上掉下来。

"是以您的名义，跟兰氏地产合伙做钢材生意。您是老板，每年给我们一些订单就可以。2000万的资本等注册结束后我们只转走1500万，其余的钱都归您。"

来找朱悦合伙的是个油水颇丰的建筑承包商。他一看到朱悦就像看到了商机，又查过朱悦的底细，知道他绝不是毫无私心、不贪钱的主。

不动心是假的，但朱悦还是婉言谢绝了说："我是金融业的，不懂建筑材料，不太好吧。"

那人很大方地说："又不犯法，你怕什么呢？2000万放在公司账户上，做的又是正当生意。"

"我考虑考虑吧。"朱悦还是担心来路不明的钱收了会有风险。

后来，不知道对方使用了什么神通广大的办法，给他的银行账户汇来了200万。就在兴奋不已的时候，他突然被兰漪叫了出来。

"你最近有没有事瞒着我？"

朱悦想了想，自己私下跟那个谈合作的人见了面，这事如果让兰漪知道了，她肯定会不高兴的，便鬼使神差地说："没有啊……"

兰漪一直盯着他的眼睛，面带微笑地说："我再给你一次机会。到底有没有？"

"真……真的没有啊！"

朱悦打定了主意，偷偷把钱给退回去，就当这事没发生过。兰漪的脸色突然一沉，拿出手机摆在桌上。一条给朱悦的账户汇款200万的银行短消息赫然出现。朱悦顿时冷汗直冒，大惊失色。

"你还说没有？"兰漪冷若冰霜，情绪低到冰点。

朱悦还在负隅顽抗，假装无辜地说："我……我不知道，我还没看银行余额……我马上就把钱退回去，一分钱都不要。"

朱悦无地自容、脸红耳赤地想掩饰。

兰漪却冷冰冰地说："我原本以为我们在一起后，受我的人生观、道德观和价值观的影响，你的目光会变得长远。在这个世界上，任何事情都不会被掩盖起来，若要人不知，除非己莫为。"

朱悦再三保证自己会将款项退回去，哀求兰漪再给自己一次机会。他以为凭两人这段时间的感情，兰漪会心软。

但兰漪还是不依不饶地说："我已经给过你机会说实话，可你太让我失望了。"

她将他的东西全数放到门外，从此闭门不见。通过这段时间的亲密相处，她已经越来越明白朱悦和徐天是彻彻底底、完全不同的两个人。当然，那个所谓的合作方其实是她派出去试探朱悦的一枚棋子。如果他通过了考验，那么下一步她会考虑婚姻。事实却让人沮丧。

失去兰漪的朱悦一开始感觉如坠万丈深渊，财富和爱情原本就在他手中，却因为一时的贪念全都悉数失去。他起初演苦肉计，胡子不修，在兰漪家的门前长跪不起，希望可以借此打动她。可兰漪像铁了心，根本不为所动。

跪到最后，他接到了人事部赵玲的电话通知："你已经无故旷工两天了，如果再不来工作，就等着被辞退吧。"

这一声提醒，顿时把他给惊醒了。总不能赔了夫人又折兵啊！"对不起，我突然病了，马上就回去。"

倾尽全力做好债券基金的销售，才是他安身立命之本。他突然意识到，要想再次获得兰漪的欣赏，只能在事业上做出辉煌的成绩。他要成为一个跟她相配的好男人，而不是以依赖和攀附的姿态站在她身边。

# 第四十五章

风和日丽的纽约，萧诚让表弟和表弟的女友安妮开车带着柳叶和她的孩子一起玩。

柳叶有点头痛，想先回酒店休息。安妮帮她带着媛媛，去找新奇好玩的儿童乐园解闷。

柳叶在繁华的街道上还没走几步路，一抬头突然看到了前夫尚云。挽着尚云胳膊的女孩她也认识，是前夫的小粉丝，叫团团。

团团娇嗲地惊呼道："叶子姐！您怎么也在这儿啊？"

虽然柳叶早就放下了，可这一瞬间依旧被刺激到，顿时心乱如麻。

柳叶不置可否地冷哼一声，想转身离开。

女孩子却拽住了她的胳膊，缠着她说："别走嘛，我们才参加了综艺节目，有了一笔收入，这不是出来庆祝嘛！幸亏你走了，现在尚云哥特别红，多少节目都排着队请他呢。我现在是他的专属经纪人，帮他开拓国际市场！"

"让一让，我有事要先走了。"柳叶根本没兴趣听。

"怎么了？这两位是？"

本来打算离开的萧诚从车后视镜里看到了这一幕。他下了车，故意走上前去，一把拉起了柳叶的手。

突如其来的指尖接触，柳叶感觉仿佛触电一样，怦然心动起来。大学时期少女对爱情的憧憬，没有伴随上一段失败的婚姻死去，柳叶反而更加珍惜这段缘分。

萧诚用宠溺的语气对她说："亲爱的，今天晚上我们不是说好一起去吃菲斯餐厅的烤牛排吗？"

"菲斯餐厅？美国最红的、连明星都经常光顾的菲斯餐厅吗？我也要去！"团团尖叫一声，转头拉着尚云兴奋地说，"亲爱的，一起去吧。"

尚云尴尬地说："别人又没邀请咱们！"

柳叶的心里隐隐有点酸楚，当初自己背井离乡去陪伴他、成全他，甚至为他生了女儿，都换不来这么一点尊重和疼爱。

萧诚却不介意地说："多两个人，多两副刀叉而已。一起吧！"

四人坐进萧诚的车里，很快便来到了目的地。他们被侍者带到了里面靠窗的雅座。柳叶惊讶极了，菜单里面菜品的价格贵得令人咋舌。团团专挑最贵的菜点，还撺掇尚云跟她点一样的。柳叶火大，想让她悠着点，萧诚却并不在意。

下完单后，团团又颇感兴趣地问萧诚："哥，您一看就不是普通人，在美国做什么？"

"没什么事情做。"萧诚冷漠地回答。

柳叶也很好奇他为什么天天无所事事却不发愁钱。难道是个富二代？

团团仍不罢休地追问说："那您平时收入靠什么啊？"

"买彩票。"

"哈哈哈。您可真幽默，那您能来美国，莫非是中大奖了？"

尚云实在忍无可忍，好好的一顿饭，自己倒成了小配角。他打断了团团："你少说两句吧，吃饭了！"

说完，他还是不解气，又像往常一样皱着眉头挑柳叶的刺说："媛媛还好吗？为什么你一个人来了美国？"

柳叶气结，正想骂"你算什么东西"，却听到了手机铃声响起。

"妈妈！妈妈！我在外面！"

餐厅窗外，媛媛正坐在兰博基尼上向她招手。团团看到跑车后，惊讶地放下了叉子。

安妮牵着媛媛来到窗边，通过电话说："我刚带着媛媛从儿童乐园回来了。"

媛媛催促着说："妈妈，快点，再不走就来不及去看表演啦！"

尚云酸溜溜地喊了声："媛媛！"

"爸爸！"媛媛打了个招呼，看着萧诚和柳叶从正门出来，拉起他们的手就跑了。

"这孩子！"尚云有些吃醋。

团团慌了神说："他们先走了，这顿饭可怎么办？搞不好要好几千美元！"

尚云恶狠狠地瞪了她一眼，忐忑地打了个响指，叫侍者来结账。

"客人，账单已付过了。"

"本来以为你还算可以的！没想到别人比你强多了！就凭你这点出息，什么时候才能让我过上好日子？哼！"团团再次翻了个大大的白眼，发泄着不满。

"本来就是你缠着我的！要不是你骗我说自己怀孕了，逼着我娶你，会把柳叶给气跑？刚刚还不是你自己觍着脸，缠着人家来这里吃饭的？结果呢？"尚云也来气了，不假思索地说。

伴随着"哗"的一声，温热的白开水泼了他一脸。

"过气音乐人神气什么！我瞎了眼才看上你！"说完，团团头也不回地离开了。

尚云突然想到自己的钱包和护照一直在她手袋里，气急败坏地追了出去。

在车上，柳叶感激地对萧诚说："谢谢你啊！"

萧诚冷笑一声："我真没想到你前夫是这种人。他根本配不上你。"

柳叶坦然说："其实，是我当年太渴望爱情了，才会不计回报地倒贴上去。"

"听你这么说，你家庭条件应该不错吧？"

柳叶毫不避讳地点了点头说："我是被当高级干部的爷爷奶奶养大的。小时候，我爷爷家的门外有警卫员站岗，生病了有家庭医生，就连幼儿园的老师都抢着带我。"

"那你父母呢？"萧诚发现了她成长中缺失父母。

"我父母太顾事业了，很早就去了深港工作，只在逢年过节时才回家。刚开始我觉得没什么，因为亲戚们对我都很好。但是进入青春期后，爷爷奶奶担心我早恋，经常偷翻我的抽屉和书包。有一次，真有个男孩往我书包里塞进了一封情书。我奶奶发现后，马上打电话给我爸妈，说我不学好，气得我眼泪直流。"

玩了一天的媛媛趴在柳叶的腿上，没一会儿就睡着了。

柳叶这是第一次对萧诚说起自己的往事，她有一种愿意对他倾诉的欲望，也希望他能多加了解自己。

"我这才发现爷爷奶奶对我再好，也不可能真正理解我。我开始羡慕有爸爸妈妈在身边的表哥和表姐，虽然他们和父母之间也会有摩擦，但是亲爸亲妈打打骂骂也没啥。可当我暑假去深港同爸妈团聚时，又分明体会到了生分和客气。"

说到这里，她停了一下，竟然有点担心萧诚会不耐烦。

萧诚听得津津有味，还在催促她说："后来呢？"

柳叶的心情顿时好极了。车上了大桥，橘红色的天空一望无际，夕阳映照在建筑的玻璃幕墙上，流光溢彩，令人感觉仿佛置身于科幻世界。

"我努力读书考大学，逃离了武城，来到了深港。但是，我在自己家里完全感受不到幸福。尽管我跟我爸说，我想把长发染成金色。他不仅丝毫没有表示反对，还陪着我一起去发廊。但是，我知道，父母是在用无限的纵容和优渥的物质条件来弥补对我的亏欠，弥补他们本应该陪伴我的光阴。可惜，这时候我已经长大了。在我最渴望他们陪在我身边的时候，他们在哪儿？现在不管他们对我多好，我都感觉不到真正的家庭幸福。"

"所以，你才会这么渴望恋爱？我知道了，你是想通过恋爱、结婚，组建一个真正属于自己的家。"萧诚的总结为她的少女时代画上了句号。

"所以，我才会被渣男骗了。其实，就像飞蛾扑火一样，明知道会灰飞烟灭，可还是向往那短暂的温暖。"

萧诚点了点头，突然玩味地问了一句："你……还相信爱情吗？"

柳叶看着他英俊的侧脸，很想说："如果是你的话，当然！"

# 第四十六章

申渊仔细研究了通达最近发行的几只基金，不仅写了一篇非常有温度的软文帮忙免费宣传，还录制了短小精悍的视频，鼓励投资者们购买。

为什么？因为这批基金经过方菲的良心把持，是目前市面上竞争力最强的基金。

然而，意外再次发生了。

一个匿名者在微博和几十个论坛上发了一篇"下流女经理为了上位破坏别人的家庭幸福"的香艳爆料文。该文配了好几张方菲搀扶着一个低着头的中年男人走进酒店的照片。虽然看不清男方的脸，但是两人的动作让人遐思。

一个最近热门话题的女强人，一个有孕在身的妈妈，居然有那么不堪回首的往事？

方菲竟是一个靠姿色和陪酒不断往上爬的女人？

难怪她老公之前郁闷得想跳楼！

这个争议话题立刻就上了热搜。

托这人的福，被申渊抬高了知名度的债基也名誉扫地。

假如方菲没法自证清白，她管理的债基就会被污蔑成不专业的垃圾基金。

还有大批网友跑到申渊的微博底下留言"绿毛龟""要想日子过得去，头上总得有点绿"。

换了以前的他，恐怕真会旧病复发。可现在，经历过网络暴力的他，比谁都更了解当事人的心情。

妻子跟自己一样，明明是受害者，却要遭受万人指责。这太不公平了！

他突然理解了之前方菲说什么都不肯放过那个幕后黑手，非要为他讨回公道的心情。自己心爱的人被人诋毁，他只想把那个背后躲躲藏藏的浑蛋撕得粉碎。这一次，就是拼了这条命，他也要帮老婆讨回公道！

就连在家里做家务、忙着打扫潮湿角落的章雨露都有点动摇了。

她问儿子："这都有照片了，方菲学历没你高，事业还那么成功，莫非真的做过对不起你的事？"

"妈，您不要相信那些无中生有的话！"申渊愤怒地反驳说，"还记得上次那些人是怎么诬陷我的吗？这次跟那次是一样的。您要是不相信她，就是不相信我。您要是没事就赶紧出去跳舞解闷吧！"

"你怎么跟妈讲话呢？什么态度！不伺候了！"

章雨露不辞辛苦来给儿子儿媳打扫卫生做家务，减轻他们的生活负担。没想到累死累活的她，问一句都被儿子的护妻金钟罩给顶了回来。本来就有点高血压和关节炎的她火冒三丈，顿觉头昏脑涨，膝盖发麻，摘下围裙就往门口走。

开门前，她突然不放心地折返回来，吼道："灶台上炖了汤！你记得半小时后关掉！"

申渊漫不经心地应了一声。他现在一颗心全都扑在方菲身上。

方菲体会到丈夫之前那种万箭穿心的感觉，打电话来说："照片都是五年前被人偷拍的，可见这个爆料的人为了把我们扳倒，做了不少准备！"

她算是个乐观积极的人，也感觉压力大得透不过气米。她更不希望因为自己影响了公司。

"这样下去，基金的销售就会大受打击！在公众面前的形象一旦被破坏，再挽回就难了。"

申渊安慰道："你放心，我一定可以找出证据！"

申渊开始好好地研究照片。为此，他特地翻出家里收藏的妻子参与的公司活动的相册和俱乐部纪念刊。他打算通过一张张地快速浏览来分辨那个被拍的男人到底是谁。


章雨露在广场上跟着马春花左右摆动，胸口那股沉闷的感觉却挥之不去。

她还以为是湿热作祟，坐下来休息时，马春花掏出几千块钱给她。

"这是上次你帮我退的学费，我从儿子发的工资和收的房租里攒出来的。"

"好！"

章雨露还是第一次收到马春花主动归还的欠款，虽然钱不多，但也让她郁闷的心情稍微缓和了点。

马春花诚挚地说："其实，我一直都想对你说句对不起。如果不是因为我，老方也不会借那么多钱。我今天听他群里的人说，一旦被立案，这些钱可能会成为违法收入，可能收不回来……"

章雨露听到这儿，心里一凉，脑子里"嗡"的一响，便失去了知觉，软软地从石阶上滑了下去。

"来人啊！来人啊！"马春花喊完，惊得赶紧打电话给方菲。

通过电话后，方菲连忙告诉申渊："老公，你妈跟马春花跳完广场舞，突然晕倒被送进了医院。你先别管我的事了，赶紧去医院！"

这时，厨房里飘来一股煳味。申渊突然想起老妈临走前说的话。他自责不已地关掉煤气，开车驶向医院。

他从小到大总是被母亲教训。自从他患病后，母亲对他连大声说话都不敢，还自己去摆摊，风吹日晒的想赚钱帮补。也许她身体早就不舒服了，却一直在默默忍耐。而他从未主动去关心过她的身体，一直心安理得地享受着母爱的关怀。

从车上下来时，他双眼已模糊。他直奔急诊室，心里打着鼓，担心地问："医生，我妈怎么了？"

医生戴着口罩，看不出表情。

"病人因为受到强烈刺激导致颅内压强过高，目前暂时昏迷不醒。初步怀疑是脑梗甚至是脑瘤，具体情况等照完脑部 CT 再做进一步的核实。幸亏你亲戚送院及时……"

听医生说完，申渊连忙对马春花说："阿姨，谢谢你第一时间送我妈进医院。她到底受到什么刺激了？"

马春花不安地绞动着手指，说："对不起，可能是因为我跟她道了歉，说钱可能要不回来了……"

"天哪！钱可是她的命根子啊！"申渊捂住脸，太阳穴突突直跳，可又不想乱发脾气。

"对不起！都是我没考虑周到。"马春花也涨红了脸，擦着眼泪，不住地道歉。

方菲打车过来，见章雨露昏迷不醒，赶紧让医院安排陪护。她想起婆婆说过，她在霞姨那儿买了一个医疗保险，赶紧打电话去问。

阿霞却说："她刚买，还没覆盖治疗期，这钱不能报。"

申渊的工作刚有了起色，家庭竟再度瞬间陷入低潮。真是屋漏又逢连夜雨，祸不单行。

医生又来跟家属开了一次会，说："病人脑 CT 的结果已经出来了，确诊是脑梗，需要先做一个脑积水引流术。"

"引流术！会不会很麻烦？"

"也不会，简单来说，就是用一根管子插入病人脑内，释放颅内压力，再看梗塞部分是否有消肿迹象。"

"假如没消肿呢？"申渊紧张得下颌发颤。

"为了避免久置的管子造成炎症，到时候我们会从头顶另找一个位置插管释放积液。如果继续恶化下去，就要做手术了……"

方菲听医生这么说，赶紧把钱包递给申渊："快去签字交住院押金吧，这事宜早不宜迟。"

方大业知道消息后，第一时间就赶来了。他站在一旁手足无措。他觉得这些事都是因为他们夫妻俩而起，现在不仅害了女儿，还害得亲家住院。那笔钱虽然可能是非法借贷，但他一定要想办法要回来。

听完他的话，方菲不耐烦地说："得了！都听您说了好几次了，要去早就去了。您就别给我们添乱了，赶紧带马阿姨回家休息吧。"

开车回家时，夜已深，高楼大厦仍然灯火通明。这座繁忙的大都市永远是座不夜城。

方菲按下车窗，任由晚风吹拂着脸颊。她疲惫地用手指梳着头发，说："我爸既不机灵，口才也不好，我压根没指望他能要回钱来。现在我被那个造谣的帖子毁了名誉，债基的销售额也在一直下滑。恐怕我的年终奖也要大打折扣了。"

申渊也被母亲入院的事情弄得心情糟糕，自责不已。但是，妻子的事情迫在眉睫，也要赶紧解决。

到家后，方菲看着申渊找出来的四个企业家的照片，对比着时间，终于确定了被偷拍的男人的身份。

"就是他，武城药业的董事长张斐！当时他来参加我们的俱乐部活动，喝得烂醉如泥，由我护送他回了酒店。我们之间什么事情都没发生。"

"活动当时还有什么人参加？既然能跟踪到酒店，说明这个人很可能是全程参与。"

方菲静下来思考着说："当时林晨刚休完产假回来，也跟我们一起参加了俱乐部活动，但她10点说要回家带孩子，就先走了。"

"难道其实她并没有走，而是在等着找你的把柄？如果有人可以证明你停留在酒店的时间特别短，谣言就不攻自破了！"

方菲认为他说得有道理，可是又觉得要证明自己无辜的难度系数很大。

"要知道一般酒店只能保存15天的监控录像，银行最多也才3个月到半年。而这件事距今已经过去好几年了，要想取证，谈何容易！"

"以其人之道，还治其人之身！"申渊突然有了一个大胆的计划，"她拍你，难道就没人拍到她吗？"

# 第四十七章

申渊背上电脑前往医院。虽然有护工在帮忙，但他空余时间一直陪在母亲身边。

病房里，章雨露始终没有醒来。申渊尽管心急如焚，却也没有办法。

医生检查完后，说一切指标正常，他总算是放了点心，这才把笔记本电脑拿出来，放在腿上，开始写悬赏帖。

他先写明了俱乐部活动的时间、具体人物和事情，贴出了那次俱乐部活动的集体照片和方菲那一年的工作总结。

最后，他在文末真诚地说："各位，我妻子兢兢业业地工作，从未走过歪路。在此，我恳请居住在丰利酒店周边的居民们、上班族们，拿出你们的手机，帮我看看是否还保存着当日晚上22点20分左右的视频或相片。一旦发现有可以洗清她冤屈的证据，请与我联系！必当重酬！"

这个帖子写得有理有据、情深意切、光明正大。他不放弃、不惜一切代价为妻子搜集证据的态度，增加了大家对他的好感。转发量自然而然就上去了，评论区的骂声下来了。

大概在三十分钟后，申渊竟然真的收到了一段宝贵的证据视频。有人拍下了方菲从酒店送客人进门和出门的连贯视频！这是一段三分钟左右的视频，其中有一分钟方菲在前台询问，最后将那个男人扶进电梯的是酒店的男服务员！申渊激动地照着这人留下的联系方式打了过去。

"谢谢你！我马上把酬金转给你。"

接电话的人也很兴奋："能帮到你们又能领赏的感觉真是太好了！幸亏我以前的旧手机没丢！"

申渊把最近赚到的钱扣除掉医药费、生活费、房屋抵押的利息之后，全都转了过去。他觉得太值得了。有了这个连贯的视频，谣言马上就能被击破了。最好能进一步抓到那个造谣的人！不能让这种人继续逍遥法外，隐藏作恶。

他决定继续接收群众的视频或照片，说不定真可以揪出那个背地里使坏的小人。他兴奋不已地以最快的速度将视频做成了GIF文件的辟谣帖。这篇有血有肉又有铁证的帖子发出后，之前恶意骂人的帖子成了玩弄读者智商的笑话。

群情汹涌的粉丝们到处转帖，大家都留言夸奖申渊：

"不仅是个分析高手，还是个护妻狂魔！"

"方菲有这么好的老公，真是上辈子拯救了银河系！"

更多的人直接晒出购买的通达新上市的基金水单，并留言说："已支持！加油哦！"

申渊忽然发现在为妻子反击了幕后黑手后，那种畅快淋漓的感觉实在是太好了！就像足球队员被对手用作弊的手段碾轧，眼看就要输了，突然逮到了对方违规的证据，并当场举证给裁判一样。

方菲没想到这件看起来像是一桩难以解决的冤案的事情，在申渊的一手操作下，真的发生了奇迹。他真的变了！不再凡事都找她拿主意，而是学会了独立思考，积极调动一切资源去解决和处理问题。在他敞开心扉和整个世界拥抱后，就不再是孤身一人。作为公众人物的他，只要肯放下身段，向外求助，就能凝结众人的智慧，破除障碍。就像一棵大树，只有深深扎根于地下深处，才能生长得枝繁叶茂。

"老公，谢谢你！"方菲感动地搂着他的腰。

她听见丈夫在说："以前我总是很胆怯，遇到困难总想逃避。现在为了保护你，我感觉什么都不怕了！"

"是的，你真的越来越强大了。我觉得我就像一只小树熊，被你这棵大树保护着，特别安心！"她睁开眼睛，余光突然看到有什么东西在动，"快看，妈的手指！"

申渊听到方菲的呼叫，赶紧按下了呼叫铃。他转身握住了母亲的手，幸福来得太突然了。他激动得眼眶发烫，凑近她的耳边，呼叫着："妈！妈！快点醒过来啊！我保证以后再也不用那种态度跟您说话了，对不起！"

与此同时，章雨露确实被他的呼唤给吵醒了，她的眼皮微微颤动着，慢慢地睁开来……

医生闻讯赶来，检查了一下情况，又说了一些简单的指令，测试着章雨露的反应。最后，他露出了一丝笑容，说："病人恢复得不错，可以再住四天院观察一下，看看伤口的消炎情况如何。如果继续好转，就可以准备取出管子……"

医生走后没多久，章雨露特别费劲地嚅动着嘴唇，似乎想说话。申渊连忙凑近她的耳朵。

章雨露好不容易才挤出了一句话："住……医院……很……贵的……"

申渊以为她会怪他娶了媳妇忘了娘，没想到都到这个时候了，老妈竟然还在小心翼翼地帮他省钱。他鼻子一酸，发烫的眼眶中有温热的液体涌出。

他故意刺激她："妈，住院很贵的！您赶紧好起来，以后还要您帮我带孩子呢！加油！"

章雨露闭上眼睛，又努力睁开，坚定地"嗯"了一声。

又过了几天，她已经可以睁开眼睛轻声说话了。

医生再次查房的时候说："这样慢慢恢复，出院后再过一个月，生活就可以自理了。"

申渊故意在她耳边大声说："对啊，妈，这样连护工的钱都省了！"

旁边的小护士听到了，鄙视地瞪了他一眼。她其实并不知道，这是对病人最好的"心理治疗"。

申渊回到家后，方菲主动对他说："等妈出院了，接到我们家来住，让阿姨一起照顾着。"

申渊还是第一次听她说希望跟母亲住在一起，激动极了，不由得握住了她又软又嫩的小手，肌肤相亲，隐藏了许久的柔情又涌上心头。

夜，温柔得像一块绣满了小星星的毛毯，柔软地包裹着这座城市。

他轻轻地抚摸着方菲的脸，吻了下去。就像一个小男孩品尝到了自己期待已久的糖果，他表现得小心翼翼、无比珍惜。

方菲用双手环住他的脖颈，热情地回应着他。

他们躺在铺有乳白色贡缎提花的睡床上，享受着旖旎的春光，忘情地亲吻着。

尽管觉得有一股热流升腾到小腹，心中的欲火已经熊熊燃烧起来，可申渊却不敢有进一步的行动。因为方菲的腹部早已圆圆地鼓了起来，也许子宫里的孩子正在用力蹬着小腿呢。虽然燥热难受，但申渊知道这久违的激情来得不是时候。

"叮咚！"门铃声忽然不合时宜地响了起来。

"这么晚了，谁啊？难道是保安叫人挪车？"方菲不舍地推开了丈夫。

"可我也没停错地方啊。"

申渊听着门铃响得一声比一声急，只得整理衣冠，穿上拖鞋。他打开门一看，大吃一惊。

"马阿姨，这么晚了，有什么事情吗？"

马春花？她怎么来了？方菲心知不妙，赶紧从床上爬起来穿上拖鞋，快步走了出去。

"菲菲，打你好几个电话你都没接，我实在是没办法了，只能来找你。"马春花脸上带着泪痕，六神无主地说，"你爸他出事了！"

"怎么了？！"方菲膝盖一软，扶住了一旁的申渊。

马春花头发蓬乱，脸色苍白，眼眶水肿，眼泪像断了线的珠子一般掉下来。她抽泣着说："他一直惦记着把钱给追回来，得到消息后，就跟着那伙维权的年轻人，从湛城一路跟到了琼岛。到了那儿，人家还是对他们不理不睬。他说要动真格，就跟几个人爬上了顶楼，说要跟金融公司的老板谈条件。这次，对方好不容易答应偿还他一部分，但是他竟然从楼顶摔下来了，现在还在医院……"

马春花拿起手机，翻出一张照片，照片上脸色苍白的方大业插着管子，躺在重症监护室里，一旁的显示器上是吓人的低血压。方菲只觉得头晕目眩，仿佛从天堂坠落到了地狱。

马春花膝盖一软，向着申渊跪了下来，恳求说："姑爷，求求你想办法把他带回来！求你了！"

方菲想起上次在医院时，她爸好不容易承担起责任，一心想戴罪立功，却被她毫不留情地打断了。父亲那跃跃欲试的样子依稀还浮现在眼前，现在却已经倒在了床上。

他能被治好吗？他还能站起来吗？

小时候父亲强健有力、四处奔忙的样子从记忆里浮现出来，方菲心痛得仿佛在滴血。她忍不住捂着嘴，失声痛哭起来。

"马阿姨，别这样！我马上就过去！"申渊握紧了方菲的手说，"别担心，一切都会好起来的。你这两天好好吃饭，好好睡觉，等我回来。"

说完，他立马买了去琼岛的最早的一班机票。到琼岛后，他算是个小名人，动用了一切资源，包机将岳父给送了回来。这一番折腾，掏空了他们家原本准备交抵押利息的最后一笔应急款。

方大业连基本的社保都没买，他的账单让人看得心惊肉跳。毫不夸张地说，方菲和申渊已经到了山穷水尽的地步。

第二天晚上，方菲被眼睛通红的申渊接到了 ICU 病房。隔着玻璃窗，她看到了昏迷不醒的方大业。曾经生龙活虎的老爸，现在紧闭双眼躺在病床上，包裹得像一个木乃伊。

她心如刀割，后悔地说："假如我早点告诉他，已经不指望他去要债了，他也不用以命相搏了！"

她总埋怨自己有一个耙耳朵（怕老婆）的爹，总痛恨马春花背地里骗钱。假如老爸不那么没底线地纵容马春花，马春花不那么自私贪财，这个家何至于走到这一步！

看着旁边眼睛哭得肿成桃子的马春花，方菲心想：夫妻本是同林鸟，大难临头各自飞，更何况，这只是一对半路夫妻。而且，照父亲这种身体状况，很可能后半辈子都要瘫痪在床。方菲已经做好了最坏的打算：假如父亲残废了，老伴儿也跑了，自己再苦再累，也要管他一辈子。

这时，马春花突然紧紧握住方菲的手。方菲被她吓了一跳，反感地抽出手，以为这个女人想现在就找个借口抽身离开。

马春花却说出了让她意想不到的话："谢谢你，方菲，以前的事情是我不对，现在我也想好了，孩子我不要了！我只求老方能醒过来，只要他还活着，哪怕是端屎端尿，我也要照顾他一辈子！"

方菲诧异极了，心有不忍地说："毕竟也是一条生命啊！怎么可以说不要就不要呢！"

马春花当然也万般不舍，说出这个想法的时候，已是泪流满面。

她道尽多年辛酸地说："老方是这个世界上对我最好、把我当宝的人。如果生了孩子，我哪儿有精力再照顾他？而我们这样的家庭，哪儿还有能力去抚养孩子？"

这番道理，方菲在方大业身体还健康的时候就说过。当时，马春花却跳起来骂她狗嘴里吐不出象牙，还说她是在恶言诅咒。

可现在，马春花万般赞同地说："是我把他害成这样的。就因为我太贪心了，害了你，害了他，害了自己的孩子！这一切，就是我的报应！"

方菲也是快当妈的人了，怎能不明白肚子里的小宝贝对母亲来说有多重要。她怎能不知道，这是多么刻骨剜心、身心受伤的决定！

马春花认真地对她说："菲菲，你爸爸有你这个女儿，是这辈子最大的福气。而我能有你和涛涛这两个孩子就已经知足了。"

这一瞬间，方菲的眼鼻酸楚到了极限，眼泪终于决堤。

主治医生叫家属去开会说："病人脾脏破裂，下半身粉碎性骨折，接下来就看他的意志力能不能帮他撑过危险期……"

这一番话说明了病情之凶险。马春花直听得梨花带雨，方菲更是悲伤难忍。很小的时候，她就没有了母亲，但有爸爸的地方就有家。虽然她现在已经有了自己的幸福家庭，可方大业的地位是不可能被别人取代的！不管他有多傻、多不靠谱，也不应该在安享晚年之际遭受这么大的伤害啊！

爸爸，我不能没有你啊!

她仿佛听见自己内心的那个小女孩在哭着呼唤。她完全克制不住，眼泪复又奔涌而出。她觉得天旋地转，连腿都是软的，要在申渊的搀扶下才能走出会议室。

这时，兰庭的电话突然让她回到了现实。他的声音显得非常高兴："方姐，上次那件姐夫药包被拿走的事查清楚了!"

"是谁? 我一定会让他付出代价的! "方菲迫不及待地想知道答案。

"那个拿走药包的人受了谢猛的委托。"兰庭说。

方菲想起上次吃饭时，吴静明明介绍说谢猛是她的男友。吴静这个小女孩一心想报恩，明里暗里为申渊做了不少事情，是个好女孩。转念一想，当时在饭桌上，吴静拜托谢猛提供线索时，他还答应说会帮忙。方菲愤怒了，挂上电话后，赶紧告诉了申渊。

申渊也担心极了，生怕吴静被骗："真是个人模狗样的伪君子! 我要告诉吴静，让她看清楚这个人的真面目! "

# 第四十八章

自从上次说出秘密后，吴静跟谢猛经常共进晚餐。

时间一长，谢猛逐渐走进了她的心。他的专业能力数一数二，虽然其貌不扬，但很有能力，更重要的是对她一片真心。说实话，谢猛为她甘心去减肥的样子真的挺可爱的。也不知道为什么，她什么心里话都愿意告诉他。

接到方菲的电话后，吴静才发现自己是个彻头彻尾的大傻瓜。

"什么? 他居然是陷害申大哥的那个浑蛋? "她的愤怒之火瞬间被点燃了，恨自己居然看不清楚他的真面目! 她马上打电话给谢猛："你赶紧到我家楼下。"

"什么事啊? "

谢猛还沉浸在爱情到来前的甜蜜中，憧憬着是不是女神终于认可自己，要批准他转正了。他怀着既激动又兴奋的心情飞快地驱车到达。可当他看到吴静冷若寒冰地抱着双肩时，心凉了半截。她一旦做这个姿势多半就是生气了。这不是什么好兆头，一种不祥的预感浮上了他的心头。

吴静咬牙切齿，痛心地问："是不是你在电视台捡了申大哥的药包？是不是你带出去让人化验的？是不是你把药物是治疗躁郁症的化验结果发到了网上？是不是你害他差点寻死，害得他不能做主持嘉宾的？"

谢猛愣愣地站在原地，他做梦也没想到这件事竟然败露了。自己明明处理得好好的，中间过了几道手，最后也不是他发的帖子，为何却让自己喜欢的人知道了？更要命的是，吴静早就跟他说过，她恨那个害申渊的浑蛋，等他帮忙查出来后，她要好好教训那个人。他心里突然想起"天网恢恢，疏而不漏"跟"若要人不知，除非己莫为"这两句话来。

谢猛终于张口了，却是一句："你听我解释……"

一听到这句话，一看到他那副惊慌失措的表情，吴静的巴掌就甩了过去。谢猛只听到"啪"的一声，便觉得眼前一花，脸颊剧痛，大脑一片空白，一股腥咸的液体从槽牙上流到了舌边。

吴静跺了跺脚，声音尖厉地痛斥他说："难怪让你查了这么长时间都没结果！原来你是在贼喊捉贼！你居然还有脸跟我一起坐下来吃饭，一起散步！枉我还以为你是个可以信赖的朋友，将我的秘密全告诉了你。我真傻！我还以为你跟别人不一样，是我遇到的最真诚、对我最实心实意的好男人。没想到，你是我见到的最渣的一个！你滚吧！我们永远不要再见了！"

谢猛后悔不迭地追了上去，跪地哀求说："静静，从我看到你的第一眼起，就觉得你是我一直在寻找的那个人！我一直都很喜欢你，但是你对申渊太好了，我才会特别妒忌他。所以，我才在别人的唆使下做了对不起他的事情！真正要害申渊的人是他！"

他掏出手机，把一个人的电话号码和照片给吴静看。

吴静生气地说："这不是新崛起的天使投资人萧诚吗？你为了洗刷自己的罪孽，就找无辜的人来脱罪，可耻！"

可是说完之后，吴静又开始疑虑，她感觉这件事恐怕真像谢猛说的那样。虽然谢猛特别不喜欢申渊，但是如果没有背后的萧诚，他不可能在几秒钟内编出来这么个人来。

谢猛生怕她不相信，赶紧原原本本地将整件事都和盘托出："这是真的。当时他在电视台门口找到我，说他跟我一样都讨厌申渊，让我只要找到申渊的把柄告诉他就可以，其他事情都包在他身上。而那天录制节目时，我发现申渊的表现特别不正常。他就像……就像毒瘾发作似的坐立不安，可一吃药立马又好了。当时我以为他是个吸毒的劣迹分析师，就想揭露他的真面目……"

吴静默然不语，眉头紧蹙。她回忆起了当时的情形，也觉得申大哥发言时的情绪很不稳定，不仅双眼发红，还时不时就像快要窒息了一样。

谢猛接着说道："事后，我发现他吃药的袋子掉到了地上。我见塑料袋里还有一些粉末，就觉得这个药物成分一旦化验出来，就会是他的'漏洞'。我知道房间内有摄像头，就在路边找了个人，让他跟清洁工阿姨联系，帮我把药袋拿出去，我再交给萧诚……"

"你浑蛋！你差点害死申大哥！"吴静愤怒地扑上前去狠狠地捶打着他。

"对不起，当时我真的不知道你们的关系原来是这样的。我被爱情冲昏了头脑，后来看了帖子我才知道，原来他只是躁郁症，并不是瘾君子。害得他差点跳楼，我也很后悔。我知道错了，求你给我一次改过自新的机会吧！"

吴静没想到竟然是因为谢猛对自己扭曲的爱，才间接害了申渊。而通过这段时间对谢猛的了解，她知道他的话是真的，心意也是真的。但是，他做过的错事就像一道裂痕出现在他们之间。

她既内疚又痛心地说："如果你可以面对自己的卑鄙，愿意选择诚实，我就再给你一次机会！"

谢猛毫不犹豫地说："如果我愿意公开这件事，放弃我拥有的一切名誉和地位，还申渊一个公道，你愿意原谅我吗？"

吴静的眼眶渐渐蓄起泪水，随后坚决地点了点头。

谢猛由衷地说："我要用行动来弥补我的过错，洗涤我的灵魂，让你看得起我。"

谢猛没想到一直自诩技术王者的自己，从财经界的高杆上掉下去，不是因为分析有问题，而是因为嫉妒！

为了不影响电视台的形象，谢猛自己拍摄了一段视频发布到了个人微博上。他在视频中向申渊公开道歉，并隔空对萧诚喊话："我不知道你为什么让我去找申渊的麻烦，我现在已经后悔了。如果可以重来一次的话，我不会在背后搞小动作，我也奉劝你不要再害人了！"

在视频末尾，他真诚地说："在这里我要对申渊和他的妻子以及家人说声'对不起'！还有，吴静，对不起，但是我爱你！希望你可以再给我一次机会。"

视频发布后，他将链接发给了吴静。吴静看完后，被他的勇气感动了。

方菲夫妻看完谢猛的视频后惊讶极了："始作俑者居然是萧诚？"

很多记忆的碎片在方菲的脑海中闪现出来，终于会聚成了一条线。

萧诚说申渊在外面开房、萧诚悉心照顾她、萧诚对她深情表白、萧诚被拒绝后说"我会让你后悔的"……

其实那时，他已经在背后执行着整个计划，目的就是为了拆散她和申渊。

萧诚在她心里真的只是个大哥哥，当她大学四年忙着学习、兼职，每年都忘记自己的生日时，是他提着盛满卤牛肉的蓝色碎花小布袋来找她。

再往前，当她考上大学凑不出学费时，是他拿出自己的工资来支持她！

还有中学时，因为是单亲家庭的孩子，她总被同学欺负，是他每次及时出现，狠狠地教训那些欺负她的人，为此被学校记了大过。

爱而不得的反面便是恨。爱能让人升华，恨能让人坠入地狱。

柳叶的求助电话打断了方菲的思绪："亲爱的！我在美国遇到大事了，急需一笔钱！"

"怎么了？别着急！你需要多少？到底发生什么事情了？！"方菲以为柳叶的女儿被人绑架了。

"车祸！"柳叶深呼吸了好几下，调整着因崩溃而泣不成声的哭腔，她感觉自己从未这么恐惧、这么心痛过。

方菲惊慌地询问："难道是小媛媛……"

"不！是一个帮我们的好心人！他在美国帮了我很多忙，为了救媛媛被车撞了！"柳叶痛苦地流泪恳求，"我现在好怕，我愿意用命去救他……帮帮我吧。"

一辆车突然疾驰而过，那一瞬间，女儿被推到路边，萧诚却已倒在血泊中……这一幕对柳叶来说永生难忘。

最近家里不断出事，干什么都需要钱。方菲没有自作主张马上把钱给柳叶，而是先跟申渊商量。

申渊立马答应："人命关天，当然先救人！钱你不用担心，我节目的收视率攀升后，电视台又剪辑为短视频在抖音上发布了，如今我在抖音的粉丝数量已经过百万了，有广告商找我邀约，但我没心情看。现在我们可以甄选一下合适的商务伙伴，提高家庭收入了。"

一直不相信命运的方菲，突然觉得"家和万事兴"这句话说得一点也没错。方菲赶紧将柳叶的 30 万再加上自己垫的 20 万元汇了过去，又打通了她的电话。

"你自己在外面保重，有什么需要帮忙的，随时找我！"

"谢谢！谢谢！"

柳叶在电话那头泣不成声。她心里既感动又难过。感动的是，好同学、好闺密对她的情谊这么深；难过的是，万一萧诚有个三长两短，该怎么办？她成熟之后好不容易才遇到一个真心喜欢的男人，却没想到他会遭受如此重创，不知何时才能苏醒。

## 第四十九章

迟建颇有私心地让古丽来主持表彰大会。尽管古丽刻意地盛装打扮，但并无大将之风。

她清了清嗓子说："这次的销售业绩离不开在座的基金经理们的努力，你们的 KPI 都将获得 A⁺！"

台下的经理们都是跟着方菲和朱悦一次次开会讨论从实战中走来的，深知这几只基金能全部销售完，多亏方菲事件极大地提升了基金的知名度，再加上 45% 的份额被分销商购买，余下的部分通过微博、微信、通达基金 App 和刚签约的中证资讯 App 解决了。然而最大的功臣此刻并不在会场，这太让人心寒了。

会议结束时，连稀稀拉拉的掌声都响不起来。

林晨因为屡次请假，不过不失，虽然最后的上升通道也被自己堵死了，但还是个经理。

兰庭则被人事部的赵玲通知："因为你的工作出色，请继续留任固收部总经理助理。"

兰庭冷漠地回应："我眼里的总经理只有一个。"

"这是方总给你安排的，你好好考虑。"赵玲说，"她不希望辛苦创立的一切毁于一旦……"

兰庭本来打算帮方菲实现销售目标后就辞职，却突然明白了她之前所说的"隐忍"的意思。


方菲当然知道自己是在为古丽做嫁衣，不过比起这些，她更在意分红何时到账，因为她还要争分夺秒地去银行办理赎楼呢。

今天，参与表彰大会的人员中没有她也就算了，更过分的是，她一早来上班，竟发现自己的东西全被人搬到了顾问室里距离厕所最近的工位上。

那儿是全公司最不受欢迎的地方。因为厕所的门时常被推开，不仅会带来一阵阵熏人的气味，而且还会传来"砰砰"的开门声和关门声。一个心情再好的人，在厕所门口坐上 30 分钟，也会觉得烦躁不安、难受至极。更何况她是个需要环境安宁、空气清新的孕妇。

方菲正在吃力地收拾桌面，突然听到"砰"的一声响。随着一股怪不好闻的臭味，林晨出现在她的眼前。

她皮笑肉不笑地主动"关怀"说："方总？哦，不对，方菲，你坐这儿舒服吗？不舒服的话，我找新来的同事跟你换个位置？"

方菲"扑哧"一笑，声音响亮地说："我刚刚听见一声巨响，闻到一股怪味，当是谁呢，原来是林经理啊！您这种出场方式可真是太特别了。"

话音刚落，坐在方菲四周的几个年轻人忍不住笑了起来。林晨又羞又恼，没想到这个小妮子都被排挤到这份儿上了，还敢拿她开涮。

见对方脸色阴沉，方菲继续说："不用劳烦您帮我换位置了。再过一段时间，我就得去生孩子了。"

林晨觉得她说得在理，有点尴尬地点了点头。

方菲转过身子，放下手中的笔筒，伸了个懒腰说："正好，我忙了这么多年，也是时候休息一下了。对了，林姐，您不是生了两个孩子经验多吗？教教我呗。"

林晨以为她要请教产护经验，没想到，方菲说的却是："教教我，怎么才能把孩子教育得像您家里的那么好？听说您家的大公子上的可是名牌中学呢！"

林晨一听到"教育"两个字，就头痛欲裂，只想找个借口离开。

这时，方菲的电话响了。她接起来便说："什么？你们是一家私募基金？想聘我去做总经理，年薪 300 万起，分红另算？"

林晨实在是听不下去了，头也不回地离开了这里。

方菲看她走远了，才笑着说："条件是不错，只是我快要生孩子了，晚点再说吧。"

方菲放下了手机。她并非第一次接听猎头的电话。因为她具有核心竞争力、人脉，还有资深的管理经验。但通达基金固收部就像是她的孩子，被她从小带到大，这份依恋和成就感在其他地方是体会不到的。

不过，竞争也是残酷的。

猎头会对她下手，当然也会去找她的下属，如果得力的下属接二连三地被猎头挖走，一批合作成熟的客户可能就会被连根拔起。通达有再大的基业，也经不起这番摧枯拉朽的迁徙。而现在这些只顾私利的领导者是不会为大局考虑的。他们哪怕有一点良知，也不至于将她发配到这么个臭气熏天的角落。

她被鹿韵告的案子不知何时开庭，晚上还要去医院看方大业，反正兵来将挡、水来土掩就行了，没什么好怕的！


方菲刚到医院，就看到提着水果的郑恬走了进来。她现在留着一头漆黑的短发，穿着运动服，就像大学校花那样清丽可人。

郑恬也看到了方菲。她深鞠一躬说："之前的事情真对不起！我一直都想当面道歉。"

"都过去了，你也是受人唆使的，我现在还要谢谢你尽心尽力地帮我们家分忧。"

方菲对她早就心无芥蒂，只是她对古丽还有很多疑问，便打听起来。

郑恬梳理了一下思路，说："我是参加驴友活动时认识她的。晚上我们住一间房，她装作很可怜地告诉我，她在公司被你欺负得没一点脾气。另一个同行的女生在旅途中没少就此添油加醋。对了，你住院的事情就是这个女生发信息通知我的。直到马涛告诉我真相，我才发现自己被利用了。"

比起同事之间明争暗斗的关系，现如今方菲更关心另一件事。她想起了亡故的蔡权，问道："古丽跟你提过她的男朋友吗？"

"听说是有的，但是年纪比她大很多。不过她神神秘秘的，没给我看过照片。"郑恬冥思苦想了一小会儿，突然补充说，"对了！有次我们在商场的星巴克见面后，我的雨伞忘记拿了，便让她先走。等我拿完伞返回时，无意间看到她亲密地把头靠在一个老男人的肩膀上，准备上车。"

"老男人？"方菲打开手机，给她看了看公司合影上蔡权的照片，"是他吗？"

郑恬摇了摇头："比他头发要白一些，看起来更精干些。"

真奇怪，难道她还有别的情人不成？

这时，郑恬的手指突然移到了大合照上另一个头发花白、腰杆儿挺直的男人身上。

她眼前一亮："好像是他！"

迟建？这个新的突破性的认知，让方菲的心突突地跳动起来。

自己竟然无意中发现了线索，她抽空赶紧打电话向张宁汇报："张队长，我有新的情况想告诉你，对案件的侦破或许会有所帮助。"

张宁边听电话边点头，表情也逐渐明朗起来，他感觉之前因蔡权离世而关上的那扇门再次被开启了。如果顺藤摸瓜地查下去，应该会有新的发现。

# 第五十章

萧诚终于苏醒了，一切都是那么美好。

天空湛蓝，鸟啼声阵阵，连消毒药水的气味闻起来都那么舒适。他右手轻轻一动，竟然触碰到了柔软的发丝。这段时间里，他什么都不记得，难道是她一直在照顾自己？

觉察到动静，脸色青白的柳叶睁开了眼睛。她激动地看着萧诚，不相信地揉了揉眼睛，说："五天了！你终于醒了！"

萧诚想坐起来，却发现身体不听使唤。

"还是太虚弱了。"闻讯赶来的医生检查了一下情况后，很认真地告诉他，"你是熊猫血，血库储备不足，同血型的她给你输了一些血。她能下地之后，就一直在这里照顾你。"

"谢谢你！"萧诚费力地嗫动着嘴唇，轻声吐出这三个字。

他的手指轻轻地抓住了柳叶的手。一对大龄青年相爱，需要的不再是试探和套路，而是深入灵魂的交流与倾诉。

萧诚服过药后，第一次自然地睡着了。

为了照顾他，累得筋疲力尽的柳叶也赶紧闭上了眼睛休息，没想到却被萧诚的电话铃声吵醒了。而且更奇怪的是，电话上显示的竟然是方菲的名字。难道是同名同姓？不，连电话号码都一模一样。

她接起电话后好奇地问："方菲？你怎么会认识萧诚？"

方菲也意外极了："你不是说你在美国急需用钱吗？难道你说的那个好心人就是萧诚？"

柳叶羞涩地笑着说："是他。我们在美国认识的！后来他表弟赶来，医药费都解决了。我留下借给你的钱，其余的再转给你。对了，你找他有什么事吗？你怎么会认识他的？"

方菲叹了口气，她真没想到萧诚居然成了柳叶的心上人。

在方菲最无助最需要关心的时候，柳叶毫不犹豫地向她伸出了援手。她是她的好闺密、好同学。

方菲无论如何也骂不出来了，便说："没什么事，就是随便问问，希望他一切都好。"

柳叶表面大大咧咧，其实心思细腻，连忙追问："你们两个是什么关系？"

"我们两个是邻居……就这样吧，你在美国，那边好晚了，早点休息……"

方菲连忙挂掉了电话，她的心怦怦直跳。她害怕柳叶知道萧诚的另一面。糟糕，谢猛发的视频里的那番话，岂不是等于公告天下萧诚是一个不堪的人？她本想让谢猛撤掉那个视频，却发现那个视频已经像病毒一样四处蔓延，再也控制不住了。

柳叶当然也赶上了这个消息的末班车。她晚上睡不着，便玩起了自从照顾萧诚后，就没有心情去看的手机。没想到，竟然看到了一个打死都不信的帖子。

"股评家谢猛在天使投资人萧诚的怂恿下，将申渊患有躁郁症一事传得沸沸扬扬，害得申渊差点跳楼……"

萧诚这么大度、善良，为什么要害人？害的人为什么偏偏是方菲的丈夫？柳叶突然想起了方菲那个欲言又止的电话，这才反应过来，以方菲的个性，一定是来问责的。萧诚这个名字似乎在哪儿听到过。好像……是在大学的时候！

柳叶搜刮着脑海深处的记忆，忽然回忆起每一次方菲过生日时，都会拿回来一个蓝色花布包着的小饭盒。打开之后，整个宿舍都飘满了香气。那一片又一片微辣的牛肉，将小饭盒塞得满满当当，撩拨着整个寝室女生的味蕾。

大家问方菲这是谁送的。她总说是小陈哥哥。大家起哄说是不是她的男朋友，她总会纠正说："是邻居！"

方菲曾经念叨过的那个人的名字不是小陈哥哥，而是萧诚哥哥！萧诚怎么会做出这种事？他明明认识方菲，为什么却不告诉自己？

柳叶简直不敢相信。趁萧诚还未醒来，她用他的手指开了手机的密码锁。在手机相册里，她看到了方菲年少时的相片，还发现自己的资料也一早就被存在了手机里，甚至包括自己的出行时间。一阵彻骨的寒意袭来，她没想到自己以为的浪漫邂逅竟然是一场谋划已久的相遇。那个让她心动的男人竟然爱着她的好闺密！

当清晨的第一缕金色阳光洒向萧诚时，他终于睡醒了。他感觉身体上下都有了力量，手指弯曲活动的力度也更大了，却发现身边好像少了什么。枕边有一片纸，残留着柳叶的气息。

"我已经走了，原来一切都是你精心策划的局，而我不过是一枚棋子。无论如何，感谢你对我女儿的救命之恩，我们到此为止吧。"

# 第五十一章

古丽疲惫地抱着双肩，走进迟建的办公室，顺手锁上了门。

"丽丽，你最近状态真的不太好，要不要给你放个假出去旅游一下？"迟建坐在位置上，看似在交代工作，实际上在说着情话。

"你知道我不管去哪儿心情都不会好。"古丽在沙发上坐下，用手轻轻撩开垂落到脸上的碎发，烦躁不安地说。

迟建安慰道："为什么？方菲不会再挡着你的路了。朱悦和兰庭都并非等闲之辈，你吩咐他们做事就好了，能有多难？"

"你知道我在担心什么！你就不怕吗？"古丽突然惊恐地注视着他的双眼，说。

"怕什么？我在最好的年纪娶了个有缺陷的女人，落得个无儿无女，如今年过半百了，毫无牵挂。只有钱才是最实在的！"

"那她呢？"古丽挑衅地问。

"我跟你说过不要提起她！"迟建冷冷地说。

古丽的眼睛里闪过一丝妒忌的神色，握紧了拳头，转身欲走。

"丽丽，以你的资质，再也找不到如今这样一个金饭碗，不要跟钱作对。"

迟建始终都坐在椅子上，还跷起了二郎腿，似乎根本不在乎她发脾气。古丽迟疑了一下，还是扭开门走了出去。

迟建坐了一会儿，又给方菲打了一个电话："来我办公室一下，有事找你。"

方菲靠在椅背上，硕大的腹部已经不能让她前倾身体。

迟建竟然对她露出笑容，甚至有些推心置腹地说："我也知道你就快要临产了，往后的日子需要花钱的地方可不少啊！不知道你是否愿意帮我处理一些其他事务呢？"

方菲知道这只老狐狸不会真的安好心，便自然坦荡地说："迟董，您真是大人有大量。我家已经被之前网络追凶的悬赏，还有我婆婆跟我父亲的医药费给掏空。再过五天，就是抵押贷款的偿还日了。如果可以适当地增加一些收入，多做点事情我当然愿意。"

迟建并不知道现在申渊在社交媒体上气势如虹，不疑有他。他对方菲讲的这些事情倒是都略有耳闻，便说："这就对了嘛！你看看你，之前何必跟我对着干呢？你现在这副模样简直是，只要给钱什么都愿意做。"

方菲并不恼怒，唇边浮起一丝惨笑说："是的，当时我还没现在这么落魄，没想到人倒霉的时候，连喝水都塞牙缝。如果有什么项目给我做的话，我愿意。"

迟建见她真心乐意为自己效劳，便递给她一个信封说："山穷水尽时，没有人不会为五斗米折腰。这是我朋友的一家公司，最近准备做一些调整，希望有个可靠的人帮忙打理一下。"

方菲心中一动，没想到迟建居然会给自己这种差事。她接过材料打开一看，是一沓注册地在粤岛的公司资料。这家公司的注册资本才 100 万元，经营的类别是贸易，最近一年内的交易并不频繁。

迟建罕见地露出了和煦的笑容，说："他每个月会准时给你发工资，有事情的话会通过邮件联系你。"

"谢谢，那我就恭敬不如从命了。"方菲知道他笑里藏刀，仍旧一口应承下来。她拿起资料，费劲地站起身说，"那我就先走了。"

"行，慢点走。注意安全！"

迟建被之前的昏倒事件闹得有点心理阴影，亲自站起身来把她送了出去。

回到座位上，迟建的指尖不由自主地在桌子上敲着。一种狂喜的胜利感让他觉得身心愉悦。他真没想到，这个看起来油盐不进的硬骨头居然也丢盔弃甲了。啧啧啧，她怎么就变成现在这样了？所以，没有人是不会变的。没变的人只是没摊上事儿。

一次两次的挫折还好，如果命运三番五次地将你砸得晕头转向，将你推向万丈深渊，既然如此，不如干脆跟泥泞融为一体。

这时，朱悦轻轻叩了叩门，然后走了进来。

"迟董，您看起来心情不错！"

"眼神不错！这都被你发现了。"迟建微笑着说。

朱悦拱了拱手，夸道："人逢喜事精神爽，今天晚上一起去喝酒？"

"我去一下洗手间。你在这里等我一下吧。"迟建起身离开。

朱悦坐在真皮会客沙发上，跷起了二郎腿，偶然的一瞥，他看到迟建办公桌旁的地面上有一张 A4 纸。然后他走了过去，正打算弯腰捡起来，目光却扫到了迟建尚未锁屏的电脑屏幕上……直到最后离开，那张纸都静静地躺在地面上。

方菲打算将迟建给的资料整理一下，然后交给兰庭去追查。为什么她不想找张宁？因为她担心会浪费警力。她目前根本无法确定手里的这个公司是否涉嫌违法。似乎有一条蛛网似的线索在空中闪烁，不论多隐蔽的蛛网，在粘上露水或灰尘后，也会在阳光下显形。她坚定地认为，只要再追查多一步，便会触及真相。

方菲白天在顾问室厕所旁的工位上办公，实际上在不动声色地处理着迟建交给她的公司的账目。花两天工夫整理完了多年的账目后，她从中筛选出几家来往交易最频繁的公司，并将流水账交给兰庭去查证。

"我早就等着这一天了！"

兰庭因为一地鸡毛的家事，从家里搬了出去。私下收到方菲的任务后，他觉得暗中调查很有意义。

之后方菲在公司遇到薇薇和兰庭都不再搭理。三人看上去已是形同陌路。

薇薇走进星巴克，将兰庭给她的信封放在桌面上，对申渊说："姐夫，这是上次姐让兰庭帮忙查的金兴公司离岸账户和主要海外交易。对了，这些到底有什么用呀？"

申渊依照妻子的吩咐，神色凝重地收起资料说："这事你知道得越少越好。"

薇薇从心底生出一种地下工作者的感觉。她轻轻地托了托墨镜，问："伯父的身体好点了吗？"

申渊点点头说："我岳父大人下半身虽然残疾了，但现在我岳母对他真心实意、照顾周到，也算是因祸得福吧。"

"对了，小宝宝快要出生了吧？"薇薇想起方菲已经硕大如瓜的腹部。

"嗯，最近我们都很期待。"申渊憨厚地笑了笑。这是生命中最让他们放松和开心的事了。

薇薇也高兴地说："您可要珍惜，当时方总说要做手术放弃这个孩子呢，可做过 B 超后，就放弃了那个念头。我想，方总是经过一番煎熬之后，才决定加倍珍惜眼前所拥有的一切的。"

这时，薇薇的手机突然响起。接听后，她的神色越来越震惊："会有这种事？稍等。"

她急切地对申渊说："姐夫，您的私人邮箱赶紧给我一下，有人给兰庭传来了一份重要信息，对姐的官司有重大意义！"

"到底是什么？"申渊不断刷新着邮箱，终于显示有一份超大附件正在接收中。

薇薇看着资料不禁发出了惊呼："再狡猾的狐狸，也会被猎人抓住尾巴！"

"谢谢你们！"申渊感动地跟薇薇握了握手。

薇薇意犹未尽地说："我再去想想办法，看看能不能挖到更多的证据！"

"千万别！你一个女孩子太不安全了。"申渊嗅到了危险的气息，连忙阻止说。

薇薇大大咧咧地说："没事！我要让方姐再次扬眉吐气！"

## 第五十二章

这天傍晚，方菲刚吃过晚饭，忽然感觉下身有点湿湿的，像是尿了裤子。她赶紧拿出羊水试纸一测，发现试纸竟然变绿了。这就是医生说的羊水破了，要马上去医院！

最循规蹈矩的申渊载着妻子，一路踩着油门。他运气奇佳地连续冲了四个绿灯，超速赶到医院。他本想陪着太太进产房，却被护士长推了出来。

"家属在外面等着去！"

坐在外面的他，六神无主，既焦急又喜悦。

他一坐下就控制不住地胡思乱想起来，方菲会不会生产不顺利？她太痛了怎么办？孩子到底健不健康？会不会长了六指，或者长尾巴？

他拨打了章雨露的电话："妈！方菲快生了！我在医院！"

病愈一段时间的章雨露赶到后比他还着急地问："这提前生，情况怎么样？你去问问啊！"

申渊又跑到产房旁边问："医生，我太太现在情况怎么样？"

护士忙得很，但还是耐心地说："在里面好得很！你去买点巧克力给孕妇增加体力！"

躺在床上的方菲觉得从小腹里传来了一种撕心裂肺的疼，痛得心脏似乎被人捏紧了。她先照着医生的吩咐努力地准备顺产，好不容易开了三指。医生检查后又说胎位不正，建议还是转剖宫产。

方菲已经奋战了十小时，额头上流下来的汗已经使得头发都糊在了脸上，她全身上下都有一种筋疲力尽的感觉。现在却被医生通知前功尽弃，又急又累又烦的她忍不住哭出了声。医生也没吼她，护士还给她递了纸巾。

发泄完后，方菲心里埋怨着孩子：你这个磨人的小东西真是厉害，老娘我什么大风大浪没见过，可到了你面前竟然溃不成军！

申渊突然听见护士在叫："谁是方菲的家属？"

"怎么了？生了？"他欣喜地凑了上去，好想看一下自己的小宝贝长啥样。

"怎么可能这么快！病人胎位不正，需要转剖宫产。家属快过来签同意做手术的字。"

申渊脑子"嗡"地一响，没想到妻子要遭这么大的罪！方菲天天一有空就拉着他去散步，就是希望可以顺产生孩子，快点恢复，她可从未考虑过剖宫产。他一想到，方菲一开始为了怀孕，已经承受了长时间的折磨，现在肚子上还要被切开一个口子，难过得几乎要掉下眼泪来。他再看着满满当当的一大堆手术可能出现的意外、并发症和后遗症，手抖得都快握不住笔了。

"没事，快签了吧，哪个女人都要过这一关！"

在章雨露的催促下，申渊一闭眼一咬牙，写下了自己的名字。

他把同意书交上去时，认真地补充说："万一真的出意外，保大人！"

章雨露气急败坏地说："你傻啊！保了大人，你这辈子就没孩子了！"

申渊再也忍不住，眼泪滚滚落下，说："妈！方菲才是对我最重要的人！如果没有孩子，我宁愿跟她孤独终老！"

"哼！你要气死我啊！"章雨露不想搭理他。她郑重其事地朝着南边大海的方向，双手合十，口中念念有词，"妈祖娘娘保佑，我家乖孙平平安安，无惊无险……"

时间一分一秒地过去了，在室内又看不见黑夜还是白天，只剩下漫长的等待和一呼一吸的煎熬。

"是个女儿，八斤六两，挺好的，你看看！"

这句话叫"醒"了腰杆儿上被打了麻药后昏昏沉沉的方菲。她忽然来了精神，就像濒死的人注射了强心针。她仔细地打量着眼前这个皮肤鲜红、头顶还有一些血和污渍的小动物。看着看着，她突然失望了。一点也不像我和申渊！

都说婴儿是小天使，是上天送的礼物。我们家这个怎么活脱脱像一只没长毛没长尾巴却胖墩墩的小猴子！

像是感应到了她的目光，"小胖猴子"也睁开了漆黑的大眼睛，静静地、定定地看着她。

方菲好奇地问医生说："这孩子怎么不哭呀？"

医生又把孩子抱走，只听"啪"的一声脆响，狭窄的产房里爆发出"哇哇"几声洪亮的啼哭，一声接一声，一次比一次响亮。

方菲原本感觉自己仿佛被撕裂成了两半，但听见啼叫的瞬间，一切痛苦都化为乌有。就像朝阳的光辉洒在了她的头顶，就像珠穆朗玛峰顶上最纯净的初雪被烈日融化。她感觉心里的天空亮了，飘荡着袅袅的七彩云霞，一轮金灿灿的太阳"噌"地照亮了她的心尖。

护士抱着娃出去了："方菲的家属在哪里？"

"在这儿！"

申渊立刻站起身来。他的心里敲着鼓，激动地想：这是要跟自己的孩子见面了吗？

"方菲生了个女儿，八斤六两！家属来看一下！"

"系（是）个女仔？"章雨露一直念叨着孙子，如今期望落空，她起身欲走，"我先回家去了……"

"哇——哇——"

小婴儿的哭声吸引了她的注意。她定睛一看，顿时被暖化了：这眼睛、这鼻子，跟儿子呱呱坠地的时候一模一样。看着小女婴的时候，她感觉自己仿佛穿越时空，回到了自己刚刚生产后的一刻。

恍惚中，她仿佛看到丈夫也在喜出望外地抱着孩子。

忽然，她又回到了现实。抱着孩子的人是护士，而这个孩子是申渊的女儿，也是她们申家的血脉。她不禁泪湿眼眶。直到婴儿被抱走，她还在恋恋不舍地盯着护士的背影。

"你怎么又不走了？"申渊看她眼圈红着呆立在原地，故意催她离开。

章雨露激动地搓着双手说："是我们申家的孙女，我肯定也心疼啊！我现在就下去给医院买果篮和巧克力，好好地感谢他们。"

"您就别去了，我叫外卖送吧！"申渊赶紧阻拦了她。

岁月不饶人，上次的教训已经让他发现母亲不复健壮了。

面白如纸的方菲终于被推了出来，还是护士跟申渊合力把她抬上了床。她又累又弱，已经十几个小时没吃东西了。

"剖宫产术后三小时不能喝水，病人实在渴了就用蘸了水的棉签涂一下她的嘴唇。从明天开始才可以喝粥，在排气之前只能吃流质食物。"

申渊握着方菲冰冷的手，越发心疼。他抱起病床边上的小人儿，热泪盈眶地对她说："老婆，谢谢你。"

方菲虚弱地微笑了一下。她忍着疼痛，又爱怜地看了看孩子，才昏昏沉沉地睡了过去。

小娃刚开始还挺安稳，自从打完卡介苗后就哭个不停。申渊抱着孩子走了几圈后，章雨露就接过来抱。可一放下，孩子就哼唧哼唧地哭。

最后，申渊心疼母亲，只能自己抱着孩子，来来回回地在病房里走了一夜。

因为伤口痛，方菲半睡半醒间看到了这一切。她既心疼丈夫彻夜未眠，又心疼哭闹不停的宝宝。

第二天胸口还是鼓囊囊地胀了起来。更令她惊讶的是，小胖猴一被放在她身边，眼睛都还没睁开，嘴唇就准确无误地找到了喝奶的位置。大自然的设计，真是太奇妙了！

一瞬间，她忽然想起了去世的妈妈。当年她肯定也像这只小兽似的咕嘟咕嘟地趴在母亲的身上汲取着营养。真希望妈妈的在天之灵能看到这美好的一幕。

申渊不忍心老婆辛苦，用这阵子攒下来的稿费和代言费，送她住进了月子中心。不知不觉中，他的赚钱能力比从前已经上升了好几个台阶。

得知方菲生下小宝宝后，没过几天，柳叶就带着媛媛，提着大包小包，来到了方菲所在的月子中心。

"让我看看我可爱的小侄女。"柳叶放下手中的东西，朝床边走去。

小家伙像是预感到什么似的，在柳叶的手指即将触碰到她的脸蛋时，她原本紧闭的双眼慢慢睁开了，还露出了一个灿烂的笑容。

柳叶的心都快要融化了。她情不自禁地用手指戳了戳小家伙的脸蛋。小家伙这下笑得更灿烂了，短短的胳膊不住地挥舞着，最后定格为一个双臂展开的动作，似乎想让人抱她起来。柳叶小心翼翼地将她抱起来，一边哼着摇篮曲，一边轻轻地晃动着。小家伙在歌声和慢动作摇摆的催眠下，又缓缓闭上了眼睛。

突然，柳叶感到有人扯了一下她的衣角。她低头一看，发现媛媛正鼓着腮帮子，气呼呼地看着她。柳叶这才意识到自己因为太过于关注怀里的婴儿而忽略了媛媛，可能惹得她不开心了。

媛媛说："妈妈，给我也看一下嘛。"

原来媛媛不是在吃小家伙的醋，而是怪我不给她看一下啊。这么想着，柳叶将怀里的婴儿降到媛媛视线看得到的高度。

媛媛的表情一下子雨过天晴，还提出了一个"得寸进尺"的要求："妈妈，也给我抱一下嘛。"

柳叶怕她把孩子摔着，便拒绝了。媛媛立时就不高兴了，脸翻得比翻书还快。柳叶苦口婆心哄媛媛，可媛媛就是一副油盐不进的模样。最后还是方菲发话说"让媛媛抱一下吧"，事情才结束。

"说一下，就一下哦。"柳叶说完，小心谨慎地将婴儿交给了媛媛，但并没有撤回双手。

过了五六秒，柳叶又将婴儿从媛媛手中接了回来。媛媛虽说有点不舍，但既然答应过妈妈就抱一下，就要言而有信。紧接着，她说了一句让方菲和柳叶都啼笑皆非的话。

"妈妈，你什么时候再给我生一个弟弟或者妹妹啊？"

虽说童言无忌，柳叶还是被女儿不假思索的问话触动了，她表面上笑而不语，内心却想起了一个人——萧诚。

柳叶将婴儿放回床上，然后与方菲低声聊起了天。她说起了她和媛媛的美国之旅，并再次为没能将冯翔劝回国内的事表示了抱歉。方菲说，不用放在心上，那件事已经在张月的帮助下解决了。

柳叶纠结再三，还是提起了萧诚。方菲说，她一直把萧诚当哥哥看待，而且她已经结婚了，现在又有了孩子，跟他就更不可能了。

"我代萧诚向你道歉，因为他做了……"

柳叶话还没说完，却见房间里进来一个她再熟悉不过的人——萧诚。

"男子汉大丈夫，一人做事一人当，方菲，我给你和申渊带来了那么多麻烦，真的对不起。"说完，萧诚向方菲深深地鞠了一躬。

为了得到方菲，萧诚操纵隐藏在申渊夫妻俩身边的棋子，想方设法破坏他们的婚姻。可开朗的柳叶用她发自内心的真情，慢慢温暖了他内心的寒冬。他甘愿用生命救她的孩子，她愿意献血来留住他的命。是她，让他发现放下执着后，原来世界那么美好。

方菲觉得萧诚做的那些事，追根究底自己也应该负相应的责任，而且经过一系列的考验，她和申渊的感情不仅没有破裂，反而变得更加深厚和牢固了。换个角度想，也算因祸得福。见萧诚的态度真挚又诚恳，便接受了他的道歉。

萧诚和柳叶又打扰了一会儿，便结伴离开了。

走在路上，柳叶问："你怎么会来这里？"

"我是过来找你的。"

"你怎么知道我在这里？"

"对不起。我通过一条黑客短信在你的手机里安装了木马程序，可以获取你的定位，这也是我为什么总是能偶遇你的原因。"

"你……"

柳叶的话还没说完，萧诚就用嘴巴堵住了她的嘴。一旁的媛媛立马用双手捂住了眼睛，一副非礼勿视的模样。柳叶挣扎了一会儿就屈服了。

长久的一个吻之后，萧诚深情款款地说："我身上的血液有一部分是你给的。自从你离开后，我每天一睁开眼睛就想见你，入睡前闭着眼睛时也都想着你。我喜欢你。我们在一起吧。"

柳叶还是不能释怀地问："你不会是把我当作某人的替代品吧？"

"不是的，对我来说，你是独一无二的。"萧诚的话飞进了柳叶的心里，"你以前受苦了，以后可以让我来保护你吗？"

柳叶的脸如同被春风拂过，自心底绽放出花儿般的笑，只说了一个"好"字。


"兰庭，回家吧。你母亲真的很记挂你。"

在公司餐厅的角落里，朱悦终于堵住了有意躲开他的兰庭。

"你配吗？"兰庭冷冷地横了他一眼，"别在这儿装好人，我永远都不会接受你的！"

"我知道我跟你们的差距不是一点点。"朱悦苦笑地摇了摇头说，"我是西南农村出来的，为了上大学还复读了两次。到一线城市后，我总算可以大展拳脚了，但还是觉得很累。"

兰庭很意外会听到他发出肺腑之言，但还是鄙视地说："所以你就要在背后捅方姐一刀？"

见朱悦默然不语，他继续指责道："你追求我妈不就是为了将来进入兰氏地产，往更高的位置爬吗？"

朱悦无奈地说："我知道我说什么你都不会信我。但是我希望你可以公正一点。你既然最喜欢林肯，也最欣赏他颁布的《解放黑人奴隶宣言》，为什么不能对我放下偏见？"

兰庭被他问得有点恼羞成怒："总之，你是个让我无法相信的人。请你离开，不要影响我就餐。"

朱悦见他油盐不进，不得不甩出了一发重磅炸弹："周末是不是有人给你发了一封对方总有利的邮件？"

"你问这个干什么？"兰庭警惕地反问。

"那份资料是不是迟建的海外账户的非法交易记录？"

兰庭的瞳孔突然变大，有点难以置信地凝视着他问："难道是你？"

"我那天去迟建的办公室，正好他有事离开了，我就把他开着的表格存在了随身携带的 U 盘里。"说完，朱悦从头颈上取下一条黑颜色的金属项链，拔下前端的盖子，露出了 USB 接头递给了兰庭，"你如果不信可以再验证一下。"

兰庭接过链子起身回到办公室。他试了之后才发现，朱悦所言不虚。他突然明白了为什么方菲当时会在那么多候选人里选中了他们三个。看来被她第六感认定的人，终归是不会背叛她的。

一直跟在他旁边看他操作的朱悦说："我浮沉多年，也渴望拥有稳定的家庭，但忙得根本没有私生活。我虽然收入可以，但花的钱更多。每个月的薪水只够付上个月的信用卡，房子也是租的。邂逅兰漪前，是我最迷茫的时候，我不知道该何去何从。当时迟建找我入伙，我的确曾动了心，但爱情又让我渐渐平静下来。"

兰庭仍然没有放下对朱悦的成见，冷笑着说："你做这么多无非就是想曲线救国，希望我妈原谅你吧。"

朱悦的脸上泛起了温柔的微笑，说："对，曲线救国又如何？我现在对你是爱屋及乌。我真的很喜欢兰漪，她不在乎我是否有钱、有地位，只是喜欢我这个人。是我自己不知足，是我的贪念毁了她对我的感情。如果能让她重新接受我，我什么事情都愿意做。"

人本来就是既矛盾又善变的，好坏也就是一念之差。兰庭能将《葛底斯堡》背诵得滚瓜烂熟，当然敬仰林肯解放黑奴、打破种族歧视的壮举，所以是不是要以局外人的眼光再重新审视一下朱悦？再跟母亲聊一下对他的感情？不带任何情绪，也许不只是谈一次，而是从日常的点滴中来感受和判断？

一个月后，方菲准备离开月子中心。

她本来还想买奶粉，后来发现母乳很足。小胖猴基本都是喝她的奶。

方菲把她放在床上喂奶。小猴子吸着吸着奶，方菲就困得睡着了。等娃再找奶喝的时候，方菲又醒了过来。就这么周而复始。

聪明的她不断上网查找母乳喂养的相关信息，很快就习惯了各种母乳喂养的姿势和方法。

满月时，小猴子的额头饱满，五官长开了，像是脱胎换骨了一样，一下子变成漂亮的大眼睛宝宝了。

方菲从月子中心出来后抱着孩子，申渊则提着大包小包的东西。

虽然没出什么力，可方菲还是觉得很虚弱，走了几步路都觉得气喘吁吁，头晕目眩。她一回家就倒在床上，和孩子一起睡了起来。她休息不好，孩子又容易醒，手机都被调成了静音。等她终于睁开眼睛时，突然看到薇薇的来电在闪烁。

一点开接听键，薇薇连珠炮似的声音便传来："姐，我忍了好久没打扰您，小宝贝满月了吧？我今天去找赵姐给您配了女员工的育儿大礼包，有婴儿车、玩具、小孩子的抱被，这些东西肯定用得着！今天下班后我给您送去。"

"哎呀，太麻烦你了，我派你姐夫开车去取！你下班的时候把东西带下楼，顺便让他接你来吃个饭。"方菲怕吵醒了娃，柔声说道。

"行，就这么说定了！"薇薇突然压低声音说，"我还有点事，先挂了，没准今晚上能再给您一个惊喜！"

"你可别破费了！"方菲连忙阻止。

下班回家的路上，古丽又接到了最不想听到的电话。

古香又在大呼小叫："女儿，我输光了，借了点钱，现在利息变成十个点了，快点救救我啊！"

"妈，你还有完没完了，我压力已经很大了，不要再给我找麻烦了好不好！"

"再帮我一次，就一次！不然我就要被砍手指了！还不是因为你不争气，不找个有钱男人宠着，就靠那么点工资，让我连玩都不能玩得尽兴！"古香狼狈地哭闹着说。

"这一切倒成我的错了？！我看我不过就是你养的一棵摇钱树！要不是因为你，我怎么会有今天？"

"你现在难道不好吗？凭你那点智商，能穿着漂亮的衣服，坐在有空调的办公室里当总经理？！这不都是靠男人才有的吗？妈哪点教错你了？"

古丽愤愤地说："你的事情你自己负责，不要再来找我！"

挂上电话后，她胸口起伏不定，心绪难平，但又真的担心古香的安全。从小到大，她跟母亲相依为命，怎么可能对她完全置之不理？想来想去只有迟建认识的人多，她还是打电话去求助了。

迟建一听到她的声音，就不耐烦地说："今天是你的生日。想买什么自己去刷卡。"

"我不是来找你要礼物的，是我妈在澳门被扣住了，求你帮我想办法找人把她放出来吧。"

迟建立刻冷漠地拒绝："你妈已经无药可救了，你的家事自己解决吧。"

说完，他就挂断了电话。古丽瞬间觉得背后是万丈深渊，她感到头皮发麻，像是有一双眼睛在背后凝视着自己。她急忙回头，却只看到形形色色的路人。可感觉没有错，每当她往前迈脚的时候，就觉得背后似乎有一个猎人正在忽远忽近地跟着她。她的心跳急剧加速，只想赶紧回家。

好不容易进了小区，冲进了电梯，四周总算只有她一个人了。电梯门打开后，她发现家门口竟然放着一个粉红色缎带的盒子。

难道是迟建送来的礼物？可是，他刚刚明明说让自己随便刷卡。那会是谁送的呢？难道是那些追求者？

她松了口气，心情稍微好了一点。打开盒子，她突然尖叫了一声："啊！"

她恐惧地松开了手，三只血淋淋的死老鼠从盒子里落下，滚到了她脚边。心慌的她吓得捂住了胸口，感觉整个人都快要崩溃了。她急速连续地喘息着，感觉供氧不足，转身想开门回家。

可钥匙刚一碰到门孔，便听到"吱呀"一声，虚掩的门竟然被推开了。她探头从门缝往里面看去，只见墙壁上赫然留下了几个淌着鲜红色液体的血手印，她吓得立时瘫软在地。

下一个人，会不会是我？

# 第五十三章

方菲睁开眼睛时，一闪一闪的手机屏幕上有个陌生来电正在呼叫。她点开后，手机里传来一个浑厚的男中音："你是方菲吗？"

"是我。"

"我是警察，你认识李薇薇吗？"

"是我关系很好的同事，怎么了？"

方菲突然有种不祥的预感。她的胳膊瞬间爬满了鸡皮疙瘩，心脏紧缩地酸痛。申渊不是去公司取婴儿车，顺便接薇薇来吃饭吗？

电话中的男人继续说："今天下午她从通达基金的后楼梯滚下来，头部撞到墙壁，受伤住院了，至今未醒。她的同事送她到医院后便报了警。我们看到她的手机最后拨打的是你的号码，知道你正在休产假，想了解一下最后你们聊了点什么？"

方菲难过得胃都缩紧了，一种从胃部往咽喉上翻的灼烧感刺激得她坐立难安。她将自己早上跟薇薇的谈话原原本本地重复了一遍。

听完后，警官非常奇怪地复述道："最后她的声音变轻了，说晚上要给你惊喜？"

"是的。不知道除了要送我婴儿用品外，还会有什么别的惊喜。我觉得报警的同事做得对，此事必有蹊跷。平时薇薇做事情谨慎小心，肯定不会失足从消防通道的楼梯上滚下来。请问那里有监控吗？"

"不巧的是没有。"

"那她的手机里有没有线索？"方菲再次问道。

警官也郁闷地答复："这也是很诡异的地方，我们用她的指纹解锁后，发现里面的录音、视频、照片都被清空了……先这样吧，如果还需要你协助调查，我们会致电你的。"

挂上电话，方菲马上拨打了兰庭的手机。她开门见山地说："是你送薇薇去医院的吗？"

"是的，警察找过你了？"兰庭说，"薇薇没事不会去后楼梯，一定是有特别的事情发生了，但具体是什么事，还要等警方调查。我今天回到现场去看了，一无所获。"

这时，申渊也听到了声响，推门进来说："老婆，我准备去接薇薇，但是给她打电话却没人接听。"

"薇薇出事了！"方菲难过地说。

申渊听完她的话，突然说："我好像知道她说的惊喜是什么。"

"是什么？你是不是还知道些什么？"方菲激动极了。

因为生了孩子，方菲已经降低了对官司的关注度。申渊跟她说了那次在咖啡店里，薇薇跃跃欲试地说要再找一些可以帮她打赢官司的证据。最后，薇薇还说要让方姐重回巅峰！

"我当不当女强人都不重要！她不应该为了我去冒这么大的险啊！"方菲忍不住泪湿眼眶。


医院里，曾经握着方菲的手、劝她不要离婚的薇薇，现在正躺在白色的床单上一动不动。她眼睛紧闭着，鼻梁瘀青，被白色纱布重重包裹的头部还有深红色的血渍。

"薇薇，你一定要醒过来告诉我，到底是谁把你害成这样的！"

方菲的眼泪扑簌簌地滴落，当妈之后就无法克制内心的伤感。她摸着薇薇没有打吊针的手，皮肤凉得似乎连生命气息都微弱起来。

不！薇薇绝对不是一个傻乎乎去冒险的人！她习惯做备份，凡事一定会有后手！这是她作为一个优秀总秘的素质。对了，有一个地方还没去查看过！

方菲突然激动地想起了一个关键线索。她赶紧让申渊开车载她回家。进书房后，方菲找到她那部已经蒙上灰尘的笔记本电脑。她登录和薇薇注册的共同邮箱，一点开邮箱，果然显示有大容量的邮件正在进入。等进度条跑完后，里面有上千封各式各样的邮件。

心急如焚的方菲删掉了无数垃圾邮件，忽略了其他发送者，终于找到了一封来自薇薇的邮件，标题是"云备份"，正文却只有一个邮箱地址，还有一组奇怪的符号。

找到了！这一定是细心、努力、敬业的薇薇留下的证据！

方菲擦了一把眼泪，迅速登录了薇薇的手机官方网站，在用户名处输入了邮箱，在密码处敲打上了邮件里的那一串符号。一个跳转，连接成功，薇薇手机的云备份网盘被打开了！

不论手机的照片或视频被清空多少次，每一张上传到云网盘的照片都仍然存在！这就是云网盘的魅力所在！而这些照片统统会聚成了一组线索，指向一个惊心动魄的真相。加上申渊已经收集到的立案账户资料，全部的拼图碎片都汇集到了一起！一个重大的证据、一套完整的数据已经就位。

方菲立刻给张宁打电话："我有新的证据要提供！请给我一个大容量的邮箱或网盘让我上传信息。"

"太好了！十分感谢你的配合！希望这次一个都跑不了！"

张宁激动万分。他知道方菲的能量巨大，虽然已不在高位，但仍然有能力提供核心证据。

方菲黯然地挂上电话。其实，她只想为薇薇报仇，她只希望薇薇能平安醒来。

方菲出了门，走到阳光下，看着湛蓝的天空，终于卸下防备，号啕大哭起来。

张宁在计算机部门的同事终于下载完了新的资料，开始整合分析。他正准备再次开会讨论，突然接到一个内部电话："这里是元田派出所，我们这里有一个女士报警说遭到恐吓，希望让您来一趟，她有重要的事情想交代。"

"找我？她叫什么名字？"

"古丽！"

"好！我马上到！"

看来真是天网恢恢，疏而不漏。今天张宁先得到了来自方菲的关键信息，又听说古丽有话要说。看来，这桩基金反腐案件马上就要收网了！

惶恐不安的古丽一看到张宁，立刻激动地站起身来。她肩膀微微颤抖地说："我请求保护！"

"为什么？要知道纳税人的钱可是宝贵的资源，不能平白无故地浪费。"张宁并没有表示出很感兴趣的样子，反倒是慢条斯理地说明白客观情况。

古丽急得快哭出来了："我觉得太危险了，不知道会不会死。比起死，我更愿意说出知道的全部。但是，求你们不要抓我坐牢好不好？我真的什么都没有参与过。"

张宁点了点头，摊开了笔录本，说："行，那你就从头开始说吧。"

古丽惨白的脸上没有血色，就像一个迷失在街头的无助的小女孩。

她说道："我从小爸爸就没有养过我，是我妈把我带大的。可是她一直跟我说男人都一样，要找就找个有钱的，才能过上好生活。于是我进入通达后，就在迟建的暗示下接受了他。他委派蔡权带着我学本事，助我往上爬。不久，我发现除了我之外，他还有一个身份特殊的情人，两人经常在海外幽会。"

"你怎么知道的？迟建不怕你吃醋吗？"

张宁记下这一点，看来这个情人和迟建在海外的交易来往至关重要。

古丽将垂落到眼睑的碎发随手拨到一旁，苦笑着说："当时我确实很吃醋，以为他平时特别宠着我，除老婆外只爱我一个人。我备份了视频后，当面找他对质，结果反倒被他教训了，他说我根本没有吃醋的权利。他应该知道我跟蔡权的关系也不正当。"

"视频的备份还在吗？"张宁嗅到了关键信息。

"我一直保存在一个谁也不知道的邮箱里！他以为把我手机里的文件删干净就什么也没有了。哼！毕竟只是个老头！"古丽这时候傲慢地嘚瑟了一下。

很快，她就在指定的电脑上输入网址，打开邮箱，找到了视频，连发丝垂到眼帘边上了都顾不上撩。

张宁边看边下载，他发现视频上的女人很眼熟。对了，好像是个频繁出现的商界女强人。

古丽有点妒忌地说："他说，她是神一样的通天人物，上至证监会高层都有关系。她跟我这种依靠他的女人完全不一样，让我别再影响他们之间的感情。否则他就会收回给我的一切。从那次后，我就心灰意懒，打算争取到总经理的位置再跳槽离开他。我没想到会突然被你们带走调查。我本来都快撑不住了，关键时刻，蔡权突然又死在美国。事后我才知道，迟建得知我被带走后，就通知了蔡权。蔡权应该是权衡利弊后，为了自己的家人，不得不保全迟建，然后选择了自杀。我根本不相信什么失足！"

一条中断的线索终于被连上了，张宁心潮起伏。其中蕴藏着巨大的信息，甚至牵涉证监会的上层人物。迟建这个关键人物一旦被捉拿归案，将对整体金融腐败案起到关键性的推动作用。

古丽有些战栗地用双手将发丝归拢到脑后，继续说："从那天起，我每天的状态特别差，迟建千方百计让我当上了总经理，代价是不许乱说话，可我还是越来越怕。就在今天，我想去找迟建时，竟然看到薇薇在迟建的办公室门外。不久，她就意外摔伤了。我不知道是不是迟建无意中看到了我和薇薇，以为我背叛了他。今天我回家时，发现我家门口有个装着死老鼠的盒子，家里的墙上血迹斑斑。不！我不要变成第二个蔡权！"

说到这里，那血淋淋的一团鼠毛扎眼地从她脑海里突然跳出来。

张宁仍然从容地说："具体情况我们了解了，你愿意成为证人，指证他犯罪的事实吗？"

古丽惊恐地连忙摇头摆手，说："不要，不要！我只想过平静的生活。而且我并没有涉及犯罪的核心问题，做什么证？"

她只是想被专门保护起来，并没想过还要去承担任何指证的责任。就算只是举报了一个迟建，背后那些她不知道的大鳄，随便哪个都能把她轻松撕碎。

张宁换了一副严肃的面孔，说："这不是你情不情愿的问题！如果你愿意指证，我们就会派专人保护你。只有将迟建绳之以法，你才会真的安全。明白吗？"

张宁知道，这种愿意豁出去蹭着权贵往上爬，遇到事情却不敢担责任，最后还希望得到保护的人太多了。这些人简直比蛆虫还恶心。

古丽的表情渐渐从惊慌失措到震惊。

张宁继续问其他情况："你知道方菲现在被张氏汽车集团告的事吗？"

"我知道，我怀疑，这件事情跟迟建也有关。"

张宁提醒说："这个视频应该可以帮到她。"

古丽什么都没说，但内心已经做出了决定。

残阳如血，坐车回家的路上，方菲脸上犹带泪痕。她一想到昏迷不醒的薇薇就心如刀割。

她还那么年轻，根本不应该承受这样的痛苦。平时薇薇对她忠心耿耿，一心只扑在工作上，连谈恋爱都没时间。

"叮"的一声，方菲的手机邮箱突然弹出了一个收件提示。

她点开一看，说："老公，我的手机邮箱怎么进来了一个视频？"

申渊正在全神贯注地停车，随口说："你先看看。"

方菲轻轻点开播放按钮，只见一个娇媚的半老徐娘，搂着一个头发花白的男人的脖子撒娇："还是跟你在一起最好，老东西都已经跟我分房睡了！"

"好恶心，这不会是那种黄色网站的小广告吧？"方菲真想关掉。

停好车的申渊探头过来一看，连忙阻止说："别关，这女人好眼熟。"

方菲点下暂停键，仔细辨认着，从恶心得起鸡皮疙瘩变成了震撼得头皮发麻。

她惊讶地一拍大腿，说："不只是女的，虽然看不到正面，但男的好像我也认识。"

她继续看下去，闭上眼睛听声音觉得十分耳熟。

"万万没想到！竟然是他们！"方菲不由得捂住了嘴，"是谁把这条视频发给我的？"

申渊沉思了一下，说："我想，应该是想帮我们的人。但如果继续查下去，会不会给张月的家人带来伤害？"

# 第五十四章

"她在外面有人了？"助理阿信的汇报让张鹤曦震惊。

一个女强人用尽心思将两个孩子培养得那么优秀，还将那么大的一个公司的核心业务打理得井井有条，竟然还有精力去搞外遇？

"不信您看！那次她假借去海外为大公子找学校之名，跟通达集团的董事长迟建一起去欧洲游玩了。而他们早在五年前就已经走到一起了。"

阿信将偷拍到的照片放在桌面上。张鹤曦看了一眼，差点气得心肌梗死。蓝色的希腊爱琴海，白色的大圆柱形建筑，丰满的鹿韵裸露着双肩，皮肤像奶油一样，跟一个男人紧密偎依，手里还端着一杯鸡尾酒。

"怎么会这样？！"

张鹤曦跌坐在椅子上，直冒虚汗。他感觉天旋地转，自己看似成功的一生就像一个笑话。放弃了最珍惜自己的好女人，将她狠狠地推向深渊；选择了一个背叛自己的坏女人，给她最好的一切。

他脸色阴沉，擦了擦额头的汗，说："孩子要做加急的亲子鉴定，我要尽快知道结果……但不要让她发现。"

"是的！我会小心处理。"阿信利索地应道。

就像是潘多拉魔盒开启了一条缝隙，更多的不堪呼之欲出。自从上次鹿韵大闹律师所开始，感觉势单力薄的张鹤曦就已经察觉到了威胁。他一开始只是想让助理去查一查妻子是否做了违法的事，没想到神通广大的侦探社竟然给助理带来了意想不到的信息。


深港市中级人民法院，方菲作为被告人来到了法庭。

涂着朱红色口红的她化了职业妆，穿着大一码的西装。整个人从上到下都有一种流畅自如的飒爽范儿。

为了以最好的状态出庭，她提前一个月抽空去维纳斯美容院做了多次产后修复套餐。当然，她不但没有要求免费，还为婆婆和后妈都办上了年卡，绝不占孟丽一分钱的便宜。

张月走进法庭，在申渊旁边坐下。

鹿韵全权委托了她公司的高级法务人员袁律师提出申诉，自己并未出庭。袁律师是个四十多岁的稳重的广东中年男人。他经历过的大小官司，均是为张氏汽车集团打的商业民事诉讼。对于此案，他当然信赖总经理的供词和作为证据的合同。

他据理力争说："我代表张氏汽车集团对被告方菲管理的通达固定收益部取消购买我司的债券提出申诉。这给我们公司带来了巨大的商业损失。依照双方公司签订的协议，乙方通达集团在 2019 年 12 月 31 日之前，仍未将认购总价款足额划入甲方张氏汽车集团的指定收款账户。所以甲方有权终止本协议，另外乙方需要向甲方支付万分之三的违约金，即150万元。且由于乙方违约给甲方造成了债券募集失败的恶劣影响，还需要赔偿财务费用1500万元……"

方菲听闻之后露出了一丝冷笑。大是大非都错了，花拳绣腿又有何用？

兰庭的朋友黄律师起身与之抗辩。两人剑拔弩张到最后，黄律师一剑封喉："张氏汽车集团作为上市公司，为了降低财务支出，违反会计准则，一方面虚减应付账款和应收账款，提高资产证券化的可靠性；另一方面通过虚构不存在的在建资产来虚增净资产，进而提高可申请债券的金额。这是我要呈上的证据。"

黄律师呈上了一份郎乾乔装打扮潜入张氏汽车集团去核查实际情况时拍下的照片，以及经过他和兰庭分析过的财务报表和实地调研数据……

这些实锤让袁律师愤怒地抗议起来："这一份新证据为什么没有提前向我们公开？这样无疑会让我们陷入被动局面，我们申请暂时休庭，准备充分后择日开审。"

黄律师则笑着应对："这符合《中华人民共和国民事诉讼法》第一百二十五条第一款规定的"新的证据"，因为这是一份在一审举证期限届满后发现的新证据。另外，我们也可以将此证据呈交给证监会、经侦大队，让警方去调查资料的真实性，顺便可以展开进一步的调查。最终，一定会证实我的代理人是出于维护投资人公义的良心，才宁愿违约的。她不肯将卑劣上市公司的债券推广给市场，更不希望广大的投资人当背锅侠！"

听到这里，座位上的听众纷纷鼓起了掌。法官敲了敲桌子说："肃静！"

同一时间，粤岛秦律师的事务所，鹿韵愤怒地拍着桌面说："这是合成相片！我绝对没有背叛我老公！"

"那么，这一份亲子鉴定报告中，张鹤曦非张祺麟亲生父亲的排除率为0.9999%，即确认无血缘关系，你又作何解释？"秦律师直接亮出了王牌。

"这怎么可能？"鹿韵突然呆若木鸡，难以置信地看着这张纸说，"怎么会？"

不管她愿不愿意，一场离婚大战拉开了序幕，婚内财产开始被清算和分割。走到这一步之前，张鹤曦已经掌握了所有对自己有利的证据。这一仗就是为了让欺骗他的女人"死无葬身之地"。

因为掌握了充分的犯罪证据，粤岛商业罪案调查科联合深港市公安分局经侦大队，将鹿韵带走，协助调查。

张鹤曦回到张氏汽车集团后，立刻召开董事局会议，以渎职为由剥夺了前妻的全部职位，并将其党羽全部革职。

原本要送往海外的张祺麟，仍按原计划办理出国手续，但是张鹤曦已经彻底失去了对其倾注的父爱。他只希望将其打发得越远越好，最好这辈子都不要再看见他。他甚至依照亲子鉴定的结果，去公证处解除了父子关系。

经过调查，警方发现鹿韵不仅涉及财务造假，还授意下属进行了多起商业贿赂。原来鹿韵早已觉得张鹤曦专心做汽车行业赚钱太慢，而将目光瞄准了蒸蒸日上的房地产。她为了获取更多有关房屋改造、新区建设的信息，在高尔夫球场与多位要员和高官秘密会见。而她所提的高尔夫球杆箱里，每次都会装进大额的美元，又利用双方同款箱的便利，轻松对调，从而神不知鬼不觉地完成了利益输送。

另外，面对日渐滑落的公司业绩，她并不想办法去提高，反而通过粉饰财务报表来掩饰实情。张氏汽车集团的财务高层为迎合她的需求，专门想尽方法、挖空心思，钻各种会计准则的漏洞，做出漂亮的账目。

他们利用关联公司互相交易，提前确认销售，通过少计提折旧费用，将本应列入成本或费用的科目，挂列为递延资产或待摊费用，从而达到虚增利润的目的。在新建产线已投入生产时，他们仍以在建资产的状态进行核算。要知道，在固定资产未完工前，是无须计入利润表当期损益的，只能列入资产负债表中，计入固定资产价值。

除此之外，鹿韵还用大量资金投资了一家经营博彩业的空壳公司，打着概念股的旗号赚热钱，最高峰的时期炒到50块一股，现在跌的只有几分钱，操盘的她却早已成功套现。这些从资本市场获得的钱，又被送到证监会等各个机构的腐败分子手中。

随着调查的深入，警方还发现她经常指使粤岛和深港的黑势力集团三合会为其解决棘手问题。蔡权死亡的真相与之不无关系，而蔡权背后又牵扯到一套通达内部的腐败交易系统。

由于案件的真相与细节不断被披露，持有张氏汽车集团股票的民众开始疯狂地抛售手中的存货。仅仅一周，这个大集团的股票市值便蒸发掉几十亿。

面对被撼动的基业，张鹤曦的头发一下子全白了，背也无法舒展挺直。

狂风吹散了乌云，皓日当空，通达集团大楼伫立在金融区，迎接着新的变幻。

张氏汽车集团决定撤诉，方菲不战而胜，精神抖擞地回来工作。她烫卷了中长发，多了一种柔和的女性美。她穿着订制的高档丝质职业套装，缓缓走进董事长办公室。

一批人突然越过她走到了迟建面前。为首的男子出示证件说："我是经侦大队的队长张宁。迟建，你涉嫌商业犯罪以及受贿，请跟我们走一趟！"

迟建根本不服："凭什么！我可是通达集团的董事长！"

张宁说："你离岸公司洗黑钱的证据已经被我们掌握了。"

迟建看着方菲，一切都明白了。他怒吼着："吃里爬外的东西，你也不看看，你缺钱的时候，是谁给你机会赚外快的！敢拉我下水，也不看看自己干不干净！"

张宁冷笑："如果方菲不进入内部帮你，我怎么可能掌握这些罪证？从她答应你的那一刻开始，就已经着手搜集证据用于举报了。"

迟建的心像掉进了冰窟。他对方菲恶狠狠地咆哮起来："你不感激我在你最困难的时候帮你赚快钱就算了，竟然还举报我，你不遵守商业道德！"

他万万没想到，那个被他认为失去自尊、承认失败的方菲，不过是精心伪装罢了。

"对坏人不用讲道德！我如果不主动跟你求和，让你觉得我什么事都会做，怎么可能接近真相？"方菲冷冷地说出这句话后，愤怒地逼视着他说，"而且，你对薇薇做了什么？！"

"我听不懂你在说什么！"迟建一丝不苟的发型已经有些凌乱，一滴汗水顺着额角流淌下来。

"你做梦都想不到，薇薇的资料上传到了云相册吧？她最后出现的地方是你的办公室。是你发现了她的意图，想抢回手机，却失手将她推下了楼梯。也是你用她的指纹开了锁，删除了所有信息！你万万没想到的是，薇薇一直都有同步到云相册的习惯。在我们的公共邮箱里，我看到了所有的相片和视频！"

迟建已经汗流浃背，硬撑着才没倒下。

"如果薇薇不是心疼我被贬，一心想寻找更多的证据让我可以重新回来，根本不必蹚这摊浑水，更不会到今天还昏昏沉沉地躺在病床上。是你！你为了私欲害了薇薇，也害了通达集团！正义只会迟到，但绝不会缺席！"方菲一字一句地痛斥着他，极力遏制着想揍断他鼻梁的冲动。

劣币不应该驱逐良币！人生没有捷径，所有犯过的恶都会反噬作恶的人。

几天后，更重磅的财经新闻出炉了。迟建的同乡、证监会主席余进投案自首。他在任期间，多次关照家乡多家地方商行、农商行实现IPO，包括多次审批通过张氏汽车集团提交的债基申请。

# 第五十五章

鹿韵被押入候审后的某一天，张月进咖啡店买早餐。她突然发现前面排队的人群里，站着一个穿棕色毛衣的熟悉背影。她忍不住多看了两眼，正好看到那人转过头。

她更笃定了，连忙上前打招呼："庄医生，您不是去加拿大了吗？怎么回粤岛了？"

"你是？"庄明只觉得眼前这个高挑秀美的女人非常眼熟。

"我是张月！十二年前，您曾经为我做过心理辅导，还记得吗？"

见对方终于点头后，张月高兴地跟他握了握手。两人一起端着热咖啡，在圆桌旁坐下聊天。

"我是因为有亲戚去世了，所以赶回来吊唁的。对了，你母亲还好吗？"庄明还记得那个不幸的妇人，关心地询问着。

"她去世了……"张月的眼神黯淡下来。

"真对不起！主愿她安息。"庄明闭目在胸前画了个十字，虔诚地说道。

张月由衷地说："对了，这么多年来，我一直都想谢谢您！"

"谢我什么？"庄明很意外地问。

"如果不是因为当年您启发我阅读心理学的书籍，我就不会走用心理学自救的道路，也不可能有今天的成就。"张月非常感激地说。

庄明吐露出了让她意想不到的答案："其实说实话，当年真正引导你的人是鹿小姐。"

"怎么可能？当年她恨不得把我和母亲赶尽杀绝！您是不是记错了？"

张月的脸色一下子白了下来，感觉触碰着热咖啡杯的指尖都像雪一样冰冷。

"也许，她也有自己的私心吧。当时她对我说，她非常理解未成年人渴望从深渊里爬出来的心情，如果想自救，必须要有一根拐杖。不管是什么，只要是你发自内心想学的，就引导你去学。她还说，只有越来越强大，人才能逐渐掌握自己的命运。"

庄明说到这里，品了一口咖啡，继续说道："我发现她的意见非常积极，比我的治疗方法更好，就采纳了。当时她还再三叮嘱我，千万不要让你知道，唯恐你会因为对她的成见而选择自暴自弃。"

这是怎样的一种感觉，左肩仿佛被火烧燎着，而右肩却被冰做的鞭子抽着，张月感到内心有一种无法遏制的内疚感。因为鹿韵的彻底失势，是她一手促成的！

阿信是她二舅的小儿子沈信。沈家人都很痛恨鹿韵。沈信小时候经常收到小姑寄来的好吃的和玩具，觉得她既温柔又漂亮。他总希望可以帮表妹一把，便在张月的介绍下隐藏身份，成了张鹤曦的特别助理，还在关键时刻提供了早就打探到的鹿韵出轨的照片。

其实，张月一直都知道这一切，只是她不希望把王炸亮出来。而鹿韵间接逼死了沈华，激发了张月的报复心，这才让表哥出了手。

看守所里，狱警通知被羁押的鹿韵："你家人来看你了。"

脸色惨白、皮肤松弛的鹿韵冷笑道："谁会来看我？"

她走到探视室，见是张月，没好气地拿起对话筒问："找我有什么事？"

"我是来感谢你的。"张月的眼里没有了恨，只有心痛。

"谢我什么？"鹿韵嚣张地问。

张月直视着她的眼睛，说："前几天，我在街上遇到了小时候给我做过心理治疗的庄医生。他告诉我，引导我去学心理学的人是你。"

鹿韵不屑地"呸"了一声："傻女！那是因为我讨厌看到你在家里晃来晃去，时不时拿刀来割自己的脉。我可不要豪宅变凶宅！只想你快点变回正常人，有多远滚多远！"

"不是的，你说这句话的时候眼睛看向左边，说明你在思考，那就是在说谎。其实，我调查过你的过去。你十五岁的时候，遭遇了比我更难过的往事，当时你的继父对你……"

"别说了！"鹿韵愤怒地站起身来吼道，"你算什么东西，别以为我现在被困在这里，你就可以踩在我头上拉屎！赶紧给我滚！"

说完，她立刻挂上通话机，起身朝囚房走去。因为用力过猛，小腿绊到了椅子腿，差点摔倒。当狱警扶住她时，张月看到她的双肩在微微颤抖。

张月拿起话筒用尽全力地吼道："我来是想告诉你，我会好好对待你的孩子们！以善良和光明的方式！"

鹿韵听到这句话，心头一震。

法律是公正的，鹿韵将会被裁决和惩罚。但她的孩子是无辜的，不应该泡在仇恨的毒液里成长，不应该成为下一个她。


人活着一定会牺牲一些，得到另一些，有得必有失。虽然方大业追回来了被骗的钱，但代价是下半身瘫痪了，余生只能在床上度过。好在有马春花忙前忙后地照顾着，除了每天做有营养的饭菜给他吃，还把他擦洗得干干净净的。

马春花之所以这样，一方面是因为她觉得自己对方大业有所亏欠；另一方面是，在方菲等人的劝说下，她最终还是选择把孩子生了下来，而且方菲许诺说以后会视如己出地对待那个小孩。得到方菲的保证时，马春花感激涕零，所以生下宝宝后，身子还没完全恢复过来，她就在方大业身边任劳任怨地忙前忙后。

新飞影视在方菲之前的两次指点下，勉强苟延残喘了一段时间，但收益仍不见转好，又遭遇了不可抗力因素，最终没能扭转乾坤，只好宣布破产。郑新飞意气风发的时候不屑于再婚，觉得女明星都是为了他的钱。到他真没钱的时候，身边那些莺莺燕燕果然全都不见了。就连跟他最亲近的李智都离他而去，跟一个追求了她四五年、身家过亿的男粉丝举办了低调但奢华的婚礼。

郑新飞暂时放下了事业，家庭成了他重要的情感寄托。他与前妻吴梦复婚了，剩下的就是花时间、精力修复他和郑恬的父女关系。郑恬认为父亲只顾做生意，忽略了对她的陪伴，还觉得都是因为那些女明星才破坏了她爸妈的感情，所以对父亲公司的状况漠不关心，甚至还有点痛恨。再加上郑新飞将工作和家庭分得很开，因此，郑恬一直都不知道父亲的公司已经破产了，还是跟马涛一起去看望方菲和小宝宝时，方菲告诉她的。也许是因祸得福吧，父女俩经过一番促膝相谈，各自打开了心结。在互相理解宽容以及相处陪伴下，郑恬和父母最终达成了和解。她也因此终于可以和马涛光明正大地在一起了。

天行健，君子以自强不息。所有侥幸骗来的"快钱"，怎有一步一个脚印打下的基业持久。正如从粉丝零个到过千万的申渊，他上完节目后一周拍一次广告的红利，已经足以使他成为家里当之无愧的顶梁柱。

大家都怕章雨露旧病复发，非常小心地用爱呵护着她。她除了偶尔来带带孩子，就和抽空出来授课的马春花切磋舞艺。萧诚和柳叶带着媛媛，当着申渊夫妇的面，又郑重地道了一次歉。之后，萧诚和柳叶结了婚，再加上媛媛，三人幸福地生活在一起。

因为涉案账户与基金产品交易的趋同性，涉案账户交易行为与其以往交易习惯的背离成为定案依据。梁启尚因为利用未公开信息交易，被判有期徒刑四年，并处罚金630万元。辩称无罪的童无忌同样也犯了"利用未公开信息交易罪"，且高价出售内幕消息，带动资金跟进，一起追涨杀跌，情节更为严重，判处有期徒刑六年，并处罚金980万元。他们违法所得的人民币3500万元依法予以追缴。

冯楚的肺部做微创后，切片出来了，结果是良性的。冯翔在国内陪父亲养了大半年身体。

临行时，他主动找到张月，说："那个秘密你还想知道吗？"

一袭白衣的张月宛如月亮女神一样美得耀眼，善解人意地点了点头。

"我跟同性恋人戴维亲密时被我妈发现了。她癌症手术后刚刚康复，被我一气，停了药不肯吃，逼着我跟戴维断掉。我不肯，她竟真的绝食绝药，不久就去世了。当时我那么痛恨我爸，其实也是在恨自己。"说到这儿，他的声音开始颤抖起来，眼眶也发热了。

"顺其自然，相信身体的感觉。我理解你，我想你在那一刻也理解了你爸的痛苦。"张月握了握他的手,"珍惜你所拥有的,一切都不会太晚,珍重!其实,我找你的时候,也快要崩溃了。谢谢你,陪我度过了最无助的那段时光。"

鹿韵因合同诈骗罪、行贿罪、伪造金融票证罪,还涉及海外洗钱,数罪并罚,被判处有期徒刑18年。

张氏汽车集团被粤岛证监会强制终止交易。粤岛证监会入禀法院,控告张氏汽车集团前首席财务官鹿韵及其上市保荐人花旗银行,要求他们还原与小股东的交易或赔偿损失。

迟建通过蔡权在丙级债中疯狂抽成,利用海外账户洗钱,还明修栈道、暗度陈仓,跟余进等高级官员勾结。本来就泥菩萨过江自身难保的他,竟然将牵涉鹿韵的那部分经济问题全都扛了下来……

他在自白书中写道:"我年轻的时候太苦了,为了达到目的,甘愿向命运低头,娶了不爱的有残障的女人,一辈子没有孩子。我贿赂高官,从丙级债中安插亲信赚取金钱利益,为想资本化的企业指点迷津,让证监会通过审批。但鹿韵对国内的一切金融手续并不了解,都是我安排人去帮她操作的,她概不知情……"

谁也没料到,最让他记挂的人竟是鹿韵。这个女人,胜过了他最爱的金钱,还有他的生命。


在通达集团新人培训的课堂上,一张张青春洋溢的笑脸都在看着讲台上熠熠生辉的女强人方菲。迟建落网后没多久,通达集团便成立了新的董事会,同时方菲被再次任命为总经理。重回办公室的那段日子,公司给她配的小助理让她越发怀念薇薇。

方菲身上的荣誉和传奇已经太多太多,除了承接了总计数千亿的债券销售额外,还扳倒了腐败的前任董事长迟建,提拔了清廉正直的督察长郎乾。被她培养过的总经理助理兰庭,离开通达后成为兰氏地产总裁。在最近一次财经周刊的采访中,兰庭还对她赞不绝口,说跟她学习的一两年受益匪浅。

毕业生们以为这个集美貌与智慧于一身的女强人,会有一种拒人于千里之外的感觉。没想到,她是个如阳光般温暖亲和的女人。培训课也讲得轻松自然、风趣幽默。

方菲正在讲职业道德素养。幻灯片上出现了一个看起来普普通通的戴眼镜的男人，下面写着"梁启尚"三个大字。

台下有人说："他就是前阵子因为做老鼠仓被判刑的那个人！"

方菲点了点头说："没错，做基金我们会接触到各种各样的内幕消息。职业道德要我们分清楚究竟哪些信息是用于工作上的，哪些是在私下哪怕对最亲密的人都不可以分享的。因为一旦泄密，就会让你陷入不可自拔的深渊。一旦打开贪欲的潘多拉之盒，就再也无法回头！"

"万一女朋友非要我说出自己操盘的股票，不说就跟我分手怎么办？"这时，一个男声从听众席传出，惹得大家一阵哄笑。

"你叫什么名字？"方菲也微笑着看向发声之处。

那个男孩站起身来说："张亮！"

他也胖乎乎的，戴着眼镜。恍惚中，方菲仿佛看到了梁启尚五年前的样子。她发自肺腑地说："我建议你回家不要谈论工作上的事情。如果她非要干涉，那你就只能从事不直接接触核心机密的工作岗位，比如客服、销售，甚至离开这个行业。或者，换个理解你的女朋友。因为你的职业需要更高的自控力和纪律性，要对广大的投资人负责！"

台下鸦雀无声，一张张年轻的脸渐渐严肃起来。

"没有人完全经得起诱惑，从事这个行业，我们要时不时对自己敲响警钟，保持初心，时刻记得我们是服务于投资人的。我们绝不能和腐败分子成为一丘之貉，变成掠夺投资人财富的秃鹰。"

方菲洪亮的声音传进了每一个人的耳朵。她的话唤起了这些金融从业人员心中神圣又古朴的使命感——专业正当地为客户谋福利。

方菲还有个简单的愿望，她希望老人们能多了解一些正规的、让财富增长的渠道，不要再心存侥幸地投资给不靠谱的黑平台，傻傻地被骗钱了。一个受骗上当的老人背后，是一个家庭悲剧的诞生！有几个家庭经得起这种诈骗？

在一个阳光明媚的周日，方菲应物业的邀请，在小区活动室给老年人们普及基金知识。

她投入地演讲着："对于普通投资者来说，为了避开信用债违约雷区，需选择同时满足以下六种条件的债券型基金。一、主要配置利率债与高等级信用债；二、债券持仓较为分散；三、单一机构投资者占比较低；四、规模大于两亿；五、公司整体实力与固收管理能力均较强；六、长期业绩稳健。"

一个穿着跨栏背心、身板健壮的老头儿举手提出抗议："姑娘，你能不能说得简单一点，大爷我听不明白啊！"

　　方菲这才发现自己运用了太多专业术语。她露出迷人的微笑，抱歉地说："对不起，我会注意的！现在，我再用大白话解释一下什么是债券、什么是固定收益……"

　　这时，她的手机突然响了起来："小方，我是薇薇的妈妈。薇薇昏迷了那么长时间，今天终于醒了！"

　　听到这个好消息，方菲的眼眶渐渐湿润起来。一切都会越来越好、越好越好的！

# 后 记

写到这里，我感觉将自己的灵魂分给了书中每个人，每个人的身上都有我的特质：方菲的无畏往前冲，申渊的不爱跟人打交道、自卑、喜欢钻研技术，谢猛的妒忌心，萧诚的善良和腹黑，章雨露的护犊子，方大业的懦弱。

日本推理小说高手大泽在昌曾说，戏剧冲突需要发生在强者身上。性格强和能力强的人多种关系叠加组合，加上冲突矛盾，这样的书才好看、才有力量。

申渊是阴，方菲是阳。

方菲不仅欠下了巨额债务，还因艳照疑云，同申渊貌合神离。

当他们勇敢地面对问题，并接受身边的助力解决问题时，两人优劣互补协作得特别好，最终披荆斩棘、突破困境。

方菲她先找好姐妹柳叶借债以解燃眉之急；当她发现业务量和经济形势失衡后，去找师父冯楚聊天，才明白自己险些因为利欲熏心去坑害投资者；她为了救助冯楚，找暗恋丈夫的心理医生张月帮忙……

书里面主要人物的感情挖掘得非常深入，全都直抵原生家庭的内核。

我希望这是一本带着爱和理解的书，能让读者在了解债券行业各种炫目资产化的同时，也能洗涤迷失的灵魂。

我写这本书的时候，身边也发生了很多事。

我一夜之间看清了很多人生真相，然后不带任何偏见地用眼睛去观察，才写出了20多个有血有肉的人物小传。

在写到第13万字时，我住进了苏州古色古香的吴宫酒店。全国人民都宅着，抗击着新型冠状病毒。

正因为不能走亲戚，不能到处玩，我终于可以集中注意力，听着音乐，沉浸在故事情节中。这个故事写了职场、爱情、家庭，即每个人必须要面对的人生课题。

愿每个读者都能清醒地看清真实的自己，自强不息的同时，不要吝啬赞扬爱人，不要拒绝朋友的帮助，也不要拒绝帮助朋友。

愿大家在逆境时能够充分调动身边的全部能量，跟最信任的人建立紧密的联系，大家一起走出困境，迎接更美好的明天。